U0808215

目录——CONTENTS

上

下

今古河山无定据。画角声中，牧马频来去。满目荒凉谁可语？西风吹老丹枫树。

从前幽怨应无数。铁马金戈，青冢黄昏路。一往情深深几许？深山夕照深秋雨。

——纳兰容若《蝶恋花·出塞》

图书在版编目（CIP）数据

西域第一都护 ： 上下册 / 天地飘鸥著. -- 北京 ： 新世界出版社，2019.7

ISBN 978-7-5104-6814-8

Ⅰ. ①西… Ⅱ. ①天… Ⅲ. ①长篇小说－中国－当代 Ⅳ. ①I247.5

中国版本图书馆CIP数据核字(2019)第147904号

西域第一都护（上下册）

作　　者：天地飘鸥
责任编辑：黄　倩
责任印制：王宝根
责任校对：宣　慧
出版发行：新世界出版社
社　　址：北京西城区百万庄大街24号(100037)
发 行 部：(010)6899 5968　(010)6899 8705（传真）
总 编 室：(010)6899 5424　(010)6832 6679（传真）
http://www.nwp.cn
http://www.nwp.com.cn
版 权 部：+8610 6899 6306
版权部电子信箱：nwpcd@sina.com
印　　刷：三河市骏杰印刷有限公司
经　　销：新华书店
开　　本：710mm ×1000mm　1/16
字　　数：350千字　印张：28
版　　次：2019年7月第1版　2019年7月第1次印刷
书　　号：ISBN 978-7-5104-6814-8
定　　价：79.00元

西域第一都护

【上册】

天地飘鸥／著

新世界出版社
NEW WORLD PRESS

第一章　秋风起大漠

1

大漠风起，落日西照，彤红的沙丘连绵起伏，直入云天，像一条条巨大的火龙游走于大地之上，前不见头，后不见尾。

沙山的阴影里，几匹野骆驼悠闲地啃着一丛铃铛刺，两只沙狐从沙丘旁探出头，机警地看一看，飞快地从野骆驼旁边蹿过去。天空之上，一只兀鹰勾勒出黑色苍劲的剪影。

郑吉牵着骆驼走下一座新月形沙丘，沙山巨大的阴影投射下来，将他和骆驼的身影吞没。

风渐渐大了，沙砾发出铮铮的鸣响。郑吉望望天空，不知何时，彤霞深处多了一抹荫翳，他转头看向骆驼背上那个脸覆白纱的异族少女说："天色要变，我们不能继续前行，寻个背风的地方躲躲吧。"

少女点点头，没有说话，眸子清澈沉静，如雨水洗过的山林，又似秋日的喀纳斯湖水，深邃清远，如梦如幻。

郑吉把少女扶下骆驼，寻了个背风的地方卸下帐篷，准备猎杀一只沙兔充当晚餐。忽然，那匹骆驼嘶鸣起来，声音高亢急促，又把口鼻埋进沙子里，显得极为焦躁不安。

郑吉使劲安抚着骆驼，风停了，沙子的铮鸣消失，大漠静得可怕。

少女突然指向远处，叫道："快看那些野骆驼……"

郑吉以为少女没有见过野骆驼，一时好奇。等他抬头看时，发现几匹野骆驼正发足狂奔，好像遇到什么可怕的事情。天空之上，那只兀鹰也像嗅到某种危险的味道，惊叫几声，不见了踪影。

郑吉心里蒙上一层阴影。

西域大漠自古被称为"魔鬼之海"，瞬息万变，极度可怕。一旦遇到风暴，天昏地暗，移动的沙丘能把人和牲畜活活掩埋。在这种天气面前，人力渺小如蝼蚁，若想活命，多数还得看老天的心情。

果然，彤霞退去，灰黑色的云团越来越大，很快遮蔽半个天空。夕阳变成一个混沌的蛋黄，摇摇欲坠。不知谁突然打开风口袋，狂风从天而降，吹得人东倒西歪，眼睛都睁不开。

一道黄龙从西北冲天而起，长逾数十里，向大漠东南滚滚而来。沙浪滚滚，惊涛拍空。风沙之中响起轰隆隆的声音，似天鼓雷鸣，又像神魔怒吼。沙丘似被一双无形的大手揉搓，随意改变着模样，为鱼鳞，为羽毛，为新月，为平川，光怪陆离，沧海桑田如走马。百丈高的沙墙通天接地，电闪雷鸣，所过之处，天崩地裂，日月无光。

少女浑身颤抖，绝望道："魔神发怒了，我们劫数难逃……"

郑吉不相信什么魔神发怒，一把扯过骆驼，把少女扶上去，收起帐篷，抽打骆驼狂奔。

在这种情况下，只有跟着骆驼跑，才有一丝生还的希望。

狂风吹开少女的防风斗篷，掀飞面纱，露出一张罕世容颜：肤如初雪，颜若舜华，眉似新月，一双绿眸仿佛最澄澈的碧落海，映照出诸天星辰和人间万象。

她紧紧伏在骆驼背上，眸子里全是慌乱与恐惧，根本不知道面纱已被风沙卷走。

沙暴咆哮，铺天盖地，像是太古神兽饕餮要把天地万物一口吞掉。四野苍苍黄黄，接天连地，宇宙仿佛又回到鸿蒙初生的混沌。除了呼啸的风沙，什么都看不见。

骆驼冲进一个沙窝里趴下，把口鼻埋进沙子里。

少女从骆驼背上滚下来，差点儿被大风卷走。

郑吉眼疾手快，抱起少女扑进沙窝里。撕下半幅襟袍，用水打湿，帮少女蒙住口鼻，扶她钻到骆驼颈下。

沙暴铺天盖地而来，熊咆龙吟，列缺霹雳，丘峦崩摧，宛若地狱走脱十万神魔，直要把天地寰宇扯成碎片。

郑吉伏下身子，用铁一般的脊背为少女挡住漫天风暴。

不知过了多久，风声渐息，沙暴终于停下来，乌云退去，深蓝色的天空出现一轮圆月，月光之下，白沙千里。

郑吉吐掉嘴里的沙砾，从差点儿埋葬两人一驼的沙窝里爬起来。一场大风沙过后，大漠完全变了样子，原本沟壑般纵横的沙丘变成鱼鳞一样的沙浪，层层叠叠铺向远方。月光下的瀚海失去了不久前的狂暴，像一座废弃亿万年的星球，死寂而荒凉。

郑吉帮少女拉上防风帽，又把袍子脱下来披在她身上。

“不……”少女见郑吉衣着单薄，死活不肯穿那件袍子。夜晚的大漠温度极低，穿这么少的衣服怎么行呢？

郑吉笑道：“不用担心，我身体壮，这点儿风寒不算什么。”

少女拗不过郑吉，只好披上袍子。

郑吉从骆驼背上解下行囊，在背风的地方搭建一个小小的帐篷，铺上毛毡，让少女进去休息。

一场沙暴之后，沙狐和沙兔难觅踪迹，加上天色已晚，不可能再射杀到什么猎物，郑吉拿出干粮，连同仅剩的半袋水一起递给少女。

少女接过水袋浅浅饮了一小口，便不肯再喝。至于干粮，她真的吃不下。

她心里清楚，自从逃进大漠，他们一直没有找到可以补充的水源，水袋里的水越来越少，一旦喝光，恐怕他们很难走出去。这半袋水是他们两个人的生命，她不能奢侈地浪费。

少女望着郑吉干裂渗血的嘴唇，心里生疼。从几天前开始，这个汉人青年就很少饮水，他是想多给她留一点儿水呀。

想到这里，少女的眼眶有些湿润，她往下拉拉防风帽，遮住大半个脸孔。也许是覆面的白纱被吹走，一时有些不太适应。

郑吉明白她的心思，没说什么，默默收起干粮和水袋。他不是一个多嘴的男人，何况他们身陷大漠之中，不知道什么时候才能走出去，也不知道什么时候才能找到水，这时候能多节省一点儿水，也许就多了一分活下去的希望。

连日逃亡，少女已疲惫到极点，这会儿松弛下来，很快进入梦乡。

月光如雪，星河耿耿，起起伏伏的沙丘像凝固的雪浪。有风从大漠北方吹来，掠过沙山，灌进沟壑，千回百转，呜呜咽咽，像是无数怨灵在月下奔走呼号，如歌如泣。

郑吉担心风声惊扰少女的好梦，掖紧帐篷门帘，披了一条毡毯走到帐外骆驼旁边，盘膝而坐。

明月，朔风，流霜，寒气无孔不入，蛇一样往骨头缝里钻。

郑吉幼逢异人，十年炼气，几乎到了寒暑不侵的地步。在敦煌郡从军几年，爬冰卧雪风餐露宿的事情没少做。为了活命，他吃过死人的骨头，喝过骆驼尿，嚼过连野骆驼都不肯下咽的沙漠植物。这点儿寒气对他而言根本算不了什么。

闭上眼睛，连日来的遭遇又一一浮现于脑海。

2

半个月前，在长安学琴的大宛公主归国，途经敦煌郡，朝廷下旨敦煌太守派一支精兵护送公主入西域。

郑吉骁勇善战，从军敦煌后，数次出入西域，熟悉西域各国的风土人情，学会了龟兹、于阗等国语言，屡立奇功，深为领军长史杜藜看重，由候长直接升任军曲侯，秩比六百石。

候长为斥候之长，是边军中主管侦察和报警的官员，主吏七人，卒十八人。

汉军编制，将军以下设长史和司马。部队分为若干部，部由部校尉和军司马率领；部下设曲，每曲五百人，由军曲侯率领；曲下有屯长，五十人为一屯。

在博望侯张骞出使西域之后，大汉进出西域有南北两道：出阳关，经鄯善国，沿昆仑山北麓西行，过于阗，翻越葱岭，西至大月氏和安息，为南道；出玉门关，经车师国，沿天山南麓西行，过温宿和疏勒，西逾葱岭，到达大宛、康居和奄蔡，为北道。

大宛公主冰雅神秀，天姿国色，是大宛国王的掌上明珠，在长安也深得大汉皇后喜爱。这次归国断不能出差错，朝廷颁下旨意，令敦煌郡派出精骑护送。

圣旨到了敦煌，杜藜第一个想到的就是郑吉。

近年来，西域马贼横行，执弯刀，骑快马，啸聚大漠，来去如风，劫掠过往商贾，成为南北两道的大患。

马贼与诸国权要暗通款曲，又与匈奴骑兵勾结，时常劫杀奉命出使西域的汉使，抢夺财物，令汉天子震怒。

马贼在大漠飘忽不定，神出鬼没，来去无踪。大汉帝国兵强马壮，攻城略地势如破竹，可调集大兵团奔袭千里，到大漠对付一帮流寇，绝不是明智之举。

西域诸国也曾调兵征讨，马贼要么事先得到消息远遁，要么化整为零，混迹于诸国市井。等到军队撤离，复聚为盗，杀人越货。

郑吉率领十八名汉骑护送公主车仗出玉门关，过白龙堆，转而向北迤逦徐行，半月后到达车师国。

那一晚，他们遭到二百余名马贼袭击，使团随扈人员尽遭屠戮，血水染红了白沙。

汉军十八铁骑拼死护卫，掩护郑吉和公主突围。

前后道路都被马贼封锁，郑吉只好带着公主闯入大漠，马贼衔后追杀，像狗皮膏药似的甩都甩不掉。

一路追下来，马贼没能杀掉郑吉，反被郑吉斩杀数人。

“马贼？”郑吉眼中射出两道冷芒，与匈奴人打了几年交道，他岂能看不出那些马贼是匈奴精锐的天狼骑兵？

匈奴人派天狼骑兵乔装马贼劫杀大宛公主一行，图谋不小。

3

夜深沉，寒霜罩白沙，插在地上的军刀结了一层冰凌。

刀为环首铁刀，是大汉骑兵的制式武器，长三尺有余，直身，斜锋，无护手，背刃宽厚，刀柄圆环内铸一螭龙。

刀名“吞雪”，百战之锋，冷如秋水，撼山摧城，挡者披靡。

突然，身边的骆驼长嘶而起，四蹄乱踏，暴躁不安。

郑吉与嫘罗惊醒，前面的沙丘上出现几道黑影，冷月之下，数点幽绿色的光芒飘忽不定。

“狼！”嫘罗把头探出帐篷，看到十几条黑影在沙丘上跳跃如飞，登时魂飞魄散。她听父王说过，大漠上最可怕的生物就是狼，一旦遇上，九死一生。何况此刻只有他们两个，狼群发动攻击，他们有九条命都不够死。

郑吉慢慢扯掉身上的毡毯，将嫘罗的小脑袋按回帐篷，看看脚边，一张大弓触手可及。

圆月之下，白沙之上，一头浑身雪白的巨狼屹立沙丘之巅，引鼻向天，对月长嗥。诸狼应声而和，狼嗥阵阵，令人毛骨悚然。

嫘罗躲在帐篷内，死死捂住耳朵，面无血色，身体战栗不止。

骆驼再也忍受不住恐惧，跳起来撒开四蹄，发疯般狂奔而去。

狼群似乎等的就是这一刻，狼王一声长嗥，七八只苍狼如流星般纵下沙丘，扑向惊慌失措的骆驼。几只大狼环伺于白狼王身前，口吐獠牙，不停地低吼咆哮，监视郑吉二人的动静。

骆驼左冲右突，嘶吼狂奔。

几头灰狼扑上前，左咬右撕，前后堵截，不断消耗骆驼的狂性。

骆驼顾此失彼，没等跑出一箭之地，两条狼瞅准机会，一跃而上，铁爪如利刃般插进它的腹部，血水如瀑染红白沙。一头狼绕到骆驼后面伺机下口，不料被骆驼蹄子踢飞，当场折为两截。

狼有“铜头铁骨豆腐腰”之称，被发疯的骆驼踢中腰部，那头狼自然没能躲过。

骆驼痛极，不顾一切逃命。它拼命冲出重围，不料一头野狼斜刺里扑上去，紧紧咬住它的喉咙，一百多斤的狼躯吊了起来。

骆驼再也跑不动，悲鸣一声扑倒下去。七八条野狼扑上去，连撕带咬，如风卷残云一般把强壮的公驼撕成碎片。

这个过程极短极惨烈，哪怕捂住耳朵，嫘罗在帐篷内也听得清清楚楚，小脸更苍白，四肢冰冷，身子摇摇欲坠。

郑吉没有动，星眸望向沙丘之巅的白狼王，灼灼如电。

白狼王感受到来自人类毫不掩饰的杀意，慢慢失去冷静，变得狂躁不安。

郑吉不为所动，眸子更冷一些。

从军几年，他在大漠中不止遭遇过一次狼群，深知这种畜生的凶残狡猾。第一眼看到白狼王，他就断定这是一头阴险狡诈的老狼，不能等闲视之。

白狼王起初并没把两个渺小的人放在眼里，也许活得久了，它更喜欢用智慧战胜敌人，而不是靠莽撞的撕咬。在它的经验里，骆驼逃走之时，那个人类应该会去追赶。而那个人一旦离开，剩下的狼群就会扑下沙丘，迅速咬断那个女孩的喉咙。

多么完美的调虎离山之计，可惜被那个卑微的人类识破。

白狼王很生气。风吹过，银鬃翻飞，猎猎如旗。

它鼻子向月，愤怒长嗥。

群狼听到命令，丢掉骆驼，颈毛竖起，全身绷紧，嘶吼着，咆哮着，从沙丘上冲下来，像一根根黑色的箭矢射向郑吉。

郑吉反手抄起铁弓，弹身而起。张弓搭箭，箭去如流星，弦声雷动，三支长箭连珠般飞出，震得周围的空气都扭曲起来。

疾如风，徐如林，侵略如火，不动如山，身为汉军精英，郑吉深谙此道。

三头野狼被箭矢贯穿，尸体滚跌出去，洒下漫天血雨。

狼群被激怒，一条条飞扑下来，悍不畏死，带起数道狂沙，恨不得将郑吉撕成碎片。

郑吉丢掉铁弓，从沙地上拔出吞雪刀，迎着狼群冲上去。

领头的公狼高高跃起，獠牙如刀，朝郑吉的喉咙咬过来。

吞雪刀斩开虚空，迎面劈下，正中狼首。

郑吉神力无双，纵然狼有铜头铁脑之称，也挡不住吞雪刀的绝世锋芒。一刀两断，干净利落，一腔狼血染红冷月寒沙。

见郑吉如此悍勇，狼群立刻分散开来，左右牵制，前后包抄，将郑吉与帐篷隔离开来。

白狼王见机不可失，低声咆哮，最后几头狼从沙山上一跃而下，直扑那座孤零零的帐篷。

嘭嘭，白沙冲起，两头狼翻滚着横飞出去，惨声痛嚎，前腿被埋在沙中的捕兽夹生生夹断。

一路逃亡，郑吉每晚都会在帐篷周围设置一些陷阱，包括自制的捕兽夹，以防止马贼偷袭，不想今晚用在了狼群身上。

其他狼不敢冒进，远远地围着帐篷打转。

白狼王怒不可遏，从沙丘上扑下来，犹如白色的闪电划破夜空。它有一种近乎可怕的直觉，那个躲在帐篷中的女孩才是胜负的关键，杀掉她才能结束这场战斗。

白狼王的速度极快，瞬息之间扑到帐篷外，不用看，凭借灵敏的嗅觉它就能判断出那个女孩的位置。白色的狼爪洞穿帐篷，毡毛飞扬，扑哧……什么东西被狼爪刺破，流了一地。

郑吉砍翻两头野狼，杀出重围，奔向帐篷。

白狼王轻蔑地看郑吉一眼，身体如弓弦绷紧，冲向帐篷的破洞。

危急关头，一道寒芒破空飞来，如白虹贯日，不偏不倚洞穿白狼王的脖颈，将它撞了一个大跟斗。

白狼王遭到重创，没等爬起来，一道人影扑飞而至，拔出它脖颈上的环首刀，狠狠劈下去。白色狼首高高飞起，在冷月下打着旋儿滚出三四丈，血雨纷飞。

郑吉见公主危险，断然掷出吞雪刀，斩杀白狼王。

剩下的野狼看到狼王被杀，再也没有斗下去的勇气，一哄而散。

郑吉掀开帐篷，发现嫘罗抱膝蜷缩在角落里，脸色苍白如雪，浑身瑟瑟发抖。

嫘罗抬起头，见郑吉浑身是血，不知是溅染的狼血还是他自己的，怔然羞愧道："我是不是很没用？"

"不，你很勇敢！"

"都是我拖累你……再这样下去，你不只救不了我，自己也会死的。"嫘罗的眸子有些凄凉。

郑吉不想谈论这些，看看公主，问道："伤到没有？"

嫘罗摇摇头："我没事……只是水袋被狼爪抓破，水全都……"她没有说下去，脸色更加苍白，泪水在眼眶里打转，盈盈欲落。

郑吉心里一沉，目光扫到地上的水袋。他捡起来，水袋上破了一个大洞，摇一摇，里面的水涓滴不剩，全被黄沙吞没。

看到嫘罗沮丧的神情，郑吉安慰道：“不用担心，此处有狼群出没，说明我们接近了大漠边缘。运气好的话很快就能找到水源。”

当第一缕晨曦出现在沙丘顶端时，郑吉和嫘罗离开满地狼尸，继续前行。昨夜一场沙暴抹去了他们的行迹，连马贼也不见了踪影。

他们的运气并不好。一连两日没能走出大漠，也没有找到水源。失去骆驼，徒步在茫茫沙海中，嫘罗早早就倒了下去。

头上是白花花的太阳，脚下是滚烫的流沙。没有一丝风，空气像着了火，要把身体里最后一滴水烤干。

郑吉用舌头舔舔干裂的嘴唇，舌头也是干的，被热空气一灼，似乎要燃烧起来。他慢慢蠕动喉头，艰难地做了个吞咽的动作，一团火似的空气蹿进喉咙，几乎把肺烫熟。

红日当空，沙子亮得刺眼。郑吉用手揉揉眼睛，想在银沙中找到一抹绿色。哪怕一株沙枣或者一丛骆驼刺，这个时候也能救命啊。

太阳还高，嫘罗公主濒临昏迷，郑吉心里清楚，再找不到水的话，她肯定坚持不到日落时分。

郑吉觉得脚上的靴子有千斤重，每抬一下都要使出全身的力气。他抬起头，一阵眩晕，周围热浪蒸腾，眼前的景物变得飘忽不定，鱼鳞状的沙丘忽然变成白浪翻卷的湖水，烟波浩渺，蓝得令人心醉……

“水……”背上的嫘罗无意识地呢喃，声音干涩，若有若无。

郑吉狠狠一咬舌尖，尖锐的刺痛传遍全身。他知道自己刚才出现了幻觉，很多身陷大漠的人在极度缺水的情况下都会如此，如果不能及时清醒，就会发狂而死。

郑吉把嫘罗抱在怀里，看她目光涣散，干裂的嘴唇一张一翕，感觉到生机正渐渐离她而去。他抽出吞雪刀，割开自己的手指，血水涌出，滴进嫘罗的唇间。

嫘罗下意识地吞咽，如饮甘泉，一滴滴血水流过她的喉咙，唤醒她的意识。

“郑吉……”嫘罗慢慢睁开眼睛，看到郑吉苍白的脸和血渍凝固的手指，泪水溢满眼眶。

郑吉慢慢站起来，又把嫘罗背起，咧嘴笑道：“公主，相信我，日落之时我们一定能走出大漠。”

嫘罗把脸贴在他宽厚的背上，哽咽道：“我叫嫘罗……”

也许郑吉的自信起到作用，第三天月亮升起的时候，他们终于从大漠里爬出来。一条河流从沙漠中流过，两岸芦苇茂密，还有黑黢黢的树林在月光下静默着。

嫘罗把脸埋进河水里，很久很久才抬起头，脸上分不清是河水还是泪水：“郑吉……我们终于活着走出来了……”

郑吉把刀插在草甸上，身子摇摇欲坠：“是啊……我们活着走出来了……”他没有说完，眼前一黑，狠狠摔进河水里。

郑吉醒来时，发现自己躺在岸边的胡杨树下，身下铺着柔软的芦苇，显然是嫘罗的手笔。他的眼中浮起一抹笑意，真是想不出那个从小锦衣玉食的公主殿下是怎么做到的。

郑吉爬起来，活动一下筋骨，感觉好了很多。有了水，一切都不是问题，大漠又算什么呢？

岸边的草甸上盛开着许多不知名的小花，一只沙兔在草丛里探头探脑。几头野鹿在林下觅食，看到郑吉，机警地抬起头，鸣声呦呦。

太阳升到了胡杨树顶，一条宽阔的河流从大漠中奔腾而来，白浪如雪，飞珠溅玉。不远处，七个大小不一的湖沼仿佛结在一根藤上的瓠瓜，油绿滚亮，参差相连。湖边芦苇丛生，野荷摇曳。沙洲上遍生胡杨树，或临波照影，或婆娑起舞，犹如一段金色云锦落入大漠，直逼天际。

"郑吉，你醒啦？"身后响起一个惊喜的声音。

郑吉转过身，看到蓬头垢面的嫘罗，衣服破了，靴子也掉了一只，抱着几根枯树枝，一只手提着浸透泥水的靴子，雪白粉嫩的小脚沾满沙尘，满脸汗水，可怜兮兮，就像一头惊慌的小鹿。

郑吉接过嫘罗手里的树枝："你应该叫醒我。这些事情不能让公主去做。"

嫘罗低下头，嗫嚅道："我想去河里抓条鱼给你熬汤……可是我真的很笨……"她抬起头，眼睛亮晶晶的，挺翘的琼鼻皱起来，似乎有些懊恼，又有些生气，"我说过，你不要叫我公主。"

郑吉一怔道："不叫你公主，那叫你什么？"

"傻瓜，我叫嫘罗……"嫘罗白他一眼，双颊酡红。

"这个……好像不太合适吧！"

"有什么不合适的！我说行就行，你们汉人真啰唆！"嫘罗坐到沙地上，捡起一片金黄的胡杨树叶，看了半晌又笑起来，"郑吉，这里好美哦！蓝天、白云、碧水、黄沙，还有一望无际的胡杨林，简直就像仙境一般。我们在这里住下来，再也不走了，你说好不好？"

郑吉吓一跳："这怎么行？你是大宛公主，金枝玉叶，不赀之躯，怎么可以住在这里？"

嫘罗眼也不眨地看着郑吉，幽幽道："若是我告诉你，我不喜欢做公主，也不希望是金枝玉叶，你相信吗？"

郑吉望着那双碧落海一样的眸子，不知道该说什么。他抓起地上的枯枝，转身朝河边走去："你休息一会儿，我去抓两条鱼。"

"嗯！"嫘罗乖巧地点点头，望着郑吉高大的背影，不知想到了什么，嘴角噙上一抹笑意。

太阳越升越高，河水带着冰川雪山的气息扑面而来，站在岸边，郑吉感到阵阵凉意。

正如嫘罗所言，这里人迹罕至，的确很美，但他身在行伍，有军令在身，不能滞留在外。嫘罗又是一国公主，匈奴人和马贼必欲得之而后快，他们后有追兵，前途未卜，在这里多停一时就多一分危险。

郑吉抓了两条鱼，刮去鱼鳞，剖去内脏，寻些野葱、甘草、野生黑枸杞之类的新鲜食材填入鱼腹，撒上盐末，用荷叶把鱼包好，外面用苇叶扎起来，糊上河泥，埋入挖好的沙坑里，在坑下掏洞生火，一个时辰后，一道颇具江南风味的泥烤鱼出现在嫘罗面前。

嫘罗早饿坏了，郑吉做这做那的时候，她眼巴巴地在旁边看着，一个细节都不肯放过，口水差点儿流下来。

郑吉拿起泥烤鱼，敲去外面的泥块，解开苇绳，撕掉荷叶，露出白嫩的鱼肉。霎时，鱼的鲜味、泥的腥味、荷叶的清香以及各种食材特有的芬芳一起涌来，沁入肺腑，嫘罗的口水哗啦啦流下来。

嫘罗完全忘记矜持，一把从郑吉手中抢过鱼，不顾烫得嗷嗷叫，毫无形象地狼吞虎咽起来。

郑吉有些好笑，这是吃厌山珍海味的公主吗？饿死鬼投胎吧。

"郑吉，我还要吃！"嫘罗风卷残云一般吞下整条鱼，又看向郑吉手中那一条，眼中恨不得生出小手来。

郑吉大笑，又把鱼分给嫘罗半条。

见嫘罗把鱼骨上最后一星肉舔得干干净净，郑吉掩去沙坑，把鱼骨和灰烬收起来，抛入河中。又把周围的痕迹全部消除，才用荷叶盛水让嫘罗慢慢饮下。

"嫘罗，我们该走了。"

"我们不走好不好？"

"不好！"

"我是公主，你得听我的。"

"……"郑吉揉揉鼻子，无奈苦笑。

4

大漠青天，水碧沙明，水鸟在苇海里起起落落，杂花生树，胡杨林黄叶如染，临长风，让人有长啸如歌的冲动。

郑吉心有所感，从身上解下一个狭长的布囊，打开，里面是一支拇指粗细的竹箫。他拿着竹箫走到胡杨树下，面对大河呜呜吹奏。

嫘罗见郑吉吹箫，初不以为意。箫声一起，蓦然瞪大眼睛，一动都不敢动，唯恐惊扰到天籁般的箫音。

箫声古朴、清丽、婉转，像江南的雨，朦朦胧胧地下。又像江南的荷，摇摇曳曳地开。渔舟唱晚，江枫愁眠，烟波缥缈，水墨清香。闲梦江南梅熟日，夜船吹笛雨潇潇，人语驿边桥。

许久，箫声逝去，嫘罗梦呓似的说道：“郑吉，我想回家……”

郑吉收起洞箫，笑道：“我们走吧。”

嫘罗瞪大眼睛：“去哪里？”

“送你回家啊！”

“你……”嫘罗贝齿轻咬红唇，嗔道，“我说说而已，你不用这么着急赶我走吧？”

“……”

“郑吉，你刚才吹的什么曲子？”

“家乡小调，没什么名字，胡乱吹的。”

“我好喜欢，你能不能教我？”

“教你吹这个？”

“是啊，这个不行吗？”

“你来长安不是学琴吗？”

“那又怎样？琴箫俱为音律之道，学了琴再习箫没问题吧？”

“只要公主喜欢，我没问题！但你得听我的话，跟我回大宛。”

嫘罗大喜，跳起来叫道：“汉人常说一诺千金，你不可以反悔哦。”

郑吉哑然失笑，古人云，人而无信不知其可也。大丈夫一言许人，千金不易，这等汉人风骨岂是空穴来风？

这时，远方响起轰隆隆的声音，如天鼓雷鸣，震得地面都颤动起来。

二人回头望去，一群野马从湖沼对岸的山谷中奔出来，有数百匹之多，鬃鬣飞扬，嘶声如龙，马蹄扬起漫天黄沙，遮天蔽日。

“天马！”身为大宛公主，嫘罗对马极为钟爱。看到数百匹野马奔腾而来，忍不住尖叫起来。

郑吉惊叹道：“早听说西域大漠有天马出没，奔走如飞，寻常难得一见，原来传闻是真的。”

二人藏身芦苇丛中，偷偷观看。

他们判断这群野马是到湖沼饮水的，天马生性机警，一旦有个风吹草动，立刻远遁。

马群越来越近，一匹赤色天马跑在最前方，额高九尺，锋棱天成，耳似竹批，鬣鬃飞扬如燃烧的紫色火焰，足不践沙，若乘云而奔。

郑吉死死盯住那匹天马，拳头攥紧，眸中似有烈焰腾腾而生。

嫘罗发现郑吉神情有异，问道：“你想抓它？”

郑吉没有说话，拳头攥得更紧。

嫘罗摇摇头，说道：“论及天下名马，第一当推我们大宛的汗血马，日行千里，飞鸟难及。你若喜欢，等到了大宛随便你挑。不过这匹马就算了，它是天上的神马下凡，不是你可以觊觎的。”

郑吉微微一笑：“不试试怎么知道？”

嫘罗瞪大眼睛，小嘴半天都合不拢：“你不是开玩笑吧？”

郑吉认真道：“我想试试！”

嫘罗干脆闭上嘴巴，几日相处，她发现这个男人很特别，虽很少说话，一旦有了决定，却是九头牛都拉不回来。

马群跑到湖边停下，赤色天马昂首长嘶，马群俯首耸耳，有次序地分散开来，冲入湖沼中饮水。

赤色野马并不急着喝水，高昂马首，冲上沙丘，眼如铜铃，警惕地注视着四周。

等马群喝足水后，它不慌不忙地走下沙丘，迈入湖沼，一直往里走，直到湖水过膝才停下来，长嘶一声，将头慢慢伸入湖水中。

郑吉赞叹道：“天马之王，果然不同凡响啊。”

嫘罗直翻白眼，她自小生活在大宛，什么样的好马没有见过？若是看不出这匹马的不同凡响，简直是侮辱她的智商。

郑吉再也没有提离开的话，一连几天，他和嫘罗藏在苇丛里偷窥马群，渐渐摸清它们活动的规律。

在赤天马的带领下，这群野马每天巳时从山谷中奔出，沿着固定的路线到湖沼边饮水，然后散布于湖沼草甸上吃草。酉时离开，而赤天马每日饮水的位置几乎都分毫不差。

见郑吉每天都躲在苇丛里这么偷看，什么也不说，嫘罗终于忍不住问道：“你准备一直看下去吗？若是神马这么容易抓到，我们大宛为何还费尽心机将五色母马放到山下呢？”

郑吉没出声，他知道嫘罗说的什么事。

据说大宛国境内高山上有神马出没，其行如飞，根本捉不到。大宛人于是将五色母马放到山脚下，让神马与母马交配，再将受孕的母马带回，生下的后代称为“天马子”，也就是汉武大帝不惜两次派兵远征大宛国才得到的汗血宝马。

郑吉没有五色母马，也不能长时间在这里停留，大宛人的做法不适合他。

嫘罗忽然神秘笑道：“你知道当初那个向汉武大帝献马的暴利长是怎么捉到天马吗？”

郑吉点点头，这事就发生在敦煌郡，他怎么可能不知道？

据说暴利长是个流放到敦煌屯田的囚犯，他发现一群野马经常到一处水洼里饮水，其中一匹神骏如龙。这个人很聪明，就用泥土做了一个假人，手持马笼头与缰绳站在水边。时间一长，马群对假人失去了警惕。暴利长则代替假人，手持马笼头与缰绳站在水边。等那匹天马过来饮水时，趁其不备捉住了它。

郑吉笑笑，依旧没说话，他不会塑假人，这个方法也不适用。

新的一天来临，郑吉将一条用蒲苇编织的绳子系在身上。这里的蒲苇细长柔韧，拧成绳子结实无比，几天来，他并非什么都没做，光是拧绳就占用了大半时间。

像往常一样，马群准时冲出谷口，向湖沼奔来。

湖面上的薄雾还没完全消散，芦苇和野荷若隐若现，恍如仙境。

郑吉用刀削了一截芦苇管，衔在嘴里，像鱼一样游进水里。

嫘罗醒来，见郑吉下水，大惊失色道：“喂，你要干什么？”

郑吉做个噤声的手势，身子往下一潜，整个人都没入水中，湖面上只留寸许长的半截儿苇管缓缓向对岸移去。

嫘罗瞪大眼睛，小手死死捂住嘴巴，唯恐自己忍不住叫出声来。

苇管渐行渐远，消失在薄雾之中。

嫘罗很害怕，湖面这么宽，水又深，郑吉一直没有露面，不会淹死吧？

郑吉凭感觉在水下一直往前游，这几天他背着嫘罗偷偷试了几次，确信不会搞错方向和位置。他在江南长大，自小熟识水性，是如假包换的“浪里白条”。凭借一根苇管，他曾经在水底待过一天一夜，这么一个小湖对他而言根本算不上什么。

潜到天马饮水的地方，郑吉把立在水中的一根苇管拔出来。

这根苇管是几天前插下的，天马很机警，一点儿蛛丝马迹都可能惊动它们。他观察得很仔细，对于这根忽然多出来的苇管，天马除了最初有些惊疑不定，几天下来已经习以为常，而他要的就是这个效果。

郑吉静静地伏在水底，身上缠了一些水草，从水面望去，就是一大团随波摇曳的绿藻。

时间一点点过去，野马群来到湖边，像往常一样饮水。

看到红色野马跳进湖水，慢慢向里走，嫘罗躲在对岸的苇丛里，脸色通红，小心脏如同擂鼓，咚咚直响，连气都喘不过来。

几乎分毫不差，红色野马站在了经常饮水的地方，那根苇管就在它身子右侧不足两尺处，它仰首长嘶一声，又把头低下来，伸进水里，对那根苇管视而不见。

刺啦，一道白亮亮的水柱冲天而起，群马皆惊。

一个矫健的身影破开水花，稳稳落在野马背上。双腿像铁铸一般夹紧马腹，搂紧马颈，熟练地将蒲苇绳套上去，打了一个结。

红色野马暴怒，脖颈高高扬起，冲上湖岸，长嘶一声，似惊雷乍落，前蹄腾空，人立而起。

郑吉勒紧马颈，双腿再次夹紧马腹，整个人死死贴在马背上。

野马没有甩下郑吉，更为暴怒，再次长嘶，前蹄尚未落下，马臀向上猛掀，后蹄腾空而起，原地飞起两团沙雾，声势骇人。

群马惊恐万状，四下散开，又不约而同向山谷里逃去。

野马一立一踢都没能奈何郑吉，马首高高仰起，声似龙吟，撒开四蹄，如一道红色闪电射向大漠深处。

“郑吉——”嫘罗看到野马发狂，吓得魂不附体，高声呼唤郑吉。

郑吉没有听见，野马的速度极快，全力奔驰起来犹如腾云驾雾一般。耳边风声呼呼，眼前除了一望无际的苍黄，什么都看不清。

太阳渐渐升高，沙漠的温度急剧上升，刺眼的白沙迎面扑来，令人头晕目眩。

一个时辰，两个时辰……野马依旧没有停下来的迹象，风驰电掣，沙尘飞扬，大漠深处腾起一道黄色的土龙。

郑吉伏在马背上，一手抓苇绳，一手揪马鬃，双腿夹紧马腹，任天马百般折腾万般颠闪，都休想把他甩下来。

太阳升到头顶上方，又慢慢偏西，人和马都累得通身大汗，像从水中捞出来一样。郑吉慢慢收紧蒲苇绳，绳子几乎勒进马颈里。

天马越发狂躁，从一座沙山上冲下来时，前蹄忽陷，凌空摔出去，把沙丘砸出一个大坑。

郑吉被巨大的冲击力扔出去，摔得头昏脑涨。看到天马就在身边不远处，他吐掉嘴里的沙子，爬起来猛蹿过去，把天马死死压在地上。

右臂夹住马颈，收紧。左肘抵住马喉，狠压。

野马双瞳血红，嘶声咆哮，两个鼻孔涨大，吹得沙尘弥漫，却是出气多，进气少，不大工夫，狂踢的铁蹄慢慢瘫软下来。

郑吉放开压迫，让它站起来。

野马抖抖数尺长的鬃毛，马头向天长嘶如龙，声音由高转低，狂暴和不甘渐渐消失，取而代之的是温驯与臣服。

郑吉走过去，野马舔舔他的手，低下高傲的头颅。

郑吉觉得全身的骨头都要散了架，口干舌燥，脚步虚浮，与野马缠斗一天，最后以他的胜利告终。虽然差点儿丧命，双手也被马鬃和绳子勒得血肉模糊，但能驯服一匹天马，所有的付出都是值得的。

望望西斜的太阳，在茫茫大漠中跑了这么久，都不知道如今身在何处。郑吉并不担心，常言道老马识途，天马虽不是老马，相信认路的本事绝对不会让他失望。

郑吉拿出水袋，喂天马喝水。水不多，他可以忍住不喝，马跑了这么久，又出了这么多汗，不可以不饮。

趁歇息的工夫，郑吉仔细打量这匹野马，见它高大威猛，颀项如龙，鬃鬣披拂，长尾垂地，浑身上下犹如火炭，没有一根杂毛。双瞳金色，明亮有神，宛似清可鉴人的湖水，每一块肌肉都透出爆炸般的力量。

郑吉担心嬛罗，不敢再磨蹭，骑上野马，示意它返回湖沼之地。

野马仰首长嘶，马鸣声在空旷的大漠中回荡，久久不歇。

5

嬛罗一直望着对岸，眼睛都看痛了，依然没有发现郑吉和野马的影子。日头渐渐偏西，她又累又饿，幸亏郑吉早就给她准备了一只烤好的沙兔。她吃了半只兔子，喝些水，躺在树下迷迷糊糊睡着了。

不知什么时候，她被马嘶声惊醒，以为郑吉回来了，高兴地跳起来，冲出胡杨树林，却看到几个身穿龟兹武士服的人骑马朝这里走来。

嫘罗不想被人发现她的行踪，也不知来人是好是坏，转身就往林子里跑。

那几个人眼尖，早看见嫘罗，策马追了上来。

看清嫘罗的容貌，几个家伙瞪大眼睛，神情狂乱。这一刻，神话般的胡杨林黯然失色，天上的太阳也悄然躲进云层里。

嫘罗的美不属于凡世红尘，像昆仑仙子踏雪而来，几个肮脏的凡夫俗子怎能抵得住她的倾城一瞥？

一个满脸络腮胡子的汉子强迫自己平静下来，问道：“你是什么人？为何会出现在萨日湖畔？”

嫘罗慢慢镇定下来，望向湖沼以及对岸那片大漠。萨日在楼兰语中是月亮，这个大漠中不为人知的神秘湖泊叫月亮湖？

络腮胡子又问几次，嫘罗一言不发。

不是她不想说，而是不能说。她不清楚对方的来历，一旦暴露身份，谁知道会发生什么事。这几个人相貌凶恶，一身暴戾，纵然不是追杀他们的马贼，想必也不是什么好人。

一个家伙不耐烦道：“不用问了，她是个哑巴，像这样的美人，卖到女市肯定会轰动整个白马城。”

几人的眼神都变得火热无比。

络腮胡子冷静道：“萨日湖藏在大漠深处，除了我们几个，知道这个地方的人应该不多。从衣着和气质判断，此女绝非普通人。她孤身一人出现在这里更不寻常。我们要小心行事，免得偷鸡不成蚀把米，将脑袋撞到人家刀口上。”

一人笑道：“拊鲁，上次洗劫于阗使团，你一口气砍杀十几人，连眼睛都没有眨一下，那是何等气魄？怎么如今反倒怕起事来？”

拊鲁怒道："我什么时候怕过事？小心驶得万年船，干我们这行，刀头舔血，脑袋挂在马背上，遇事不多动脑子行吗？"

又一人道："拊鲁，你说得有道理，不过我们抓了这个女人，总不能白白放了她吧？"

拊鲁看看周围说道："放是不能放的，我们把她带走，去白马城。"

众人同意，拊鲁把嫘罗绑起来，放到他的马上。

嫘罗没有反抗，神情冷漠，眼神轻蔑。

半夜时分，郑吉赶回萨日湖边，不见了嫘罗，几行凌乱的马蹄沿河逆行而上。

郑吉找出刀和弓，又给天马洗了一个冷水澡，在马吃草的时候，他也从河里捉了两条鱼，烤熟填饱肚子。

他并不着急，从沙地上的马蹄痕迹看，劫持嫘罗的人才走了几个时辰。他曾是大汉敦煌郡边军中最出色的斥候，只要嫘罗还活着，哪怕那帮人带着她跑到天涯海角，他也能找到。

郑吉从马蹄痕中抓起一把沙土，放在鼻子下嗅了半晌又松开手，任由沙子簌簌落下。他拍拍手站起来，大踏步走向天马，一拉缰绳翻身骑上，沿河飞驰而去。

拊鲁等人赶了一夜路，黎明时分，白马城的轮廓出现在地平线上。

拊鲁暗暗松了一口气，自从离开萨日湖后，他一直有种诡异的感觉，仿佛被狼或者毒蛇盯上一样。多次回头观察，除了冷月下白亮亮的银沙、沙中的河、河边的树，还有从大漠深处吹来的风，什么都没有发现。他以为自己小心过了头，染上了疑神疑鬼的毛病，可是策马跑了一夜，那种感觉不仅没有消失，反而越来越强烈。

一人叫道："拊鲁，我们跑了这么久，人困马乏，休息一会儿吧。”

“不行！”

“为什么？”

“我说不行就是不行，不要问那么多。”

那人看了一眼嫘罗，试探道：“难道是因为这个女人？”

拊鲁暴怒：“莫狪，你还想活下去，还要美酒与女人，就他娘的给我闭嘴，拿出吃奶的力气，在太阳出来之前跑进白马城。”

“你们谁都进不了白马城！”声音从前面传来，一人一马立在沙丘上，那个青年一身汉装，一张乌黑的大弓斜挂在马背上。

“郑吉！”看到沙丘上那个青年，嫘罗高兴地叫起来。她不相信郑吉会死掉。果然，郑吉不只活着回来，还带回了天马，在她最需要的时候，像天神一样出现在面前。

拊鲁瞳孔骤缩，变成危险的针芒状。多次出生入死的经历告诉他，他的感觉没错，那个可怕的幽灵真的出现了。

莫狪等人立刻分散开来，抢占有利的攻击位置，当他们发觉来者只有郑吉一个人时，紧张的心情很快放松下来。

拊鲁望向郑吉：“你是谁？”

“送你们上路的人！”

“你想杀我们？”莫狪狂笑起来，像看白痴一样看着郑吉，一直以来都是他们杀人，何曾有人敢杀他们？何况对方只有一个人。

拊鲁神情一凛，他不像莫狪那样轻视郑吉。敢单枪匹马阻截他们，以一敌五，还能毫无惧色，那个汉人不是疯子，就是杀神。

在他的内心深处，他更倾向于后者，因为自从出道以来，没有人给过他如此大的压力。

拊鲁眯起眼睛：“你是汉人？”

郑吉反问道：“你们是马贼？”

“我们不是贼，劫富济贫而已！”

“是吗？包括劫持一个毫无反抗之力的女子？”

莫猸号叫道：“拊鲁，你和他啰唆什么？我们杀了那么多汉狗，还在乎一个小崽子？交给我吧，我正缺一个饮酒的家伙什儿，就借他的头颅用用！”

另外三个家伙大声狂笑，显然都没把郑吉放在眼里。

一只海东青出现在空中，不停地在他们头顶盘旋。

拊鲁没有理睬莫猸，拔出弯刀，搁在嫘罗白嫩的脖颈上，冷声道：“朋友，我不管你是什么人，但你最好将眼睛放亮一些，你要的人在我手里，只要我的刀轻轻一划，她就会香消玉殒。这么美的女子天下罕有，你不想留下遗憾吧？”

“是吗？”郑吉面无表情，缓缓抽出环首刀，一字一句道，“你们可以去死了。”左手一抖缰绳，双膝狠狠一磕，天马昂首奋鬣，嘶声咆哮，从沙丘上一跃而下，像一道红色闪电划破黎明的天空。

“拦住他！”拊鲁大惊，那一声马嘶犹如龙吟长空，他的坐骑浑身颤抖，呜咽悲鸣，差点儿当场趴下。

另外几匹马的情况也差不多，莫猸等人临敌经验丰富，见势不妙，反转弯刀狠狠抽在马背上，马匹唏溜溜咆哮，忘记害怕，箭一般直射出去。

莫猸等人前后夹击，试图包抄郑吉。他们的弯马刚刚扬起，天马从他们中间一掠而过，郑吉挥起吞雪刀，直取拊鲁。

俗话说，天下武功唯快不破。郑吉策马疾奔，黄沙狂舞势若奔雷。

拊鲁身经百战，一眼就能看穿郑吉的意图，可惜根本没有时间抵挡，更不用说反击，一抹刀光划破瞳孔，半边身子连肩带颈飞了出去。

“好快的刀……”拊鲁来不及震惊，意识陷入永久的黑暗。

两马相错，郑吉轻舒猿臂，将嬛罗隔空抓过来，横放在马背上。

莫猸四人从后面杀上来，黄沙滚滚，人喊马嘶，刀气纵横。

郑吉掉转马头，右腕轻轻一震，将刀上的血水甩落到沙尘上。

“郑吉……”嬛罗惊恐万状，对方还有四个人，她不希望郑吉恋战，还是逃命要紧。

“不用担心，很快就会结束。如果你害怕，就闭上眼睛吧。”

“不，我不怕！”嬛罗倔强地摇摇头，唯恐野马把自己颠下去。

野马疾冲而出，两名马贼一左一右杀上来，分进合击。

郑吉朝右边马贼一刀劈下去，毫无花哨。

马快，刀沉，加上神力无双，马贼挡不住郑吉简单一刀，连刀带人被劈成两半。

左边马贼弯刀如虹，朝郑吉拦腰便斩。

郑吉刀尖下指，以刀背格开弯刀。两马交错，刀锋顺势反削，劈开马贼后颈。

从出刀到毙敌，也就是眨眼的工夫，动作干脆利落，没有丁点儿多余，更不肯多费一丝力气——杀人的刀术从来都不好看。

头颅高高飞起，马匹冲出数十丈，尸体才撞落马下。

莫猸目瞪口呆，没想到郑吉的刀术如此凶悍。

做了多年马贼，莫猸在南北两道闯下赫赫凶名，死在他刀下的人不计其数，这次遇到郑吉，算是吓破了胆。

莫猸拨马狂奔，另一个马贼见势不妙也夺路而逃。

“想跑？”郑吉马快，赶上那个马贼，手起刀落，将他劈下马去。

马速不减，郑吉双腿夹紧马腹，探身下去，一个海底捞月，刀尖挑起沙地上马贼的弯刀，向前甩出。弯刀破空，如一道白虹贯穿莫猸后心，带血的刀尖从前胸穿出。

莫狪惨叫，从马背上倒栽下来，坐骑受惊，拖住他一路狂奔。

野马王打一个响鼻，平地卷起两道沙龙。

天上的海东青长唳一声，振翅飞入云端，很快变成一个小白点。

郑吉目送那只矛隼消失，挑断嫘罗身上的绳索，笑道：“没事了，一切都过去了。”

“呕……”马一停下，嫘罗立刻跳下去，吐得昏天黑地。一路逃亡，她见过不少杀戮，至今还是不能完全适应。

等嫘罗平静下来，郑吉拿来一只盛水的羊皮袋递给她。

嫘罗漱过口，洗了脸又休息一会儿，感觉才好了不少。

趁这个工夫，郑吉将一匹无主战马牵回来，给嫘罗换乘。

嫘罗心有余悸，问道：“我们去哪里？”

郑吉指向前方：“前面就是白马城，我们得去补充些食物。”

“白马城？”嫘罗颇有深意地看郑吉一眼，“听说那里美女如云，自古繁华，是男人的梦想之城，怎么可以错过？”

“咳咳……”郑吉低下头，拼命咳嗽，装作听不懂嫘罗的话。

嫘罗转向天马，眸子里异芒闪烁，惊叹道：“这就是那匹神马吗？夭骄如龙，气质高贵，力大无穷，举世罕及。它有名字吗？”

“还没有！”

“给它取个名字吧。”

“嗯！”

嫘罗歪着脑袋想了想：“此马毛色血红如紫焰，乘云而奔若飞凫，叫它紫凫好不好？”

郑吉哑然失笑：“它是天马中的王者，逐光越影，野行万里，叫紫凫是不是婉约了一些？”

“红妆如何？”

“……”

“要不叫胭脂？”

郑吉赶紧投降：“好好好，就叫紫皂——名字很好。”

嫘罗大为得意，纤手抚弄火红的马鬃：“喂，紫皂，你的名字是我取的，以后要听我的话——最起码我是你半个主人，对不对？”

野马王听不懂嫘罗的话，见这个人族女子敢对它动手动脚，勃然大怒。猛一甩颈，后蹄直立，唏溜溜一阵咆哮，不是郑吉眼疾手快拉住它，一对铁蹄踏下去还不得把嫘罗踩成肉泥？

它是天马之王，自有不可冒犯的威严，它只认郑吉，对这个美丽的人族女子，可没有半点儿怜香惜玉之心。

嫘罗闪到一旁，气得直跺小脚，恨不得用鞭子狠狠抽它一顿。

郑吉挖坑，准备把马贼尸首埋下去。一手提起拊鲁的尸体，觉得有些沉重。将手使劲一抖，从拊鲁怀里掉下一个金丝镶边的包裹，打开来，里面有一只雕刻着古朴花纹的青铜匣子。

郑吉打开铜匣，匣中有一个黄金箱子，打开金箱，则是一个用整块羊脂玉雕琢的小盒子。

嫘罗见状，大为好奇，也凑了过来。

郑吉取出玉盒，小心翼翼打开，一颗大如鸡卵的珠子出现在眼前。

珠子赤红如火，玲珑剔透。表面有个栩栩如生的凤眼图案，如神祇俯视苍生，令人敬畏。

嫘罗捂住小嘴，瞪大眼睛，满脸震惊：“郑吉，这是什么？”

郑吉端详半晌，慢慢把珠子收起来，若有所思道：“我以前看过一本书，名为《神异录》，书中讲世间有一种神奇的珠子，为凤凰精血所化，名叫凤凰胆，不知道是不是眼前这颗？”

“凤凰胆？它很神奇吗？”

“据说它有沟通鬼神之力，借助它可以通往长生之境。”

“这么好的东西怎么会出现在马贼身上？”

“大约是马贼劫杀了哪支商队，才落到他们手中的。”

郑吉一边说，一边又从其他马贼身上搜出不少西域各国的钱币，悉数笑纳。带着一个娇生惯养的异国公主千里逃亡，没钱还真是不行。

“郑大人，你连死人的钱都不放过吗？”嫘罗一脸戏谑地望着郑吉，美目流盼，清扬婉兮，嫣然一笑，惑阳城，迷下蔡。一阵风来，白衣如雪，翩翩欲飞。

郑吉正捏着几枚龟兹铜币，听到嫘罗的调侃，手一下僵在那里，嘴角抽搐不止——死人的钱就不是钱吗？又不是冥币，干吗不拿？没有钱，接下来如何活命！

第二章　挽弓当挽强

1

白马城是龟兹国第二大城，论及繁华和富庶则要超过国都延城。

城有内外两重，方圆数里。楼阁相望，车马如流，酒肆林立，麾盖云集，来自诸国的王孙公子与商贾巨富熙熙攘攘，多不胜数。

城中道路纵横，极为便利，主道贯通内外城，可并行四匹马；外城为平民行商所居，三教九流，鸡犬相闻；内城则是官宦豪富之家，亭台楼榭，飞阁流丹。

楼阁馆舍乐音入云，琵琶、箜篌、觱篥、羯鼓，不一而足。龙吟虎啸一时发，万籁百泉相与秋。寂寞銮舆斜谷里，是谁翻得雨淋铃？

入了城，郑吉抓紧时间补充必需的东西，又寻人给紫骢修了马掌，剪了马鬃和长尾。

紫骢引颈长嘶，夭骄如龙。

嫘罗从没有像现在这样开心过，除了郑吉，这里没人知道她是大宛公主，也没有谁在耳边聒噪烦琐的宫廷礼仪，她可以无拘无束地做自己喜欢做的事情。比如到十字街头的胭脂铺里挑选水粉和薰香，还有那些让女孩子爱不释手的小玩意儿。

不过，为了不至于惊世骇俗，嬛罗还是听从郑吉的建议，用长纱将自己的倾城之容遮盖起来，只露出一双令人销魂的眸子。

“给钱。”

郑吉把两只水袋放到紫凫背上，抬头看看那只伸到眼前的纤手，面无表情道：“没钱。”

嬛罗嗔怒：“我亲眼看到你从马贼身上搜到很多钱，怎么没有？”

“咦，那是死人的钱，你也要吗？”

“白马也是马，死人的钱就不是钱吗？”嬛罗白了郑吉一眼，从他身上抢过钱袋，一溜烟蹿进胭脂铺，比兔子还快。

“呃……”郑吉以手扶额，有些无语。

“公子，安息国红玫瑰，买一枝吗？”身后响起一个妖媚的声音。

郑吉回过头，面前站着一个俏生生的龟兹女子，青丝垂颈，鬓插花钿，耳悬玉环，颈佩五彩骨珠，腕戴彩镯，臂着环钏，穿红罗裙，腰裹绿巾，璎珞披拂，左手提一只精巧的花篮，右手拈一枝鲜红欲滴的玫瑰花，花瓣上还带着露珠，盈盈欲落。

“好漂亮的花哦！”看到女子手中的玫瑰花，拎着胭脂和薰香跑回来的嬛罗再也迈不动脚步，眸子里异芒闪烁。

郑吉像是没看见一样，把嬛罗买的东西放到马背的包裹中。

“公子，买一枝吧，送给你的意中人，一生一世，她就是你的唯一！”女子向郑吉兜揽生意，眼睛却望向嬛罗，眼睛里全是笑意。

嬛罗一双美目望着郑吉，眨都不眨：“郑吉，我要那朵玫瑰花！”

“你把钱都花光了，拿什么买？”

“我不管！”

“……”

“我就要你给我买那枝红玫瑰！”

“呃……”郑吉差点儿咬到自己的舌头，真是怕什么来什么。他不是舍不得给嫘罗买花，而是那个卖花女子的话让他踟蹰不前——安息国的红玫瑰是送给意中人的，他买来送给嫘罗算怎么回事儿？

“我就要你送给我！”嫘罗倔强地看着郑吉，毫不退让。

郑吉知道躲不过，只好投降。

嫘罗见郑吉又被自己打败，得意地笑起来。

卖花女子笑道：“公子买花送给意中人吗？”

“……”

“公子好福气，这位姑娘端庄高贵，你们真是天生一对呢。”

嫘罗红了脸，没有反驳，嘴角含笑。

“她端庄吗？”郑吉斜了眼看嫘罗一下，“你想多了，她是我妹妹。”

“你……”嫘罗瞪郑吉一眼，恨不得从他身上咬下一口肉来。

“公子真会说话！”女子咯咯笑着，将花递向郑吉，纤纤十指微微翘起，状似兰花。

郑吉的目光落到女子手指上，那手白皙如玉，精致无双。

女子觉察到郑吉的异样，笑吟吟的，媚意更浓。

郑吉摇头轻叹道：“可惜。”

女子一怔，不由得问道：“可惜什么？”

“掺掺女手，如冰如雪。本为操琴而生，却错拿了杀人刀，岂不可惜？”

嫘罗再次瞪郑吉一眼，醋意大发。臭男人，才第一次见到人家，就盯上了人家的手——她的手比我的好看吗？

女子蓦然变色，反手将花篮掷向郑吉，花雨纷飞中，寒芒暴射，一柄短剑刺向郑吉的咽喉。

郑吉恍若未见，一动不动。

“郑吉……”嫘罗尖叫一声，拔出短刀冲上去。

剑刃如霜，霍然而止，再近一分就能刺中郑吉的喉咙。

女子满脸惊怒，一截花枝抵住她的咽喉，锋利的断茬传来清晰的刺痛，令皮肤都起了一层小疙瘩。

郑吉微微眯了眼，声音波澜不惊：“要不要试一试谁能活下去？”

女子的脸色又苍白几分，握刀的手越发僵硬。她毫不怀疑只要自己敢动一下，下一刻咽喉就会被半截花枝刺穿。一分的距离很短，但在她眼里不啻万里之遥——她杀不了眼前这个男人，哪怕她的短剑淬了见血封喉的毒药。

“你是怎么看出来的？”

“我没有看出来！”

“什么？”

“我是闻出来的！”

“……”不只女子愕然无语，连嫘罗都瞪大眼睛，一脸不相信。你是狗鼻子吗？还能闻出杀手的味道？

郑吉不紧不慢道：“长安城和记老铺的苏罗香昂贵无比，一般的公卿女眷尚且用不起，白马城虽富甲西域，一个卖花女子也不至于奢侈到这个地步吧？”

女子这才知道哪里出了问题，心里苦笑不已。她杀人前有个习惯，先沐浴一番，再用昂贵的苏罗香熏身，哪会想到这个男人有一个比狗还灵的鼻子！

苏罗香为长安城和记老铺独门秘方所制，有“一两黄金半钱香”之说，蓬门荜户的卖花女子如何用得起？

嫘罗使劲嗅了几下，空气中果然有种淡淡的香味，不留心的话根本发现不了。她在长安城也用过苏罗香，那东西贵得离谱。知道郑吉说得不假，诧异地望向郑吉，目光中多了一些东西。

郑吉没有回头也知道嫘罗心里想什么，尴尬道：“我的鼻子大约与别人有些不同，闻过的味道一般很难忘记……”

嫘罗嘴角翘起：“解释什么？我又没兴趣知道！”

“呃……”郑吉狂汗，又一巴掌拍到马蹄上去了。他再次眯了眼，望着眼前的女子，“这么漂亮又有情调的女杀手在西域并不多见，除了刘鹿楼的七当家苏魅儿，我实在想不出来还有哪一个。”

女子叹息道：“不得不说，我小看了你，那些人也都小看了你。”

“看错人不算什么，错杀了人才麻烦。”

苏魅儿望向郑吉，眸子盈盈如水：“我知道你不想杀我，我也杀不了你，既然这样，我认栽，放我离开好不好？”

郑吉挑挑眉毛：“你真知道我怎么想的？”

苏魅儿咯咯笑道：“我是一个女人，最清楚男人心里想什么。你真要杀我，我还能站在这里和你说话吗？”

嫘罗见不得苏魅儿对郑吉抛眉弄眼，气道：“他不杀你，我不会怜香惜玉。”短刀一翻，刺向苏魅儿。

苏魅儿大惊，正在这时，一支箭矢呼啸飞来，射向嫘罗。

郑吉眼观六路耳听八方，顾不得与苏魅儿周旋，向后疾掠，一把抱住嫘罗，左手两指闪电般夹住那支箭，箭尾的白羽犹自铮响不已。

“放开我！”嫘罗冷不防被郑吉抱住，顿时羞得满面通红。当她看到郑吉手中的箭时，俏脸唰地变得雪白。

趁这个工夫，苏魅儿早跑得没了影子。

2

“杀人啦……”不知谁叫了一声，满街的人惊呼四散，恨不得多生两条腿。马嘶人喊，有十几匹骆驼受了惊，四处冲撞。

一个垂髫幼童被人撞倒，坐在地上哇哇大哭。

一头受惊的公驼正朝他冲过去，宽大的蹄子比他的脑袋都大，要是踩下去，那个孩子哪里还有命在？

嫘罗看到这一幕，尖声叫道：“郑吉，快救救那个孩子！”

郑吉不敢怠慢，在公驼巨大的蹄子落下之前，一把抄起幼童，冲到街边。

“郑吉，你们没事吧？”嫘罗跑过来，声音颤抖，小脸煞白。

“没事！”郑吉抱起那个小孩儿，哄道，“别怕，小家伙，告诉我，你的家人在哪里？”

小孩儿望向郑吉，眼底掠过一抹野兽捕食般的噬血寒芒。

郑吉突然意识到什么，瞳孔猛地一缩，将小孩儿狠掷出去。

“不要……他还是个孩子！”嫘罗见郑吉要杀那个孩子，失声惊呼。

一线乌芒从那个小孩口中飞出，擦着郑吉的鬓发飞过去，空气中有股淡淡的甜腥味。

郑吉冷汗狂出，不是反应够快，这一根五毒破锋针一旦刺破他的皮肤，足以让他命丧当场。

郑吉大怒，刀光匹练般飞起，直取那个孩子的脑袋。

岂知那孩子灵活异常，动如脱兔，贴地疾飞，霎时蹿出十几丈远，堪堪避开郑吉的刀芒，这等身手岂是一个五六岁的孩童能够做到的？

“……”嫚罗脸色惨白，说不出话来。

“好身手！好刀法！”十几个在附近观望的汉子手持弯刀慢慢围上来。为首的家伙高鼻深目，断发垂颈，脸上有一刀疤，阴森可怖。右手提一张乌木弓，左腕缠兽皮，上面架着一只海东青，金睛雪羽，极为凶悍。

郑吉收刀，把嫚罗护在身后。他杀人很少出第二刀，一刀杀不死那个小孩儿，足以说明很多问题。当然更重要的是对方的帮手已经出现，而且很多，他失去了击杀对方的机会。

“你是谁？”郑吉的目光从那只白矛隼身上扫过，没有任何波动。

那人笑起来，肌肉牵动疤痕，显得更加狰狞：“我说我是等你们的人，你信不信？”

“信！”郑吉没有任何犹豫和迟疑。

嫚罗瞪大眼睛，满脸不可思议。

“咦，你真的相信？”

“当然！”郑吉看向海东青，“这鸟儿不错，从北海那边弄来的？”

“好眼力！”那人眼睛一亮，赞叹道，“此隼名为九年凤，产于北海，最擅长追踪。没有它，我那几个兄弟可就白死了。”

“你想替那几个马贼报仇？”

"他们不是马贼。还有，你拿了不该拿的东西，识相的话交出来。"

"我拿了很多东西，比如钱和衣服，不知道你指的是什么？"

"一个青铜匣子。"

"我说没见过，你肯定不信。即便我拿了，你确定我会交给你？"

"那东西不是你的，你不交就得死。"

"那东西也不是你的，我交了一样会死。"

"东西交给我，我会让你们死得痛快一点儿。"

"想杀我们，你这点儿人手还不够吧？"

一个昂藏汉子叫道："老大，这只汉狗太嚣张，让我屠了他。"

"莽牛，你杀不了他。"一个阴恻恻的声音响起。

说话的是那个身材不足三尺的幼童，刚才死里逃生，深知郑吉那柄刀的可怕。身形一晃，一阵噼里啪啦爆豆般的声音响起，几个呼吸之间，身体像吹气似的不断膨胀，变成一个不满五尺的侏儒，赤发碧眼，皮如炭墨，鬼气森森，形容可怖。

莽牛似乎对这个人很畏惧，见他开口，立刻退到一旁，噤若寒蝉。

看到那人的真面目，郑吉为之一凛，一个名字不由自主从心底蹦出来："刈鹿楼五当家迦婆离？"

那人笑起来，声音尖厉刺耳："劳阁下记得，荣幸之至。"

郑吉不由自主攥紧了手指，怪不得刚才那一刀没宰了他，原来这孙子竟是大名鼎鼎的刈鹿楼第五杀手。

据说此人为身毒国人，是个弃婴，为野猴所养，跃涧跳树如履平地。后来拜异人为师，习得一身好功夫，全身骨骼能够随意变化，犹若无骨。以杀人为乐，喜食活人心肝。

迦婆离心狠手辣，刀下从不留活口。在西域诸国传说中，他就是行走于人间的鬼王，比地狱修罗还可怕。

郑吉也笑起来："不用客气，下次我会用心，一定斩了你的鬼首。"

迦婆离勃然变色，如鬼夜哭："想杀我，等活着出了白马城再说。"

三十多个持刀的汉子团团围上来，面目狰狞，眼睛里闪烁着残忍而兴奋的光芒，仿佛不是杀人而是参加一场饕餮盛宴。

郑吉看向苏尔班："你们要杀的是我，与我朋友无关，能不能放她离开？"

苏尔班打量一下嬛罗，冷笑道："看来你真的不太了解这里，白马城不只是龟兹最富庶的城池，还有西域诸国最大的女市。你这位朋友姿色还算不错，想必不会被男人们冷落。"

嬛罗歪着小脑袋，不解问道："他说的女市是什么？"

郑吉没有回答，目光扫过那群人："想杀我的人很多，你不是第一个，也不是最后一个。白马城并非铜墙铁壁，想留下我们还得问问我手中的刀，不知道你身边这些人到时候还能活下来几个？"

众人一滞，心底悄然升起一股寒意，连苏魅儿和迦婆离都拿不下这个汉人，他们想杀掉对方，恐怕还真没有几个人能够活下来。

迦婆离眼珠一转，附在苏尔班耳边小声嘀咕了几句。

苏尔班一愣，随即笑道："阁下是真英雄，苏尔班向来敬重豪杰，不想与阁下冲突。这样吧，我带你们去见个人，只要他不难为二位，我绝无二话。"

嬛罗问道："见什么人？"

苏尔班打个呼哨，一匹青骢马飞奔而来，鬃鬣飞扬，极为神骏。

九年风长唳一声，飞上云霄。

苏尔班飞身上马："你们跟我走，到了地方自然会知道。"

嬛罗嘴角微翘，冷声道："我们为什么要跟你走？"

"你们不觉得这是最好的选择吗？"

"我们凭什么相信你？"

"你们不想乱箭攒身，只能相信我，这是没办法的事儿。"

郑吉抛下箭矢，牵起紫骍："我们跟你走！"

嬛罗急道："你傻了吗？他是坏人，他的话怎么可以相信？"

郑吉上马，淡然道："我们总归是要离开这里的，跟谁走又何妨？"

"可是……"嬛罗知道郑吉有了决断，把后面的话咽下去，瞪了苏尔班一眼，上马和郑吉并辔而行。

苏尔班赞叹道："好汉子！有种！"

一众汉子策马跟随。

3

西城有座园子，占地极广，凡是来过白马城的人都知道，那里是白马城主的"兽苑"。

白马城主相虒是龟兹国王最小的儿子，封为辅国侯，食邑龟兹国最富庶的白马城，集万千宠爱于一身，名贯西域。

兽苑里豢养了许多凶兽，隔老远就能听到虎啸狮吼之声，这里是白马城的禁地之一，普通人根本不敢到这里来。

兽苑除了驯兽和射猎，最有名的就是斗兽。相飑在园中建了一个椭圆形的斗兽池，池前有观兽台，高约九丈。斗兽池方圆约百丈大小，全为巨石所筑。有东西两扇门，东门为兽奴出入之处，西门则是猛兽进出通道。

苏尔班与迦婆离进入兽苑，听到斗兽池方向传来阵阵兽吼，显然那里正在进行一场惨烈的斗兽比赛。

兽苑的兽奴除了城主府专门训练的奴隶，还有从战场上捉来的俘虏，或者是白马城判了死刑的罪犯。相飑喜欢杀人，用他的话讲，杀人有很多方法，用刀野蛮又不够好看，最好投到斗兽池里，既免了脏手，又能博得大家一乐，岂不两全其美？

杀人自己高兴，斗兽大家同欢，独乐乐不如众乐乐嘛。

相飑坐在观兽台中央的白狮子座上，乌孙王子元贵靡、焉耆王子汲鸠、鄯善王子苏祇摩、于阗王子乌勒和疏勒王子兜貕分列两侧，津津有味地看着斗兽池中的搏杀。

白马城诸多贵族或坐或卧，一边饮着如血美酒，一边哄然叫好。

斗兽池中染满血水，到处是狼藉的尸块。

一头棕色公熊立在尸块中间，头大而圆，体形健硕，肩背高高隆起，身上的毛又厚又密，粗钝的前爪上沾满了血水和脑浆。

也许被血腥味刺激得野性大发，它双眼血红，口鼻喷出一道道白气，不时直立而起，挥舞粗壮如檩的前臂，仰天咆哮。吼声如雷霆落在白马城中，震得整个兽苑都摇摇欲坠。

不少人面如土色，两股战战，连酒杯都握不住，洒了一地。

汲鸠露出惊容，啧啧叹道：“果然是神兽，恐怕普天之下除了相飑殿下，没有人能将它从昆仑山中捉来。”

相飑肉疼道：“为了捉这头神熊，光是我的百狩骑就死了三十多个，代价不可谓不大啊。”

白马城有支精锐骑兵，是相虺的亲卫军，号称龟兹国战力第一，百战百胜，故名为“百狩骑”。

汲鸠笑道：“说到大手笔，殿下称第二，没人敢认第一。”

相虺大笑，将杯中的酒一饮而尽，看向驭兽官：“今天死了几个？”

驭兽官躬身答道：“一级兽奴六个，二级兽奴十二个。”

相虺不悦道：“这么多人打不过一头熊，都是废物，养他们白白糟蹋粮食吗？你去告诉那些人，做不了兽奴，就送他们做灯奴。”

听到“灯奴”二字，大家心中一凛，不少人露出惊惧之色。

“属下这就去办……”驭兽官浑身颤抖，面色如土。他深知殿下的手段，绝不是说说而已，真要惹得殿下不高兴，除了做灯奴，没有第二个结果。

“等等！”相虺叫住正要退下的驭兽官，说道，“你告诉那些兽奴，谁能在斗兽池中坚持半炷香不被神熊杀死，本侯就提拔他做二等侍卫，赏钱三十万。有罪的免死，无罪的提升为一等侍卫。”

“是！”驭兽官急急退下去。

兜貘笑道：“好手段！重赏之下必有勇夫，那些兽奴听到这个消息，想必会争先恐后与神熊一搏。”

相虺眼珠转了转说道：“我知道诸位王子到白马城来，都是为了本侯手中的凤凰胆。诸位都清楚，凤凰胆是天地间一等一的宝贝，乃凤凰涅槃时精血所化，得之能脱胎换骨。有缘人可借助它打开长生之门，去往传说中的神国。”

听到“凤凰胆”三个字，又看到古朴的青铜匣，汲鸠等人瞪大了眼睛，连呼吸都急促起来。相虺说得不错，他们这次到白马城来，无非是想见识一下传说中的凤凰胆。

据说，凤凰胆是世间第一奇珍，万毒不侵，去阴补阳，可以借助它修炼长生之术，沟通鬼神，它还赋予持有者一种神秘的力量，预测祸福，趋吉避凶。

这种东西无论在谁手里都是秘不示人的异宝，可惜君子无罪，怀璧其罪，没有相应的实力而得此宝，无异于自寻死路。

据说凤凰胆原是上古之物，后来遭逢战乱下落不明。无数个千年过去，不知怎么被一名西域胡商得到。可惜那人没能走出大漠，便被马贼分尸。

相虺环扫一周，知道吊足了大家的胃口，笑道："诸位，凤凰胆就在本侯手中，咱们打个赌如何？"

元贵靡道："我们没见到凤凰胆，不知道是真是假，这赌怎么打？"

"请诸位王子放心，本侯敢拿性命作保，凤凰胆绝对是真的。"

乌勒忍不住问道："你想赌什么？"

"诸位到白马城来，身边随行有贵国高手。据我所知，于阗国的桑纥和乌孙国的左姑梁都有万夫不当之勇，倘若哪位勇士上场胜了神熊，本侯二话不说，双手奉上凤凰胆，诸位意下如何？"

汲鸠等人望着凤凰胆，眼热无比，神情却极为犹豫。

凤凰胆虽好，也得有命拿才行。十几个膀大腰圆的兽奴都撑不过半炷香，他们不认为本国的勇士能在神熊面前全身而退。

龟兹贵族姑翼尖着嗓子笑道："殿下有所不知，天下多是贪生怕死之辈，什么拔山扛鼎倒曳九牛，都是吹嘘罢了。在神熊面前，所谓勇士比我龟兹三岁小儿又强到哪里？"

诸位王子面面相觑，脸色有些不好看，他们明知道姑翼是激将法，可这话实在诛心……这孙子不是当面打脸吗？还是啪啪响的。

几位王子的侍卫目眦欲裂，恨不得一拳打烂姑翼的女人脸。他们都是本国赫赫有名的勇士，走到哪里不受人敬仰？到了白马城居然遭到一个娘娘腔的嘲笑，是可忍，孰不可忍！

于阗武士桑纥豹头环眼，燕颔虎须，他第一个被相乸点名，脸面挂不住，从乌勒身后闪出来，叫道："殿下，我去宰了那头熊，属下不能辱没于阗武士的荣誉。"

乌勒正要阻止，相乸笑道："乌勒王子，桑纥胜了神熊，凤凰胆就是你的，你怕我会失信吗？"

乌勒望望凤凰胆，终于动了心，向桑纥说道："那头熊很是凶悍，你多加小心。"

"我一定会杀了它！"桑纥声若奔雷，大踏步走下观兽台，来到斗兽池外，将配刀及外衣悉数除去，收束停当，大喝道，"开门！"

几个武士绞动铁索，提起沉重的铁门，露出长长的石铺甬道。

桑纥走进甬道，武士又将铁门放下来。

见桑纥出现在斗兽池内，所有人都瞪大眼睛，不少龟兹贵族站起来，生怕错过精彩的一幕。

他们见识过神熊的可怕，而桑纥也是凶名昭著，在战场上不知徒手撕裂过多少敌人，重要的是此战将决定凤凰胆的归属，众人心情更为迫切。

元贵靡、苏祇摩、兜猤和汲鸠暗暗后悔，都怪自己一时迟疑，错失了良机，白白让乌勒捡个大便宜，那是天下第一奇珍凤凰胆啊，谁不想据为己有！

公熊正焦躁不安，看到有人从门里进来，红了眼睛，人立而起，仰天咆哮。

桑纥心头一窒，刚才在台上还不觉得什么，真正走进斗兽池，才意识到这头熊的可怕。别的不说，光是那庞大的身躯就比他高出不止一头，怎么斗？

公熊可没想这么多，四爪着地，把巨石地面抓出几道深沟，火星乱迸，低声咆哮，向桑纥猛撞过去。

桑纥慌忙闪避，熊爪擦身而过，拍在地面上，石头四分五裂。

桑纥不等棕熊转身，虎吼一声，一拳狠狠砸在公熊背上。

公熊的身体晃了晃，吼声如雷。

桑纥以勇武强力闻名，一拳下去足以开碑裂石，可惜公熊皮厚毛长，一拳未能将它击倒，反让它更加疯狂，掉头朝桑纥碾压过来。

桑纥大惊，飞身后退。直到这个时候，他才发现这头熊比想象的更可怖。心里有一万个草泥马在狂奔，后悔不该沉不住气，自己跑进了斗兽池，这不是找死吗？

众人都把心提到嗓子眼儿，公熊刚才那一扑，谁都看出了凶险，不是桑纥身手敏捷，早成了死人。见桑纥无功而退，观兽台上响起一片惋惜声。

乌勒脸色发白，大叫道："快跑！不要和它硬拼！"

不用提醒，桑纥也知道公熊不可正面力敌，撒开脚丫子就跑。

公熊发了狂，在后面猛追。

桑纥原打算与公熊兜几个圈子，趁它力竭时再出手。这个想法不错，可他忘了最关键的一点——熊的耐力极好，跑起来比奔马还快，斗兽池就这么大地方，被一头发狂的公熊狂追，能躲到哪里去？

"嗷欧——"公熊追上桑纥，直接把他扑倒。

"救命……"桑纥魂飞魄散，到了这个时候，再也顾不得第一武士的尊严，大呼救命。

可惜此刻谁也救不了他，众人目瞪口呆，宛如泥塑。

桑纥大声惨叫，公熊钩爪从他头顶划拉到腰背，一大片头皮连同背上血肉被生生撕掉。

桑纥鬼哭狼嚎，公熊张开血盆大口，把他大半个脑袋咬下来。

"啊……"众人全被这血腥的场面吓呆，手足发冷，浑身颤抖，不少人几欲昏厥，酒杯从手里掉下来都不知道，酒水流了一地。

“桑纥……”乌勒嘶声痛号，可除了眼睁睁看着曾经的第一武士被公熊撕碎，又有什么办法？

似乎早料到这个结果，相飑并无惊诧之意，淡淡道：“可惜了！”

姑翼看看神情如死的乌勒，目光又从诸位王子身上扫过，嗤笑道：“天下英雄多如狗，有几个真豪杰？这等欺世盗名之辈死便死了，有什么可惜？”

乌勒蓦然转身，红着眼睛吼道：“相飑，你是故意的！”

相飑慢慢呷口酒，连眼皮都没抬，嘲弄道：“乌勒王子何出此言？桑纥自己走下斗兽池，众目睽睽，我强迫过他吗？愿赌服输，自古皆然。他死了只能怪自己技艺不精，难不成要我把凤凰胆双手奉上你才满意？”

“你……”乌勒王子几乎背过气去，白马城是相飑的地盘，论国力，龟兹又远大于于阗，他能奈何？双瞳血红，几乎拂袖而去。

桑纥惨死，他回去怎么向父王和国人交代？想到这里，乌勒王子觉得心肝脾胃肾都缩到一块儿，全身没有一处不疼。

元贵靡和苏祇摩等人抹一把冷汗，想想刚才的情形，都暗自庆幸。不是犹疑，这会儿血淋淋躺在斗兽池里的就是他们的人。

见无人说话，相飑冷冷一笑，向驭兽官问道：“那帮兽奴怎么讲？”

驭兽官惶恐道：“殿下的奖赏前所未有，那帮兽奴原有几个动心的，可看到刚才那一幕，他们又打消了念头，死活不肯上……”

“不肯上？”相飑脸色一沉，冷声道，“死活由得他们吗？你去告诉他们，不想上也可以，统统去做灯奴吧。”

“……”驭兽官浑身战栗，面色如土。

众人低下头，噤若寒蝉。做兽奴好歹还能活一段时间，真做了灯奴，那才是十死无生，生不如死啊。

4

苏尔班和迦婆离走上观兽台，齐声道：“参见殿下！”

相虒眯起眼睛问道：“人找到了？”

苏尔班躬身道：“托殿下洪福，幸不辱命。”

“东西呢？”

“还在那人身上……”

相虒睁开双眼，森然道：“你们失手了？”

苏尔班硬着头皮道：“不算失手，事情出了点儿意外。”

迦婆离倒还平静，毕竟他是刘鹿楼五当家，地位超然。

苏尔班汗如雨下，不敢动，也不敢拿袖子擦一擦。

沉默，死寂般的沉默。

一阵令人窒息的沉默之后，相虒慢腾腾道：“做不好事情还敢回来，这是白马城的规矩吗？”

“咯咯咯……殿下是要宰了他们吗？”一个手持花篮的女子走上台，红罗裙，璎珞披拂，颈佩五彩骨珠。身姿曼妙，腮凝新荔，细腰盈手，如天池美玉，香雪铸魂，举手投足透露出一股成熟妩媚的韵味，一出现就点燃了所有男人的目光。

看到那个女子，相虒嘴角勾起一抹笑意。

苏魅儿根本不把这么多达官贵人放到眼里，走上前笑道：“殿下，这次不能怪他们，那人太扎手，不是苏尔班那一箭，奴家都回不来呢。”

“有这种事？连你都对付不了他们？”

“迦婆离大人都差点儿掉了脑袋，奴家算什么！”

迦婆离只当没听见，在刘鹿楼，苏魅儿是公认的青竹蛇，谁敢轻易招惹？换作别人嘲弄他，他一刀砍过去斩成八段。

“他们有三头六臂吗？苏尔班，把人带过来，我要亲眼看看。”

“属下遵命！”苏尔班如蒙大赦，掉头奔下观兽台。

一会儿工夫，两个年轻人跟着苏尔班来到观兽台上。

男子身材高大，眼睛狭长若丹凤。

女子脸上裹着白纱，看不清面目，一双眼眸清新湛蓝，如雨后春山，似碧落海渊，让人情不自禁沉沦其中，难以自拔。

“咦……”很多人发现那个女孩清澈的眼眸，不觉惊呼出声。似乎不敢相信一双眼睛竟然美到如此地步。众人大为好奇，纷纷猜测白纱下的容颜，到底是美如天仙还是丑如鬼魅？

“汉人？”看到郑吉，元贵靡眼睛一亮。他是乌孙国王翁归靡的长子，母亲是大汉公主刘解忧。乌孙与大汉和亲多年，两国关系极好。由于从小受到母亲影响，元贵靡对汉人和汉家文化有种天然的亲近。

相虺惊讶道：“你们是什么人？从何而来？”

郑吉沉声道：“草野之人，浪迹江湖，四海为家。”

“你们杀了苏尔班五个手下，有这等身手岂是草野之人？”

“我的确杀过几个马贼，殿下这么讲，苏尔班也是马贼吗？”

众人闻言，眼皮一阵狂跳，这个小子敢和相虺殿下针锋相对，真是好大胆啊。

“拊鲁等人是龟兹武士，骁勇善战，尽人皆知，你污他们为马贼，其心可诛。本侯岂能被你的如簧巧舌蒙蔽？”

“他们劫持女流，死不足惜，至于殿下怎么想，我不感兴趣。”

“你不怕死？”

“当然怕！”

众人哄然大笑，这个家伙也怕死啊，还以为刀枪不入油盐不进呢。

嬛罗直跺脚：“你这个家伙没有一点儿男儿骨气吗？怎会连这种话都说出来？”

郑吉无所谓道：“实话实说，要什么骨气？”

“你……”嬛罗气得说不出话，把脸转向一边，懒得理他。

相虺淡淡道：“与活着相比，骨气值几个钱？你很聪明，本侯喜欢与聪明人打交道。这样吧，本侯给你两个选择，一是做灯奴，一是做兽奴。你如何选择？”

“有什么分别？”

“灯奴暂且不说，你身手不错，若是做兽奴，赢了那头神熊，杀人之事，本侯就不再追究。”

“什么？”嬛罗朝下望望斗兽池，一头巨熊仰天咆哮，如雷滚落。巨熊四周尸骨纵横，血流漂杵，她猛地捂住小嘴，差点儿当场呕吐。

郑吉不为所动：“这么说我们非死不可？”

“本侯说过，赢了神熊你们还有机会。”

“我也有个条件，不知殿下能否答应？”

“说说看。”

“我可以去斗兽池，侥幸活下来的话，希望殿下行个方便，让我们离开白马城。”

“不……”嫘罗抓住郑吉，带着哭声道，“我不许你去。”

相虺不悦道：“你有什么资格跟本侯讲条件？”

郑吉拿出青铜匣子：“这个东西是殿下想要的吧？我万一不小心摔到地上，殿下不后悔吗？”

“你威胁我？”

“我说的是事实，殿下要不要赌一把？”

两人的目光在空中相撞，火花四溅，观兽台上死寂一片，连空气都凝固了。

“好，我答应你！”半晌，相虺舒展眉头，脸色平静下来。

“殿下……”贵族姑翼走上前，想要说什么，被相虺挥手打断。

相虺阴冷道：“一介蝼蚁，本侯还没有放在心上。”

郑吉嘴角微挑：“殿下片言九鼎字字千钧，相信不会令人失望。”

相虺脸色一寒，杀机顿起。

郑吉解下吞雪刀，和青铜匣一起交给嫘罗，叮嘱道：“拿好铜匣，谁敢抢就用刀劈了他。”

相虺等人闻言，脸色极为难看。

嫘罗接刀在手：“你一定要小心……我就在这里等你，如果你不回来，我就一直等下去。”

“不用担心，我答应送你回家，不会把自己喂了一头熊。”

嫘罗还是不肯放手。

郑吉小声道：“你是公主，切莫被他们瞧出形迹。否则，我们真有可能走不出白马城。”

“可是……”嫘罗还想说什么，郑吉将手抽出，大步走下观兽台。

驭兽官早在台下等候，引领郑吉到斗兽池东门，武士提起铁门，将郑吉送入甬道中。

嫘罗眼也不眨地看着斗兽池，那头熊让她心惊胆战，她真想不顾一切跟郑吉而去，可是这样有用吗？

耳边响起一声轻笑。

嫘罗回头，看见苏魅儿那张妩媚如花的俏脸。

“我知道那人不是你哥，你也不是他妹妹。”苏魅儿翘起兰花指，笑道，“那头熊刚刚杀死了于阗国第一高手桑纥，还有十几个兽奴。没人救他，那个坏小子必死无疑。”

嫘罗脸色苍白如雪。

“不过……”苏魅儿眼波流转，风情万种，“若是你肯答应我一件事，我也许可以考虑救他。”

“什么事？”嫘罗眸子里燃起一线希望。

“把铜匣子给我，我保证他今天不会死。”

嫘罗浑身一震，不由自主倒退两步，死死盯住苏魅儿。过了一会儿，她像下了很大决心似的，一字一句道：“我答应你。只要你救了他，我就把东西给你。”

苏魅儿咯咯娇笑：“放心，我答应的事情绝对会办到。”

“嗷吼——”斗兽池中响起公熊的咆哮，巨大的观兽台摇摇欲坠。

嫘罗心里猛地一颤，赶紧看向斗兽池。

郑吉从甬道中走出，出现在斗兽池里。

神熊愤怒嘶吼，斗兽池里落下一道炸雷，狂风大作，飞沙走石。

郑吉不为所动，主动朝神熊迎上去。

神熊大怒，再次狂吼，熊掌猛地一按，疾逾奔马，像一座小山朝郑吉飞撞过去。

“郑吉……”嫘罗花容剧变，失声惨叫。

这头公熊体格魁伟，重量在千斤以上，加上惯性冲撞，会是什么结果？也许白马城最大的宫殿都经不住它的一撞之力。

众人全都站起来，似乎看到了郑吉被撞飞后粉身碎骨的场面。

郑吉的身子微微下沉，看着公熊裹挟着狂暴无匹的气势和力道飞扑过来。他宛如狂风中的苍松，岿然挺立。

待熊掌堪堪砸到脑袋，甚至能够清晰看到熊瞳中那一片血红，郑吉突然动了，身似弓，手似箭，腰似螺丝，脚似钻，避过公熊的冲撞，肩膀猛地一靠，劲如绷弓，发如炸雷，把神熊撞得倒翻出去。

“啊……”众人全都吓得说不出话来，千斤巨熊居然被人撞翻，得多大的力道？那个小崽子还是人吗？

“不可能！”相恖从白狮座上跳起来，脸孔狰狞如恶魔。

轰！公熊砸在地面上，斗兽池簌簌抖动。

苏魅儿张大了小嘴，差点儿把自己的舌头咬掉。

她袖中藏有一具精巧的短弩，箭头喂有见血封喉的毒药，只要郑吉遇到险情，她便出手。以她的身份，纵然杀死神熊，也不怕相恖责难。她万万想不到郑吉如此神力，竟然能撞翻神熊。想想之前街头的刺杀，不禁香汗淋漓。毫无疑问，那个时候郑吉杀她真是举手之劳。

“嗷欧！”神熊翻了两个滚，正要爬起来，郑吉艺高人胆大，扑上前，一手按住熊头，提起醋钵大的拳头，狠狠砸下去，筋骨齐鸣，虎豹雷音。

神熊血水飞溅，眼球暴裂，皮开肉绽。

众人全都呆滞。

神熊狂怒至极，钩爪把地面抓出一道道沟壑，沙石飞扬。猛然蹿起，狂暴地咬向郑吉，染血的獠牙在秋阳下闪烁着刀锋似的寒芒。

“不要……”嫘罗失声尖叫，几乎瘫倒下去。

郑吉后撤两步，转身就跑。

前面是石壁，壁高九丈，全为巨石砌筑，直上直下，光滑如镜。

元贵靡大叫道："你傻了吗？快停下，你跑不过神熊的！"

神熊速度极快，眨眼之间追到郑吉身后。张开血盆大口，声如雷鸣，巨掌朝郑吉的脑袋狠狠扫下去。

众人惊呼出声，前面就是高达九丈的石壁，郑吉还往哪里逃？难道能插翅飞出斗兽池？

郑吉听到耳后风声，几个箭步跑上石壁，噌噌上蹿，迅捷如灵猿。

神熊扑空，熊掌砸在石壁上，石头四分五裂，斗兽池剧烈摇晃。

几个龟兹贵族魂不附体，酒杯脱手而落，腿根处一阵温热，竟是尿湿了裤子。

郑吉脚尖一点，凌空后翻，如大鸟般越过神熊落在地上。抓住神熊颈背，腰胯猛然发力，筋络崩抖如龙，把神熊摔了出去。

神熊把地面砸出一个大坑，地动山摇，嘶声怒吼。

众人再次石化，眼珠子哗啦啦掉一地，这样也行？那是天山里的神熊啊，什么时候变成了任人摆布的小猫咪？

郑吉从地上抄起半截腿骨，锋利如刀，不等神熊爬起来，狠狠刺进它的脖颈。

血水激射，溅了郑吉一身。

神熊完全疯狂，人立而起，张开血盆大口朝郑吉扑咬过去。

郑吉避开熊掌，猱身直进，将断骨狠狠捅进神熊的喉咙。

神熊吼声如雷，血水从两处血洞里冲出，犹如喷泉。

郑吉扼住神熊的脖颈，双臂犹如铁铸。

神熊垂死挣扎，嘶声咆哮。

嫚罗双腿一软，跌在观兽台上。

众人全都惊呆了。

“放开神熊，不然我杀了你！”相虺跳到观兽台边上，双瞳血红。

郑吉丢开奄奄一息的神熊，抹去脸上的血水：“殿下想反悔吗？”

相虺怒发冲冠：“你杀了我的神熊，得为它偿命。”

“在殿下心目中，信义还不如一头熊重要吗？”

相虺双眼喷火，脸色狰狞。

姑翼小声道：“这里人多眼杂，殿下无须和一个死人计较，先答应他，他还能飞到天上去？”

相虺气咻咻道：“本侯要将他做成灯奴，让他生不如死。”

郑吉回到观兽台上，血透重衣，不知是他的还是那头公熊的。

嫚罗奔向郑吉，喜极而泣，不虞面纱垂落，露出惊世容颜。

灿若春华，皎如秋月。华容婀娜，明眸如渊。水沉为骨玉为肌。秀色空绝世，馨香为谁传？

众人当场呆滞，如遭雷击，耳边响起缥缈的仙音。

相虺瞪直了眼睛，几乎窒息。

她是谁？西海上的凌波仙子，还是昆仑山上的御龙神女？

苏魅儿一向自负美貌，面对嫚罗，突然生出自惭形秽之感。

兜貕王子忽然尖叫道：“我知道她是谁。”

众人都把目光投向他，等待着那个石破天惊的名字。

兜貕一脸潮红，声音颤抖，显然无法压抑内心的激动：“她是西域诸国最美丽的女子，号称云端上的神女——她就是大宛公主嫚罗！”

“大宛公主嫚罗？”不少龟兹贵族像是突然得了羊角风，嘴唇哆嗦，手脚颤抖，眼窝里恨不能长出小手来，把嫚罗抢了去。

嫚罗美貌之名传天下，在场之人谁没有听说过云端上的神女？

相尯走下白狮子座，哈哈大笑："原来是嫘罗公主大驾光临，恕本侯眼拙，唐突了佳人，勿怪才好。"

嫘罗冷哼一声，没有说话。

元贵靡皱眉道："兜奚王子，你不该叫破她的身份。"

"为什么？"兜奚大为不解。

苏祇摩叹道："相尯贪酷暴虐，以他的秉性，嫘罗公主来到这里，岂不是以羔羊投之于虎狼？"

"不会吧？嫘罗是大宛公主，身份尊贵，相尯胆敢不敬，不怕大宛国报复？"

乌勒王子恨声道："相尯是个疯子，还怕报复？何况大宛与龟兹远隔千里，纵然不忿，又能奈何？"

郑吉挡住嫘罗，面向相尯："我们可以离开了吗？"

相尯笑道："阁下徒手搏杀神熊，世所罕见，本侯钦佩万分。我今晚在府里设宴，一则为阁下庆功，二则为嫘罗公主洗尘，还望阁下和公主不要推辞。"

郑吉拱手道："殿下好意心领，公主归心似箭，不敢耽搁行程，望殿下海涵。"

嫘罗的身份暴露，郑吉也不再隐瞒，他倒要看看相尯敢不敢公然用强。

姑翼厉声喝道："好大胆的贼子！白马城早就收到消息，嫘罗公主一行在瀚海遭遇马贼，悉数被杀。你们竟敢冒充大宛公主招摇撞骗，还不快快束手就擒？"

嫘罗怒道："你胡说！我们遭遇马贼不假，是郑吉救了我，一路逃到白马城，何曾冒充？"

姑翼更为凌厉："从焉耆到白马城，隔了无边瀚海，流沙滚滚，飞鸟难渡，你们怎么可能来到这里？再者，你说自己是大宛公主，有什么证据？”

嫘罗看他一眼：“我是不是大宛公主，何须向你证明？你算什么东西？”

“你……”姑翼脸欲滴血，眼中射出凌厉杀机。

相飑大笑：“公主殿下好犀利的词锋，巾帼不让须眉，本侯佩服。请放心，本侯既然答应了你们，自然不会言而无信。英雄不问出处，本侯向来敬重真豪杰，这位勇士赢了神熊，就是本侯的座上宾。今日适逢诸位王子莅临白马城，还望公主给本侯一个薄面，到寒舍共谋一醉如何？”

郑吉知道相飑铁了心要留下他们，也知道相飑醉翁之意不在酒，企图打嫘罗的主意。他不想与相飑当场翻脸，毕竟这里是白马城，相飑只手遮天，闹僵的话只会更糟。他一个人还好说，无牵无挂，大不了快马轻刀杀个痛快，生死都无所谓。而如今带着嫘罗，必须为她的安全负责，岂能意气用事。

他看了嫘罗一眼，笑道：“殿下盛情，却之不恭，如此便叨扰了。”

嫘罗没说话，反正郑吉在哪里，她就在哪里，龙潭虎穴又何妨？

元贵靡和苏祇摩面面相觑，彼此都有种莫名的担忧。

5

城主府位于内城中心，占地极广。五步一楼，十步一阁。廊腰缦回，檐牙高啄。小桥流水，茂林修竹。幽雅肃穆，富丽堂皇。又有广屋数十间，高数丈，以天渠引水于屋顶，悬波如瀑，鸣泉似琴，流水四面而下，如挂珠帘，水汽氤氲，凉风习习。

白马城干燥炎热，相虒王子建此屋以避暑，号为“夏宫”。

夜幕降临，夏宫里灯火通明，亮如白昼。

相虒设宴，除了嫚罗公主和诸位王子，还有白马城数得着的贵族豪富，少长咸集，舞乐四起。

相虒居中而坐，身穿银色长袍，腰束玉带，头系彩带，颇有英武之气。其余人等分列左右。

琵琶铮铮如风雨，箜篌清越若凤鸣；羯鼓手甩动鼓槌，头如青山峰，手如白雨点，看得人眼花缭乱。

一队龟兹女子随着鼓声起舞，细腰如蛇，彩裙飞旋。环行急蹴皆应节，反手叉腰却如月。弦鼓一声双袖举，回雪飘摇转蓬舞。左旋右转不知疲，千匝万周无已时。

嫚罗精通音律，说道：“以前听人说龟兹乐舞甲天下，总是不信，今日一见，果然名不虚传。不说别的，光是那个琵琶手都不逊于长安曹子休。”

郑吉问道：“你是说有曹左手之称的琵琶第一手曹子休？”

“你也知道他？”

“当初机缘巧合，听他抚过一曲《霸王卸甲》，如千鼓摧城万骑冲阵，闻者无不色变，至今声犹在耳。”

“曹子休左手按弦，如崩崖飞瀑广陵潮涌，气势恢宏。放眼整个长安城，他认第二，没人敢称第一。”

“你的意思是不是说出了长安城，曹左手也不过尔尔？”

嫚罗笑道：“也没有你说的这样不堪，毕竟他还是有真本事的。”

相虒一直盯住嫚罗，发现她和郑吉说说笑笑，状极亲密，不由皱起眉头，脸色阴沉。

一曲舞罢，诸女退去，几个侍从把一炉炭火抬到大厅中间。

又一人牵一只母羊走进厅内。炭火旁早立有一个厨子，迎上去，把那只快要分娩的母羊四蹄捆住，架到炭火之上。

羊毛被炭火烤着，刺鼻的气味弥漫开来。

母羊拼命挣扎，惨声悲鸣。

嫚罗大惊：“他们这是干什么？”

郑吉也不明就里，悄声打听，他的旁边就是风情万种的苏魅儿。

苏魅儿笑道：“你连这个都没有听说过吗？白马城有三绝，其中之一就是炭烤乳羊。味道之美冠绝西域，深为相虺殿下所钟爱。”

嫚罗脸色苍白道：“小羊还没有出生，把母羊活活烤死，一尸两命，这样做不觉得残忍吗？”

郑吉摇头无语，相虺就是个残忍的家伙，你跟他讲仁慈不是对牛弹琴吗？

母羊叫声渐息，毛尽焚而皮渐黄，油脂不断滴落到炭火里，嗞嗞作响。疱者把调好的作料刷到母羊身上，肉香逐渐飘散开来。

嫚罗不敢再看，干脆闭上眼睛，指甲几乎掐进肉里。

相虺大笑道：“诸位等会儿可要多吃一些，我敢说出了白马城，西域诸国无此味。”

嫚罗强忍着呕吐的冲动，苍白着脸没有说话。

相虺看到嫚罗恐惧的神情，心情莫名好起来，叫了两个龟兹武士上前舞刀助兴。

这两人身形利落，夭骄如龙，忽进忽退，刀光霍霍，一看就是用刀的高手。

众人哄然叫好，有一个家伙大约喝多了酒，竟跌跌撞撞冲进刀网里，结果身上的衣服被刀刃绞得粉碎，像蝴蝶一般漫空飞舞。那人除了脚上的一双靴子还在，从上到下光溜溜的，一丝不挂，两撇翘卷的小胡子也被削得精光，所幸身体毫发无伤。

众人当场呆滞。

那人也许被吓到，酒一下全醒了，发现自己赤身裸体立于众目睽睽之下，嗷的一声惨号，捂住不雅的地方，扭着白花花的屁股一路狂逃出去。

众人笑得前仰后合，大厅里不少贵族是带着家眷来赴宴的，女子们羞红了脸，低下头悄悄啐笑一声。

两个武士收刀，刚要退下，姑翼走到他们跟前，悄悄耳语一阵儿。

那两人回头看向郑吉，目射寒芒。

苏魅儿嘻嘻笑道："郑吉，你有麻烦了。"

郑吉不为所动，端起酒杯饮酒如故。

嫘罗担心道："他们要做什么？不会在这里杀人吧？"

没有人回答她的话，因为答案很快出来了。

姑翼向相虺躬身道："乌力罕和嘎鲁追随殿下多年，勇武绝伦，以刀术驰名龟兹。他们听说郑吉徒手杀熊，极为敬服，有意与郑吉舞刀助兴，殿下可否恩准？"

听到姑翼的话，全场登时静下来，不少人看向郑吉，仿佛在看一个死人。

嫘罗心里一紧，问道："这两个家伙很厉害吗？"

苏魅儿正色道："他们厉不厉害我不知道，我听说凡是朝他们出过刀的人都死了。这两人出身天池刀派，刀术惊人，纵横大漠十余年，连刈鹿楼都不轻易招惹他们。"

嫘罗的脸色再度白了几分，看向郑吉，想说什么又说不出来。

相虺当然明白姑翼的用意，故作沉吟，半晌后笑道："武士舞刀，与文人唱和都是雅事，本侯求之不得，岂能扫了诸位的兴致？”

乌勒骂道：“这个混蛋分明借刀杀人，偏偏还惺惺作态，可恶！”

汲鸠与苏祇摩都摇头不语，元贵靡的脸色也不太好看。

兜猱后知后觉道：“这么说相尟为了得到嫘罗公主，非要杀掉那个汉人不可？”

乌勒冷声道：“还不都是拜你所赐？”

兜猱脸孔通红，颇为尴尬。

姑翼得到相尟的授意，走到嫘罗面前尖声道：“公主殿下，郑吉赤手搏熊，白马城上下无不惊为天人。嘎鲁和乌力罕是龟兹国最有名的刀客，有意与郑吉为众宾共献一曲刀舞，殿下以为如何？”

嫘罗脸孔一白，看向郑吉。

郑吉淡然道：“汉军之刀只为杀敌，不为人舞！”

姑翼一怔，冷笑道：“阁下嘲笑我龟兹之刀不可杀人吗？”

“汉军有律，刀乃兵锋之气，不可轻出，出则必斩敌首还。”

“阁下这么讲，莫非是要与我龟兹刀客决一生死？”

郑吉没有说话，神色淡然，目光盯住手中的酒杯，仿佛世界上除了这只琥珀杯，再没有任何东西能引起他的兴趣。

姑翼脸色一寒，回头看向相尟。只要殿下点头，他不介意当场斩杀郑吉。这个汉人再厉害，敌得过白马城八百精骑吗？

相尟面无表情，他不是不想杀郑吉，只是座中还有几位别国王子，不能授人以话柄。再说当着嫘罗公主的面，他也不愿意毁掉博雅宽宏的形象。

乌力罕抽刀在手，指向郑吉，大叫道：“汉狗，可敢与我一战？”

郑吉眯起狭长的凤眸，望向相尟：“请问殿下，这算是挑战吗？”

相陁略一沉吟，说道：“常言道，文无第一，武无第二，武者争雄本是天经地义之事。乌力罕向阁下讨教，本侯虽不赞成，也不便禁阻。刀剑无眼，生死各凭手段。阁下有意应战，若有死伤，本侯爱莫能助，好自为之。”

郑吉长身而起：“殿下金口玉言，在下受教！”

“郑吉……”嫘罗欲言又止，脸有忧色。

“无妨！”郑吉大踏步走进场内。

那些贵族看到有好戏上场，像打了鸡血一般大呼小叫起来。

姑翼奸笑两声，回到座中。

乌力罕冷笑道：“我们兄弟练刀三十年，杀了多少人记不清了，宰掉的汉狗倒是一清二楚。今天加上你，正好凑够一百条！”

嘎鲁哈哈大笑：“说得好！小子，你的命我们兄弟要定了。”

郑吉像是没有听见他们的话，缓缓抽出吞雪刀，说道：“有两个问题你们要明白，第一，我是汉人，不是汉狗；第二，我杀人不喜欢啰唆。你们一个一个来，还是两个人一起上？”

元贵靡嘴角一翘，赞道：“好汉子！”

乌勒大笑道：“这个汉人有个性，本王子喜欢！”

汲鸠小声道：“你就别添乱了好不好？没看到相陁像吃了死孩子，脸都黑成了锅底！”

乌勒冷笑道：“他黑成什么样关我屁事？我不信他能只手遮天！”

苏祇摩叹气道：“这样一来，只怕相陁更不会放过那个汉人。”

元贵靡道：“相陁过分的话，哪怕与他撕破脸皮我也要说几句公道话。乌孙国与大宛国多年交好，我不会眼睁睁看着嫘罗公主落入他的魔掌。”

乌力罕和嘎鲁大怒，放眼天山南北，谁敢对他们说这种话？也许有人说过，不过那些人都成了他们的刀下之鬼。

乌力罕阴恻恻道：“汉狗，你放心，我不会一刀杀死你，会慢慢割你一千刀，少一刀都算我输！”

嘎鲁不耐烦道：“和他啰唆什么，让我宰了他！”

一步跨出，也不见他拔刀，但见万千光华流转，直如星河垂落。蓦然，漫天星芒凝聚成一柄长刀，斩开虚空，径奔郑吉。

“破军刀！”苏魅儿脸色大变，失声惊呼。

嫘罗不识刀术，看到苏魅儿这个模样也吓得花容失色。

没等她开口询问，刀声骤起，清亮如凤鸣，一线血花逆空冲起。

嘎鲁疾奔的身形倒飞出去，脸颊上多了一道血口，长半尺有余。乌力罕持刀相护，满脸震惊。

一击而收，兔起鹘落，众人看到嘎鲁刀芒乍放，以为郑吉必死无疑。不料峰回路转，竟是嘎鲁差点儿被削去脑袋。不是乌力罕眼见不妙，奋力救护，撞偏郑吉的刀锋，嘎鲁哪里还有命在！

众人倒抽冷气，眼珠子滚落一地。全场上下这么多双眼睛居然没有看清郑吉如何出刀，这个汉人小子的刀也太快了吧！

姑翼腾地站起来，脸色铁青，简直不敢相信自己的眼睛。

相虺的脸色也好不到哪里去，纵然知道郑吉身手惊人，这个结果也是令他难以接受的。

元贵靡拍手叫好：“好刀法！”

乌勒及时补刀：“龟兹刀客不是很厉害吗？连人家一刀都挡不住，不是假冒的吧？”

嘎鲁半张脸都被血水染红，声如狼嗥：“汉狗，我要杀了你！”

郑吉平淡道：“我说过，你们两个还是一起上的好。”

乌力罕脸色阴沉到极点，再不敢有任何轻视之心，冷声道：“嘎鲁师弟，人家给我们面子，我们再不识好歹，那就是自己找死了，一起上吧。”

嘎鲁一怔，不敢违拗，与乌力罕成犄角之势逼向郑吉。

“且慢！”眼看一场龙争虎斗就要上演，相虒出声喝止，“乌力罕，嘎鲁，你们两个退下吧。嫘罗公主与诸位王子到白马城来，听羯鼓之音，赏胡腾之舞，本是雅事。你们一味逞强斗狠便悖逆了初衷，岂不是惹公主和王子们笑话？”

“是！”嘎鲁和乌力罕不敢违逆，瞪了郑吉一眼，恨恨退下。

见郑吉收刀归座，姑翼神色阴冷，又禀道：“殿下，前些日子百狩骑在边境捉到一批马贼，要不要把他们弄过来，为大家助助兴。”

“既是如此，就把他们带上来。自去春以来，马贼频频袭扰南北两道，杀人越货，弄得民不聊生。本侯领牧白马城，绝不能坐视马贼为害大漠。”

姑翼大喜，吩咐下去，工夫不大，一队龟兹武士出现在门口，押住十几个黑巾蒙头项戴枷锁的人。这些人个个衣衫褴褛，血迹斑斑，显然受过非人的刑罚。

苏魅儿指着一排人形灯俑问道：“看到那些半脸烛俑没有？知道它们用来做什么吗？”

夏宫极大，光是合抱粗的殿柱就有十几根。每根柱子下面都立着一个人形烛俑，为青铜所铸，五官镂空，姿态各异，栩栩如生。每个烛俑都只有半张脸，额头上部仿佛被刀削去，极为怪异。

嫘罗诧异道：“灯俑倒是不错，为何要铸成半张脸？”

苏魅儿笑而不语。

郑吉心里一动，问道：“这些灯俑莫非和传说中的灯奴有关？”

苏魅儿咯咯笑道：“你果然聪明，半脸灯俑是相虒殿下的发明，专门为灯奴铸造的。”

“这些人难道是……”嬛罗看向那十几个人，忽然意识到什么，脸上的血色霎时退得干干净净。

那边汲鸠、苏祇摩等人也瞪大眼睛，兜猱满脸潮红，显得极为兴奋：“这就是传说中的灯奴吗？”

苏祇摩叹道：“不是灯奴，还会是什么？”

兜猱大为激动：“没见到凤凰胆，看到传说中的灯奴也不虚此行。”

乌勒冷声道：“这几年相虺以剿抚马贼为借口，抓了不少人做灯奴。至于这些人中有几个真正的马贼，只有天知道。”

汲鸠怕被人听见，劝道：“少说几句吧，相虺骄横跋扈，生杀予夺，惹怒了他会有大麻烦的。”

乌勒冷哼一声，不再说话。

姑翼大声道：“白马城雄踞大漠，扼守东西要冲，人文荟萃，富甲天下。近来贼势频起，屡屡寇边。殿下深为忧虑，多次派兵剿抚。幸赖殿下英明，将士忠勇，斩首百级，弭平贼患。这些囚犯都是马贼余孽，罪无可赦。按白马城的规矩，判他们做灯奴，以儆效尤。”

他招招手，武士们把灯奴拖到青铜灯俑前，打开机关，灯俑内部是中空的，大小正好容得下一个人。

头上的黑巾被摘掉，那些灯奴呜呜悲号，血泪交流。他们张大的嘴巴里空空如也，舌头早被割掉，什么话都说不出来。

乌勒怒目圆睁：“这些人分明是边境牧民，哪里是马贼？白马城这帮王八蛋怕露馅，把他们的舌头都割掉了，真是丧心病狂！”

元贵靡双眉紧锁。苏祇摩目光阴沉。汲鸠脸色苍白。兜猱胆战心惊。嬛罗闭上眼睛，手足冰凉。

武士们两人一组，把灯奴塞进灯俑里。

咔咔声起，机关启动，灯俑复合如初。灯奴的头颅、四肢和身体被机关锁住，唯有半个脑袋露在外面。

看到这一幕，龟兹贵族们非但没有半分不忍，反倒手舞足蹈，狂吼大叫，在他们眼里，这些灯奴跟待屠的牛羊没有任何分别。

姑翼一声令下，武士们抽刀，高高扬起，刀光一闪而逝，青铜灯俑上飞起一片片带发的头骨。灯奴浑身抽搐，如鬼惨号。

龟兹贵族们欢声雷动，声音响彻夏宫。

相虺看到嫘罗苍白的脸孔，嘴角浮现一丝不易觉察的狞笑。

炭烤乳羊熟了，厨者把母羊从炭炉上移开，搁置到精致的长案上。再以刀沿乳羊脊背划开，左右分割数块。

侍者将银盘奉到相虺面前，相虺取银刀，割下乳羊头皮一块，笑而啖之。

侍者又将银盘奉送到诸王子面前，元贵靡、汲鸠、苏祇摩和兜獠先后持刀割下一块肉。乌勒心里发狠，一刀割下一条羊腿来，惹来众人大笑。

炭烤乳羊果然名不虚传，皮酥肉嫩，醇而不腻，诸王子赞不绝口。

嫘罗无论如何都不肯吃，俏脸苍白，没有一丝血色。

郑吉旁若无人，割下两块羊羔肉，一本正经道：“公主连日奔波，肠胃不适，不能食肉。我只好替公主分忧，把她那份也吃下。”

侍者无语。

苏魅儿捂住小嘴，笑得直不起腰。

相虺见火候已到，悄悄向姑翼示意。

姑翼来到嫘罗公主面前，恭敬道：“殿下久慕公主美名，一直无缘得见。今公主来到白马城，乃天意为之。殿下愿以凤凰胆为聘礼，向公主求婚，祈望公主允诺。”

嫘罗脸上的血色再次退得干干净净。

“凤……凤凰胆？”兜貏的舌头一下子直了，说不出话来。

诸位王子也都瞪大眼睛，想看看传说中的凤凰胆是何模样。

元贵靡见姑翼两手空空，诧异道：“凤凰胆在何处？”

姑翼指了指郑吉：“凤凰胆在此人身上，他抢了殿下的凤凰胆。”

夏宫里一阵骚动，似乎难以置信。诸位王子也面面相觑。

郑吉不慌不忙拿出青铜匣，说道：“此物是我在马贼身上找到的，你说它是殿下的，有何凭据？”

“拊鲁等人是殿下的护宝武士，何曾是马贼？你休要血口喷人！”

“他们是不是马贼没关系，现在凤凰胆在我手上，殿下拿它向公主求婚，好像有画饼充饥的味道吧？”

乌勒王子叫道：“嫘罗公主落难白马城，相虺王子此时求婚，怕是落井下石趁人之危吧。”

相虺冷声道：“乌勒王子，本侯向公主求婚，与你何干？”

“也许和我没关系，不过凤凰胆是郑吉之物，你如何拿来向公主求婚？”

“凤凰胆分明是本侯的，干郑吉何事？”

“你当初说过谁赢了神熊，凤凰胆就是谁的。且不说凤凰胆如今就在郑吉手里，他杀了神熊，凤凰胆当然是他的。这件事并非我杜撰，当时很多人在场。你若毁诺，尽可明说，本王子绝不赘言。”

相虺大怒，乌勒这厮得了失心疯，屡屡与他针锋相对，真以为他是任人揉捏的软柿子吗？

气氛一下子凝固起来，龟兹贵族们噤若寒蝉，不敢出声。

元贵靡不紧不慢道：“相虺王子确实说过谁赢了神熊，凤凰胆就归谁。照这样来看，凤凰胆的确是郑吉的。”

“好！”相虒忽然笑起来，“两位王子所言不错，原本是本侯虑事不周。郑吉赢了神熊，理应得到凤凰胆。”

“殿下……”饶是姑翼老奸巨猾，也料不到事情急转直下，出现这么个局面，一时踟蹰起来。他比谁都清楚凤凰胆在相虒心中的地位，就这么给了那个汉人，不只他不甘心，相信殿下也绝非情愿。

“你没听清楚本侯的话吗？”相虒的脸色沉下来。

“属下遵命！”姑翼神色阴冷。他不觉得这个汉人能够守住凤凰胆，拿了不该拿的东西，想活着走出白马城，门儿都没有。

相虒好像刚才的事情没有发生过似的，平淡道：“没有凤凰胆，本侯还有其他聘礼。明珠十斛，白璧百双，黄金千镒，良马五百匹，本侯以此向公主求婚，可否？”

乌勒神情大变，他没想到相虒脸皮如此之厚，看来这个王八蛋不抢到嫘罗公主不肯罢休啊，情急之下大呼道：“郑吉，你奉命保护公主，如今有人向公主求婚，你不该说些什么吗？”

郑吉笑道：“有人求婚是好事，答应与否但凭公主心意。在下奉命保护公主，只要没人用强，自然无话可说。”

相虒大喜：“汉人有诗曰，窈窕淑女，君子好逑。本侯向公主求婚，诚心一片，于礼不悖，于德不亏，于行无偏。本侯乃一国之王子，与公主称得上门当户对，天假良缘，何用他人多言？”

一干武士把明珠、白璧和黄金奉上，姑翼向嫘罗奉上礼单，恭敬道：“明珠十斛，白璧百双，黄金千镒悉在这里，良马五百匹候在殿外，公主可否差人查勘？”

嫘罗望着姑翼呈上的礼单，脸色苍白。郑吉不解救她就罢了，还把她往火坑里推，难道真让她嫁给相虒？看到相虒的嘴脸，她都想呕吐，怎么可能和这样的人生活一辈子？那样的话，她还不如立刻死掉。

嫘罗转过头，见郑吉瞅着那个青铜匣眼都不眨，一副痴迷的样子，不觉恨得牙根直痒痒。这个家伙连死人钱都不放过，现在得了凤凰胆，还不得乐死？哪里顾得上她的死活？

她把心一横，看向相虺："我可以答应你，但有个条件，你必须做到。"

相虺大笑道："公主有话尽管讲，上九天揽月本侯自问做不到，除此之外，只要公主开口，本侯绝无二话，粉身碎骨也要帮公主完成心愿。"

"好！"嫘罗微微一顿，说道，"我在归途中遭到马贼劫杀，随扈人员尽被屠戮，还有十八骑汉军战死。你抓到那些马贼全部杀死，并且查出幕后之人交给我。我要手刃此贼，祭奠那些为我而死的人。"

"这个……"相虺的心登时沉下去，他纵然不清楚公主遇袭经过，如今想来也能猜出个八九不离十。若他的猜想是真的，幕后之人呼之欲出，别说缉拿凶手诛杀马贼，事情一旦闹大，他能不能坐稳白马城都很难说。

嫘罗小嘴一撇："殿下觉得很为难吗？"

"当然不是！"相虺眼珠一转，笑道，"诛杀马贼剪除凶手，本是天经地义之事，就算公主不提，成婚之后本侯也会全力促成此事。俗话说，名不正则言不顺，如今我与公主非亲非故，做起事来束手束脚。若本侯与公主有婚约在先，自然能够放开手脚，早日帮公主达成心愿，不知公主意下如何？"

诸王子面面相觑，乌勒咬牙切齿，却也无计可施。

相虺算准了嫘罗公主没有退路，非逼她答应婚事不可。

嫘罗望向郑吉，贝齿在红唇上留下一道血痕。她哪怕死在这里，也不可能答应相虺。

郑吉嘴角一挑："窈窕淑女，君子好逑。相飑殿下熟知我们汉人经典，这句话讲得好，在下深有同感。"

他一边说，一边起身，双手捧起青铜匣："嫘罗公主才貌双全，有云端上的神女之誉，自然是窈窕淑女。在下虽粗鄙浅陋，自问也不算辱没君子二字，今以凤凰胆为聘礼向公主求婚，诸位以为然否？"

"什么？"众人全都当场呆滞，这个汉人小子与公主相差十万八千里，怎么配得上公主殿下？癞蛤蟆想吃天鹅肉吗？

相飑脸色铁青，几乎拍案而起。这个该死的汉人搅黄了他的好事，还拿着他的凤凰胆向公主求婚，这是当面狂踩他的脸啊。

嫘罗公主顿时神采飞扬，嗔了郑吉一眼，伸手接过青铜匣，含羞道："这个我先替你保管着，免得被人骗了去。"

众人一怔，这是聘礼啊，你接下了是代表答应吗？

"呃……"郑吉差点儿咬到自己的舌头。这小娘子搞什么鬼？不知道他是故意恶心相飑，替她解围吗？

元贵靡大笑："窈窕淑女，君子好逑，说得好！算我一个！"

没等他站起来，苏祇摩先他一步起身，捧出一柄短刀，奉到嫘罗公主面前，朗声道："鄯善国王子苏祇摩，自问也是谦谦君子。今愿以白鹿刀为聘，求婚于公主，还望公主不吝垂青。"

众人讶然，白鹿刀乃鄯善国宝，刀长二尺，锋如崩霜，形如凤尾，银柄镶嵌宝石，削铁如泥。据说该刀的铸造之术掌握在鄯善王室手中，数百年来一直秘不外传。此刀非鄯善王室嫡系不得佩带，万金难求。

话音刚落，乌勒王子大叫道："有珠玉在前，乌勒愿附骥于后，以于阗国宝九眼天珠为聘。此珠乃天降之石，曾得众神加持，集九乘之功德，具九天之异象，诸邪不侵，轮回不迷，愿公主吉祥如意仙颜永驻。"

见乌勒王子疾趋而出，相虺的脸色越发难看。

嫘罗公主是西域第一美女，哪个男子不想得到她的青睐？兜豯见此情状，刚要跳起来，被汲鸠按住。

“你拉我做什么？”

汲鸠叹道：“有他们几个出面就行了，你还嫌不够乱吗？”

兜豯一怔，明白过来，摇头傻笑。

相虺怒视郑吉，咬牙切齿，恨不得一刀剁了他。

他千算万算，算漏了郑吉。原本一手出神入化的妙招，硬生生被那个卑微的汉人弄成了臭棋。想想郑吉刚才的举动，他都想吐血。那个小子竟敢向公主求婚，吃了豹子胆吗？嫘罗公主置他的礼单于不顾，却接下了郑吉的聘礼，这是多大的羞辱啊！最可恨的是元贵靡、苏祗摩和乌勒，关键时候捅他一刀，真以为他不敢杀人吗？

嫘罗公主没想到苏祗摩等人掺和此事，俏脸红到耳根，望着奉到眼前的几样宝物手足无措。

郑吉见状，赶紧接下白鹿刀和九眼天珠，又从姑翼手中拿过礼单，笑道：“诸位的聘礼我先替公主收下，至于花落谁家，公主刚才的话说得很明白。从现在开始，大家机会均等，公平竞争，谁先诛杀马贼，擒拿元凶，为公主报得大仇，谁就是胜出者。咦，元贵靡殿下，你的聘礼呢？”

元贵靡被苏祗摩抢了风头，正郁闷不已，听到郑吉的话，转嗔为喜道：“我有玉貔貅一对，乃汉天子所赐，为乌孙当今七大国宝之一，价值连城，以此为聘，不轻于人吧？”

郑吉接过玉貔貅，笑道：“以白玉貔貅为聘，足见世子殿下诚意，我替公主收下。乌孙与大宛世代交好，公主借重殿下之处还多着呢。”

“为嫘罗公主效劳，本世子责无旁贷。”

“世子殿下义薄云天，在下佩服，先替公主谢过。”

宴会经此一闹，打乱了相虺的计划，他一忍再忍，才没有当场拂袖而去。

姑翼盯住郑吉和几位王子，眸子里寒芒闪烁。

6

宴会结束，相虺回到偏殿，一口气砸了五只玉杯。仆婢们趴在地上，浑身颤抖，大气都不敢出。

姑翼和苏魅儿跟进来，看到这一幕，姑翼喝退仆婢，劝道：“殿下不必忧虑，只要那两个人出不了白马城，就还在咱们的掌控之中。”

相虺一拳砸在桌子上：“不杀那只汉狗，本侯难消心中之恨！”

姑翼道：“那个汉人极为狡猾，现在又与几位王子牵扯到一起。殿下杀他，几位王子一定会从中作梗。”

“作梗？这里是白马城，还由不得他们说了算。何况大汉屯田校尉赖丹都被父王杀了，本侯还杀不了一个汉军兵卒？”

赖丹原是扜弥国太子，曾被龟兹扣为人质。当初贰师将军李广利征伐大宛回师，路经扜弥国，听说赖丹之事，责令龟兹放了赖丹，并把赖丹带回了长安。

后来，赖丹被武帝封为使者校尉，重返西域主持屯田。亲匈奴的龟兹人害怕汉帝国势力扩张，千方百计抵制赖丹屯田，最终勾结匈奴，杀害了赖丹。

苏魅儿笑道：“奴家有几句腹心之言，不知当讲不当讲？”

相郾脸色舒缓几分，颔首道：“这里没有外人，但说无妨。”

苏魅儿向相郾深施一礼，说道：“据奴家所知，当初杀赖丹，龟兹有匈奴天狼骑兵做后盾，不惧于大汉帝国。而今汉方在西域的势力非昔日可比，汉与匈奴相争愈演愈烈。诸国夹在其中，首鼠两端如履薄冰。今日重演赖丹之事，触怒汉天子，龟兹将如何自处？”

姑翼冷笑道：“危言耸听！当年杀了赖丹，汉天子可曾说过什么？还不得反过来厚赂龟兹？”

“奴家不懂庙堂角力，也不清楚汉天子的想法。奴家只知此一时彼一时也，于国而言，我们不宜再做火中取栗之事。大宛公主从长安归国，中途被劫，大宛视为奇耻大辱，也有损大汉颜面。这个时候杀了那个汉人，羁留公主，我们不只是替人背了黑锅，还会引火烧身。一旦白马城成了众矢之的，殿下恐怕很难化解这场危机。”

相郾沉吟未决，苏魅儿与一般女子不同，虽出身刘鹿楼，却极有见识，否则也不会被他视为心腹。他承认苏魅儿的话有道理，不过轻易放嫘罗公主和那个汉人离开，的确不甘心，何况凤凰胆也落到那个汉人手里，他无论如何都得拿回来。

姑翼看出相郾的心思，尖声笑道：“也许根本不用我们出手，就会有人杀了那个汉人。那个汉人一死，凤凰胆还是殿下的，至于嫘罗公主，只要殿下多费些心思，难道还不能赢得她的芳心？”

相郾精神一振：“你有什么好主意？”

姑翼狡黠道：“解铃还须系铃人，殿下只要想想现在谁最想杀掉那个汉人，得到公主，就明白了。”

“最想杀掉那个汉人的当然是劫杀公主的人……”相郾恍然，大笑道，“那帮人追丢了公主，也许正气得暴跳如雷呢。咱们只要把公主的消息放出去，还愁没有人动手？”

姑翼阴毒道：“那些人动手时，咱们可以为之提供一些方便，想必他们不会令人失望。退一步讲，就算他们不能得手，咱们也可以趁机杀掉那个汉人，抢回凤凰胆。到时候殿下出手救下公主，还怕公主不对殿下死心塌地？”

相虺大喜：“就这么办！你下去把事情安排妥当，派人严密监视公主与诸位王子的动静，咱们静候那帮人找上门来。”

“属下遵命！”姑翼匆匆退下。

苏魅儿望着姑翼的背影，若有所思。

第三天夜晚，一个神秘的黑衣人在姑翼带领下进入侯府，交给相虺一封密信。

相虺看完，将密信放到烛火上点燃，看着它化为一团灰烬，说道：“你回复尊上，所托之事，本侯会尽力安排。”

黑衣人也不称谢，转身离去。

相虺双眉紧锁，脸色阴沉，良久说道：“本侯的猜测果然没有错，西域虽大，敢做这件事的除了他们，的确没有旁人。”

“殿下英明！”姑翼适时奉承一句，说道，“他们计划明晚动手，如果能够成功，我就让人在城外伏击他们，从他们手中抢回公主。他们若是失败，咱们的人就会乘机冲进去，趁乱杀死那个汉人，抢回凤凰胆。”

“人手可靠吗？”

“殿下放心，那些人都是咱们私下豢养的马贼，身手俱为一流，绝不会露出破绽。”

“事成之后，把那些人全部处理掉。世上没有不透风的墙，最可靠的还是死人。”

“属下明白！”

“这两天公主那边有什么动静？”

“公主除了和几位王子在一起盘桓，就是教元贵靡王子从琅玕阁买的几个丫头弹琴，此外并无异常。这两天魅儿姑娘与公主形影不离，据说把几位王子气得够呛。此外，我特意安排了乌力罕和嘎鲁守在驿馆门口，没有殿下谕令，一只苍蝇也别想飞出去。”

相朏大笑，把苏魅儿安排到嫘罗身边，是他的神来之笔。有苏魅儿亲自盯着，他一点儿都不担心那几个家伙玩出什么花样来。如今加上乌力罕和嘎鲁，驿馆那里真是如铁桶一般。

“元贵靡买乐伎干什么？”

“乌孙大公主弟史精通音律，对龟兹音乐极为喜爱，元贵靡王子买了这些乐伎大约是作为礼物送给他妹妹。”

“弟史吗？”相朏露出一丝讥色，“听说王兄对那个丫头念念不忘，情有独钟。我就看不出那个乌孙公主有什么好？论容貌，与大宛公主差了九条街。和她结婚，还不如买个琵琶抱怀里呢。”

姑翼忍不住笑道：“汉人常说情人眼里出西施，殿下不喜欢乌孙公主，自然发现不了她的好。太子殿下想娶弟史，除了钟情之外，还想通过和乌孙联姻，为他增添些分量。不管怎么说，当今就实力而言，乌孙在西域诸国中都是数一数二的。”

“好了，不说这个了。那个汉人这两天做了什么？”

“那人昨天与几位王子的侍卫切磋了几场，似乎也没分出个胜负。今天早上独自一人离开驿馆，先去老风坡喝了两斤烧刀子，吃掉整只铁箅烤全羊，在街上胡乱逛了几个时辰，又去琅玕馆听了几支曲子，喝光两壶碧螺春，傍晚时分到东城半马池里泡个澡才回去。”

“他倒是心情不错，把白马城当成自己家了。也难怪，那么大一个宝贝从天而降，还不把他砸晕了？对了，他发现有人跟踪没有？”

“人是魅儿姑娘安排的，全是刈鹿楼精英，想必不会被其发觉。”

“这就好！”相虺沉思半晌，忽然说道，“五位王子向我提出明日离开白马城回国，你怎么看？”

“这么快？”姑翼愕然，也许发现自己的话有毛病，赶紧解释道，“嫘罗公主尚在这里，他们都是公主的仰慕者，按道理应该多留些日子才对，怎么舍得离开？”

相虺冷冷道：“他们在这里除了添乱还能做什么？早些把那几个瘟神送走，我倒清静一些。”

“这样也好。他们走了，咱们动手更方便，免得有人在旁边碍手碍脚。”

7

第四天上午，日上三竿，诸王子先去城主府辞行，再赶到驿馆与公主话别。

乌孙王子元贵靡舍不得走，在驿馆流连了半个时辰，看看日近中午，才不得不离开，临走时带走了两个跟公主学琴的乐伎。

嫘罗公主没有出门相送，倒是郑吉和苏魅儿代替公主将元贵靡等人送到大门外，双方拱手相别。

两个乐伎从乌力罕和嘎鲁面前飘然而过，璎珞披拂，明肌如雪。

乌力罕和嘎鲁瞪大了眼睛，除了女子脸上覆面的白纱，他们根本看不到白纱下面的绝世容颜。

嘎鲁伸手拦住两个女子：“殿下有令，出入驿馆人员，必须接受检查，免得有人对公主不利。”

两个女子一怔，停下脚步。

元贵靡脸色一沉：“她们进去时不是接受过检查吗？”

嘎鲁面无表情道：“那是前天，不是今日！”

元贵靡冷声道：“你们怀疑我对公主不利？”

乌力罕道：“卑职兄弟负责守卫驿馆，保护公主。所有进出人员都得严格检查，职责所在，请殿下恕卑职兄弟无礼。”

元贵靡勃然大怒：“左姑梁，给我宰了这两个目中无人的狗东西，我再去找相心算账！”

“是！”左姑梁手按刀柄，越众而出，逼向乌力罕和嘎鲁。

人的名，树的影，左姑梁是乌孙国第一勇士，名震诸国，乌力罕和嘎鲁岂敢怠慢？双双拔出长刀，严阵以待。

驿馆外一队龟兹武士也亮出弯刀，杀气腾腾。

“有话好说，诸位切莫动手！”眼看一场流血惨剧就要上演，苏魅儿走上前劝道，“元贵靡王子是殿下的贵客，乌孙与龟兹又是兄弟之国，我们怎么能刀兵相见？乌力罕，嘎鲁，你们两位恪守职责，忠心耿耿，奴家佩服。这样吧，元贵靡王子不是外人，奴家为他作保，今日之检就免了，二位将军意下如何？”

乌力罕和嘎鲁相视一眼，他们不是笨人，清楚苏魅儿在给他们台阶下，也清楚这个女人在殿下心中的分量。话说回来，今天与乌孙王子大打出手，无论输赢，他们都得不了好去。

乌力罕和嘎鲁收刀，退后两步说道：“魅儿姑娘开了口，我们兄弟岂敢不从？”将手一挥，龟兹武士纷纷收刀入鞘，向旁边闪开。

元贵靡冷哼一声，与诸女登车，众随从也纷纷上马，隆隆而去。

自始至终，郑吉冷眼旁观，一言不发。

见郑吉和苏魅儿走入驿馆，嘎鲁怒道：“乌孙王子果然嚣张，居然要在白马城宰了我们兄弟，真以为咱们天池刀派都是泥捏的？”

乌力罕叹道：“乌孙国力原本就在龟兹之上，人家嚣张一些也是应该的。不是苏姑娘出面，咱们兄弟今天这一关还真不好过。”

嘎鲁嘟囔着骂了两声，忽然说道：“师兄，听说乌孙王子买那两个琅玕阁乐伎花了八千金，是不是真的？”

乌力罕白了他一眼说道：“我说你今天为何闹这一出，吃醋了吧？乌孙王子挥金如土，出入女市比自家庭院还熟悉，花八千金买两个龟兹女子算什么？”

“那两个女子长得极美，与嫘罗公主相比都不遑多让。我也曾多次出入琅玕阁，怎么没有见过她们呢？”

“琅玕阁的女子向来都是轻纱覆面，从不以真面目示人，你就算见到她们也不认识。”

“我早点儿发现她们，哪里轮得到乌孙王子？真是可惜了。”嘎鲁咂咂嘴巴，甚为沮丧，好像自己心爱的东西被谁偷走一般。

“她们怎么样和咱们没关系，把姑翼大人交代的事情做好，才是咱们的本分。师弟，你得打起精神来，盯紧点儿。驿馆万一出了问题，咱们兄弟半世英名毁掉不说，还会累及师门，到时候师父还不得扒了咱们的皮？”

嘎鲁狂笑道：“师兄不用担心！只要咱们的刀还在，那个汉人就休想从白马城里逃出去！”

诸王子出城，车马滚滚，分道扬镳。

姑翼站在城楼上，一直目送五位王子远去，才悄悄转了回来。

听到谍子的报告，相虒一颗心总算放了下来。晚上就要动手，他实在不想让那几个讨厌的家伙掺和进去。苏魅儿那里没消息，说明公主并无异状，这正是他最想要的结果。至于驿馆外那场插曲，他根本不会放在心上。

夜幕降临，万籁俱寂，月亮升起来，银色的光辉笼罩整个白马城。

驿馆外，一队巡逻的龟兹士兵离开后，十几道黑影从暗处蹿出来，悄无声息地越过高墙，潜入驿馆内。

驿馆大门上两只巨大的灯笼在风中一闪一闪，发出诡异的光芒。

黑影轻车熟路，避开驿馆暗哨，悄悄靠近嬛罗公主暂居的花陀楼。

花陀楼四面环水，只有一座木桥与岸边相通，闲杂人等未经许可，很难靠近。可见相飑为了留住嬛罗公主，煞费了苦心。

黑影从暗处现身，看看桥上的守卫，彼此交换一个眼神。为首之人伸出右手，竖起两指，向下一按。

两个黑衣人得到命令，悄悄没入水中，如游鱼一般，连水花都没有溅起一点儿。

两个龟兹守卫手按刀柄，在木桥上来回巡视。

突然，两道白浪从水中炸起，飞掠桥上。不等那两人反应过来，刀光从白浪中掠出，刺穿他们的喉咙，血与水一起飞溅出去。

两个黑衣人从白浪中现身，伸手扶住守卫的身体，缓缓放在桥上。这个过程看似复杂，其实不过一瞬，花陀楼里根本没人发觉。

黑衣人做了个手势，数道黑影从岸边掠起，冲上木桥，轻如狸猫，疾如猎豹。

眼看黑衣人扑到花陀楼下，弦声雷动，数支弩箭从楼中飞出，气势如虹。

“不好！有埋伏……”为首的黑衣人顾不得暴露形迹，大吼提醒。

箭镞与空气剧烈摩擦，发出刺耳的尖啸。几个黑衣人来不及躲避，被弩箭射中，惨声嘶号。

“穿缟弩！”为首之人面色大变，古语说，“强弩之极，矢不能穿鲁缟；冲风之末，力不能飘鸿羽。”这种弓弩反其意而命名，力量大，射程远，速度快，百步之内能穿透多层皮甲，可谓霸道至极。一旦遇上，九死一生。

“冲过去！”黑衣人首领舞刀狂吼，他们此刻身处木桥中间，又在穿缟弩的射程之内。不能一鼓作气冲到花陀楼下，就会成为对方的活靶子。再有几轮箭射下来，活的人可能没几个。

黑衣人发出狼嗥之声，舞刀猛冲，在丢掉十几具尸体后，终于扑到花陀楼下。

黑衣人首领眼都红了，原以为一蹴而就的战斗，如今连正主儿的面都没见到就损失三成人手，这个代价绝不是他能够承受的。

他望着漆黑一团的花陀楼，将刀一挥，大喝道：“冲上楼把那个汉狗给我活剐了，为兄弟们报仇！”

又一阵狼嗥暴起，黑衣人破门而入，冲进楼内。

“哧哧哧……”黑暗中响起尖锐的破空之声，几个黑衣人从楼内倒撞而出，双手掩面，倒在地上大声惨叫。

黑衣首领借着月光，看到那些手下血流满面，指缝间乌芒闪动，竟是数枚细如牛毛的毒针。

“鸠尾针！”黑衣首领一眼看出那些毒针的来历，骇然失色。此针乃刈鹿楼的独门暗器，不知有多少江湖高手死在此针之下，他如何不晓得？龟兹人的谍报中只有那个汉人守护此楼，刈鹿楼杀手怎会出现在这里？

中了毒针的黑衣人哀号一阵便寂然不动，鸠尾针之毒名不虚传。

“头儿，咱们怎么办？”侥幸活下来的黑衣人惊恐万状，花陀楼中还不知藏有多少刈鹿楼杀手，他们就剩下这点儿人手还怎么劫持公主?

“我们被龟兹人出卖了，今晚活着逃出去，绝对和他们没完！”黑衣人首领咬牙切齿，今晚功败垂成，再强撑下去的话，手下这几个人谁也逃不出去，“分头突围！走一个是一个，把消息传回去。天狼骑兵一到，就灭了白马城！”

余下黑衣人不敢怠慢，分头突围。他们不敢从桥上撤离，一个个没入水中，仓皇逃命。

黑衣人首领看到手下成功脱逃，一颗心松了下来。根据经验，他断定楼中的人手并不多，否则对方绝不会放过这么好的机会让他们轻松撤退。机会稍纵即逝，他不敢再迟疑，从暗处掠出，奔向水边。

“阁下好不容易来了，就这么走吗？”一个清朗的声音响起，如在耳边。

黑衣人身形一滞，横刀护在身前。

月色之下，身前两丈之外站着一个汉人，身材修长，双手环抱，眸子狭长如丹凤。

黑衣人首领瞳孔骤缩：“你就是郑吉？”

郑吉微微一笑：“除了我，谁有兴趣在这里恭候阁下？”

“好！很好！”黑衣人怒喝两声，双手握刀径奔郑吉。

郑吉嘴角浮起一抹嘲弄。

刀光如电，奔着郑吉疾斩而下。

郑吉没有拔刀，身子一晃避开刀锋。

“弃刀投降，我可以饶你一命！”

“休想！神族后裔只跪苍天，岂能向汉狗乞降？”

黑衣人首领连劈两刀，气吞如虎，刀芒暴射。

郑吉依旧没有拔刀，说道：“你是条汉子，我不杀你！你走吧！”

“什么？”黑衣人首领以为自己耳朵听错了，迟疑片刻，见郑吉不像作假，左右也不见埋伏，立刻收刀后撤，直掠木桥。

他的脚刚踏上桥头，就听到对岸响起数声惨叫，分明是刚撤离的手下遭到了暗算。他蓦然转身，大吼道：“狡猾的汉狗，你想赶尽杀绝，尽管来战，何必惺惺作态？”

郑吉摇头：“我要杀你，也就是一刀的事情，何必多此一举？我可以告诉你，杀他们的人与我无关，信不信由你！”

黑衣人首领心头一跳，似乎不敢相信道：“是龟兹人动的手？”

郑吉淡淡道：“你想知道答案，过桥看看就是。”

黑衣人首领深深看郑吉一眼，转身离开。走到木桥中间，他又停了下来，略一踌躇，又回到木桥这一端，收刀入鞘，像郑吉一样环抱双臂，阴冷道：“真相是什么不必去看，他们既然敢这么做，就绝不会放过这里每一个人。我就等在这里，看他们如何杀我！”

郑吉笑起来：“这个时候还能说出这种话，你这人还不算糊涂！”

“我再笨也不至于看不出来你想借刀杀人，告诉我，你如何知道龟兹有埋伏？别说你和他们是一伙的！”

“我的确和他们不是一伙。至于龟兹人的图谋，只要动动脑子就能猜到。这里是白马城，他们岂能让你从容劫持公主而去？你们出现只是一个机会，杀了我最好，杀不掉，他们就会趁乱动手，当然，账还是要记在你们头上！我们那里有个很有名的故事，叫螳螂捕蝉，黄雀在后，说的就是你今晚的情形。”

“我叫乌氏胤，今晚不死，我还会杀你。我不会拿你当朋友，但你的敌人也是我的敌人。今晚我们两个联手，挫挫龟兹人的锐气。”

郑吉看他一眼，转身离去：“我也不会把你当成朋友。至于以后，还是等你有命活过今晚再说。”

乌氏胤冷哼一声，跟在郑吉身后进入花陀楼。

相豳翻过匈奴武士的尸体，笑道：“都说匈奴人骁勇善战，悍不畏死，这么多人都杀不了一条汉狗，反而损兵折将，真是名不符实。”

他转过头，看向苏尔班：“匈奴人逃出来几个？有没有漏网的？”

“殿下放心，一共逃出来七个，全被我们的人堵住，乱箭穿身，没一条漏网之鱼。”

“这就好！你带人乔装蒙面攻进花陀楼，宰了那个汉人，将公主抢出来！”

“属下遵命！”苏尔班不敢怠慢，领命而去。

姑翼望向对岸漆黑的花陀楼，凝神不语。

相豳问道：“有什么不对吗？”

姑翼犹豫不决道：“匈奴人这次出动的都是好手，按道理不该败得这么快。那个汉人身手再好，毕竟只有一个人，不可能挡住匈奴人的进攻。”

相豳眼睛一眯，冷芒暴射：“你是说有人帮他？不可能！魅儿就在楼上，有变故岂能不知道？再说乌力罕和嘎鲁守在驿馆外，还有什么人能够接近花陀楼？”

姑翼再次沉默，他有一种很不好的预感，却不敢相信是真的。

相豳望望对岸说道：“不管那里有什么，我很快就能知道答案。”

看到同样黑衣蒙面的人群攻过来，乌氏胤道：“他们不是我的人！”

“他们当然不是你的人！”郑吉没有回头，娴熟地将一根根青铜矢装进弓弩内。

乌氏胤摇摇头：“他们持有豹头盾，穿缟弩也拦不住他们。”

“我知道。”郑吉笑起来，借着窗口透过的月光，露出洁白的牙齿，“我没说要杀人，难道吓吓他们也不可以？”

乌氏胤瞠目结舌，想死的心都有，他怎么可能败给这个汉人？

郑吉将穿缟弩交给乌氏胤，从黑暗里拎出一张巨弓，朝他晃了晃，一脸得意道：“想杀人，还得靠这家伙！”

乌氏胤狠狠吐出一口气，碰到这个汉人，他认栽了。

黑衣蒙面人刚到木桥中央，穿缟弩矢如雨下，所幸有盾牌遮护，除了几个人受伤，其他人猬集成团，将盾牌竖起来，形成一个巨大的防护罩，人躲在盾牌后，缓缓向桥头推进。

花陀楼内响起龙吟之声，三支铁矢几乎不分先后地从楼窗中飞出，箭镞撕裂空气发出可怕的尖啸，狠狠撞在巨大的盾牌上。

“噗噗噗”，豹头盾承受不住巨力，被利箭撕开。箭镞余势未歇，射穿盾牌后又扎进黑衣人的面门，带起三具尸体撞落水里。

巨盾轰然瓦解，混乱之际，楼中又洒下一片箭雨，根根入骨，支支见血，黑衣人人仰马翻，惨号声响起一片。

“撤！”苏尔班见势不妙，转身就跑。这些黑衣人都是马贼，杀人抢劫还可以，用来攻坚就是一群乌合之众。

剩余的黑衣人连滚带爬逃回来，几乎人人带伤，狼狈不堪。

看到如惊弓之鸟一般的马贼，相虒双目喷火：“到底怎么回事儿？花陀楼内除了郑吉，还有什么人？”

苏尔班道：“殿下，通向花陀楼只有一座木桥，对方有穿缟弩，易守难攻。咱们的人骑马冲锋还行，攻坚的话有些难为他们。”

相虒骂道：“你们都是死人吗？桥上走不通，不会下水？一个小小的花陀楼都拿不下，要你们有何用？”

苏尔班心惊胆战，赶紧下去布置。

须臾，杀声再起，一队黑衣人顶着豹头盾，从木桥上强攻。当然，此举主要是吸引楼中人的注意，掩护其他方向的百狩骑行动。

一个个黑衣人从水中冒出来，爬上岸，冲向花陀楼。

铜矢与铁箭纷纷飞出，花陀楼四周不时有人中箭，大声惨叫。

百狩骑倚仗人多势众，很快冲进花陀楼内。黑暗中响起金铁交鸣的声音，夹杂着一声声生命消亡前的惨号，令人毛骨悚然。

突然，楼中火起，火龙狂舞，火鸟嘶鸣，吞没整个花陀楼，半个白马城亮如白昼，一个个火人从楼窗中跃出，坠在地上，惨号不绝。

相飑看见起火，大惊失色："糟糕，公主还在楼上，苏尔班呢？快派人把公主抢出来！"

一群黑衣人从楼中撤出，其中两人退过木桥，向相飑等人奔来。

看到有人来，相飑大声问道："那里怎么回事儿？谁放的火？找到公主没有？"

一个黑衣人答道："公主还在楼上，我们正想办法救人，苏尔班总管让我们过来禀告殿下一声。"

相飑暴怒："怎么弄成这样？万一公主有个闪失，我要你们的脑袋！"

那人脚步不停："殿下想要我们的脑袋，在下双手奉上！"

"什么？你们……"相飑骤觉不对，刚想说什么，挡在身前的乌力罕大叫道，"有刺客，保护殿下……"

话音未落，对面那人反手拔刀，刀光如寒星爆射，一闪而逝。

哧，身为刀客，乌力罕反应够快，刀才出鞘半指，身体蓦然僵直，一蓬血雾从颈间炸开，呈扇面喷溅出去，在月色下极为妖艳。

"师兄……"嘎鲁目眦欲裂，破军刀如星河倒转，直取黑衣人。

又一个黑衣人及时出现，用刀挡住嘎鲁的必杀一击。

"郑吉？"相飑没有看架在颈间的长刀，冷冷盯住面前的黑衣人。

“殿下好眼力！”那人拉下黑巾，狭长的凤眸比月光还亮。

这两个黑衣人自然是郑吉和乌氏胤，他们在楼中抓到潜入的人，拷问之后，得知相胣在对岸，就动了心思。射人先射马，擒贼先擒王，想解今晚的死局，关键的着落还在相胣身上。

他们趁乱杀了一阵，换上死者的衣服，再用黑巾蒙面，火起以后，与黑衣人一起撤出花陀楼，浑水摸鱼杀到相胣面前。

“快救殿下！”看到相胣落到郑吉手中，姑翼骇然变色。

一干侍卫拔刀冲上来，嘎鲁眼睛通红，郑吉当着他的面儿一刀割断了乌力罕的喉咙，不杀郑吉，他如何肯罢休？

郑吉稍一用力，刀锋割破相胣的皮肤，血流了出来。

“姑翼大人，你不想殿下人头落地，最好叫那些人都退开！我这人胆子小，禁不得吓唬，万一手滑伤了殿下的万金之躯，到时候账要算到你头上！”

“都退下，不能伤了殿下！”姑翼那个憋气啊，你个小王八蛋伤了殿下与我何干？为何把账记到我头上？你还有脸说胆子小，持刀劫持殿下，天底下有比你更胆大的人吗？想是这样想，他不敢拿相胣的性命开玩笑，挥挥手，喝退了那些龟兹侍卫。

嘎鲁豹眼圆睁，不得不和众侍卫退到一旁。

相胣道：“郑吉，白马城将你当贵客，你劫持本侯是何道理？”

“殿下这是要和我讲道理？”

“讲不得吗？”

“殿下要杀我，这也是道理？”

“……”

“谁杀我，我便杀他，这就是道理。”

“我不信你敢杀我，这里是白马城，除非你想死在这里！”

“我不杀你，殿下就会放过我吗？大不了舍得一身剐，郑某还有什么不敢做的？”

相虺感受到刀锋的冰冷，几乎连血液都要凝固。一直以来，都是他对别人生杀予夺，何曾被人拿刀逼到这个地步？他深吸一口气，强迫自己平静下来：“花陀楼起火，最重要的是救公主脱险，我们之间有什么误会，稍后再说好不好？”

“我和殿下之间没什么误会，以牙还牙而已。”

“你到底想怎么做？”

“郑某所求不多，请殿下移驾陪我们出城散散心，不过分吧？”

“劫持了本侯，你以为走得了？放眼诸国，只有本侯杀人，从来没有人敢威胁本侯，你不怕百狩骑追杀你？”

“以后的事情再说吧。出了城，殿下有兴趣就尽管来追，郑某不介意与百狩骑比一比骑术高低。”

相虺脸色青白不定，半晌说道：“本侯可以答应你，不过今晚发生了什么，本侯需要知道真相。”

“这个不用他说，奴家可以给殿下一个交代。”一个柔媚的声音响起，侍卫们分开一条路，苏魅儿璎珞披拂，摇摇曳曳走过来。

“魅儿，是你？嬛罗公主呢？”

相虺大吃一惊，简直不敢相信自己的眼睛。

“公主之事奴家自会告知殿下，在此之前，希望殿下屏退左右，容奴家慢慢细说。”

姑翼怒道：“殿下不要听她胡说，她分明与郑吉勾搭成奸，图谋不轨。”

苏魅儿笑道：“奴家果如大人所言与人勾结，大人密令那帮马贼纵火焚楼又该如何解释？”

“你胡说！我何曾下过这种命令？你休要诬陷我！”

“是不是奴家胡说，殿下一问便知。”

相虒脸色阴沉道：“你们先退下，本侯且听苏姑娘如何解说。”

“殿下……”姑翼纵有不甘，也只得和众侍卫退下。

苏魅儿看向乌氏胤：“你也暂且退下，我有密事向殿下禀报。”

乌氏胤两眼一翻，冷哼一声，傲然走到五丈之外，抱刀而立。

相虒望向乌氏胤的背影：“这人是谁？本侯觉得有些眼熟。”

“匈奴天狼骑第一营百长乌氏胤，殿下昨晚不是见过他吗？”

“是他？”相虒的脸色越发阴沉。

苏魅儿道：“郑吉，你把刀拿下来吧。有我在，殿下不会反悔的。”

郑吉呵呵一笑，长刀入鞘，向后靠到一株大树上，双臂环抱，闭目假寐。这么点儿距离，他不怕相虒跑掉。真有什么不对，他不介意一刀宰了相虒。

相虒盯着郑吉，神色阴晴不定。

苏魅儿手掩朱唇，娇笑道：“殿下，你很清楚郑吉的身手，奴家为殿下好，希望殿下好好听奴家解说，千万别动其他心思。”

“有什么好说的？本侯视你为心腹，你竟出卖本侯，把本侯玩弄于股掌之间，苏魅儿，本侯真是看错了你！”

苏魅儿纤手一翻，拿出一样东西，问道：“殿下认得这个吗？”

“曲魁令！你怎么会有这种东西？”

“殿下可曾听说过十二曲魁？”

“这个自然知晓，王兄有十二心腹高手，以十二曲魁为名，身怀绝技，神出鬼没，几乎没人知道他们的真面目。这十二个人各以一支龟兹曲子为名，分别是投壶、藏钩、婆伽、行觞、耶杀、净界……”话没说完，相虒瞳孔猛地一缩，沉声道，“你是十二曲魁中的人？”

“奴家早年出身刘鹿楼，如今在太子麾下忝为十二曲魁之一，名为藏钩！”

“藏钩？你这只钩子隐藏得好深啊，王兄把你派到我身边，是要我做那钩上的鱼吗？”

“殿下想多了，太子视殿下如腹心，呵护备至，怎会对你不利？”

“这么说，此事王兄都知晓了？”

“太子担心殿下误听谗言，铸成大错，要奴家全力保护公主。”

“公主何在？”

“公主随同乌孙王子元贵靡离开了白马城，明天就会和太子派出的飞豹骑会合。为了安全起见，飞豹骑会一直护送他们到龟兹边境。”

“王兄用最精锐的飞豹骑护送乌孙王子是向乌孙公主邀功吗？”

“龟兹当年杀害赖丹，与大汉心生芥蒂。若乌孙王子一行在龟兹出了事，龟兹将同时结怨于大汉、大宛和乌孙。且不说大汉与大宛，乌孙与龟兹近在咫尺，一旦兴兵犯境，生灵涂炭，殿下又如何安心？”

相虺沉吟半晌问道：“元贵靡与公主一起出城，本侯为何不知？”

“殿下还记得元贵靡王子从琅玕阁买了两个乐伎吗？”

“这么说今早随元贵靡离开的两个乐伎之一就是嬛罗公主？好个偷梁换柱！乌力罕和嘎鲁那两个奴才居然没有看出来，真是废物！好吧，既然公主出了白马城，又有王兄插手此事，本侯就不再深究。不过郑吉拿了本侯的凤凰胆，不交出来，本侯是不会善罢甘休的。”

“凤凰胆在嬛罗公主手中，殿下放过郑吉，凤凰胆必原物奉还！”

“哼，在本侯眼里，一百个郑吉也比不过一枚凤凰胆！本侯再相信你一次，你可以带郑吉离开，三天之内，凤凰胆必须回到本侯手中。否则，到时候死的不只是郑吉，哪怕有王兄出面，本侯也会杀了你！”

“殿下之言，奴家铭记在心！只要郑吉无恙，奴家以性命担保，三天之内，凤凰胆一定会送回白马城。”

相虺沉默片刻，突然问道：“火真是姑翼安排人放的？”

“奴家不会说谎！殿下可以问问苏尔班……哦，也许乌氏胤知道真相，不过他多半不会说的。”

“乌氏胤？”相虺眯起眼睛，他一直都知道姑翼与匈奴有来往，从今晚的事情来看，姑翼与匈奴的关系非同一般啊。这样也好，他就把这个乌氏胤拿在手里，让姑翼去收拾这个烂摊子。至于今晚焚楼的真相，他有的是时间，一切都会慢慢水落石出的。

“轰隆！”花陀楼在大火中坍塌下来，声势惊人。

郑吉挺直身体，懒洋洋道：“你们谈完了？”

相虺冷声道：“本侯知道你听到了我们谈话，这样也好。三天之内，见不到凤凰胆，本侯要你的命！”

郑吉笑道：“我的命不值一枚凤凰胆，殿下想要，随时都可拿去！”

相虺冷哼一声，拂袖而去。今晚算计落空，又被郑吉劫持，再留下去，他真的会吐血三斗。

第三章　饮马野羊湖

1

太阳刚刚跃出地平线，轻纱似的薄雾缓缓从大漠上退去。两匹马冲卄沙浪，向北疾驰。

“郑吉，你跑那么快干吗？我们昨晚出了白马城，跑了四五个时辰，你还有什么不放心的？”后面白马上的女子香汗淋淋地叫道。

前面红色天马上的男子朗声笑道：“魅儿姑娘，你们那个王子殿下不是个让人放心的家伙，万一他一会儿变了卦，派百狩骑追上来，我们两个说不定跑得更狼狈。”

“不会，相虒殿下虽说手段激烈，还不是个轻诺寡信之人。”

“他的话若能信，公驼也能怀孕。”郑吉笑了笑，将马速降下来，与苏魅儿并辔而行，说道，“其实我是想早点儿与公主会合，匈奴日逐王的王帐就在附近，不将公主亲手交给大宛人，我不放心。”

苏魅儿咯咯笑起来：“你真逗！殿下听到你对他的评价，脸色不知道该有多精彩呢。放心吧，想必大宛很快得到消息，派人来接公主西归。有乌孙王子和飞豹骑一路护送，不会再有人敢对公主不利。”

“这样最好。魅儿姑娘，此次多亏你鼎力相助，我和公主才能从白马城脱身，此等恩情，郑某异日必有所报！”

“没有你运筹帷幄，事情很难成功。再说奴家只是奉命行事，有何恩情可言？我家太子宽仁睿智，抱负宏远，不忍见大汉和龟兹兵戈相向，只愿两国交好，永无战争。奴家一介女流，倘能换取国祚平安，百姓康乐，虽九死无悔矣。”

郑吉勒马，凝视苏魅儿良久：“郑吉身为大汉军卒，以服从命令为天职。此生若有机会领护西域，必全力荡平寇患，消弭兵祸，使国无所衅，民无所争。千里大漠讲信修睦，出入相友；南北两道使者相望，商旅不绝。”

苏魅儿神情一震，敛容道：“有你这句话就够了，奴家有生之年若能看到那一天，于愿足矣。”

秋风乍起，一阵如兰似麝的香气拂面而过，郑吉的嘴角微微挑起。

苏魅儿发觉郑吉神情有异，问道：“有事？”

郑吉笑道：“又闻苏罗香，忽然想起与你初识之时，不知魅儿姑娘的花篮还在吗？”

苏魅儿双颊绯红，白了他一眼，羞嗔道：“又胡说！当初你欺负小女子，欺负得还不够吗？”

“呃……”这回轮到郑吉狂汗，摸摸鼻子，落荒而逃。

接下来，苏魅儿要去延城，郑吉则去乌孙，两人分手，郑吉一人一骑径向西北而行。

一路所见，长河落日，连天衰草，星垂平野，月满大漠，愈往北地势愈高，秋风愈凉，皑皑雪峰扑面而来，让人顿生“天地苍茫，人生如芥”之叹。

郑吉马快，几日后便赶上乌孙王子的车仗。

元贵靡早有消息传回国内，大昆弥翁归靡派精锐骑兵出乌孙，经姑墨，先期赶到龟兹边境，迎接世子殿下归国。

在龟兹飞豹骑的护送下，乌孙王子一行顺利到达龟兹边境，与乌孙右大将昆邪率领的乌孙轻骑会合。

乌孙王号称“昆弥”，自汉武以来，两位汉家公主与乌孙昆弥通婚。先是江都公主刘细君嫁给了猎骄靡为右夫人，猎骄靡死后，其孙军须靡为乌孙王。细君公主再嫁军须靡，生一女少夫，不久郁郁而终。

细君公主精通音律，曾作《黄鹄歌》以遣思乡之情：

吾家嫁我兮天一方，远托异国兮乌孙王。穹庐为室兮旃为墙，以肉为食兮酪为浆。居常土思兮心内伤，愿为黄鹄兮归故乡。

细君公主死后，太初四年，汉室又以楚王刘戊孙女刘解忧嫁给军须靡，不得宠。军须靡死后，解忧公主嫁给第三任乌孙王翁归靡为妻。

翁归靡号称“肥王”，与解忧公主相爱至深，两人共生育三子二女。长子元贵靡，次子万年，三子大乐，长女弟史，幼女素光。

解忧公主远嫁乌孙国，侍女冯嫽万里随行。冯嫽聪慧美丽，知书达礼，多才多艺，尤善隶书。来到乌孙后，经常替代解忧公主体察民情，出入毡帐，驰逐牧场，短短几年便已通晓西域诸国语言及风俗。

乌孙右大将昆邪对冯嫽非常爱慕，多次向解忧公主求娶，希望得冯嫽为妻。冯嫽亦爱昆邪英姿魁伟，亮拔不群，并从两国友好大局出发，欣然嫁给了昆邪。

元贵靡是解忧公主和翁归靡的长子，很可能会成为下一任乌孙王。翁归靡接到儿子传回的消息后，忧心如焚。匈奴人冒充马贼劫杀大宛公主一行，如今公主逃脱，与元贵靡同归。从龟兹到乌孙有千里之遥，没有军队护送，匈奴人很可能会故技重演。到时候不只大宛公主重入虎口，元贵靡王子也会遭到池鱼之殃。

乌孙国内也不是铁板一块，翁归靡与解忧公主伉俪情深，改变了骑墙于汉匈之间的国策，逐渐加强与大汉通好的举措，招致一部分亲匈奴的王族和贵人的反对。别的不说，上任大昆弥军须靡的儿子泥靡就是匈奴女子所生，当初军须靡病死，泥靡尚小。军须靡遗嘱由堂弟翁归靡摄政，等泥靡长大后将王位交还给泥靡。

泥靡长大，性情暴虐，狂悖凶戾，他看上了自己同父异母的妹妹，硬是抢过来做了老婆。他那个庶母不愿意，被他一刀砍成两段，将尸体投进狮笼里。

泥靡对叔父迟不让位心怀不满，希望借助匈奴支持夺得昆弥之位，极力反对乌孙与大汉交好。

至于翁归靡，也有一个匈奴女子所生的儿子，名叫乌就屠，魁岸勇略，沉毅果敢，颇得乌孙国人之心。

大宛公主的安危牵动大汉与西域诸国，甚或对西域未来几十年的走向都至关重要。乌孙与大汉友好，既然知道了大宛公主的下落，就不能置之不理，必须派骁勇忠直之人率兵接应。至于人选，翁归靡与解忧公主一致认为非右大将昆邪莫属。

昆邪身为右大将，对翁归靡的忠诚毋庸置疑，又深受冯嫽影响，敬慕大汉文化和风物。由他出马将大宛公主接到赤谷城，应该不会有什么问题。

见到郑吉，嬛罗公主一直提着的心才放下来。

郑吉无恙，元贵靡也大喜过望，热情地把他引见给右大将昆邪。

昆邪对这个单枪匹马护送大宛公主的汉人少年颇感兴趣，听说郑吉徒手杀死神熊，神情震惊，有些难以置信。这个少年只比一般汉人体格颀长一些，称不上虎背熊腰，也说不上体壮如牛，焉有如此神力？

乌孙与匈奴都是马背上的民族，崇尚武力，最重豪杰。昆邪也不例外，当即下马与郑吉见礼。

郑吉赶紧回礼。昆邪身为乌孙右大将，他只是汉军一介小军侯，两者地位有天渊之别。昆邪如此礼贤下士，令他颇为感动。

昆邪又见过大宛公主嫘罗，率领麾下贪狼骑护送公主前往乌孙。

去往大宛的信使早已出发，道路遥远，等到大宛来人，嫘罗恐怕还得在乌孙滞留一些日子。

一路之上，昆邪与郑吉相谈甚欢。郑吉博闻强识，又有几年边军历练，对西域局势及各国风土人情都有较为独到的见解，令昆邪对他又看重几分。

至于郑吉，与乌孙右大将一路同行，融洽相处，他当然不会放过这个机会，虚心向昆邪请教了不少问题，对西域诸国的了解更为深入。

2

数日之后，一行人马来到野羊湖边。

野羊湖离乌孙国都赤谷城有五六日路程，众流交凑，洪波浩瀚，惊涛汩潒。周围林木茂密，雪峰耸峙。此湖终年不冻，岸旁青草水歇，空中白雪旋灭。据说湖中有灵怪出没，水中虽多鱼虾，人莫敢渔捕。入秋之后，色彩斑斓的林海倒映湖中，湖水呈现出鹅黄、墨绿、藏青、宝蓝等多种颜色，如梦如幻，宛似人间仙境。

野羊湖乃冰川融水汇聚而成，清冽透明，周围林海之中多飞禽走兽，是乌孙国王孙与贵族理想的狩猎之地。

日近中午，昆邪传令休息，又派出探骑到前面侦察，以防不虞。

郑吉下马，牵着紫骢到湖边饮水，也许是天马王的神威所致，那些乌孙军马都有些畏惧紫骢，不安地踏着步子，低声嘶鸣。也就昆邪所骑的那匹墨炭一般的乌骓马不为所动，饮水如故。

昆邪早向郑吉打听过紫骢的来历，啧啧称奇："郑吉，你的紫骢乃马中之王，有它在，别的马渴死都不敢到湖边喝水。"

郑吉大笑，离开众人，牵马沿着湖畔向远处走去。

元贵靡在后面提醒道："湖中有水怪，能生吞马牛，你小心一些，别在水边待太久。"

听到元贵靡的喊声，嫘罗从车中探出小脑袋，惊道："世子殿下，这湖里真有水怪？"

"当然有！不信你问昆邪将军，他小时候在湖边饮马，水怪突然冲出来，将他的坐骑一口吞下去，不是跑得快，他也会遭到不测呢。"

"咦，这是真的？"嫘罗瞪大眼睛，肤色如玉，眸似碧落，令人目眩神迷。

元贵靡一下子看痴了，双颊潮红，呼吸急促。

昆邪发现元贵靡失神，暗自一笑，心道："元贵靡王子自幼游历诸国，所见美色何止千百？嫘罗公主一笑倾城，不愧有西域第一美女之誉啊。"

嫘罗的心思全放在水怪上，自然没有发现元贵靡的异样，急急问道："昆邪将军，你还记得水怪是什么样子吗？"

“怎会不记得？那水怪牛头巨身，獠牙如戟，一口就把我的坐骑吞下半个，硬生生拖进湖底。”想起当年的经历，昆邪心有余悸。

“啊！”嫘罗用小手掩住丹唇，花容失色。

昆邪笑道：“公主不用怕，野羊湖里虽有水怪，也不是经常都会出现的，往往几年乃至十几年都无消息。我们只是在这里暂歇片刻，哪里会碰得上？”

嫘罗松了一口气，笑道：“幸亏水怪不会出现，不然会吓死人呢。”说到这里，她四处张望道，“这里风景不错，我四下里走走吧。”

元贵靡正想寻一个与嫘罗公主单独相处的机会，当即雀跃道：“难得公主有这么好的兴致，我陪你去吧。野羊湖金沙碧水，有西域明珠之誉，湖光山色，美不胜收。公主好好欣赏一番，方不虚此行。”

嫘罗婉拒道：“一路之上，嫘罗多亏殿下悉心照料，不胜感激。我只是随便看看，不会走远，还有乌雅和伊莎同行，殿下不用担心。”

乌雅和伊莎是元贵靡在白马城琅玕阁买的乐伎，曾向公主学琴几日，又一路同行，彼此颇为熟稔。

元贵靡踌躇片刻，说道：“这样也好，我会派人在后面跟着，不会打扰公主赏景。公主有事招呼他们一声即可。”

嫘罗称谢，元贵靡唤来乌雅和伊莎，仔细叮嘱一番。二女铭记在心，拉来三匹马，与嫘罗沿着湖畔策马而去。

昆邪派了一个百长率十几名贪狼骁骑远远跟上去。

百长名唤苏赫，是昆邪帐下的猛士，号称“万人敌”，力大无穷，勇冠三军。

嫘罗一路行来，风清日朗，山高林密，金沙碧水，美丽如画。

秋日炎热，才跑一会儿，嫘罗脸似桃花，香汗淋漓，觉得浑身难受。她勒住马，见四下里静寂无人，向伊莎和乌雅说道："这里比较僻静，水质清澈澄碧，你们守在这里，不要让人过来，我去湖里沐浴一番。"

乌雅劝道："公主，世子殿下说湖里有水怪，万一碰到怎么办？还是回去吧，不然殿下和昆邪将军会担心的。"

嫘罗笑道："昆邪将军说过，水怪十几年都没有出现。我的运气不会那么差吧，哪能沐浴一会儿就遇到？"

乌雅和伊莎见公主执意如此，只好下马，将马匹放到湖边吃草，她二人到稍远一些的地方警戒，不让苏赫等人靠近。

嫘罗寻个隐蔽的湖汊，褪去衣衫，悄悄滑入湖里。秀颈颀长，皓腕如雪，金黄的长发垂落到湖面上。肌若凝脂，灿然荧光，在水中时隐时现，如优雅的天鹅临波照影，又像水中精灵凌波戏浪。

郑吉饮了马，牵着紫凫归来，没有看到嫘罗，问道："公主何在？"

元贵靡道："去了湖畔游玩，有乌雅和伊莎跟着，不会走远。昆邪将军又派了人随行保护，绝不会有任何问题。"

"哦！"郑吉看看天色，不知为何，心里竟有一丝不安，说道，"天色不早了，我去看看。"

"好，我陪你去！"元贵靡上了马，与郑吉并驾齐驱。

乌雅与伊莎站在湖岸上，一边警戒，一边闲聊。突然，伊莎指着湖心叫道："乌雅，快看，那是什么？"

乌雅回过头，见湖心里掀起一道白亮亮的巨浪，长约十数丈，惊涛翻滚，犹如煮沸一般。而那水浪的方向，正是在湖中沐浴的嫘罗。

乌雅的脸孔像是被谁猛揍了一拳似的，瞬间扭曲，骇然叫道："水……水怪！"

“水怪？”伊莎惊得手足冰冷，几乎连血液都要凝固，大叫道，“公主……有水怪，快上来！”

可惜嬛罗公主游得有些远，根本听不到她的喊声。

乌雅想起那些贪狼骑，大声呼救：“来人啊……湖里有水怪，快救公主！”

苏赫和十几个贪狼骑兵就在附近，听到乌雅喊叫，跑过来一看，也都吓坏了。与苏雅相比，他们目力更好，隐约看到水下一条巨大的黑影正飞速朝嬛罗公主掠去。

苏赫霎时面如土色。面对林中虎豹，他或许毫不畏惧，但水怪的传说由来已久，那种恐惧早扎根于心灵深处。即便号称万人敌，也禁不住浑身颤抖。

见水怪越来越近，苏雅和伊莎快要哭了。

苏赫急中生智，大叫道：“快快……发鸣镝！”

十几个贪狼骑兵蓦然醒悟，张弓搭箭，将一支支鸣镝射向野羊湖上空。

凄厉的哨声接连炸响，不只郑吉和元贵靡听到，留守原地的昆邪及数百贪狼骑兵都听得清清楚楚。

昆邪以为嬛罗公主遇到敌袭，脸色大变，命令贪狼骑兵全部上马，扬刀奋马，朝出事地点飞驰。

听到鸣镝之声，嬛罗也很快明白发生了什么事。见一条巨浪向她汹涌扑来，吓得肝胆俱裂，反身朝湖岸游去。那条黑色巨影在后面紧追不舍，距离越来越近……

3

郑吉和元贵靡飞马赶到，正好看到这惊人的一幕。

元贵靡脸色雪白，滚鞍下马，大叫道："你们还愣着干什么？快去救公主！"

苏赫等人面面相觑，不是他们不想救，而是他们不识水性，跳到湖里别说救人，恐怕连他们自己的命都保不住。

郑吉从紫皂背上一掠而下，扯脱甲胄，甩掉靴子，一手提刀，奔跑如风，将及湖岸，飞身高高跃起，像皂鹰一般扎入水中，连水花都没有溅起半点儿。

元贵靡等人瞧得目瞪口呆。

湖水分开，郑吉从水里探出头，正好拦在嫘罗和水怪中间。

水怪愈来愈近，可以清楚地看见黑色的脊背，露出水面的三角形鱼鳍和刀锋似的巨齿。

嫘罗知道自己无法逃脱，干脆闭目等死。听到声音睁眼看到郑吉向她游来，不禁泪流满面。

郑吉抓住嫘罗，奋力将她推向岸边。

水怪掀起巨浪，像小山一般直压下来。

"郑吉，不要管我……"想到死亡，嫘罗无限绝望。同时心里又有些盼望，如果真的逃不掉，就让她和郑吉死在一起吧。

"你先走！"郑吉用力推开嫘罗，将刀衔在嘴里，反身迎向水怪。

“不……”嬛罗不知从哪里来的力气，忘记了害怕，发疯般扑向郑吉。苏雅和伊莎跳进湖里，把她拉上岸，七手八脚为她穿上衣裙。

再看时，只见湖里水浪滔天，看不到郑吉，也看不到水怪，湖水变得犹如泼墨一般。仿佛有一只巨手在湖底搅动，风起云涌，天地黯惨浪若雷，涛如连山喷雪来。

昆邪赶到，和元贵靡带人奔至湖边，看到这种景象也束手无策。

须臾之间，湖中血水翻滚，染红湖面。水浪越发凶恶，声似雷霆。一条巨大的尾鳍时而破开水面，崩山裂峰，向湖面横拍下来，激起数丈高的水柱，像瀑布垂天而挂。

岸上人马惊骇欲绝，不知郑吉生死如何。

“郑吉……”嬛罗面无血色，身体摇摇欲坠，她拼命咬住手指，不让自己哭出来，却不知手指咬破，鲜血染红了皓腕。

昆邪大叫：“有会水的没有？下去杀掉水怪，把郑吉救上来！”

数百贪狼骑兵你看我，我看你。他们在陆上剽悍凶猛，下到水里只有死的份儿。

昆邪叹气，西域诸国以骑兵为胜，不习水战，要贪狼骑下水斗水怪，真是难为他们。

忽然之间，崩雪不在，水浪敛去。一头巨大的水怪浮尸湖面，身体长有数丈，头大如牛而无角，身体暗红，腹部白色，满嘴獠牙如戟，右眼插一柄直刃长刀，穿颅而出。

“郑吉杀了水怪！”不知谁叫了一声，人群登时像炸了锅一般沸腾起来。

“郑吉呢？”大家没有看到郑吉，心都揪了起来。

“噗……”郑吉从水里探出脑袋，吐出一口血水，也许耗尽了力气，身子又向下沉去。

这次不等昆邪发话，不少兵士纷纷跳进湖里，游向郑吉，七手八脚把他拖上岸。他们斗水怪不行，简单的狗刨式还是可以做到的。

嫘罗扑上去，推开众人，见郑吉脸色苍白，遍体鳞伤，眼泪再也止不住，抱住他大哭道："郑吉，你不要死……我不要你死……"

"咳咳……"郑吉咳出两口血水，嘴角使劲扯了扯，勉强笑道，"公主放心……我还要送你回家，不会那么容易死的……"

嫘罗破涕为笑，看看郑吉满身的伤，又泪如雨下。

昆邪过来察看郑吉伤势，见他全身数处皮肉翻卷，像是被锐器所伤，所幸并不致命。昆邪知道这是水怪的利齿造成的，吩咐人为郑吉清洗伤口，敷药并细细包扎。

有贪狼骑兵下水，将绳子绑在水怪尸体上，用马把它拉上岸。

看着小山一般的水怪尸体，饶是以凶悍著称的乌孙贪狼骑兵也咋舌不已。这么大的水怪能一口吞下半匹大马，在水中几乎是无敌的存在，偏偏死在郑吉刀下，真不知那个汉人少年是如何做到的。

乌孙是游牧民族，向来敬重英雄豪杰，这时看向郑吉的目光都不同了，肃然无声，敬畏如同神祇。

元贵靡见郑吉性命无碍，放下心来。围着水怪转了两圈，惊叹道："百年以来，关于水怪的传说不少，又有几人亲眼见过水怪的真容？若是把它拉回去，还不得轰动整个赤谷城？"

昆邪道："如今正是秋高之际，暑热尚未消尽，离赤谷城还有五六日路程，水怪不等拉回去就会烂掉，殿下不想半个赤谷城都臭气冲天吧？"

元贵靡万分不舍："说得也是，可没有别的办法吗？"

嫘罗搀着郑吉站起来，看着这么大的水怪，郑吉也是后怕不已。不是自己水性好，又有那么点儿运气，恐怕已葬身鱼腹。

昆邪敛容道："水怪乃湖中恶灵，有凶煞之气，还是不要把它带走为好，否则被萨满大法师看到又生事端。”

元贵靡不语，萨满大法师在国中地位极为超然，连父王与母后都忌惮三分。乌孙国现任萨满大法师名为翁禹犊，善卜筮，精咒术，法力高强，与大兄泥靡极为亲近，真被他撞到，少不了又是一场风波。

元贵靡也是个拿得起放得下的人，说道：“听昆邪将军的，就让水怪从哪里来回到哪里去吧。”

上百个贪狼骑兵一起动手，将小山一般的水怪推入湖里，巨浪卷起尸体慢慢沉入湖底。

郑吉身上有伤，骑不得马，昆邪又弄了一辆车让他躺着。嫘罗公主不愿意，非要郑吉和她同乘一辆车，亲自照料他。

一路之上，嫘罗公主就没有闲着，一会儿用锦帕给郑吉拭汗，一会儿问他渴不渴，疼不疼，想吃什么。

看到苏雅和伊莎促狭的眼神，郑吉干脆闭上眼睛装死。

第四章　乌孙初试刀

1

五六日之后，车仗来到赤谷城。郑吉身上的伤好了许多，再也不肯躺在车里，不顾嫘罗公主幽怨的眼神，骑上紫皃逃之夭夭。

乌孙是游牧民族，逐水草而居，国都赤谷城与其他国家也不一样，没有高大的城墙，也没有宽阔的壕沟，除了王宫与议事的宫殿之外，很多人都住在穹庐里。

穹庐是北方游牧民族所住的毡帐，中央隆起，四周下垂，形状似天，故名“穹庐”。

大昆弥翁归靡与解忧公主在华丽的穹庐里接见了嫘罗公主。

翁归靡的两位匈奴妻子没有露面，泥靡和乌就屠也没有出现，只有弟史、素光和大乐在旁陪侍。

次子万年去了莎车国，不在赤谷城。

嫘罗公主随元贵靡和昆邪拜见乌孙王和解忧公主。

对于这位大汉和亲公主，嫒罗早有耳闻，极为敬佩。如今解忧公主韶华不在，依然肌肤如雪，雍容华贵，静静地坐在那里，如生于天池幽谷的墨兰，典雅出尘，久而弥香。

两位公主俱是天姿国色，弟史端庄静雅，素光十五岁，娇憨可爱。

嫒罗向乌孙王夫妇行礼，仪态淡雅，风华绝代。

解忧公主起身，拉过嫒罗的手，笑道："不愧有云端上的神女之誉，大宛公主之美名不虚传，的确不似凡间所有。"

嫒罗公主红了脸，不好意思地低下头。

素光撒娇道："母后，还有我呢。我不是乌孙最漂亮的女孩子吗？"

大乐与素光年龄相近，打趣道："妹妹，你是乌孙最漂亮的女子，嫒罗姐姐是西域第一美女，你比她不止差了一匹马呢。"

大家全都愣住，素光大怒："一匹马是多少？"

"额……"大乐这下被问住了，挠挠头道，"一匹马就是一匹马嘛……总之差得很多就是了。"

众人大笑。

嫒罗抬头看向弟史："听说乌孙大公主精通音律，貌若天仙，在她面前，我何敢称西域第一？"

素光拍着小手笑道："我姐姐才是西域第一，听听，这可是嫒罗姐姐亲口说的哦。"

翁归靡听着她们说笑，也不插言，微笑地注视她们，目光里满是宠溺和自豪。

弟史起身施礼，不好意思道："姐姐谬赞！我虽粗通音律，怎敢与姐姐相比？姐姐妙解音律，又抚得一手好琴，听说连长安一众国手都甘拜下风呢。"

嫘罗笑道："那是他们不屑与一介女子相争，故意让我的，殿下千万别信外面的话。"

众人又笑了起来。

宾主落座后，解忧公主问起嫘罗公主归国的遭遇，感叹不已。

听说郑吉匹马单刀穿越千里瀚海，搏杀狼群，力毙神熊，勇斗水怪，一次次拯救嫘罗于危难之中，众人不由血脉偾张，大为赞叹。

解忧大喜道："我汉家儿郎有如此忠勇之辈，乃天助大汉也。"

素光听得神往，一对乌溜溜的大眼睛眨啊眨的，不知在想什么。

翁归靡赞道："如此勇士，天下罕有，不重赏不足以旌其功！"随即赏赐黄金百镒，象龙宝马一匹，命元贵靡稍后送予郑吉。

嫘罗动容，不提百镒黄金，一匹乌孙极品天马就价值万金。西域多名马，乌孙有极品天马谓之"象龙"，身具龙象之力，奔驰如风，比之大宛汗血宝马毫不逊色。翁归靡肯送一匹象龙马给郑吉，足以证明他对郑吉的认可。

听说元贵靡又将水怪抛回了野羊湖，素光大失所望，拉着元贵靡的胳膊央求道："哥哥，你带我去野羊湖好不好？"

"你去那里干什么？"

"我把水怪尸体拉回来，谁看谁掏钱。我们不就发大财了吗？"

解忧公主笑道："小小年纪，满脑子都是钱，难道你父王给的赏钱还不够吗？腹有诗书气自华。你多向嫘罗公主和你姐姐学学，纵不能名贯诸国，也要多才多艺才好。"

素光不敢反驳，转身向父亲吐吐小舌头，翁归靡哈哈大笑。

嫘罗和弟史俱以才貌扬名西域，二人一见如故，惺惺相惜。

解忧公主告诉元贵靡，过几天把郑吉带进宫，她要见见那个汉家传奇少年。

元贵靡答应，大乐对郑吉景仰万分，想和哥哥一块儿去看望郑吉。

素光见两位哥哥去找郑吉，哪里还待得住？非要跟着去见见那个徒手搏杀神熊的大英雄不可。

嫘罗也想去找郑吉，被弟史硬拉着去了琴庐。

2

琴庐是弟史公主的居所，在王宫的左侧，几座白色穹庐依山傍水，有围墙与外面隔开，清风自来，明月时至，绿水潺湲，流音如歌，极为幽雅闲适。

水上建一凉亭，朱梁碧瓦，飞檐凌空，名为“听雪亭”。

昆邪留下还要向大昆弥详细禀报，三兄妹出了王宫直奔驿馆。

嫘罗公主去拜见乌孙王夫妇，郑吉被安排到驿馆里休息。

见到郑吉，素光不觉呀了一声，有些失望。

郑吉明知故问道：“小公主是责怪在下形貌猥琐吗？”

素光咯咯笑道：“哪里猥琐？只是和虎背熊腰的形象相去甚远罢了。哥哥说你仅凭一人之力便能搏杀神熊，手刃水怪，不说顶天立地，起码也得像左姑梁和苏赫那样铜筋铁肋壮似熊罴吧？”

元贵靡摇摇头，笑道：“别再提苏赫那厮，让他去保护嫘罗公主。结果公主遇险，他不敢下水救援倒也罢了，反吓尿了裤子，真把我们乌孙勇士的脸都丢尽了。”

“这是真的？”大乐和素光小脸一滞，同时大笑起来。

郑吉道：“这个不能怪苏赫，他不识水性，跳到水里不但救不到人，反会帮倒忙。他是陆上猛虎，搞成落水狗成什么样子？”

三兄妹大笑，素光见郑吉端凝静雅，虽说不上高大魁伟，但也丰神俊朗，轩举不群，睹之令人心生明月映幽夜、清风过松林之感，加上他言语不多，机敏诙谐，赤谷城上下少有可比者，不禁暗暗称奇。

元贵靡叫人奉上乌孙王的赏赐，郑吉坚辞不受。保护大宛公主是他职责所在，与乌孙何干？再说百镒黄金也没办法带回去，万里东归，即便侥幸躲开了马贼，也得把坐骑活活累死。

不过等乌孙军士将一匹象龙马牵过来时，他说不出话来。百镒黄金可以不要，名贯天下的象龙马可不是谁都能有机会得到啊。只是他已经有了紫骍，不可能再接纳这匹象龙马，心里大为惋惜。

从白马城结识以来，元贵靡对郑吉非常敬佩，笑道：“这样吧，你先不要拒绝，今儿秋高气爽，正是狩猎的好日子。你骑上这匹象龙马，咱们出城打几只野物去。”

“这个主意不错，算我一个！”听说可以到城外玩，素光一下子跳起来。对她而言，这样的机会可不多，岂能放过？

大乐性格稳重，听到王兄的提议也眉开眼笑：“听说城北大山里最近野物不少，前些日子乌就屠王兄带人从山里围了一头熊和两只猞猁，咱们要不要也去碰碰运气？”

郑吉想想身上的伤已无大碍，狩猎应该不成问题，笑道：“几位殿下既有此意，在下自然没有问题。”他看向素光，“不知小公主的骑术如何？”

素光以为郑吉瞧不起她，小脸涨红道：“我三岁骑马，九岁狩猎，骑术还用说？不信咱们比一比，谁输了就答应对方一件事。”

郑吉一怔，笑道：“殿下误会了，在下没有轻视小公主的意思。”

素光下巴一扬，傲然道：“有没有误会比过才知道！走吧，我看看你的骑术是不是比你的刀术更好！”

郑吉用眼神向元贵靡求助，元贵靡两手一摊，把脸扭向一旁，意思是你惹了不该惹的人，自己节哀顺便，我爱莫能助。再看大乐，那小子更不仗义，毫无心肝地放肆大笑。

郑吉苦笑，这三兄妹摆明吃定了他啊，真以为我生在江南只会玩水不能玩马？

3

四个人出了赤谷城，左姑梁率三十贪狼骑兵充当扈从，云旗霓旌，马踏如雷。

素光骑乘的是一匹小红马，明眸秀额，耳如杨叶，色若胭脂，取名“赤凤”，也是乌孙天马中的极品。

出城不久，素光迫不及待要和郑吉比赛骑术。

元贵靡指着北面的大山说道：“那是乌孙山，山下有驿道通往九姓部落，距此地三十里有座驿站。你们两个谁先赶到那里算谁赢。”

“好，就这么办！”素光爽快同意，扭头看向郑吉，“有问题吗？”

郑吉摇摇头。

“那好！本公主先走一步，你来追吧。追上了本公主就是你的。”素光一甩马鞭，小红马飞蹿出去，马背上滚落一串银铃般的笑声。

郑吉大汗，小丫头片子真是语不惊人死不休啊。挖这么大的坑，还让不让人活了？

元贵靡和大乐素知这个妹妹刁钻古怪，见郑吉在她面前频频吃瘪都哈哈大笑。

见郑吉犹疑，元贵靡叫道：“你还磨蹭什么？赶快追啊。她骑术好，马又快，真让她占了先，你只有认栽的份儿。”

大乐在旁边怂恿：“是啊，是啊，你是徒手搏熊的英雄，怎么可以败给一个小丫头？赶快追吧，没听她说吗？只要你追上了她，她就是你的。”

“呃……”郑吉有种吐血的冲动，还让不让追啊？不就赛个马吗，和追女人有什么关系？他也不敢再迟疑，不然真不知这哥俩怎么挤对他呢。

见郑吉提缰冲出去，大乐笑道：“王兄觉得他们两个谁会赢？”

元贵靡道：“郑吉一身本领深不可测，且身为敦煌边军侯长，骑术是最基本的课目。小妹想赢他，恐怕不容易。”

大乐老神在在道：“不，我以为郑吉必输无疑。”

“何以见得？”

“王兄稍后便知。”

“那好，我们也跟上去看看。”元贵靡呼哨一声，三十余骑冲出去，卷起一道土黄色的狂龙。

素光年龄不大，骑术确属上乘，人马一体，足不沾尘，宛如一道红色旋风从大漠上刮过。一路笑声不断，不停调侃郑吉。

郑吉初骑象龙马不太熟悉，落后赤凤不少路程。他善识马性，骑术精湛，很快适应了象龙马的节奏。人常说：水行龙力第一，陆行象力最强。象龙马兼具龙象之力，气息绵长，一旦飞奔起来，真如一头叱咤风云的黑龙，腾云驾雾，瞬息千丈。

看到郑吉追了上来，堪堪来个马头碰马尾，素光再也笑不出来，小脸通红，香汗淋漓，拼命抽打赤凤马，企图再次把郑吉甩开。

两人驰逐一会儿，郑吉反超素光。转过山坳，驿站在望，素光急得差点儿哭出来，她可是说了大话的，真败在郑吉手下，难道还听这个汉人摆布不成？

两匹天马冲过一条小溪，象龙马在前，赤凤马在后，素光忽然大叫一声，郑吉回头看时，只见赤凤背上空空如也，素光不知去了哪里。

郑吉以为素光坠马，立刻勒住象龙马，回身救援。赤凤马从他身边一掠而过，瞬间百丈。再看时，素光忽然从马腹下钻出来，重回马背，冲郑吉做个鬼脸，笑声如银铃响起来。

郑吉知道上了当，也不再追。此去驿站不过二三里许，他再快也不可能追得上素光。

身后蹄声如雷，元贵靡和大乐带领三十贪狼骑赶了上来，见郑吉一骑缓行，元贵靡大笑道："三弟果然料事如神，愚兄佩服！"

大乐也笑道："不是我料事如神，是我吃过那个丫头太多的亏。郑吉不了解她的性子，不上当才是怪事呢。"

郑吉道："不管如何，小公主总是赢了，在下愿赌服输。"

大乐提醒道："郑吉，这话你对我和王兄说说可以，千万别对那个小魔女讲。她有一千种方法可以折磨你，让你生无可恋。"也许记起素光的种种可怕之处，大乐头皮一麻，赶紧闭口不言。

郑吉笑笑，颇不以为意。我什么场面没见过？还怕一个小丫头片子？要钱没有，要命一条，大不了轻刀快马，一走了之。

须臾赶到驿站，素光一手执鞭，倚马而立，像骄傲的小天鹅，挑衅地望着郑吉。

元贵靡兄弟相视一眼，窃笑不已。

郑吉下马，硬着头皮上前说道："小公主赢了，在下认输。"

素光咯咯笑道：“认输就好，咱们还有一个条件，你没忘吧？”

“只要是在下能够做到的，但凭小公主吩咐。”

“爽快！本公主就喜欢这样的血性男儿，拿来起放得下，不像某些人输了就要赖，根本不像个男人。”说完，斜睨了大乐一眼。

“咳咳……”大乐只比素光大一岁，平时最怕这个妹妹。闻言赶紧把头扭到一边，拼命咳嗽，撕心裂肺。

元贵靡大笑。

素光歪着小脑袋看向郑吉：“按照赌约，你必须为我做件事。不过我还没有想好让你做什么事，等我想好了再通知你吧。”

“请公主放心，只要在下力所能及，任凭吩咐。”

“哦？”素光笑道，“我让你留在乌孙，算不算你力所能及呢？”

“啊？”郑吉一怔，他身为军曲侯，奉命保护大宛公主，怎么可以留在乌孙？

“我是逗你的，别当真！”素光一甩马鞭，咯咯娇笑。

不只郑吉，连元贵靡和大乐都额头见汗，不愧有“魔女”之称，玩死人不偿命啊。

4

驿丞听说三位殿下驾到，赶紧率领驿馆一干人员出来迎接。

元贵靡见驿站外面有不少人，双手绑缚，被牛皮绳穿在一起，有老有少，有男有女，蓬头垢面，血衣斑斑，乌孙骑兵拿马鞭不停地抽打他们，哭声震野。他脸色有些难看，问道：“这些人是怎么回事儿？”

驿丞答道：“泥靡王子征讨山北九姓部落，这些都是蛮族俘虏。”

元贵靡见俘虏中有苍苍白发的老者，也有襁褓中的婴儿，冷声道：“九姓部落叛乱，与吃奶的孩子何干？难道真要把他们赶尽杀绝？”

大乐小声提醒道：“哥哥，大王兄的事情不是我们能管的，还是少说两句吧，被他听到又是一场麻烦。”

元贵靡脸色一黯，泥靡是上任大昆弥军须靡的儿子，飞扬跋扈，目中无人，对昆弥之位志在必得，何曾把他们放在眼里？也就在父王翁归靡面前，泥靡才稍有忌惮，真要招惹到那个煞星，无疑自取其辱。

“我们走！”元贵靡冷哼一声，招呼三十贪狼骑出发。

正在这时，异变陡生，一个蛮族少年挣断牛皮绳，撞翻看守的士兵，夺路而逃，而他逃跑的方向正是素光和郑吉所在的位置。

“杀了他！”看守是泥靡王子麾下乌豹骑，如狼似虎，穷凶极恶。当下有人上马抽刀，朝少年追杀过来。

少年十五六岁，颈戴骨珠，左耳悬狼牙，鼻直口方，目似鹰隼，跑起来像风一样快。

可惜他体力有限，终究不能与战马相比。两百丈后，那个乌孙兵追到身后，弯刀高高扬起，在空中划过一道青芒，朝他的脑袋劈下去。

“不要……”素光惊呼一声，小脸变得煞白，她从小养尊处优，何曾见过杀人？

俘虏们骚动起来，愤怒嘶吼，目眦欲裂。

乌豹骑砍翻几个试图反抗的俘虏，血肉横飞，惨叫声响成一片。

元贵靡大喝道：“住手！不要滥杀无辜！”

没人听他的话，弯刀如月直落而下。

眼看少年将身首异处，蓦然，一道白光飞至，将青铜弯刀击断，白光又飞出一段距离，斜斜插在地上。

众人这才看清，那白光环首直刃，竟是汉军制式武器——环首刀。

那个乌豹骑攥住半截刀柄，虎口处鲜血长流，面如土色。

飞刀断刃，一击之力如此之大，在场的乌豹骑谁都没有见过，焉能不惧？

郑吉策马缓缓走出，越过少年和那个乌豹骑，拔起吞雪刀，插入刀鞘之中。身在乌孙，他本不想多事。只是不忍见那个少年惨死刀下，才迫不得已出手救人。

少年似乎也傻了，呆呆地看着郑吉，忘记了害怕，忘记了逃跑。

看到郑吉一手漂亮的掷刀救人，神乎其技，大乐的眼睛猛地亮起来，脱口赞道：“好功夫！好刀法！”

素光见郑吉举手之间救下那个少年，不由得松了一口气，笑颜如花朵般绽开，看向郑吉的目光多了点儿什么。

“什么人？”乌孙骑弯刀出鞘，二十多骑围住郑吉，如临大敌。

元贵靡和大乐策马过来，呵斥乌豹骑退开。

乌豹骑置若罔闻，不但不退，反而有更多的人围上来，杀气腾腾。

元贵靡大怒：“你们想干什么？造反吗？”

一个懒洋洋的声音接道：“乌豹骑是我的，只听本王子号令。你是什么东西？也敢对乌豹骑指手画脚大呼小叫？”

元贵靡看向从驿站走出来的那个人，脸色阴寒：“泥靡，你滥杀无辜，连襁褓中的孩子都不放过，不觉得太残忍了吗？”

泥靡怪眼一翻：“该如何做，本王子自有分寸，还不需要你一个乳臭未干的小子来聒噪。倒是你们，胆敢袭击乌豹骑，协助叛匪逃走，长了几颗脑袋？来人，将那个不知天高地厚的贼子拿下，连同逃跑的蛮族一起砍了，拿他们的脑袋祭旗。”

素光拍马冲出来，叫道：“大王兄，你不能杀郑吉，他是汉军勇士，也是我的客人，奉命保护大宛公主，父王刚刚重赏于他。你伤了他，父王生气，我以后也不理你。”

泥靡凶戾暴虐，不把任何人放在眼里。如果说乌孙国有什么人是他忌惮的，除了大昆弥翁归靡，就是这个精灵古怪的小公主。闻言一怔道：“小妹所言可是真的？”

“当然是真的，不信你可以问父王。”

“好，那个汉人既然是小妹你的客人，我就放过他，希望他以后不要再来招惹我。”泥靡一提马鞭，指向那个少年，“宰了那个蛮族小儿，把他的脑袋砍下来，挂到旗杆上去。”

“大王兄……”素光刚想开口，被大乐拉住。

大乐深知泥靡反复无常，惹恼了他，后果很难预料。

几个乌豹骑上前抓住那个少年，一顿马鞭抽下来，少年浑身是血。

少年倔强地咬紧牙关，一声不吭，血红的目光盯住泥靡，宛如一头噬血的小豹子。

“很好！有种！”泥靡将马背上一颗人头摘下来，掷到少年脚下，狞笑道，“这是你爹的脑袋，他是射雕人中的王者，天雅族的英雄，我本来要用他的头做酒器，想想还是算了，索性赏给你，让他陪你一起上路——你死之后，世上再无天雅族。”

少年的喉咙里发出低沉的咆哮，拼命挣扎，被乌豹骑死死按住。

见少年被绑到旗杆上，俘虏们呜咽不已，人群中响起低沉的咒语，那是往生的祈祷，犹如远古神祇的叹息。

素光的小脸再次煞白，不由自主靠向郑吉，泪珠盈盈欲落。她救不了那个可怜的少年，第一次感到自己的软弱无力。

郑吉看向泥靡："听说贵国有交易俘虏的传统，是不是真的？"

泥靡斜睨他一眼："你想买下那个蛮族少年？"

"在下正好缺一名扈从，觉得那个孩子也许合适，望殿下成全！"

"你一介汉家蝼蚁，有什么资格与本王子交易？"

"不知殿下要什么样的资格？"

"没有擒龙手，不敢下西海。你匹马西来，想必身手不错。半炷香内，只要你能在五名乌豹骑的刀下活下来，算你有资格。"

元贵靡脸色大变："乌豹骑号称虎狼之师，杀人盈野，郑吉如何赢得过五名乌豹骑？"

泥靡狂笑道："他不需要赢，只要活下来就行。本王子向来说一不二，做不做是他的事。你以为谁都可以和本王子讲条件吗？"

大乐劝道："郑吉，这事就算了吧。大王兄言出必践，你救不了那个少年，不要连自己的命都搭上。"

郑吉沉默片刻说道："我想试一试！"

"郑吉……"素光惊呼，芳心猛地一颤，眼圈泛红。

元贵靡大为着急："郑吉，你又不认识那人，为何舍命救他？你死在这里，我如何向嫽罗公主交代？"

郑吉没有回答，看向泥靡："殿下，我可以答应你的条件。不过刀剑无眼，若有死伤怎么算？"

泥靡好像听到世上最好笑的笑话："你人都死了，还想怎么算？”

“如果死的是乌豹骑呢？”

“嗯？”泥靡眼光一寒，瞪向郑吉，继而狂笑道，“乌豹骑天下无敌，你能杀得了他们，算你有本事，本王子绝不追究！”

“在下相信殿下的承诺。”郑吉翻身上马，迎向乌豹骑。

泥靡反有些惊诧：“你真的想找死？”

“我说过，想试一试！”

元贵靡大惊道：“郑吉，你疯了吗？五名乌豹骑会把你连人带马都砍成肉泥的。”

素光望着郑吉的背影，杏眸异芒闪烁：“他是真正的男人！”

泥靡冷冷道：“英雄通常都不得好死。五名乌豹骑抵得上十个匈奴天狼骑，那个汉人纵然有三头六臂也得死无葬身之地。他自己找死，怎怪得别人？”

素光揉揉眼睛说道：“就算郑吉今日战死，也是顶天立地的大英雄。与他相比，大王兄的乌豹骑以多欺少，又算什么本事？”

泥靡被戳中疼处，冷哼一声，拂袖而去。

5

五名乌豹骑散开，扬起青铜弯刀开始冲锋。刀光映着落日，森寒夺魄。马蹄骤起如惊雷滚动，震得地皮都跳起来。

众人的心都提起来，没有人以为郑吉会逃过乌豹骑第一波冲锋。

郑吉没有拔刀，连刀带鞘一起抓在手中，身体里响起一阵虎豹雷音。象龙马扬鬣喷鼻，犹如一条即将穿云破雾而去的墨虬。

围观的乌豹骑哄笑道："那个汉人吓破了胆，以为拿个破刀鞘就能杀人吗？"

"杀！"五匹马卷起一股狂潮，五柄刀构筑世间断魂的风景，风卷云动，杀声震天。

郑吉轻拍象龙马的脖颈，一抖缰绳，双腿猛夹马腹。象龙马一声长嘶，朝前飞蹿出去，犹如一道黑色旋风卷向五名乌豹骑。

"硬碰硬？"泥靡脸上露出不屑之色，"乌豹骑刀重马快，攻击力天下第一，这个汉人真是不知道死字怎么写。"

象龙马一骑绝尘，迎向狂奔而来的马潮。

素光攥紧小手，杏眸微红。她告诫自己不可以哭，眼泪还是不争气地流下来。

眼看双方要迎面相撞，象龙马蓦然转向，切着乌豹骑冲锋的弧线斜飘出去，霎时与乌豹骑拉开一大段距离。

"懦夫！"泥靡以为郑吉要逃跑，嘲弄一声，命令乌豹骑追上去，谁杀了郑吉，赏肥羊两头。

五名乌豹骑分散队形，哦哦怪叫着，像围猎野物一般扑向郑吉。在他们眼里，那个汉人跟一只胆小的兔子没什么分别，只要追上，绝对手到擒来，这种功劳能够换到两头肥羊，何乐而不为？

大乐叫道："不会吧？我以为郑吉要和乌豹骑决一死战呢。"

素光不高兴道："猛虎斗不过群狼，他以一敌五怎么打？"

大乐语塞："我当然知道，只是那么好的刀术可惜了。"

"没了命，再好的刀术有什么用？"

元贵靡看了一会儿说道："郑吉熟谙《孙子兵法》，兵法云，善战者必立于不败之地，而不失敌之败也。他很有经验，不会一上来就把自己置于死地。”

见乌豹骑完全乱了阵形，郑吉放慢速度，一名乌豹骑邀功心切，第一个冲上来，挥刀劈向他的头颈。

郑吉挑开刀锋，顺势反抽，将他生生拍飞出去，战马奔出十几丈远，那人才摔落地上，生死不知。

第二个乌豹骑料不到郑吉如此生猛，稍一愣神，郑吉探身如龙，一把抓住他腰间甲绦，像老鹰捉小鸡一样倒拽过马背。

见同伴被活捉，两个乌豹骑前后夹击，奋勇相救。

被擒的乌豹骑拼死挣扎。郑吉将他抡起来，像风车般朝前面堵截的乌豹骑丢过去。

双方近在咫尺，那人不虞此变，收刀不及，正砍在同伴身上。被掷的乌豹骑晕头转向，舞刀乱劈，差点儿将那人半只膀子卸下来。双方同时中刀，倒撞马下。

这个乌龙把泥靡气得一佛出世，二佛升天。

见郑吉如此卑鄙，围观的乌豹骑气得哇哇乱叫。后面追上来的乌豹骑拦腰横斩，企图将郑吉一刀两断。

间不容发之际，郑吉突然从马背上滚落，避开刀锋。一足钩住马背，一腿夹紧马腹，身体平展如燕，反抡刀鞘横扫对方的马腿。那匹马奔得正疾，前腿忽然折断，连人带马撞在地上。

兔起鹘落，五名乌豹骑折损其四，众人全都蒙了，眼珠子呼啦啦滚落一地。

素光呆滞半晌，忽然大笑道：“大王兄，你的乌豹骑天下无敌，怎么都变成了滚地葫芦？”

泥靡大怒道：“给我上！杀了那个汉人重赏，杀不了我将你们统统五马分尸！”

幸存的那个乌豹骑兵吓得面如土色，他将郑吉刚才的神勇看在眼里，怎会不怕？那个汉人神力无双，无论骑术还是刀术都高出他不止一筹，他上去等于白白送死。可不上去下场更惨，泥靡殿下向来说一不二，没人救得了他。

那名乌豹骑扬起弯刀，像飞蛾扑火一般冲向郑吉。此时，郑吉在他眼里不再是可怜的野兔，而是一头噬人的凶兽。除了绝望和视死如归的悲壮，他还能剩下什么？

郑吉抖抖刀鞘，依旧不拔刀，眼睛微眯如暗夜星月。

双方冲刺，那名乌豹骑瞬间飞了出去——屁股向后平沙落雁式。

四下里静寂如死，连一向目中无人老子天下第一的乌豹骑也都噤若寒蝉。身为马背上的民族，他们一向崇拜强者。在绝对的实力面前，他们除了敬畏，根本不知道说什么。

泥靡的笑容僵在脸上，他万万料不到会是这种结果，乌豹骑身经百战，纵横西域无敌手，是他最为信赖的铁血亲卫。五名乌豹骑拿不下一个汉人，反而全军覆没，这个耳光直接把他打蒙了。

“够了！”泥靡双目喷火，大喝道，“执法队何在？”

负责执法的乌豹骑齐齐出列。

泥靡手按刀柄，一字一句道：“将这几个没用的东西拖下去，每人先打四十军棍，等候发落！”

“是！”执法队员策马飞奔出去，将五名乌豹骑扒去衣甲，也不管他们伤势如何，一律拖在马后，纵马狂奔。那些乌豹骑鬼哭狼嚎，身后的沙地上留下长长的血痕。其余乌豹骑胆裂魂飞，汗不敢出。

泥靡性情暴虐，练兵更狠，一旦兵士犯错，不死也得扒层皮。他对麾下赏赐大方，也不禁止士兵抢劫掳掠，士卒乐为之用，打起仗来悍不畏死。这样一来，反倒成就了乌豹骑的赫赫凶名。

元贵靡和大乐见泥靡发飙，都不想触他的霉头，可素光不怕他，故意问道：“大王兄，这是打算认输吗？”

泥靡冷哼一声，看向牵马而回的郑吉。

素光偏不放过他："大王兄说过，郑吉赢了乌豹骑，你就答应放过那个天猚族少年，大王兄不是想反悔吧？"

泥靡勃然大怒："我何时要反悔？那个汉人侥幸不死，只能算有了与我交易的资格，他还要拿得出令我满意的赎资才行。"说到这里，他斜了元贵靡和大乐一眼，威胁道，"和我交易的是那个汉人，如果谁帮他出钱，我随时收回说过的话。"

素光叫道："大王兄，这不公平！郑吉只身来到乌孙，身无余财，你叫他到哪里去弄钱？"

"这个我不管！替人出头就得有那个本事。你以为谁都可以当英雄？"

元贵靡和大乐无奈，素光嘟起小嘴，狠狠瞪着泥靡。

泥靡看向郑吉，厉声道："你连刀都不敢拔，算什么英雄？"

郑吉淡然道："杀人有很多种方法，不必非要拔刀。"

"你看不起我的乌豹骑？"

"我尊重每一个对手！"

"这个姑且不论。你想买下那个少年，须得满足我的条件。"

"殿下请讲！"

泥靡斜眼看看那匹象龙马，冷笑道："你想要那个少年也可以，拿这匹马来换。"

元贵靡兄妹大惊："象龙马万金不易，怎能与一个区区蛮族俘虏交换？大王兄，你狮子大张口，太过分了！"

泥靡不耐烦道："这就是我的条件。他愿换就换，不换拉倒！本王子还有要事在身，恕不奉陪！"

郑吉平静道："殿下的条件，我可以答应！"

大乐急得面红耳赤："郑吉，你要想清楚，那是父王赏赐给你的象龙马，天下有多少人做梦都想得到，你就这么送出去吗？”

元贵靡叹了一口气，直到现在他都不敢相信郑吉愿意用象龙宝马交换一个素不相识的蛮族少年，真以为郑吉疯了。

这个世上，恐怕也只有疯子才会做这样的傻事。

泥靡狐疑道：“大昆弥赏赐汉人象龙马？怎么可能？”

元贵靡道：“这事说来话长，大王兄若想知道，向父王一问便知。”

泥靡将信将疑，吩咐道：“将蛮族小儿带过来，人马两讫！”

有人将少年拖过来，交给郑吉，然后牵走象龙马。

泥靡冷眼打量那个少年一阵，阴森森道：“小崽子，这次你走运，逃过一劫。希望你好好活着，千万别再落到我手里，否则，天雅族真要灭种了。”说完，也不理郑吉等人，拨转马头，扬长而去。

少年望着泥靡的背影，血贯瞳仁。

乌豹骑驱赶俘虏随泥靡离开驿站，俘虏们望着少年，有欣慰，更多的是悲伤和绝望。

大乐瞅瞅少年，摇头道：“郑吉，我算是服了你。一匹极品天马就换了这么一个小人儿，你不是真疯了吧？像他这样的，你到赤谷城转一圈儿，一匹普通牧马都能换到一百个不止，唉……”

素光当场给了他一个白眼：“你懂什么？郑吉是大英雄，古道热肠，悲悯苍生，不像你们两个这么冷血。”

郑吉摇头道：“在下没有公主殿下说的那么伟大，更和苍生扯不上关系。只是觉得这个孩子还不错，这么死了太可惜。”

元贵靡道：“像他这样的人有很多，你救得过来吗？别忘了，你只是汉军一个小军候，不是救世主。这次是你走运，下次呢？你有几条命经得起这么折腾？”

少年看都不看郑吉，脸孔刚毅，眼神冰冷。

素光不满道："人家救了你的命，你连声谢谢都不说，没良心啊？"

少年脸孔涨红，怒道："天猫族乃神族后裔，宁战死，毋为奴！"

郑吉点点头，说道："你走吧！"

"啊？"大乐差点儿咬掉自己的舌头，"我没听错吧？你九死一生赢了泥靡，又赔了一匹象龙马给他，就这么把人放了？你不是说想要一个扈从吗？"

"我不需要扈从。"

"那你……"

素光撇撇小嘴道："他就想救这个白眼狼，你还不明白吗？"

听到他们的话，少年的目光渐渐柔和起来。

元贵靡看看天色，说道："人是郑吉拿命赢来的，他想怎么处置是他的事，我们不要多言。耽搁了这么长时间，再进山狩猎恐已不妥。咱们还是先回去，若有遗憾，过几日再进山也不迟。"

大乐笑道："郑吉刀不出鞘，打得乌豹骑落花流水，这个结果比狩到什么野物都开心。乘兴而来，尽兴而归，有何遗憾？"

"说得好！"元贵靡大笑，这次郑吉大胜，既长了他的面子，又打了泥靡一记响亮耳光，最高兴的还是他。

素光望着郑吉，忽然羞涩道："郑吉，你教我骑马好不好？"

"啊？"众人几乎绝倒，不是吧？小姑奶奶，你骑术那么好，谁还教得了你啊？

大乐口吃道："小……小妹，你没有说错吧？明明你刚才赢了郑吉，为何还让他教你骑马？"

素光狠狠剜了大乐一眼，羞怒道："本公主乐意，要你管！"

元贵靡毕竟大了几岁，看出苗头，笑道："小妹想法不错。郑吉刀法过人，骑术精绝，做小妹的老师的确是最合适的人选。”

什么骑术精绝？你是想把我往火坑里推啊。郑吉聪明绝顶，岂会上当？那个姑娘一看就不是省油的灯，比嫘罗公主还难侍候，老子才不陪她玩呢。

郑吉刚要拒绝，被元贵靡阻止：“好了，这事就说定了。郑吉，嫘罗公主还要在赤谷城多住些日子，你反正没事，多陪陪小公主吧。”

素光闻言，小脸儿乐成一朵花。郑吉忽然头疼无比。

大乐性情憨直：“小妹骑术好，不用教，还是让郑吉教我刀术吧。”

素光大怒，一鞭子抽在大乐坐骑的屁股上。

那马吃痛咆哮，前蹄突然竖起，把大乐扔到地上，摔得灰头土脸。素光咯咯大笑，笑声又脆又亮，像银铃一样。

大乐吃了大亏，敢怒不敢言，悻悻躲到一边，离小魔女远远的。

众人回程，少年跟着郑吉，若即若离。

大乐派人把少年带过来，问道：“你为何不走？”

少年望向郑吉，不说话。

“你要跟郑吉走？”

少年点点头。

“你不愿为奴，为何还跟着他？”

“他救了我，我的命就是他的！”

大乐一怔，眼神微变，不得不说这个蛮族少年很有个性。

素光笑道：“他不要你的命，也不要你为奴，你还是走吧。”

少年摇头：“天雅族受恩必报，否则与禽兽何异？”

素光眼珠一转，笑道：“郑吉是大英雄，将来要做大事，身边不能收无用之人。你明白我的意思吗？”

少年点点头，稍一思索，走到大乐马前，向他伸手。

大乐莫名其妙："你干什么？"

少年指向他马背上悬挂的柘木重弓。

"你会射箭？"大乐微讶，不过很快就释然，身为蛮族，从小出没于山林之间，与野兽为伍，怎么可能连射箭都不会？

大乐稍一犹豫，摘下弯弓和箭壶递给少年。他自小臂力惊人，用的弓极强，一般人根本拉不开。他不知道少年为何单单看上他的弓，担心少年拉不动。

少年捧过猎弓，又抽出一支羽箭。弓箭一入手，气质蓦然大变，仿佛他就是为弓箭而生，弓是魂，箭是魄，战意熊熊，杀气腾腾。

素光秀眉一扬，满脸惊诧。

少年看向她，神情自信而凌厉："射什么？"

素光抬起头，正好看到附近山林上空有一头大雕在盘旋，它好像发现了什么猎物，在附近徘徊不去。

雕是草原上的一种大型猛禽，以狐兔野狼为食，能将牛羊轻易抓到空中。它飞得又高又快，又极为机警。草原部落不乏善射之人，能射雕者却少之又少。

能弯弓射雕的人，才是草原上人人敬仰的英雄。

素光想为难少年，指向大雕："你能把它射下来吗？"

大乐嗤笑道："草原上能够射下大雕的人屈指可数，一个蛮族少年怎么可能做到？"

少年不说话，目似鹰隼，望向空中那头大雕。

正在这时，那头大雕突然俯冲而下，如一道闪电划破天空，双爪从林间抓住一头野鹿腾空而起。小鹿发出悲惨的鸣叫。

素光大叫："快救救小鹿！"

少年不慌不忙，左手挽弓，扣箭在弦，大弓斜斜向上。双膀爆力，喉咙里发出一声低沉的咆哮，将大弓拉成圆月之状。嗖，长箭撞开空气，发出尖厉的嘶啸飞向百丈外的大雕。

“呃……”大乐宛如见鬼一般，眼睛瞪得溜圆，差点儿把舌头咬掉。他万万没想到少年能拉开他的大弓，比他还利落。

哧，血水四溅，大雕发出凄厉的长鸣，从空中一头栽下来，连同野鹿一起撞在树林边缘的空地上，沙石飞扬。

“快，把大雕捡过来！”元贵靡简直难以置信。郑吉随便救了一个少年，竟是罕见的神箭手，这在整个乌孙国都不可多得啊，天哪，捡到宝了。

两个贪狼骑策马飞奔而去，工夫不大，将一只大雕拖回来。

这只雕极为巨大，两翼展开约有丈许，羽毛呈金黄色，闪烁着金属般的光泽。一双巨爪赛似钢钩，被它抓到，草原上最凶猛的苍狼也无法逃脱。一支箭矢从它双瞳之间贯穿而过，血腥，暴戾，一击必杀。

众人看向少年的目光都不同了，仿佛在看一块稀世瑰宝。能在这么远的距离射下金雕，还能对穿双眼，这种箭法称得上神乎其技。

元贵靡几乎坐不稳马背，两眼灼热，好像看到一个绝世珍宝，将少年招到跟前，问道：“你叫什么名字？”

“虎蛮！”

“好名字！以后你就跟着我吧，本王子一定会让你成为大漠上最有名的神射手。”

“不！”虎蛮想都不想，直接拒绝。

元贵靡一脸呆滞，堂堂乌孙国王子被一个蛮族小儿无视了，这算怎么回事儿？

见哥哥吃瘪，素光大笑道：“虎蛮，本公主看好你，以后你就跟着本公主混吧。”

“不！”少年再次摇头。

“你……”素光没想到少年连她的面子都不给，气得直磨牙，真想好好抽这个不识好歹的家伙一顿鞭子，“小东西，敢藐视本公主，你长了几颗脑袋？”

众人不觉失笑，你自己才十五岁而已，也好意思老气横秋地叫人家“小东西”？

元贵靡无奈：“郑吉，让这小东西先跟着你吧。他不愿走，被乌豹骑抓到难逃一死。你费尽气力救下他，不想他再有事吧？”

郑吉上下打量少年，像是要把他看穿似的：“我还会在乌孙滞留一些时日，你可以跟着我，什么时候想离开打个招呼就行。有句话我要提醒你，进了赤谷城，你一切都得听我的，不许擅自行事。”末了，他又补一句，“你还小，有些事心里想想可以，真要做出来，没人救得了你。”

虎蛮神情一震，眼中涌现凝重之色，慢慢点头。

第五章　一曲鱼获引

1

第二天，素光骑小红马，带两个婢女来到驿馆，邀郑吉去骑马。

素光今天打扮得很漂亮，杏衫绿裙，鹿皮蛮靴，头戴一顶小花帽，乌发绿眸，明肌如雪，轻盈如彩蝶，美丽若精灵。

昨天被摆了一道，郑吉提起骑马就头疼："殿下，听说赤谷城是乌孙山下第一城，恢宏壮丽，神异如仙境，能否让我开开眼界？"

"好啊，再过几日就是祭月节，国中正热闹呢，我带你去瞧瞧。"

"祭月节？"郑吉一怔，乌孙人也有拜祭月亮的习俗？在汉地，自古就有"秋暮夕月"的习俗。夕月就是祭拜月神。《管子·轻重己》中记载："秋至而禾熟，天子祀於大惢，西出其国百三十八里而坛，服白而绕白，搢玉揔，带锡监，吹损箎之风，凿动金石之音。朝诸侯卿大夫列士，循於百姓，号曰祭月。"

郑吉生于会稽，江左祭月的风俗由来已久。想起小时候祭月的情形，嘴角不由浮起一抹笑容。当然，祭月的不是他，而是他的姐姐。民间有“男不拜月，女不祭灶” 的说法，他身为男丁，不能参与这项活动。可跟在姐姐身边，倒是没有错过吃瓜果糕点的机会。

郑吉想了想，问道：“乌孙的祭月节有什么特别之处吗？”

素光也听说过汉地祭月的风俗，笑道：“我们这里与你们汉人不一样，祭月之夜，不论男女均可参加。篝火达旦，亦歌亦舞；男子则有追月之戏，骑骏马，驭长风，与月竞奔，直到月落方止。至于女孩子……”她的小脸微红一下，羞涩道，“你很快就会知道的。”

“我知道？”郑吉有些不明所以，看到素光的神情，也没有再问，叫上虎蛮，一起乘马出了驿馆。

赤谷城意为“红色山谷之城”，它不同于诸国之都，没有城郭，地多莽平，山多寒松，天空高远，云雾缥缈，一座座穹庐像星星似的散落在碧草松涛之间，金色的王宫与白色的神庙遥相辉映，神秘、纯净、朴拙，宛如神祇遗落世间的梦幻之境。

素光是个很称职的向导，一路之上，殷勤地向郑吉介绍城池布局和周围建筑的来历，看得出小丫头对赤谷城颇为自豪。

逛了一会儿，但见街上行人匆匆，或骑马，或乘车，或坐辇，风风火火，像潮水一样涌向南城。

郑吉等人大为惊讶，叫住一个路人，向人家打听缘故。

那人说，南城黄鹄楼今日有祭月盛会，苏子将登楼献技。

郑吉诧异道：“黄鹄楼是什么地方？苏子又是谁？”

素光秀眉一扬，说道：“黄鹄楼是乌孙第一乐坊，其中有八位女子天赋卓绝，各善胜场，加上容貌不俗，被人捧为八仙子。而苏子便是八仙子之首，一支竖笛夺人魂魄，可与天籁争鸣。乌孙人都以聆听苏子的篴音为荣，每当她登楼献技时，往往万人空巷，赤谷城都会为之罢市一日。”

“这么厉害？”

“这是我姐姐说的，她精通音律，想必不会有错。”

郑吉愕然，竖篴也就是洞箫，乃江南乐器，不想万里之外的西域竟有善奏之人。今日偶遇，自然不能错过，一定要去听听久违的乡音。

黄鹄楼位于南城，不同于乌孙传统的穹庐，建筑风格与汉地无异，粉墙黛瓦，庭院幽深，杨柳依依，琴声袅袅，疑似置身于烟雨江南。

南城大街上人山人海，都是慕名来听苏子吹篴的乌孙人，当然也有不少诸国名士和王孙公子。楼外有剽悍的仆从守护，非获邀请者一律不准入内。这也难怪，毕竟黄鹄楼面积有限，不可能容纳下半个赤谷城，只能筛选一部分人入内。

郑吉等人不在邀请之列，可素光本人就是一张通行证，往那里一站，黄鹄楼的仆役二话没说，客客气气地把他们让了进去。赤谷城上下，谁不认识这个精灵古怪的小公主？借他们一百个胆子也不敢得罪名贯赤谷城的“小魔女”。

2

黄鹄楼位于一座园林之中，雕栏玉砌，帷幔如云。园林依山傍水，一派浓郁的汉地江南风情。楼前聚集很多人，或立或坐，翘首以盼。

素光不想惊动其他人，和郑吉寻了一个靠边的位置，悄悄坐下来。有彩衣婢女奉上瓜果香茗，郑吉要了一杯清茶，凝神静候。

工夫不大，楼上白色帷幔挑起，一个身材高挑的女子走到栏杆前，星眸皓齿，肌若凝脂，眉似新月，举止纤柔，如轻云出岫，别具一种出尘之态。

众人骤觉眼前一亮，若明月之出清溪，万籁俱寂，偌大的庭院落根针几乎都能听得见。

“苏子！”不少王孙公子面色潮红，立刻唤出她的芳名。

女子不说话，星眸微转，众人霎时如闻落雷之音，不由得心跳加快，都觉得苏子看到了自己，情难自已。

素光把一粒剥去皮的葡萄丢进嘴里，啧啧叹道：“看看那些人，一见苏子就像丢了魂儿似的……喂，虎蛮，你的眼珠子都飞到人家脸上了，真恶心！”

旁边有人笑了起来，看见是小公主殿下，又吓得赶紧闭上嘴巴。

虎蛮揉揉眼睛，争辩道：“哪有？我的眼珠子还在呢，没有飞。”

素光直捂额头：“郑吉，瞧瞧你收了个什么人？小小年纪就这么好色，长大了还不得祸国殃民？”

郑吉回头看她一眼，想了想说道：“殿下不必担心，论到绝世倾城，虎蛮可比你差了十万八千里。”

“那是当然……”听到郑吉夸赞，素光沾沾自喜，话才出口方觉不对，笑容僵住，好像刚吃下的不是水灵灵的葡萄，而是一只死耗子。她狠狠瞪着郑吉，气得直磨牙，这个家伙还真会一本正经地胡说八道啊。拿那个野人似的小蛮族和她比……她长得有那么砢碜吗？说什么绝世倾城，还不如直接骂她祸国殃民呢。

一段小小的插曲过后，郑吉和素光都把目光投向楼上。见苏子轻轻向众人施礼后，玉足轻挑，斜欹一只高凳而坐，纤手执洞箫送至丹唇边，兰气轻吐，箫声悠悠而起。

暮野千里，冷月无声，有风自天际吹来，呜呜咽咽，一种苍茫落雪般的冰冷充斥于天地之间，仿佛整个世间只剩下白茫茫的忧伤。众人觉得手足冰凉，肝肠欲断，恨不得大哭一场。忽然箫声一转，冰雪融化，大地春回，溪水涣涣，云烟澹澹，众人听见了花开的声音，看见了花树下那抹俏丽的身影，一种莫名的喜悦悄悄绽放在每个人心里，莫不手舞足蹈，欢天喜地。

一曲终了，余音不绝。众人如闻神音，莫不击节叹赏。

素光问道："此曲悲音萦回，宛似秋风入骨寒，何解？"

郑吉道："问世间情为何物？一入骨髓，便教生死相许。"

郑吉的声音不大，只因场中静寂，被楼上的苏子听得清清楚楚。她神情一震，注目郑吉良久，徐徐施礼道："粗鄙之音，不敢有污尊耳，烦请公子上楼，小女子伫候明教！"

苏子莺声燕语，却如惊雷一般震撼全场。

苏子出道以来，人如谪仙临尘，箫音天籁无双，倾倒诸国无数王孙公子，可惜迄今为止也没有人得到她的青睐登上黄鹄楼。赤谷城里私下传言，谁能获苏子之邀有幸登上黄鹄楼，必定能够成为她的入幕之宾。

没想到今日登楼的是一个名不见经传的汉人，全场顿时大哗。

郑吉不知个中隐情，见苏子相邀，并未多想，起身准备上楼。

素光急道："你不能上去！"

郑吉愕然："为什么？"

"不为什么……反正你就是不能上去！"

"人家当众相邀，不好拒绝吧？"

两人正说着，一个小婢过来请郑吉上楼。

素光待要阻拦又恐惹众人耻笑，不由暗暗磨牙。见郑吉上楼，干脆也跟了上去。

苏子迎上施礼："公子雅人韵士，苏子班门弄斧，惭愧之至。"

郑吉还礼："姑娘妙手仙音，在下佩服！"

苏子大为欢喜："吾师昔日曾言，有识方才之曲者，务必登楼一见。公子言旨正合真意，岂非吾师之知己哉？"

"不敢！在下一时信口开河，孟浪之处尚请姑娘谅宥。"

"公子不必自谦！"苏子又向素光施礼，请二人落座，自己陪坐一侧，有人奉上香茗，苏子笑道，"此曲虽不是郢中白雪，能得其旨者天下不过二三子。公子既明其意，知己二字并不为过。不知公子哪里人氏？"

"大汉会稽郡！"

"公子也是江左之人？"苏子面有异色。

"难道此地也有江左同乡？"

"吾师乡梓即是江南姑苏。"

"哦，敢问尊师名讳？"

"姓叶，上无下羡。"

"白衣箫王叶无羡？"

"公子认识先师？"

"先师？叶大师他……"

"吾师故去多年，此地空余黄鹄楼。我多次打算前往姑苏寻访先师旧亲，无奈黄鹄楼是先师一手所创，不敢弃之，以致滞留至今。"

叶无羡是姑苏人氏，以善吹洞箫名动江左，因喜穿白色长袍，故有"白衣箫王"之称。郑吉也是江南人，自然听说过叶无羡的大名。

通过苏子讲述，郑吉才知道叶无羡少年成名，后与细君公主相识，惺惺相惜。细君公主远嫁乌孙，叶无羡万里相随。

细君公主不适乌孙水土，作《黄鹄歌》以遣思乡之情。

后来，乌孙王猎骄靡死，孙子军须靡继位。按乌孙习俗，细君公主要再嫁军须靡为妻。细君公主无法接受，本想归国，却接到汉天子旨意，不得不嫁给军须靡。细君公主心绪难平，一年后郁郁而终，葬于乌孙山下。

叶无羡痛彻心扉，在乌孙山下结庐守墓十余载，一人一箫，白发如雪。后于赤谷城建造七层之楼，以“黄鹄”为名，传技于西域，终生不复还乡。

郑吉恻然，天下痴情人多，如叶无羡者几人？天教心愿与身违，一代箫王最终客死异域——悲哉！

苏子请郑吉吹奏一曲。

听过叶无羡与细君公主的遭遇，郑吉心有所感，遂取洞箫吹了一曲《忆故人》。

箫声低沉萦回，如风起幽夜，淡淡的无奈笼罩整个黄鹄楼，将楼内楼外诸人带进一个邈远之境：

风老莺雏，雨肥梅子，春水碧于天，画船听雨眠。垆边人似月，皓腕凝霜雪……箫声犹如一抹月光消散于花林，落英缤纷芬芳盈野。

素光小脸潮红，双眸全是震惊之色，她万没想到郑吉会吹洞箫，且吹得这么好，心里有很多疑问，却不敢开口，唯恐惊扰了黄鹄楼上唯美的气氛。

苏子眼角润湿，赞叹道：“非痴情人不能奏痴情曲，今日方信情之一字非妄说。先师若知世上有公子，必含笑九泉。”她转身从桌上捧起一个细长的匣子，打开，从里面取出一支竹箫，拇指粗细，若翡翠雕琢而成，晶莹透亮，竹气如新。

苏子将竹箫捧在手里，眸中浮现追思之色：“此箫名为鱼荻，曾相伴先师三十年，先师不忍它与身俱没，希望赠予有缘人。公子既为先师知音，又有高才雅道，正是鱼获的不二人选，万望勿辞。”

郑吉恭敬接过竹箫，入手略沉，以指轻叩，隐然有金石音，心知不是凡品，辞道：“令师高行大义，在下神往已久。此箫贵重，在下不敢觊觎。”

苏子道：“物是死的，因人而生，轻重只在人心。此箫得遇公子，便是它的造化。先师在天之灵若知鱼获有了归宿，也会倍感欣慰。公子不受，是忍心让它继续蒙尘吗？”

郑吉不再推辞，将鱼获置于案几上，焚香三拜而受之。

苏子动容，知鱼获终获良托，伤感之余又甚是欣慰。

郑吉凭栏远眺，衣袂飘飞。目光尽头正是苍茫的乌孙山，那里葬着细君公主，也葬着叶无羡。青冢犹在，人已杳逝。

箫声呜呜而起，如人长歌。

乌孙山下，
谁反弹琵琶？
谁笑如昙花？
不使青冢染白沙。
遥想当年，姑苏城外初相逢，年少春衫薄，风起花如雪。
相思相见知何日，此时此夜难为情。
人生易老天难老，宁负苍天不负卿。
一句轻许，万里天山行。
不恨心事逐水流，敢将此身葬胡沙……

苏子俏脸苍白，犹如泥塑。

素光更不堪，秀眸迷离如雨。

许久之后，苏子叹道：“苏子孤陋寡闻，不知公子刚才所奏为何曲，实在惭愧！”

郑吉收箫于匣，揖礼道：“一时所感，胡乱奏之，让姑娘见笑了。”

素光似乎还没有从刚才的悲伤中走出来，怔忡道：“郑吉，你怎么能吹出这样的曲子？不敢再听一遍，真怕心都会碎掉……”

苏子想了想说道：“没有名字，不如就叫鱼获引吧，我把谱记下来，还请公子指正。”

“鱼获引？这个名字不错。”素光踊跃附和。

又说了一会儿话，郑吉与素光告辞，苏子送他们离开。

楼外诸人不知刚才箫曲为郑吉所奏，看到他和素光下楼，以为他当面聆听玉人吹篴，莫不艳羡万分。他们见郑吉捧了个盒子出来，哪能猜不到是苏子相赠之物？不是怕招惹到素光那个小魔女，也许会有人当场出手抢夺。

素光忽然说道：“郑吉，你知道这里有多少人想杀你吗？”

郑吉大笑，旁若无人下了楼。

苏子伫立楼头，怅然良久。

众人看到这一幕，更是百般滋味在心头。

3

刚出南城，一拨人马突然拦在前面，执明晃晃青铜弯刀，喝令郑吉下马交出长匣。

郑吉笑了：“公主殿下，你还真是乌鸦嘴啊，我要被你害死了！”

素光直咬牙，恨不能用鞭子抽他几下：“你个没良心的，我好意提醒不让你上黄鹄楼，你偏不听，反来怪我。多少双眼睛像狼似的盯住苏子，你去凑什么热闹？”

郑吉揉揉鼻子问道：“他们是什么人？”

素光不想理他：“你问我我问谁？”

虎蛮从背上摘下猎弓，扣箭于弦，恨恨道：“他们是匈奴铁鹰卫，杀过我们不少族人，化成灰我都认得他们。”

对面人群分开，一个中年汉子策马出现，身材矮壮，头大而圆，颌下有须，左边耳垂上挂着一个硕大的金环，剽悍凶蛮。他看看素光，皮笑肉不笑道：“我们要拿下那个汉人，若是惊扰了殿下，望乞恕罪！”

素光认得这个人，不满道：“呼卢，郑吉是乌孙贵客，匈奴铁鹰卫公然在赤谷城里抓他，是不把乌孙放在眼里吗？”

呼卢豹眼一寒：“此事与殿下无关，殿下最好不要多管闲事。”

“本公主若偏要管呢？”

“凡是与铁鹰卫作对的都成了死人！”

素光勃然大怒：“呼卢，你不过是日逐王手下一个小小的百长，也敢威胁本公主？这里是乌孙国的赤谷城，不是日逐王的金帐王庭。等我禀告父王，一定砍了你们的脑袋。”

呼卢冷笑：“公主请便，铁鹰卫只管杀人，至于我们的脑袋，谁有本事就要他来砍好了。就怕我们的骨头太硬崩断他的刀！”

“你……”素光气得浑身哆嗦，恨不能立刻叫人杀了呼卢。

郑吉见匈奴人要抓他，心知此事背后必有蹊跷，他刚到赤谷城，照理说匈奴人不该这么快找上他。事实上匈奴人不但来了，而且还敢在赤谷城明目张胆行凶，身后若没有乌孙权贵支持，无论如何是说不过去的。

当然，眼下不是追查幕后元凶之时，既然有人指使铁鹰卫针对他，他也不介意拿这帮匈奴人开刀，给那人一点儿颜色看看。

郑吉让虎蛮护住公主和两个婢女，又向他低声说了几句话，然后抽刀在手看向呼卢："这把刀杀过狼，宰过熊，喝过无数匈奴人的血，希望不会让你们失望！"

呼卢见郑吉敢对铁鹰卫拔刀，眼皮一跳，冷声道："小子，你很有胆色，可惜困兽犹斗改变不了什么。你最好跪下来求我，双手奉上从黄鹄楼带出来的东西，我保证会让你死得痛快一些。"

郑吉拍拍木盒："东西就在这里，就怕你们没命拿走。"

"你找死！"呼卢暴怒，朝铁鹰卫一挥手，"杀了他！"

两名铁鹰卫应声而出，扬刀跃马，卷起两道黄色土龙杀向郑吉。

素光又气又急，她没想到铁鹰卫真敢在赤谷城里杀人，这是对乌孙国的藐视，把乌孙人的脸打得啪啪直响。郑吉匹马单刀如何是十几个匈奴铁鹰卫的对手？她身边只有两个婢女，加上虎蛮才四个人，根本不够铁鹰卫塞牙缝的，怎么救郑吉？

郑吉猛力一夹，紫凫长嘶如龙，像离弦之箭冲了出去。

虎蛮操起猎弓，一声轻喝，野牛筋绞成的弓弦发出可怕的尖啸，箭矢如青虹贯空而去，越过飞驰的紫凫马，不偏不倚正中左边铁鹰卫的咽喉，那人翻身坠落马下。

几乎同时，郑吉重刀快马如旋风般杀到，一刀立劈华山，将右边铁鹰卫斜肩带背劈成两半，血水冲起五尺多高。

呼卢和铁鹰卫见甫一交手，己方就死了两个人，都吓了一跳。

"拦住他！"呼卢没料到郑吉如此勇悍，连忙喝令铁鹰卫，希望围住郑吉，倚多为胜。

说到凶悍不怕死，诸国之中匈奴人称第二，没人敢认第一。可惜他们遇上了郑吉，又被打了个措手不及，登时乱作一团，各自为战。

郑吉要的就是这个效果，吞雪刀左劈右砍，神出鬼没，挡者披靡。他比谁都清楚，匈奴人最善于骑兵集团作战，真被铁鹰卫围上，他纵然不死也得扔掉半条命。

郑吉敢以少击多，是有底气的。匈奴人的弯刀多为青铜铸造，无论锋利还是坚固程度都远逊于汉军的环首铁刀。郑吉力气极大，手持利刃如虎添翼，一刀下去往往将对手连盔带甲劈开，血肉纷飞，这种杀戮是极具震撼性的，给铁鹰卫造成的心理恐惧比杀戮本身更可怕。眨眼之间，又有几个匈奴人惨死马下，血水染红了半条街。

余者顿作鸟兽散，他们被郑吉吓破了胆，意识里离这个汉人越远越好，岂不知这样一来反而招致更大的灾难。

虎蛮是天狼族仅存的射雕手，箭术精绝。郑吉与铁鹰卫混战的时候，他怕伤到郑吉不敢放箭。铁鹰卫一逃，正好成了活靶子。连续开弓，箭似流星，将一个个逃窜的铁鹰卫射下马来。

呼卢见状红了眼，他自恃力大绝伦，纵马朝郑吉冲过来，高扬弯刀，喉咙里发出野兽般的嚎叫，恨不能一刀将郑吉劈成两半。

他原以为杀个汉人是举手之劳的事儿，没想到一脚踢到铁板上，十几个铁鹰卫死的死伤的伤，而对方只有两个人，其中之一还是个孩子。这种结果等于将铁鹰卫的荣誉和尊严踩到了烂泥里，他无论如何都不能接受。

唯一的办法就是杀了郑吉，再将射箭的小崽子挫骨扬灰，否则，他只有用自己的血洗刷这个耻辱。

郑吉横刀立马，刀尖上不断有血水往下滴落，星眸微眯，望向扬刀纵马奔来的呼卢。

说心里话，郑吉根本不把呼卢放在眼里。他杀过很多匈奴人，一个小小的百长算什么？

“杀！”郑吉舌绽惊雷，紫皂马如龙出潜渊，追风逐日而去。马快刀更快，一刀劈开虚空，直要斩落诸天星辰。

呼卢见一道寒光由天而降，知道不好，赶紧挥刀封挡。

“当！”犹如晴天落下个霹雳，呼卢半边身子发麻，虎口迸裂，青铜刀脱手而飞。呼卢惊骇欲绝，他万没想到郑吉如此神力，刚要抱头鼠窜，郑吉反手一刀将他劈落马下。

呼卢倒撞地上，差点儿闭过气去。刚要爬起来，一柄环首刀架在他的脖子上。

郑吉星眸如雪：“我只问一句话，谁要杀我？”

呼卢浑身战栗，刀锋凌厉的杀气直入骨髓，令他全身如置冰窖。他毫不怀疑只要说错一个字，这个汉人就会将他劈成两半。他使劲儿吞咽两口唾沫，斟酌道：“苏子是泥靡殿下喜欢的女人……”

郑吉眸光骤寒，刀刃轻轻一抹，将呼卢的喉咙割断，一蓬血雾喷涌而出，如一道诡异的彩虹。

他本想擒住呼卢，逼出幕后之人。转念一想，这种事是秃子头上的虱子明摆着的。他初到乌孙，想要杀他的除了匈奴人，就是亲匈奴的乌孙权贵。其中嫌疑最大的无疑是才被他削了面子的泥靡王子。

呼卢的供词果然与他所想不谋而合，这样一来，呼卢就没有留下的必要。他如今只是汉军一个小小的军侯，根本无力左右乌孙的政局。就算乌孙王知道泥靡想置他于死地，也不会治泥靡的罪。

泥靡手握兵权，在乌孙贵族中又有威望，对乌孙王翁归靡迟迟不肯交出王权怨念极深。呼卢与泥靡对质，只会让翁归靡与泥靡撕破脸皮。乌孙王一代枭雄，绝不可能为了一个汉人让乌孙国陷入内讧的泥淖。那么，事情一旦挑明，他除了被处死，没有第二条路。

他要活着，呼卢就必须死。

素光远远看见，小脸一白，胃里翻江倒海一般，再也忍不住，嘤咛一声，俯在马背上吐得惊天动地。

4

这边杀得血流成河，早惊动赤谷城里的黑甲军。

黑甲军负责国都治安，每个士兵都是黑甲黑马，直属大昆弥指挥。

一百多黑甲军闻讯而来，把长街围得水泄不通。两边房上更是出现众多弓弩手，只要一声令下就会将下面的人射成刺猬。

为首将领身高九尺，虎背熊腰，面目黧黑，坐下一匹乌骓马，手擎一杆鹅蛋粗的狼牙棒，亚赛金刚转世，威风八面。

那人站在街口大喝："里面的人听着，放下武器，下马受缚，胆敢不从者格杀勿论！"

街上除了郑吉五人，其他人早跑光了，刚才杀得人头滚滚，看见的人只恨爹娘少生两条腿，哪敢留在这里看热闹？

郑吉示意虎蛮下马，将刀插在地上，乌孙黑甲军不同于匈奴人，人数众多，主场作战，在这么狭小的空间内，他们两个根本没有逃脱的希望。

当然，若是黑甲军别有用心，他也不会束手待毙，刀就在身前两尺处，伸手可及。不管谁要杀他都得付出足够的代价。

那人策马走进长街，见地上倒着十几个人，都是匈奴人打扮。要么被箭矢贯喉而死，要么被人一刀分尸，血流漂杵。一个百长模样的匈奴汉子被人割了喉，两眼圆睁，死不瞑目。哪怕他见惯了杀人的场面，头皮也一阵阵发麻。

他看向郑吉，这里五个人，除了三个女子就剩两个男人，其中一个还是孩子，看来看去只有这个汉人的嫌疑最大，不由攥紧刀柄，问道："这些人都是你杀的？"

郑吉想了想答道："基本上如此。"

那人脊背一寒，握刀的手攥得更紧，厉声道："擅自在赤谷城里杀人，你知道有什么后果？"

"这位大人，根据贵国刑律，自卫杀人好像不被追究吧？"

那人差点儿把鼻子气歪，一个人杀了这么多人，还敢说自卫，明明是屠杀好不好！

远处的素光缓过劲儿来，在婢女的服侍下有气无力地叫道："博尔勒，那些人是匈奴铁鹰卫，他们要杀我……是我让郑吉杀了他们。这事你不用管，我会向父王禀明的。"

博尔勒发现小公主在这里，吓了一大跳。见素光把责任揽过去，也不敢再追问，跑过去向小公主请了安，怒道："匈奴人敢在赤谷城劫杀殿下，莫非吃了豹子胆吗？属下这就通令全城，缉拿铁鹰卫，绝不让一人漏网！"

素光点点头："你去吧，记住适可而止，千万不要牵连无辜！"

博尔勒答应，派人保护公主，又留下部分人清理现场，然后带领黑甲军呼啸而去。

郑吉牵马过来，向小公主道谢。当街杀这么多人，不论什么原因，乌孙方面一旦追究起来，麻烦都绝不会少。小公主主动把责任揽过去，等于给他解了围，他岂能不知道好歹？

素光叹道："两日不到，你给我的惊喜比我十几年遇到的都多，真看不透你是怎样一个人。”

郑吉想了想，认真说道：“其实我是个好人，最不喜欢打打杀杀。”

“呃……”素光和两个婢女霎时有种天雷滚滚的感觉。虎蛮不苟言笑，也被刺激到不行，想笑又觉得不合适，差点儿憋出内伤。

素光哭笑不得：“好吧，算我相信你是个好人。不过这几天你得听我的，好好待在驿馆里，哪里都不要去。我会让父王派人保护你。还有……我也会去看你的。”说到最后，小公主杏眸含羞，贝齿轻咬，玉颈宛似覆上了一层粉雪，明艳惊人。

郑吉笑道：“殿下好意，在下承领。请放心，我一定会好好待在驿馆里，若无必要，决不踏出门槛半步！”临走时，他又回头补了一句，“殿下，其实我是个怕死的人！”

素光登时被雷得外焦里嫩，差点儿从马上栽下来。这家伙能再无耻一点儿吗？叱咤千里行，杀人如剪草，还有比他更怕死的人吗？

郑吉击杀匈奴铁鹰卫之事传遍赤谷城，乌孙人无不敬服。身为马背上的民族，乌孙人朴实率直，最重豪杰。又有人将郑吉独战群狼、手搏神熊、格杀水怪以及大败乌豹骑的事迹传出，乌孙人无不骨寒毛竖，提起汉人郑军侯，都战战兢兢畏之如神。

第六章　赤谷风云起

1

第三天，解忧公主召见了郑吉，在座的还有昆邪的夫人冯嫽。

冯嫽智计百出，在乌孙极有声望，被人尊称为“冯夫人”。

解忧公主问了一路西来的情形，对郑吉大加褒勉。

冯嫽叹赏：“郑军侯护送大宛公主西来，九死一生，劳苦功高，真是令人敬佩。”

郑吉道：“在下职责所在，不敢贪功。”

冯嫽点头，忽然问道：“郑军侯前天去了黄鹄楼？”

郑吉一怔：“夫人耳目如神，竟连这种小事都知道。”

冯嫽大笑：“一曲鱼荻引，技压黄鹄楼，岂能是小事儿？”

解忧公主讶然道：“这是怎么回事儿？郑军侯也喜好音律吗？”

“郑军侯不只喜好音律，还是此道高手呢，论起吹篴，除了叶无羡大师，也许没有人比得过他，否则苏子怎会心甘情愿将叶无羡大师的鱼获赠给他呢？咦，小公主当时也在场，她没有告诉你吗？”

“素光那丫头也去了黄鹄楼？这个我倒是不知道！”解忧公主精通音律，对叶无羡大师格外敬重，听说郑吉也会吹洞箫，大为惊喜，“没想到郑军侯也通晓音律，异日有暇一定请郑军侯雅奏几曲，以慰思乡之情。眼下赤谷城鱼龙混杂，匈奴方面又逼得紧，为安全起见，希望郑军侯近日不要外出，大昆弥会派黑甲军保护驿馆，看那些龌龊之徒还如何滋事？”

郑吉答应，他不是怕了匈奴人，而是不想给乌孙国添麻烦。

接下来几日郑吉一直待在驿馆里，除了舞刀弄箫，连大门都不出。乌孙王果然派了黑甲军严密保护驿馆，谨防匈奴人闹事。

素光没有来，被乌孙王禁了足。死了十几个匈奴铁鹰卫不是小事情，匈奴日逐王先贤掸连发三道谕令，要乌孙国交出凶手郑吉，都被翁归靡拒绝。

泥靡正在饮酒，得到消息气炸肺腑，抬腿踹翻火炉上的烤羊，一连摔碎三只玉樽，将五个亲兵用马鞭抽得死去活来。

乌豹骑个个噤若寒蝉，唯恐泥靡把火发在自己头上。

泥靡在乌孙一向以雄武英伟自许，这次被一个蝼蚁般的汉人弄得灰头土脸，心都在滴血。原本他以为杀掉郑吉易如反掌，不料那个汉人反给他更大的羞辱。以泥靡刚愎自用的性格，如何能够忍受？

“我一定要宰了那个汉狗！”泥靡脸孔扭曲，声嘶力竭。

帐前谋士伽兀骨劝道：“殿下乃天潢贵胄，注定会成为伟大的乌孙王，何必和一只蝼蚁过不去？郑吉虽强，也是匹夫之勇。我们真要杀他，他能活着离开乌孙吗？但这样一来，势必引起大昆弥的猜忌，灭一虱而毁狐裘，打一雀而掷金弹，智者不为也。”

泥靡对伽兀骨言听计从，喘了几口粗气，脸孔由红转白，将鞭子掷到地上，说道：“本王子岂会在乎那只蝼蚁？只是不忿他嚣张罢了。可恨呼卢那帮废物连一个汉人都对付不了，真是气煞我也。”

伽兀骨捻须道：“殿下勿怪属下直言，黄鹄楼那个女子虽灵秀出众，却并非殿下良选。殿下欲图大事，应该将目光放得更长远些。如今大宛公主嫘罗归国，途经赤谷城，于殿下而言无疑是天赐良机。大宛国力雄厚，嫘罗公主又是西域第一美人，求亲者旋踵相望，络绎于途。倘殿下得嫘罗公主青睐，大事指日可待，殿下宜早决断。”

泥靡惕然而悟：“我亦久闻嫘罗公主之名，可惜一直无由相见。此次公主逗留乌孙，乃是天赐良缘。我这便去见大昆弥，请他允准向嫘罗公主求婚。”

伽兀骨提醒道：“听说那个汉人是护送嫘罗公主而来，殿下向公主求婚，眼下还需多忍耐，千万不要与那个汉人发生龃龉。”

泥靡哂笑道：“这个你尽管放心，大事当前，我岂会不知道轻重？”

嫘罗一直留在王宫里与弟史为伴，传闻大宛使者不日即到，她不仅没有欢喜，反添了一些说不清道不明的愁绪。这些日子一直没见到郑吉，心里甚是挂念。

2

素光出不了王宫，闷闷不乐来找姐姐。

弟史正在听雪亭里吹笛，嫘罗抚琴而歌。

弟史吹的是横笛，长一尺八，六孔，青色昆仑玉雕琢而成，精致华贵，音色绝美如天籁。

素光耳畔似乎响起黄鹄楼中的箫声，幽幽叹了口气。

弟史见素光全没有平日的跳脱飞扬，很是惊讶："妹妹有心事？"

素光想了想问道："姐姐听说过鱼荻吗？"

"鱼荻？那是叶无羡大师的心爱之物。你问这个干什么？"

"几天前我见过它。"

"在哪里？"

"黄鹄楼！"

"据说大师仙逝后鱼荻下落不明，难道他传给了苏子？"

"叶无羡没有把鱼荻传给苏子，而是让她赠给有缘人。"

"有缘人？苏子天赋卓绝才情无双，还不足以继承鱼荻？"

"这个我不知道，反正苏子将那支竖篴送了人。"

嫘罗听到她们谈话，不解道："鱼荻是何物？"

弟史顿现恭敬之色："鱼荻是洞箫之名，乃叶无羡大师的至爱之物。昔日大汉公主刘细君远嫁乌孙，叶大师万里相随，最后客死乌孙，鱼荻也留在了西域。"

"叶无羡？我在长安听闻过此人，据称他精善洞箫之技，一时无两，后来杳无所踪，竟不知他来了乌孙……"

弟史忽然问道："小妹，你刚才说苏子把鱼荻送了人？"

"对啊，不然我哪有机会见到鱼荻呢？"

"据我所知，苏子极为挑剔，谁能成为她眼中的有缘人？"

嫘罗也大为好奇，与弟史一起望着素光，希望她能给出答案。

"人外有人天外有天，单论吹篴，苏子称不得天下第一。最起码我就知道有个人比她吹得好。"素光正卖关子，一个侍女匆匆过来禀报，说右夫人请嫘罗公主过去，有事情相商。

右夫人就是解忧公主，嫚罗不敢怠慢，随侍女而去。

素光疑惑道：“母亲找嫚罗姐姐有何事？”

“听说大宛使者快到了，母亲也许找嫚罗姐姐商谈一番。小妹，那个有缘人到底是谁？”

“姐姐不知道这几天外面发生了什么事吗？”

“什么事？”弟史微微一怔，“我和嫚罗姐姐待在宫里，一点儿风声都没有听到。外面有大事发生吗？”

“姐姐，你们两个真是不食人间烟火的仙子啊。”素光一甩小辫子，嗖的一下没了影儿，声音远远传来，“得鱼获者是汉人郑吉！”

“郑吉？一介武夫，怎么可能？”弟史目瞪口呆。

右夫人刘解忧找嫚罗，当然是为了泥靡提亲的事儿。

泥靡提出娶大宛公主嫚罗为妻，乌孙王翁归靡很不高兴。他明察秋毫目光如炬，岂能看不出泥靡心里那点儿小九九？

大宛土地广袤，国力强盛，有控弦之士数十万，又与乌孙毗邻，绝对是一个强援。若是乌孙与大宛两国能够联姻，翁归靡更倾向于温文儒雅的元贵靡，而不是泥靡。

由于王位之事，翁归靡觉得有愧于泥靡，加上赤谷城里不少乌孙贵族都明确表示支持泥靡王子与大宛公主联姻，翁归靡考虑再三，还是答应了泥靡的请求，让解忧探探嫚罗公主的口风。

解忧公主根本不看好这桩婚事，于公于私她都不希望泥靡与嫚罗结为夫妻。泥靡凶残暴戾狼子野心，与匈奴过从甚密，再得到大宛国的支持，必然会兴兵谋逆。那时乌孙国会陷于刀兵水火，汉乌两国关系逆转，她和细君公主多年的努力将毁于一旦。

她是个聪慧的女子，明白翁归靡的难处，什么也没说，把嫚罗公主请来，将泥靡求亲之事坦诚告知。

泥靡杀人不眨眼，平生最喜筑京观，有人屠之称。

嫘罗对此早有耳闻，岂会同意这桩婚事？当下再拜说道：“嫘罗自幼受父王宠爱，寄心于五音之律，不问凡俗。年前离国万里去长安，也是这一初衷。嫘罗记得《礼记·乐记》上说，不知声者不可与言音，不知音者不可与言乐。所谓调弥高，和弥寡，嫘罗轻妄，此生非知音者不与语，还请夫人勿要怪罪。”

解忧公主神情微松。泥靡不通音律举国皆知，那是没有机会了。下一刻她突然想起乌孙王子乌就屠，心里又是一沉。乌就屠自幼喜好音律，曾随叶无羡修习数年，才华横溢，尤其擅长箜篌和竖篴，半个乌孙国为之倾倒。嫘罗欲觅知音，乌就屠岂不是最好的人选？

泥靡狂悖无道，追随者并不多。反倒是乌就屠谦和恭谨，赢得了很多乌孙人的敬重。元贵靡想成为乌孙王，真正的威胁不是泥靡，反倒是那个深沉低调的乌就屠王子。

解忧公主是一个极有智慧的女子，对乌孙的局势洞若观火，泥靡和乌就屠无论谁做了乌孙王，都不可能延续翁归靡亲汉的政策，真有那一天，她多年的心血也许会付诸东流。

当然，这些话她不能向嫘罗公主道出，展颜笑道：“公主心志高雅，令人敬佩。请放心，本宫一定会将公主之志禀告大昆弥。”

3

第二日，翁归靡召来泥靡，将嫘罗公主的态度明确告诉他。

泥靡大失所望，对嫘罗公主恨到极点，回到府邸叫来伽兀骨，准备派人把嫘罗公主抢过来。

伽兀骨吓得心脏都要爆开了。大宛国力强盛，嫘罗公主身份尊贵，非一般小国公主可比。泥靡真敢用强，别说大宛国会降下滔天之怒，大昆弥那里也讨不了好。

伽兀骨手捻鼠须，一对黄色的眼珠骨碌碌乱转。过了一会儿，眼睛猛然一亮，笑道："殿下，大宛公主心比天高，恃才傲物，咱们可以从中做点儿文章，来个一石三鸟。"

"你有何打算？"

"乌就屠王子精通音律，擅长吹篴和箜篌之术。大宛公主既然非知音不与语，那么乌就屠王子向她求亲，她该是无话可说吧？"

"这是什么昏话？我与乌就屠向来不和，你又不是不知道。我恨不得杀了那个虚伪的贱种，怎么可能将嫘罗公主白白送给他？"

"殿下莫急，让乌就屠王子向大宛公主求亲，不是成全他，而是给他添乱。乌就屠为人自负，一旦向公主求婚，必定会将公主视为禁脔。若这个时候有什么不好的消息传出来，你猜他会怎么做？"

"什么消息？"

"那个汉人一路护送大宛公主，孤男寡女朝夕相处，能没点儿事？乌就屠王子眼里向来揉不进沙子，你觉得他会置若罔闻吗？"

泥靡舒展眉头，阴恻恻笑道："乌就屠性情刚烈，睚眦必报，肯定会找那个汉人的麻烦。嗯，那个汉人身手不错，万一不小心把乌就屠给宰了，简直完美到极点啊。可惜乌就屠不傻，他肯向大宛公主求亲吗？"

"乌就屠一直隐忍不发，其实在等待机会。想想看，一旦成为大宛国婿有可能会是下任乌孙王，在这个天大的机会面前，他会拒绝吗？大宛公主风华绝代，有神女之称，多少王子才俊想成为她的入幕之宾。乌就屠就算拒绝也要有那个勇气才行。当然，咱们还得买通乌就屠身边的人，适时向他建言，不由得他不去做。只要乌就屠找上那个汉人，不管死了谁，咱们都是最大的赢家。”

“这个计划有点儿意思，可那个大宛公主好像没有损失啊。”

“这件事本是一石三鸟，大宛公主岂能独善其身？她和郑吉的事儿一旦抖落出去，不管真假都会让她身败名裂，大宛王室也会脸上无光。到时候殿下再挺身而出，做足维护公主和大宛的姿态，还怕俘获不了神女之心？”

泥靡双拳猛地一击，恶狠狠道：“好，就这么办！得不到大宛公主，把乌就屠和那个汉人弄死也不错！”

伽兀骨领命，转身出了银顶穹庐。

大宛使团到达的当天，乌就屠王子表达了向大宛公主求婚的意愿。翁归靡喜爱乌就屠沉毅果敢，在元贵靡无望迎娶嫘罗的情况下，对这桩婚事也表达出乐观其成的想法。此事很快传遍赤谷城，街头巷尾都在议论这桩婚事。

嫘罗公主死里逃生的消息传回大宛，国王蝉封大喜，当即派他的弟弟安国侯铁勒亲自出使乌孙，迎接公主回国。

铁勒受封安国侯，在大宛的地位仅次于蝉封。大宛与乌孙毗邻，铁勒早听说过乌就屠王子善文能武，德才兼备，在乌孙国深孚众望。这次见到乌就屠，发现他天生异相谈吐不俗，也愿意促成此事。

得到乌孙王和铁勒的承诺，乌就屠以为此事必成，非常高兴。

嫘罗公主听到消息大惊失色，她刚刚拒绝了一个泥靡，又来一个乌就屠，她造了什么孽非得和乌孙王室牵扯不清？

情急之下，嫘罗连夜面见叔父，坚决不同意与乌就屠的婚事。

铁勒苦苦劝解，嫘罗就是不松口。

铁勒真急了：“乌就屠厚德载物，乃当世才俊，诸国王子无出其右者。除了他，你还能找到更合适的人吗？听人讲你之前说过非知音者不与语的话，乌就屠自幼拜汉人叶无羡为师，诸般管弦无所不通，这样的人还入不了你的眼，试问天下何人能成为你的良配？”

嫘罗秀眉一扬说道：“常言道百无一用是书生，大宛以武立国，锋镝所向无不畏服。作为大宛国婿，仅仅精通音律是远远不够的，叔父也不希望我找一个手无缚鸡之力的人吧？”

铁勒笑道：“这个你尽管放心，乌就屠绝不是无用的书生，他膂力过人，勇冠三军。当年与车师国望江陵一战，他匹马单刀冲锋陷阵，十荡十决，斩首无数。经此一役，车师人无不畏惧，至今提起乌就屠之名犹令小儿止啼。”

“膂力过人勇冠三军？”嫘罗冷笑两声问道，“他能手搏熊罴入水屠龙吗？”

“这个……”铁勒一时语塞。西域诸国民风剽悍，不乏鹰扬虎视之徒，他们不把自己的命当命，更不把别人的命当命，杀人如剪草，可让他们入水屠龙，真没有几个人可以做到。乌就屠骁勇善战是不假，铁勒却不敢保证他有屠龙术。

想了想，铁勒说道：“龙乃万族之灵，大如须弥小如芥子，或飞腾于九天，或藏之于极渊，踪迹难觅。你让乌就屠王子去哪里屠龙？”

“屠不了龙，就去野羊湖杀一头水怪，这个没问题吧？”

“杀水怪？”铁勒瞪圆了眼睛，两颊抽搐。小丫头疯了吗？野羊湖里的水怪兴风作浪荼毒生灵，连整头的牛马都能一口吞下去，谁吃了豹子胆敢去杀它们？

“嫘罗，这话可不能乱说。水怪是不死邪灵，有魔鬼附身，乌就屠王子怎么可能杀得掉它们？”

“他杀不了不代表别人做不到。你告诉他，他做他的王子，我做我的公主，我与他井水不犯河水，请他自重！”嫘罗说完，拂袖离去。

“咦，这丫头话中有话啊……难道有人杀过野羊湖的水怪？”铁勒没有觉察嫘罗离去，喃喃自语，半晌没有回过神来。

4

第二天，乌就屠来访，铁勒将嫘罗的话如实相告。

嫘罗不同意，铁勒也不敢勉强。那个宝贝公主一旦犯起倔来，连大宛王蝉封都束手无策，他这个做叔父的又能怎么办？

乌就屠没有说话，他举止恭谨，不代表没有脾气。他此刻就像一座沉默的火山，外表平静，内心却如岩浆咆哮。

他的母亲是匈奴女子，父王却宠信汉家公主，他在诸王子中的地位极为尴尬。为了能够出人头地，他一直都很努力。从小习文修武，长大后为乌孙出生入死冲锋陷阵，名声和威望都是靠自己一点一点搏来的。试问诸国王子，不管是人品还是学识，有几个比得上他乌就屠？

本是一桩十拿九稳的婚事，反被大宛公主狠狠抽了一鞋底，乌就屠没有当场吐血也算忍功到家。直到离开前，一直沉默不语的乌就屠才说了一句没头没脑的话：“公主之心，她不知，我知！”

隔日，赤谷城里流言四起，说大宛公主之所以一再拒婚，与那个汉人郑吉有关。

铁勒听到传闻，大骂乌就屠卑鄙，扬言要杀了他。

在铁勒看来，此事肯定是乌就屠所为。那小子求亲不成，就往嬛罗头上扣屎盆子，这种行为实在卑劣透顶，真以为大宛国好欺负吗？

没等铁勒找上乌就屠，乌就屠先找上了郑吉。

大宛公主拒婚，乌就屠大为烦恼，又听到外面流言，心里更加不痛快，晚上多饮了几杯酒。睡到半夜时分，有蒙面人闯进穹庐行刺。幸亏他警觉性高，身手又好，虽然挨了一刀，但好歹逃得一命。

见乌就屠的侍卫围上来，刺客破开穹庐离去，无影无踪。

据侍卫们讲，那个刺客用的是汉人刀法，身材与保护大宛公主的郑吉很像。那个汉人勇武绝伦杀人如剪草，又与大宛公主有染，听到流言对乌就屠王子怀恨在心，干出行刺的勾当毫不意外。

乌就屠不说话，裹好伤，天一亮带人直闯驿馆，找郑吉算账。

在驿馆外面，乌就屠被黑甲军拦下。

乌就屠二话不说，驱散黑甲军，闯进驿馆，数十具弓弩对准郑吉所住的穹庐。驿丞吓得屁滚尿流，上来向乌就屠说情。

乌就屠一扬手，几个如狼似虎的侍卫冲过来，将驿丞拖下去用鞭子抽得鬼哭狼嚎。

郑吉从穹庐里走出来，后面跟着虎蛮。

虎蛮抿紧嘴唇，双目如鹰，手执一张大弓立在穹庐前。百步之内，他有把握在自己被射成刺猬之前将那个乌孙王子一箭穿心。

郑吉似乎没看到几十具大威力弓弩，泰然处之，缓步前行。

离乌就屠的坐骑尚有三十步，侍卫喝令郑吉止步。

郑吉眯起狭长的眸子望着乌就屠，没有说话。

乌就屠攥紧刀柄，冷冷道："你就是郑吉？"

"殿下找到这里，岂不知我之名？"

"果然有些胆色！知不知道我为何找你？"

"殿下若肯赐告，在下不胜荣幸。"

“本王子要杀你，你有意见吗？”

“为了杀我，兴师动众，殿下还真是看得起我啊。”

“狮子搏兔亦用全力，阁下有手搏熊虎之能，我又怎敢小觑？好了，本王子一向恩怨分明睚眦必报，谁砍我一刀，我就砍他一百刀，你可以去死了！”乌就屠说完，将手一扬就要下令射杀郑吉。

郑吉五指一紧，凤眸暴射寒芒，吞雪刀铮鸣如龙吟。

三十步之隔，数十具弓弩环伺，他死，那个乌孙王子也活不成。

千钧一发之际，有人大呼：“住手！”

两匹马奔来，马上之人正是元贵靡和大乐，脸色煞白汗如雨下。

乌就屠回头看了一眼，眉头紧皱，缓缓放下手。郑吉也悄悄松开五指。

元贵靡和大乐来到双方之间，大乐有意无意挡住郑吉。

元贵靡策马驰向乌就屠，脸色很难看：“乌就屠，你想干什么？”

乌就屠比元贵靡小了两个月，但他从来没将这个哥哥放在眼里：“我想干什么，你没看清楚吗？

元贵靡大怒：“郑吉是乌孙的客人，父王对他很赏识，专门派了黑甲军负责他的安全，你这么明目张胆杀人，置父王于何地？”

“你不用拿父王吓唬我，有人要杀我，我就杀他。”

“郑吉要杀你，怎么可能？这是什么时候的事儿？”

“本王子昨晚遭人行刺，刺客就是郑吉！”

元贵靡看一眼乌就屠肩头的伤，问道：“你确定是郑吉所为？”

“这是本王子的事儿，与你何干？”

“那我真要恭喜你，挨了一刀，好歹还有命在。”

“你什么意思？我没被人杀掉你很失望？”

“若是郑吉出手，你绝对活不到现在！”

“这算是威胁吗？好，我记下了，杀了郑吉再找你算账！”

“不是威胁，而是救你的命！我不来，郑吉是死是活我不知道，但你一定会死。”

乌就屠攥紧刀柄，眸子里冷芒暴射，他不想和元贵靡废话，先杀了那个汉人再说。错过今天这个机会，他会后悔的。

元贵靡冷笑道：“你要杀人，我不会拦着你。你心里怎么想我很清楚，郑吉行没行刺不重要，重要的是你要杀他。有人行刺，这是一个很好的借口，你趁机杀了郑吉，哪怕事后父王怪罪也奈何不了你。郑吉与你素无恩怨，贸然去行刺，你真相信外面的传言？你很聪明，懂得借势杀人，万一事后真相败露，你也可以推个干干净净。不过很可惜，你找错了人。我见过郑吉出刀，他死，你也活不成！”

乌就屠眯起眼睛，手心里渗出汗水，他看不惯元贵靡，不代表他不相信元贵靡的话——那个汉人绝对可以伤到他。看来今天是个鱼死网破的结局，他杀了郑吉，自己也会死，这可不是当初想要的结果。

乌就屠大为头疼！

5

其实一开始乌就屠就不相信郑吉是刺客，先不论外面传言是真是假，郑吉会为了一些捕风捉影的流言行刺乌孙王子？若是这样，乌就屠反而不会把郑吉放在心上。

乌就屠以睿智著称，心思缜密，立刻猜出有人做局，企图令他身败名裂。他却不说破，执意要杀掉郑吉，这才是乌就屠的可怕之处。

如今被元贵靡一语道破心事，他颇为顾虑。再加上郑吉的冷静出乎他的意料，不免踌躇起来。

元贵靡看出的踟蹰，说道："幸好事情还没闹到不可收拾的地步，你且退下，郑吉这里有我安抚。"

乌就屠眉毛一扬："你当我是什么人？做事还需要别人插手？"

"不然呢？"

乌就屠没理元贵靡，看向郑吉："你可以不死，但有个条件！"

郑吉嘴角一扯："在下洗耳恭听！"

"交出鱼获，立刻滚出乌孙！"

"我会离开乌孙，但不是按殿下说的方式。至于鱼获，乃长者遗物，在下受赠于人，并非巧取豪夺，殿下何故索取？"

"鱼获是本王子恩师之物，这个理由够吗？"

"哦？殿下原来是叶大师爱徒，真是失敬之至。不过鱼获乃苏子姑娘所赠，即便索回，也该苏子姑娘出面，殿下此举不觉得过分吗？"

"这么说你是不愿交出来了？"

郑吉笑起来："仙子赠我鱼获箫，何以报之英琼瑶？既无以为报，复又失箫，那么在殿下眼里，在下又是什么人呢？"

"等等！"元贵靡在旁边听得糊涂，问道，"鱼获是什么东西？何以会在郑吉手中？"

乌就屠冷哼一声，懒得解释。

元贵靡和大乐看向郑吉。

郑吉反问道："二位殿下可否知道叶无羡其人？"

大乐叫道："这个岂能不知？叶大师创立黄鹄楼，一曲神音万人空巷，当年在赤谷城称得上家喻户晓呢。"

“那么殿下想必也都认识苏子吧？”

元贵靡和大乐一齐点头，苏子是叶无羡的关门弟子，有“仙子”之誉，名动西域，谁不认识？

“鱼获乃叶大师当年所用之箫，由苏子姑娘赠予在下，至于详细情形，殿下见到小公主一问便知。”

元贵靡看向乌就屠：“鱼获是苏子赠给郑吉的，你这个做师兄的逼着人家要回去，不太讲究吧？你最好向苏子问个明白，千万别闹了笑话。”

乌就屠冷冷道：“该怎么做我心里有数，不劳挂心。郑吉，你最好将鱼获交出来，否则休想离开赤谷城半步！”

元贵靡眉头紧皱，乌就屠想要鱼获是真，借题发挥要杀郑吉也是真的，看来事情有些棘手啊。他压着火气说道：“乌就屠，你先把人撤下去。其中曲折我会向父王禀告，由他老人家定夺。郑吉是我请来的客人，你执意要把事情闹大，我绝不会置之不理！”

乌就屠冷笑道：“你觉得好玩，不妨下水试试，人多才有趣。至于有人拿了不该拿的东西，早点儿交出来也就罢了，不然当心福薄命浅死无葬身之地！”

大乐很是不满：“一支竹箧而已，你苦苦相逼，不怕失了大乌孙的脸面？你若有本事，为何苏子不给你，反送了郑吉？”

乌就屠脸色一寒：“你是说我不如这个汉人？”

大乐讥讽道：“有本事赢了郑吉，我无话可说。带这么多人和人家单挑，连破甲弩都用上了，我都替你脸红。”

乌就屠冷冷看他一眼：“你不用激我，千金之子，坐不垂堂，本王子人多势众，又得地利之便，根本用不着以身犯险和一条野狗互咬。再说了，本王子杀人向来只看结果，要面子有个卵用？”

大乐反呛道：“你可以不要脸，难道泱泱大乌孙也不要颜面吗？”

乌就屠不怒反笑：“骂得好！冲你这句话，我可以网开一面。只要那个汉人赢了我的手下，鱼获他拿走，今日之事一笔勾销。”

“郑吉输了呢？”

“输了？对不起，鱼获奉还，还得把他的脑袋留下来！”

“这个条件好像不怎么公平。”

“我为刀俎，他为鱼肉，你觉得怎样才算公平？”

“呃……”大乐被噎得直翻白眼，气道，“我懒得跟你斤斤计较！说吧，比什么？乌孙勇士喜欢冲锋陷阵刀破重甲，无论弓马、拳脚还是刀剑之术，只要你提出来，我都能替郑吉一并应下。”

“本王子好歹读过几本圣贤书，也懂得心有善德乃大的道理，还是不要搞那么血腥吧。听说汉人军中盛行角抵，恰好我手下也有精通此术的勇士，就让他和郑吉斗一斗，生死自负！”

见乌就屠一副悲天悯人的模样，大乐都想一拳砸烂他的狗脸。你个王八蛋杀人盈野毁家无数，还好意思玷污“善德”两个字！

大乐凑近郑吉小声嘀咕：“郑吉，我帮你讲好了，打不打随你！我得提醒你，不怕千万就怕万一，乌就屠狡诈阴险，多半儿早就算计好了，你真觉得不行，还是别打了，把鱼获还给他，先保住命再说。”

郑吉差点儿气乐了，你都替我讲好了，还问我干吗？将吞雪刀抛给虎蛮，懒洋洋道：“几位殿下都在这里，有人杀我，有人救我，我好像没什么选择吧？”

元贵靡多少知道郑吉的底细，微笑不语。

乌就屠伸手一招，叫道：“兀赤，杀了那个汉人！”

一个魁梧汉子应声越众而出，身高近丈，虎背熊腰。随手摘下头盔和铠甲，露出虬龙般的肌肤，每一步都像铁锤砸落，地面簌簌颤抖。

大乐霎时瞪大眼睛，宛如见鬼一般。

元贵靡也张大嘴巴，差点儿咬掉自己的舌头。

郑吉身高八尺，在汉军中少有人及。而兀赤往那里一站，比郑吉高了一头还多，活脱脱就是一头成了精的大马熊，不说打，光是这身板就让人生不出半点儿反抗的念头。

郑吉微微眯起凤眸，脸上看不出任何表情。

兀赤伸手扳住一匹乌孙马的脖子，另一只手伸到马腹下，大吼一声，直如惊雷落地，生生将那匹神骏的乌孙马举过头顶，脸不红，气不喘。绕场一周后将马放下，鹰视狼步，顾盼自雄。

观者无不变色。

乌孙大马体格魁伟，夭矫如龙，每一匹都不下千斤之重。兀赤竟能将之随随便便举起来，这得多大的力气？

大乐惊惧道："郑吉，还是算了吧。兀赤是乌孙最具凶名的角抵手，绰号疯狗，力大无穷，生性噬血，只要被他缠上，不死不休。你和他比刀还有机会赢，角抵的话除了死没有第二种可能！"

郑吉笑道："我试一试吧，打不过最不济还逃不掉吗？"

大乐目瞪口呆，这也能试？不是老寿星上吊，活得不耐烦了吗？

兀赤狠狠擂几下胸膛，仰天咆哮，然后朝郑吉做个抹脖子的动作，桀桀大笑："汉狗，我会将你的脑袋拧下来，以血下酒！"

郑吉双眸幽冷："出言不逊，真的该打！"

"去死吧！"兀赤受到蔑视，怒不可遏，双脚蹬地，身子像半截铁塔朝郑吉猛撞过去，地上霎时出现两个半尺深的土坑，飞沙走石。两只蒲扇般的大手扭住郑吉，要把他狠狠摔出去。

郑吉不退反进，十指叼住兀赤的手腕，气沉丹田，两脚像生了根似的立在地上。兀赤使出全身的力气都休想让他移动半步。

众人都瞪大眼睛，一脸不可思议。郑吉身材修长，与兀赤相比堪称单薄，而兀赤有千斤之力，居然扳不动郑吉，这个汉人会妖术？

乌就屠像见了鬼一样，兀赤有多大的力气他比谁都清楚，可这个汉人好像身体里藏着一座可怕的火山，根本不是兀赤能够撼动的。

兀赤连扳几次没能摔倒郑吉，大为惊讶，将身子猛地一靠，铁臂死死箍住郑吉，企图像大蟒一样活活绞杀郑吉。

郑吉深吸一口气，震开兀赤的绞缠，反手扭住兀赤的脖颈，腰腹猛然发力，一个过肩摔将兀赤铁塔似的身体扔了出去。

“嗵”，兀赤狠狠砸下去，四脚朝天，地面上出现一个人形凹坑，尘土飞扬。

“哗”，全场傻眼，他们看到了什么？兀赤像麻袋一样被人扔了出去，疯狗变成死狗，是他们眼花还是昨晚醉酒没醒？

当然，更多的人宁愿相信这是一场噩梦。

“汉狗，我要杀了你！”兀赤鼻青脸肿，连咳几口血水，显然刚才一摔受伤不轻。他从地上爬起来，扯掉破烂的袍子，双目血红，像疯了一样扑向郑吉。

郑吉虚晃一招，闪过兀赤的抱摔，一手穿胸而进扣住兀赤的琵琶骨，一手扯住兀赤的裤带，脚下轻轻一挑，兀赤再次飞起来，一个饿狗扑食脸朝下砸在地上。这次摔得比上次更重，一张脸像开了胭脂铺，万紫千红，面目全非，怎一个惨字了得？

兀赤再次爬起来，满脸血污，嘶吼着朝郑吉撞过来。

见兀赤摔得满地找牙，大乐都有些心疼：“啧啧，这家伙真够丧心病狂的，都这样了还龇着牙凶得一塌糊涂，果真是一条疯狗啊。”

元贵靡笑道：“丧心病狂的不是兀赤，而是郑吉。好歹人家兀赤也是大乌孙叫得响的人物，这倒好，愣是给郑吉摔成一条死狗，你叫人家的老脸往哪儿搁？再说了，打狗还得看主人面，郑吉这么肆无忌惮，打谁的脸呢？”

兄弟两个一唱一和，乌就屠在马上坐不住，一张脸黑得要滴下墨汁来，咬牙切齿。

“够了！”见兀赤还要拼命，乌就屠大声喝止，“兀赤，你打不过人家，别给本王子丢人现眼了，赶紧滚回来！”

兀赤绰号疯狗，但不傻，知道再上去也是白给，除了被那个汉人摔得头破血流，连人家的衣角都休想碰到。再说乌就屠治军极严，令出如山，真敢违抗的话，他的脑袋绝对会搬家。

兀赤退到一旁，呼哧呼哧直喘粗气，两眼死死盯住郑吉，恨不得将他剥皮抽筋挫骨扬灰。真是奇耻大辱啊，老子自出道以来打遍乌孙无敌手，如今被一个汉人摔得灰头土脸，情何以堪？

乌就屠面无表情，目光从元贵靡、大乐和郑吉身上扫过，阴声道：“郑吉，今日之事到此为止，希望你好自为之。临别之际，本王子好言相赠，赤谷城水很深，不是谁都可以涉足的。否则你就算有通天的本事也休想活着回到长安！”

这是威胁还是警告？郑吉微微一笑，根本不把乌就屠的话放在心上，他匹马单刀走天山，什么魑魅魍魉没见过？“殿下好意，郑某定当铭记于心。在下一介武夫，身在军伍之中，唯奉令行事而已。若有误解之处，尚请殿下宽宥一二！”

乌就屠冷哼一声，拨转马头如飞而去，几十个携带破甲弩的亲卫紧跟其后，霎时走得干干净净。

大乐长松一口气：“这个浑蛋终于走了，说心里话，我宁愿看泥靡吹胡子瞪眼，也不愿见乌就屠那张臭脸。论心计阴险，十个泥靡也不是乌就屠的对手。可泥靡那家伙偏偏自以为是，一副老子天下第一的欠揍嘴脸，看谁不顺眼拔刀就砍。等着瞧吧，泥靡那个王八蛋早晚有一天非被乌就屠宰了不可！”

元贵靡斥道：“闭嘴！整天就知道胡说八道，这种话也是你可以乱讲的？被那两个家伙听见，又是一场是非，以前因为口无遮拦被父王抽过两回鞭子，还没记性吗？”

大乐伸伸舌头做个鬼脸，不敢再说。

元贵靡忧心忡忡道：“乌就屠虽然没安什么好心，但有一句话是对的。赤谷城暗流汹涌，水深得很。父王在位之日，那些人心有不甘也只能躲在阴暗处，做地洞里的老鼠。只是不知道这种表面平静的日子还能维持多久，将来倘有不测，乌孙又将走向何处去？”

郑吉没说话，元贵靡不如泥靡和乌就屠强势，却有一个清醒的头脑，能看到繁华背后的危机和忧患，这是非常不容易的。他知道元贵靡当面说出这种话，心里已不把他当外人。只是他此时还是大汉边军一个微不足道的军曲侯，实在不能给元贵靡提供更好的建议和帮助。

元贵靡苦笑一下，其实他也没指望郑吉能说出什么石破天惊的话来，问道：“有什么打算？”

郑吉想了想：“原本打算把嫘罗公主送到贵山城，现在看来不需要了。大宛使团已到赤谷城，公主回程又有乌孙精骑护送，想必不会有什么危险。我想过几天向公主辞行，与虎蛮一起返回敦煌。”

元贵靡皱皱眉头：“你是不是担心外面的流言？”

“古人说过流丸止于瓯臾，流言止于智者，大宛公主冰清如玉，洁若澡雪，岂是几句流言可以诋毁的？在下军令在身不敢久滞罢了。”

“据我所知，汉军有律，失军者当斩。你奉命率二十四汉军精骑护送大宛公主归国，途中遭遇马贼，二十四骑全部战死。你一路死力相护恐怕也难抵失军之罪，不若留在乌孙徐图良策，可好？”

郑吉摇头道：“殿下厚爱，在下铭感五内。二十四袍泽皆殁，曝尸荒漠，其功不显，其名不彰，在下岂能畏死苟活于西域？今得杀身自效，虽九死亦不悔矣！”

元贵靡见郑吉心意已决，笑道：“既如此，我也不拦阻你，也许你吉人自有天相，反倒是我杞人忧天罢了。”说到这里，他看向虎蛮，“我身边正好缺个人，你这次归国，就把虎蛮留给我吧。”

不等郑吉开口，虎蛮面无表情道：“天猚族有训，受人滴水之恩，当以涌泉相报。如今全族独存我一人，族训也不能忘。我的命是郑大哥救的，他去哪里我就跟到哪里，绝不会离开他留下来。”

元贵靡大失所望：“郑吉归国吉凶难料。万一他有个好歹，你还是个孩子，到时候怎么办？”

虎蛮抿紧嘴唇，倔强不语。

元贵靡气笑道：“这叫什么？好心当作驴肝肺。滚滚滚，你们爱去哪儿去哪儿，老子再管你们这种破事儿就算脑袋被驴踢了。”

郑吉斜了他一眼，不紧不慢道：“你那脑袋早被驴踢过！”

“呃……”元贵靡指着郑吉，张口结舌，半晌说不出话来。

“哈哈……”大乐见元贵靡吃瘪，捧腹大笑，跟抽风似的。

6

又过了两天，解忧公主的次子万年从莎车返回赤谷城。

万年与元贵靡的性格不同，尚义任侠，豪迈疏狂，好击剑，喜与江湖人士结交，在西域诸国颇有声名。

乌孙诸王子中，万年疾恶如仇，武力值亦为第一，与乌就屠的关系最好。

万年回来，乌就屠没有迎接，他挨了一刀，又闯驿馆杀人，被乌孙王抽了一顿鞭子，心里窝火，干脆连门都不出。

第三天，万年在自己的府邸设下野鹿宴，邀诸王子痛饮。

诸王子欣然与会，独独缺了泥靡。

泥靡心里有鬼，担心万年在酒宴之中对他不利，故而称病不往。

万年没有说什么，宴后反带了礼物去探望泥靡。

泥靡闭门不纳。

万年走后，伽兀骨提醒道："万年王子和乌就屠关系莫逆，与殿下很少走动，这次回来一反常态，不仅邀殿下宴饮，还破天荒登门拜访。事出反常必有妖，属下以为万年王子必有图谋，殿下小心为上！"

泥靡不为以然道："小心什么？一个小崽子学了几手剑术便觉得天下无敌，那是不自量力，你真以为我瞧得上他？他有图谋又怎样？有些事在心里想想也就罢了，真敢做出来，我杀之如屠狗！"

伽兀骨见泥靡不将他的话放在心上，叹了口气，不敢再多说什么。

过了几日，万年又邀泥靡去乌孙山里狩猎。

这次泥靡没有推辞，觉得一再避而不见反让人觉得他心虚，他有什么可怕的？再说了，乌孙山离乌豹骑的营地不远，一旦有个风吹草动，只要调动三二百乌豹骑堵在山口，那些敢于挑衅他的家伙一个也别想跑，到时候是红烧还是清蒸就看他的心情了。

伽兀骨不放心，再三劝阻，见泥靡执意要去，只好安排乌豹骑做好接应准备。

泥靡和万年各带了数十个随从入山，一路相安无事，万年和泥靡有说有笑，根本看不出任何异样。

入山后不久，一支十数头的野鹿群出现。不等泥靡发号施令，万年的手下纵马扑上去，驰射如飞。

见万年拔了头筹，泥靡大怒，一鞭子将那个等他下令的百长抽得满脸开花。

这下泥靡的手下全醒过神来，一个个像饿狼一般扑上去，连撕带咬杀气腾腾，恨不能把猎物全部抢走。万年那边也心照不宣，攒足了劲儿要和泥靡王子的手下比个高低，一时之间，山谷中人喊马嘶，黄沙滚滚，弦声如雷。

这样一来，场面大乱。有时一头鹿连中几箭，说不清是两边的人谁射中的，于是泥靡的人去拖猎物，结果万年那边下手更快，早给抢了去。泥靡的人蛮横惯了，当然不干，一拥而上将猎物从对方手中硬夺回来。

万年那边也不是吃素的，又反冲回来争抢猎物。

双方你争我抢，互相呛骂，火气越来越大，很快红了眼，也不知道谁先动的刀，惨叫声里血光迸起，有人中刀落马。

泥靡和万年纵马赶过去。

泥靡马快，很快将万年抛在后面。正策马飞奔，耳后劲风尖啸。蓦然回头，刚好看见万年嘲弄的脸孔和一张手臂粗细的铜胎大弓，不及躲避，一支劲矢狠狠钉入他的肩头。

泥靡翻身落马，大声惨号。万年抽出长剑，策马直杀过来。

泥靡毫不怀疑万年会宰了他。

单打独斗的话，别说中箭在先，纵然不受伤他自认也不是万年的对手。这个时候他最后悔的是没有听伽兀骨的忠告。

不是手下人拼了性命来救，泥靡的一条膀子就被万年卸下来了。

泥靡狼狈逃离山谷，万年也不追赶。他不是非要杀了泥靡不可，乌就屠胳膊上挨了一刀，他就拿泥靡一条手臂还债，否则刚才一箭射中的就不是泥靡的肩膀，而是后脑。

乌豹骑闻风而至，黄沙如潮，杀气冲天。

乌就屠也带人杀过来，两军对峙。

泥靡裹好箭伤出阵，眼睛都红了，大骂乌就屠和万年，誓要将他们两人的脑袋剁下来，一个做酒碗，一个做夜壶。

乌就屠也不甘示弱，大骂泥靡卑鄙无耻派人暗算他。双方剑拔弩张，眼看就要杀得血流成河。

关键时刻，右大将昆邪率领大批贪狼骑赶到，将事态压下去。

万年的胆大妄为气坏了大昆弥翁归靡，他派人将万年找来，亲自动手，一顿鞭子几乎把万年活活抽死，兀自不肯罢休。

乌就屠不惜以死相迫，求父亲放过万年。

翁归靡又把乌就屠抽了三十多鞭，才算消了气。

至于泥靡和乌就屠之间那点儿破事，翁归靡没有问，也不想问。身为大昆弥，真相如何他心里比谁都清楚。如今乌孙的形势看起来好像鲜花着锦烈火烹油，实际上暗流汹涌危机重重，国内国外不少势力虎视眈眈。一旦矛盾激化，整个国家很可能四分五裂，这是他最不愿意看到的。

泥靡这个跟头栽得太大了，颜面无存不说，还差点儿没命。他可是连亲妹子都敢抢来做老婆的人，能平白吃这么大的亏？他一边养伤，一边让伽兀骨派出死士刺杀万年，并悬赏千金买万年的脑袋。

万年身后有一座江湖，要钱有钱，要人有人，哪里会怕了泥靡？不断有携刀带剑之人进入赤谷城，一时之间，风声鹤唳，人人自危。

翁归靡头疼不已，朝堂争斗牵连到江湖可就乱了套。他和解忧公主商量多日也没有好主意，最后冯嫽想出一个釜底抽薪的办法，把万年王子送到长安学习礼仪，远离乌孙和泥靡的势力。万年不在赤谷城，泥靡不甘心又能如何？还敢跑到大汉长安去撒野？

问题很快又来了，万年桀骜不驯，没人管束，说不定半路就会偷偷溜跑。而护送的人少了，真以为泥靡不敢下手？此去长安万里之遥，总不能派一支骑兵押解吧？

冯嫽脑子转得快，笑道：“护送之人不须多，公主请动一人就行！”

解忧公主不解道：“请哪个？”

“公主忘了我大汉军侯郑吉也在赤谷城吗？”

“郑吉？”解忧公主猛然醒悟，郑吉一刀西来，神挡杀神佛挡诛佛，无论心智还是身手都无人可比，由不得万年不服，由不得泥靡不惧。只是她想到什么又愁眉苦脸道，“郑吉护送大宛公主，军令在身，怎么可能答应这件事呢？”

“公主没听说郑吉准备离开的消息？”

“这是什么时候的事儿？”

“郑吉昨天向嬛罗公主辞行，公主不同意，但她的叔父安国侯答应了。也许这几日郑吉就会离开赤谷城返回敦煌。”

解忧公主恍然：“郑吉是担心外面的流言对公主不利吧。宁肯自己受辱也不愿委屈了别人，我大汉男儿果真是顶天立地光风霁月之辈啊！这样最好，等和大昆弥商议之后，我亲自找郑吉安排这件事儿。”

第七章　江湖秋雨杀

1

赤谷城终于迎来了一场秋雨，淅淅沥沥，淋湿了雁啼和霜月，也淋湿了小巷深处那帘褪色的老酒旗。

卖酒的是个老头儿，身材佝偻，跛了一条腿，据说姓徐，时间长了大家都叫他跛子徐，至于真实名字倒没有人知道。

跛子徐模样邋遢，一手酿酒的绝活儿却不是盖的。赤谷城里上至公子王孙，下至贩夫走卒，没有喝过跛子徐酿的桑儿落，都不好意思出门向人吹嘘。

也许天气骤冷的缘故，铺子里的酒客并不多。临窗的一张桌子坐了两个人：一个汉人装束，凤眸狭长；另一个是个异族少年，小脸通红，喝了不少酒，眼神却格外明亮。

那个汉人见少年毫无醉意，笑道："桑儿落后劲大，初饮醇美无比，醉而经月不醒。你这么个喝法不是想躺在床上一个月吧？"

少年端起酒碗，豪迈道：“郑大哥放心，论喝酒，当日在族里三五个汉子都不是我的对手，那种族人自酿的酒比这个有劲儿多了，我一次都能喝光三坛。我爹说过，汉子都是站着撒尿的，不能喝酒算什么英雄？酒喝一分便多一分力气，上刀山下火海杀狼搏熊都不会眨眼睛。”

郑吉大笑：“明月黄昏后，独醉桑落酒。匣中霜刀鸣，多少故人心。你爹说得好，不能喝酒算哪门子英雄？这桑儿落就是给有血性的汉子喝的，咱们今天就他娘的糙一回——不醉不归。”

虎蛮脸上露出罕见的笑意，然而瞬息之间这笑容便敛去，端着酒碗的手僵住，眸子里迸射一抹寒芒。

郑吉恍似未见，慢慢啜了一口酒，说道：“绿蚁新醅酒，红泥小火炉，这种天气正是喝酒的好日子，别扰了喝酒的兴致。”

果然，虎蛮不再担心，端起酒碗往嘴里灌去。

“叮”，一根竹筷如劲矢般飞来，穿透酒碗又钉入酒铺的柱子上，筷尾簌簌颤动，柱子上落下几许尘土。

“哧”，碧绿的酒水从碗上的破洞里射出，溅了虎蛮一身。

正在记账的跛子徐抬头看了看那半截筷子，又垂下眼皮摆弄柜子上那些骨制的算筹，似乎这种事儿见多了，早已见怪不怪。

“啪”，虎蛮勃然大怒，将酒碗掷在地上，便要去摸背上的野牛弓。

郑吉轻轻按住他的手：“喝你的酒，这种事儿和小孩子没关系。”

虎蛮执拗道：“我不是小孩子！”

郑吉看看他，眸子里春暖花开。

他放下杯子站起身，望向门口两个汉子，懒洋洋道：“春日闻弦歌，秋雨醉当垆，两位奈何扰人雅兴？”

那两人头戴斗笠，大半个脸孔被斗笠遮住，看不清形貌。一玄衣，一白衣。玄衣悬刀，白衣扛剑，肃杀之气扑面而至，令人不寒而栗。

酒客们见状，纷纷走避。

玄衣人声如夜鸮："久闻郑军侯身怀绝技，战力无双，郭某不才，特来讨教一二。"

郑吉一怔："汉人？"

玄衣人朗声道："陇西郭信！"

郑吉微眯了双眸："陇西第一刀客？"

郭信摘掉斗笠，笑道："江湖朋友抬爱，浮名而已，与郑军侯相比，郭某这把刀似乎算不得锋利。"

郑吉看向白衣人："和郭大侠同行，阁下想必不是无名之辈。"

白衣人慢慢摘下斗笠，露出一张清俊脸孔："在下邯郸冯无疾！"

郑吉的目光落到那人肩头的剑鞘上，说是剑鞘，其实是两张木片外面裹缠了布条而已，看起来寒酸之至。

郑吉却一点儿都不觉得寒酸，瞳孔微缩："青蚨剑？"

冯无疾眸现异色，微讶道："郑军侯识得此剑？"

"青蚨出，鬼夜哭，此语传遍大河上下。这么多年，冯大侠的剑下又添了不少孤魂吧？"

"不多，加上你才满半百之数。"

"传闻青蚨剑下不死无名之辈，这么说倒是郑某高攀了。可惜郑某只有一个脑袋，送给你们谁好呢？"

郭信大笑："这个不须烦忧，你接得我一刀，郭某转身就走。"

郑吉也笑起来："郭大侠有陇西第一之誉，这一刀不太好接啊。"

郭信缓缓握住刀柄，众人霎时如置冰窖，连肌肤都隐隐生疼。

好可怕的杀气！

众人无不惊悚，陇西第一刀果然名不虚传！

郭信冷冷道："拔出你的刀！"

郑吉没有动，眯起双眼。

怒意浮现，郭信声音更冷："没人敢空手接我的刀，你这是找死！"

虎蛮不由自主抓起大弓，指骨节节青白。

一寸刀芒出鞘，众人耳边似乎响起风雷之声。

郭信一步踏出，恍如巨象踩落，地皮陡震，酒铺无风自颤。

众人骇异，不是郭信的步子多么沉重，而是刀意凝聚，重逾千斤。

又一步踏落，一线刀光乍起，初似淡淡萤火，继而如煌煌大日，从九天飞撞而下。虚空破碎，神魔湮灭，天幕被生生割裂开来。

这一刀，一往无前，千军辟易；这一刀，身前无人，气吞如虎。

刹那间，郑吉被炫目的刀芒淹没，刀气沸腾如海。

众人手脚冰凉，惊骇欲绝，没有人认为郑吉还能活下来。

虎蛮双目通红，虎跃而起，手中大弓发出刺耳的咆哮，箭镞指向郭信——他能不能活下来不重要，谁杀郑吉，他必杀之。

郑吉以刀为鼓，以指代槌，一指疾出敲在刀锋上，天鼓雷鸣。

郭信承受不住刀上巨力，向后飞退，两脚将地面犁出一行深壑。

这一刀接下了？众人瞠目结舌，犹如活见鬼一般，这也能行？

虎蛮松了一口气，绷紧的野牛筋弓弦缓缓复位。

郭信脸孔抽搐，似乎不敢相信自己的眼睛，良久喑哑道："我说过，你接下这一刀，我退出！"

郭信收刀，没有半点犹豫，转身就走。

身后响起郑吉平静的声音：“阁下就这么走了吗？”

郭信蓦然回头：“你待如何？”

风眸没有一丝波澜：“我也有一拳，请郭大侠赐教！”

“你……”郭信刚想说什么，见郑吉左掌轻飘飘按向他的胸口，他知道这一拳必定非同小可，急忙横刀立在胸前，挡住郑吉的手掌。

郑吉恍似未见，一步跨出，风雨不惊，右拳向前砸下，好似神人擂天鼓，落在自己的左手背上。

“咚”，郭信整个身子飞起来，向后撞出店门，越过一条街嵌入对面的土墙里。

轰隆隆，那段墙崩塌下来，尘土飞扬。

郭信从土砾中爬出，张嘴吐出一口瘀血，右臂无力垂落，手中那把陇西最锋利的刀扭成了麻花。

众人瞳孔疾缩，如遇鬼魅。仅仅一拳就将威震陇西的郭信伤到这个地步，这个年纪不大的汉人军侯到底有多厉害？

郭信什么也没说，拭去嘴角的血水，深深看郑吉一眼，在秋雨中踉跄远去。

2

“好拳！”冯无疾攥紧剑柄，剑鸣之音透鞘而出，如龙吟虎啸。

众人脸孔再度变色，青蚨剑下无轮回，果然是一把绝世凶器。

跛子徐撂下算筹，不冷不热道：“这间铺子小，经不起神仙打架。你们要打，最好滚到外面去，别把我这破地方给拆了。”

冯无疾看了看跛子徐，什么也没说，扛着青蚨剑走出店铺。

虎蛮不满道：“这人有病吧？大冷天的放着好好的酒不喝，偏要拿把破剑砍来砍去，干脆我一箭射死他算了。”

郑吉拎起酒壶，一口气喝个壶底朝天，大笑道：“今朝一杯桑落酒，明日斩尽匈奴头。会须一饮三百杯，不羡人间万户侯。掌柜的，再温两壶好酒来，等我热过身子继续喝。”

跛子徐笑道：“年纪不大，豪气倒是有几分。这种屁话虽当不得真，也比庙堂上很多人的鬼话强得多。小子，今儿就冲你这几句狗屁不通的大话，老跛子送你一坛窖藏十年的桑儿落。至于能不能喝到，要看你的本事。一条虫子都捏不死，别说好酒，羊尿都没一滴。”

郑吉刚走到门口，听到跛子徐的话，身子一歪差点儿摔倒。这算什么？好不容易憋出几句惊天地泣鬼神的壮语，不喝彩也就罢了，到了老跛子这里反成了屁话。再说外面那个是虫子吗？那是吃人的青蚨！不说了，伤自尊！都不想活了……

虎蛮背好弓，紧跟着冲了出来。

静谧的巷子里，冯无疾立于秋雨中，渊停岳峙，白衣如雪，颇有几分泰山崩于前而色不变的意境。不说其他，光是这份修心养性的功夫，青蚨剑客走在了当世很多人的前面。

冯云疾身材颀硕，麻白长袍随风起舞，修长有力的手指攥紧剑柄，剑尖向下。雨珠沿着剑脊滚落，剑脊正中的青蚨花纹经水一洗，像是一下子活了，蠢蠢欲动。

郑吉迎面走来，两手空空。

冯无疾眸子骤缩，一股怒气无端冲起，他十年未尝一败，独步江湖，不想在赤谷城里被一个小军侯如此无视，难道这个小子真以为可以用双手接住他的青蚨剑？不知死活的东西！

冯无疾握剑的右手不经意动了一下，死水般的心湖出现一道涟漪。那条青蚨振翅弹冠，欲化蝉而飞，一滴雨珠砸在剑脊上，剑气多了一丝裂缝，青蚨的影子莫名黯淡几分。

郑吉止步，看了看冯无疾，忽然笑起来："冯大侠，你的心乱了！"

心不乱，剑下无敌；心乱了，何以取胜？

冯无疾深吸一口气，眼神清明如初，心湖上那道涟漪缓缓消失。横剑于眉前一尺之处，左手双指并拢，缓缓抹过剑脊，像是在安慰那条暴躁的青蚨。

冯无疾再次看向郑吉，眸子里多了一抹凌厉。

郑吉哂笑道："青蚨剑下不死无名之辈，冯大侠拿我祭剑，不怕委屈你的青蚨？"

冯无疾不为所动："我有一剑——仙人揽北斗，请郑军侯赐教！"

话音刚落，左手二指狠狠弹在剑脊上。一道白亮亮的雨线从剑上射出，犹如一只大了无数倍的青蝉飞向郑吉。

古书上说，青蚨生南海，其状如蝉。

郑吉瞳孔猛缩，身体蓦然倒翻出去。那道雨线擦着他的脸颊飞过去，将身后的石墙打出拳头大的一个破洞。

郑吉骇然，几粒雨珠便有如此威力，真正的青蚨剑又该如何？

不等郑吉起身，虚空炸开，满天的雨丝倒卷而飞。一道银灿灿的剑芒无视时空距离，从小巷另一头朝郑吉当头斩下来，剑芒中恍有仙人之影，举世无敌，霸气冲九霄。

青蚨剑下无轮回，果然不是空穴来风！

郑吉避无可避，一手撑地，身体凌空飞旋，如流星般撞向青蚨剑。

冯无疾完全没料到郑吉用这个自取死路的昏招，以为他走投无路乱了分寸，剑芒微微一挫，将郑吉后背撕开两尺多长的口子，血染衣衫。

郑吉死里逃生，直起身子看向冯无疾，眸子里无悲无喜。

“冯大侠果然好剑法！不是剑下留情，这一式仙人揽北斗真会让郑某祭了你的青蚨剑！”

冯无疾收剑入鞘，面无表情：“青蚨剑出不留手，你接下这一剑就是冯某输了。冯某杀不了你，还不至于往自己脸上贴金！愿赌服输，这是江湖规矩，你便是要冯某项上人头，冯某也双手奉送！”

“阁下剑术惊人，威震河朔，在下有几个胆子敢留下冯大侠这颗脑袋？真要如此，我这辈子恐怕别想过安生日子，光是冯氏门生还不得掘了我们家祖坟？”

冯无疾一怔，气得转身就走。他怕自己多待一刻会拔剑砍人，这小子真不是个东西，空手接下了他的青蚨剑不说，嘴巴还这么损。他冯无疾纵横江湖数十载，誉满大江南北，靠挖人祖坟的本事吗？

“冯大侠这就走了吗？”

冯无疾转身厉声道：“怎么，郑军侯也有一拳相赠冯某？”

郑吉微怔，这人真是给脸不要脸啊，你平白无故砍我一剑，老子都没说什么，你牛气个毛啊？江湖人物都这德行，虎死不倒威，驴死不倒架，死鸭子嘴硬，心里怕得要死，却恨不得在脸上刻几个字——爷不怕死。

郑吉淡淡道：“一拳没有，一句话还是有的。你和郭大侠都是名扬四海的人物，犯不着找一个无名小卒的晦气。我自忖与两位大侠素昧平生，也无仇冤，不知今天这场架所为何来？”

冯无疾想了想说道：“今日之事，我和郭信受人之托，但并非真要取你性命。”

郑吉大为郁闷："话虽如此，但郑某挨了一剑，连个理由都没有，好像有些说不过去。你可以不说明隐情，郑某受了伤，请郎中的钱总要有人出吧？"

"请郎中的钱？"冯无疾无语，看着郑吉像看白痴一样，他杀人如剪草，青蚨剑下鬼无数，给谁请郎中？不杀对方全家就不错了。

"郑军侯的要求不过分，这个郎中我来请，还要请乌孙王宫里最好的御医！"从巷子那头传来一个清朗的声音，有几个人转过巷口迤逦而来。一个身材魁伟的年轻人走在前面，龙行虎步，鹰视狼顾，不怒而威。他身后则是三个随从，刚刚离去的郭信赫然在列。

郑吉微眯凤眸："你是谁？"

年轻人笑道："我叫万年，就是指使他们两个杀你的幕后元凶！"

"乌孙国二殿下？"

"可不就是我嘛！"万年拊掌大笑，"听说母后要你送我去长安，依我的性子自然是不肯顺从的。本王子回赤谷城的时间不长，对你的大名倒是如雷贯耳。乌孙国上下皆知汉人有个郑军侯，神勇无敌，举世无双。我这个人不信邪，只相信自己的眼睛，就烦请两位大侠和你搭搭手。事实证明，郑军侯果然好功夫！"

"殿下不怕玩出人命？"

"你不是好好站在这里吗？"

"那说明我运气还不错。倘有个万一，恐怕没有机会见到殿下。"

"有些事没有万一，不是吗？"

"哦，殿下是说在下死了也白死？"

"不然呢？"

"听说殿下读了不少汉家典藏，当知仁者爱人为仁由己之理。"

“那是你们汉人的道理，我只信奉勇者无惧。”万年晃晃拳头，拔剑将一块青石劈为两半，睥睨四顾道，“这就是本王子的道理！”

“道理有对错，不分彼此。天下之大，总有人比你的拳头更硬，比你的剑更快。那个时候殿下怎么讲道理？”

“道理再大，大不过手中三尺青锋，本王子何须麻烦？”

3

话音刚落，从巷子那头传来“笃笃”的声音，众人回头，见一个少女背了琵琶，搀扶着一个目盲老者缓缓行来。老人手拄一根竹杖，竹杖敲在脚下青石板上，声声惊魂。

少女背上的琵琶青中透绿，形制古朴，通体为青铜所铸。

秋雨，竹杖，铜琵琶，小巷里无形中多了几分肃杀之气。

两个随万年来的侍从推刀出鞘，喝道：“来人止步，休得靠近！”

目盲老者身形不歇，笑道：“老瞎子从江南过敦煌，一路累死了五匹马才来到天山脚下的赤谷城，一步都没有停过，两个小鞑子也敢对老瞎子大放厥词，知道死字怎么写吗？”说话间，老者手里多了一对漆黑的绰板，当地一敲，便如半空落了一个惊雷。两个侍从当场如五雷轰顶，七窍流血倒在地上，竟被活活震断心脉。

众人惊骇欲绝，所幸冯无疾见机较快，第一时间拔出青蚨剑，抢在万年身前将他护住，饶是如此，万年也觉得耳鸣如鼓，头昏脑涨，几欲呕吐。

甫一照面便死了两个侍卫，万年恨欲狂，拔出长剑，目眦欲裂：“该死的老贼，敢在本王子面前杀人，不把你剥皮挫骨，难消心头之恨！”长剑挟着风雷之声朝老瞎子劈下去。

万年在乌孙诸王子中武力值第一，剑法受过高人指点，出手自是不凡。

老瞎子犹如目见，铁绰板轻飘飘拍出去，分毫不差敲在万年持剑的手腕上，腕骨差点儿碎裂，长剑坠在地上。

万年疼痛难忍，不等他叫出声，瞳孔里五根枯瘦的手指破空抓来，指甲青黑色，长有数寸，宛似鬼爪，直要将他的脑袋生生抓爆。

变生肘腋，郭信和冯无疾目眦欲裂，各挺刀剑疾救。

少女手挥铜琵琶，身似鬼魅，挡住郭信。

冯无疾一剑斩落，仙人揽北斗。万年殿下命在须臾，这个时候也容不得他留手，一出剑便是看家绝技。

“好剑法！”老瞎子手挥竹杖，击散漫天剑气，另一只手爪毫不犹豫扣向万年的脑门儿。一旦抓上，五个指洞肯定是少不了的。

万年神情呆滞，这一刻他清楚地看到了死神兜帽下空洞的脸孔，手足冰冷，肝胆俱裂。

“嗖”，老瞎子的五指堪堪触到万年额角之时，一物从酒铺里飞出，撞在老瞎子的鬼爪上，那东西落地，却是一枚骨制算筹。

老瞎子吃疼，收回手爪，大怒道：“何人藏头露尾暗算老夫？”

铺子里寂然无声。郑吉狭眸微眯。

虎蛮看向地上的算筹，震惊道：“那不是……”

郑吉看他一眼，虎蛮赶紧捂住嘴巴，生怕说出下面的话。

万年死里逃生，蹿出十几丈远，才发现全身汗透，大怒道：“老瞎子，我要杀了你！”

老人冷笑道：“恐怕二殿下要失望了，老瞎子祖孙二人万里来此，不是为了杀两个小鞑子，而是为了一笔交易。有人出千金买殿下颈上这颗大好头颅，老瞎子不得不来，殿下若肯成全，老瞎子感激不尽！”

万年差点儿吐血，平生只有他杀人，哪有人敢借他头颅一用？

郭信被少女挡住，未能及时相救万年。刚换过的刀又不太顺手，让他有种说不出的恼火，厉声喝道：“你们是什么人？”

“笨蛋！他们当然是杀人的人！”声音从铺子里传出，然后大家就看见跛子徐两只手笼在袖子里，不紧不慢踱出门，浑浊的眼神一洗如雪，“铁绰板，铜琵琶，红叶楼甲字杀手竟然现身西域赤谷城，真是稀客呀。吴茱萸，铜琵琶戾气太重，受之不祥。你老婆传给了你女儿，她们都不得善终。如今又落在你孙女手上，你猜猜她能活多久？”

“红叶楼？”郭信脸色骤变，冯无疾瞳孔疾缩，不由攥紧剑柄。

红叶楼是江湖中最神秘的杀手组织，没有之一。凡是接到红叶帖的人，必死无疑。“铁绰板铜琵琶”是该组织的甲字杀手，江南多鬼音，一曲断人魂，江湖中谁不闻风丧胆？

老瞎子一顿竹杖，向跛子徐喝道：“你是谁？”

“我是谁？吴茱萸，当年华山无根亭那一刀，你都忘了吗？”

老瞎子身子剧震，嘶声长号：“你是徐长卿？”

“徐长卿早死了，这儿只有卖酒的老跛子，你可以叫我跛子徐。”

“跛子徐？”吴茱萸一怔，脸孔狰狞如鬼，“昔日威震关中的徐无敌沦落到卖酒的地步，真是老天有眼。姓徐的，当年华山无根亭一战，拙荆死在你的刀下，吴某也承你一刀之赐，瞎了双眼。不等吴某找上你，你却投靠了卫太子，欲借朝廷之手对吴某斩草除根。后来卫太子遭巫蛊之祸，兵败遁避于泉鸠。你身为卫太子身前第一行走，卖主苟生泄露行踪，致使卫太子遭兵围而死。十几年来，杀妻之仇毁目之恨，老瞎子须臾不敢稍忘。别人都以为你死了，老瞎子不相信，每夜都会祈祷你好好活着，如今看来，上苍还真是可怜老瞎子一片诚心！”说到最后，老瞎子咬牙切齿，声似厉鬼。众人无不悚然。

少女死死盯住跛子徐，瞳孔泛起血色，慢慢解下背后的铜琵琶。

“住口！”跛子徐声色俱厉，邋遢状貌顿消，锋锐之气冲天而起，如神剑藏鞘，一旦出匣，光射牛斗，不可逼视，“徐某如何行事还轮不到你来指手画脚。你一介杀手又懂得什么？当年你们夫妻刺杀右扶风崔缇，徐某本应将你二人诛杀，可惜被你逃了。既留得一命，就该像老鼠一样藏在地洞里，还敢出来见光，不想活了吗？”

杀手这一行与其他不同，天生喜欢躲在阴暗里，瞅准机会一击必杀。这是他们的可怕之处，也是他们的局限。再厉害的杀手都不能见光，见光必死。

老跛子居然是徐长卿！

冯无疾瞪大眼睛，徐长卿当年号称“徐无敌”，是卫太子刘据身边的红人，侠名之盛如日月经天，光耀九洲。后来“巫蛊之祸”爆发，血洗长安，卫太子自缢而死，徐长卿也下落不明。有人说他死在乱军之中，也有人说他远遁海外，没想到竟藏身在赤谷城的陋巷里。

郭信完全呆住，他无论如何都很难把眼前这个落魄邋遢的老跛子和昔年如日中天的大侠徐长卿联系在一起。

冯无疾剑意冲天，一山不容二虎，青蚨剑十年未尝一败，今遇徐无敌，如何不战？

跛子徐斜睨冯无疾：“青蚨剑客是吧？你的对手是老瞎子和那个小丫头，没事儿别来招惹老跛子，我这几根骨头禁不起你那条臭虫折腾。”他转头看向眼神发直的郭信，气道：“你好歹也是陇西第一刀客，真他娘的丢人！换了把刀连人都不会砍了吗？”

郭信汗颜，长刀杀气如潮，向吴氏祖孙喝道："不管你们是谁，想杀二殿下，都得先过郭某这一关！"

"螳臂当车，不自量力。什么陇西第一刀，土鸡瓦犬而已。"少女纤足翘起，步步生莲。反持琵琶，凌空拨划，铜琵琶如九幽鬼啼。

郭信首当其冲，鬼音入耳幻象丛生，刀气消弭如中邪魅。这么一眨眼的工夫，一线白芒抹向他的喉咙。

"叮"，眼看郭信要血溅当场，冯无疾眼疾手快，青蚨剑及时挡住那道残影。少女指间不知何时多了一柄长不盈寸的匕首，将郭信的脖颈划开一道浅浅的血痕。不是冯无疾出手及时，郭信此刻已被割断了喉咙。

鬼音断魂，杀人无形，红叶楼甲字杀手果然可怕。

众人手心里浸出冷汗。

郭信汗流浃背，向冯无疾投去感激一瞥，而后恶狠狠盯向少女和老瞎子，吼道："今天不宰了你们，郭某就此退出江湖！"

身为陇西第一刀，日不移影一败再败，郭信恨不能将老瞎子和少女剁成肉酱。他这话倒非虚言，今日找不回场子，陇西第一刀在江湖上就是个笑话，还混个屁！

冯无疾双指并拢抹过青蚨剑，朗声道："铁绰板铜琵琶，鬼音断魄。冯某久闻大名，今日相遇，冯某少不得要向两位讨教几招！"

"找死！"吴半夏青衣当风，铜琵琶朝冯无疾搂头砸下。如佛陀掷象，完全不像女子所为。

跛子徐颔首道："铜琵琶为鹿山青铜所铸，重九斤十三两，这个丫头举重若轻，天赋异禀，比当年那个老娘们儿强得多。吴茱萸一身杀孽，有如此后人，老天真是待他不薄。"

虎蛮不由得失笑："你想什么呢？人家和你有仇，是来杀你的。你不替自己担心，还在这里摇头晃脑碎碎念，不是真傻了吧？"

“你懂什么？”跛子徐翻翻白眼，“观稀世之战，如饮醇醪，不觉自醉，岂是尔等蛮夷所知？”

虎蛮不懂他说什么，瞧情形不像什么好话，想翻脸，被郑吉制止。

冯无疾见铜琵琶来势惊人，不敢硬接，飘身疾退。

吴半夏得势不饶人，抡起铜琵琶一通狂砸，如疾风暴雨，千山雷鸣，竟将铜琵琶当成佛门金刚杵，降妖除魔，以力破道。

武谚云：“一力降十会。”青蚨剑长三尺二寸，重三斤十二两，与铜琵琶相比远远不及。

冯无疾不敢硬碰，被铜琵琶压制，手忙脚乱。

4

万年观战，见冯无疾落了下风，脸色越发难看。

吴半夏反抡琵琶，如铁槊横江，身前无敌。

被一个女孩子逼到这个份儿上，冯无疾觉得脸上无光，长啸一声，身形暴起，弃守为攻。青蚨剑光芒大炽，一只青蝉惊空乍现，射向吴半夏的喉咙。

青蚨剑剑芒化蝉，无物不破，故江湖传言——青蚨出，鬼夜哭。

郭信暴起，毫无征兆抡刀斩向铜琵琶。这一刀似神山崩落，狂暴无匹，虚空崩裂，鬼哭神嚎。

众人大出意外，谁都没有料到郭信会横插一脚。

“竖子尔敢！”吴茱萸看不见，对场中情形却清清楚楚。见郭信出手和冯无疾夹击自己的孙女，气急败坏，竹杖如青蟒出洞疾刺郭信。

郭信发了狠，刀光径直斩下，不剁了铜琵琶不罢休。他皮糙肉厚，拼着挨一杖也要先做掉吴半夏。

刀气纵横，青蝉嘶鸣，竹杖如蛇。

生死俄顷，吴半夏纤手勾挑铜琵琶，老瞎子持铁绰板，当空横击。霎时间，九幽渊裂，万鬼齐嚎。天门洞开，虚空雷动。

虎蛮青筋暴突，目眦欲裂。

万年惨叫，抱着脑袋往地上撞。

“咄！”跛子徐陡喝一声，如佛陀敕咒，震散万千鬼音。

“呯”！双弦崩断，吴半夏怀抱铜琵琶飞退，脸色苍白如雪。

人影飞散，老瞎子持杖而立，杖端半尺雪刃，血水滴落。

郭信长刀落地，双手捧腹，指间血水如泉。他没料到老瞎子的竹杖暗藏玄机，竟是一柄杖中剑，三寸刃锋几乎绞断他的肠子。

冯无疾踉跄后退，虎口流血。手中剩下半截青蚨剑，神华不再。

老瞎子抖腕，半截剑刃飞出去插在万年脚下：“二殿下，红叶帖在老瞎子手上还从没有浪费过。别指望大昆弥和乌孙蛮骑能够救你，我要杀的人，谁都救不了。你最好不要奢望逃走，不然会死得很惨。”

万年知道老瞎子的话是真的。此时此地他就是砧板上的鱼肉，怎么吃完全看对方心情，再多的兵马都救不了他。

反正逃不过一刀，万年横下心叫道：“老瞎子，你可以杀我，不过在死前我想知道谁要杀我。”

“这不合规矩，红叶楼没有出卖雇主的先例！”

“有人出千金杀我，本王子出万金买他的命，你敢不敢接？”

“老瞎子杀人百无禁忌，和敢不敢没关系。红叶楼有规矩，不和死人做交易！老瞎子爱莫能助。”

万年绝望，转头看到郑吉，像溺水的人抓到一根稻草，大叫道：“郑军侯，母后让你保护我，你打算一直袖手旁观吗？”

郑吉笑道：“殿下不和人讲道理了吗？”

万年头疼，老瞎子拳头比他大，刀比他快，他的道理大不过人家，没法讲啊。

跛子徐瞪眼：“小子，这个时候你还说风凉话，不厚道啊。”

“不厚道总比命没了强吧？人家是红叶楼甲字杀手，我犯不着拿自己的脑袋硬往人家刀口上凑。再说了，人家和你有杀妻之仇毁目之恨，这个时候你都不为自己想一想，还有心情替别人担忧？”

“你……”这回轮到跛子徐跳脚，“你师父怎么教出这么个没用的东西？滚滚滚，把酒账结清了，有多远滚多远，别让我再看见你。”

老瞎子阴恻恻道：“这位小哥儿说得不错！姓徐的，咱们的账也该算算了，十几年了，老瞎子天天担心，真怕你安安稳稳死在了床头上，老瞎子才是哭天天不应叫地地不灵呢。”

“咦，你对徐某倒是想念得很啊。想杀我为你老婆报仇？可惜啊，恐怕你要失望了。”

“徐长卿，别说你如今跛了一条腿，是个废人，就算你昔日全盛之时，老瞎子也没惧了你。你放心，我不会让你痛快死的。老瞎子一定将你带到拙荆坟前，一刀一刀地割。割够三个月，一个时辰都不会少！”说到最后，老瞎子惨厉如鬼，让人头皮发麻。

“唉，斩草不除根，春风吹又生，古人诚不我欺矣。不是当年留下你半条命，何来今日之祸？老跛子最不喜欢被人惦记，既然这样，那就把账一并清了吧。自从当日离开长安，老跛子再没碰过刀，十几年了，刀法早已生疏不堪，如何能与人过招？吴茱萸，你杀一个行将就木的老跛子，不合江湖道义吧？”

“江湖道义？”吴茱萸冷笑，声音恶毒无比，“徐长卿，别说你是个跛子，就算是一只鸡，我都会慢慢割碎了你。”

万年也回过神来，叫道：“老伯，老瞎子杀人百无禁忌，你不必跟他讲江湖道义，赶紧砍了他完事儿，雨快停了，你不卖酒了吗？”

跛子徐大笑，虎蛮直翻白眼，这个时候还想着雨停卖酒，这家伙……心得多大啊！

跛子徐看向郑吉，没好气道：“小子，听到二殿下的话没有？雨快停了，客人都等着呢，赶紧去砍人，别耽误老跛子卖酒。”

“师伯，你真让我出手？”

“师伯有事，弟子服其劳。这个道理你师父当初没有教过你？我一大把年纪，你好意思让我欺负一个老瞎子？”

“呃……”郑吉手扶脑袋，干脆闭嘴。

师伯？万年、郭信等人大吃一惊，老跛子居然是郑吉的师伯，这个梗也太大了吧？等等……老跛子是当年无敌大侠徐长卿，郑吉是他的师侄，那么郑吉的师父……

老瞎子脸色骤变：“小子，上阳先生梅顾是你师父？”

上阳先生？郭信和冯无疾脸色再变。

上阳梅顾，云中白鹤，学究天人，莫盈莫虚，倏然来往，天下莫知其踪。除了他，当世几人敢称先生二字？

郑吉笑道：“我说不是，你相信吗？”

跛子徐啧啧道：“连这种话都敢说，梅师弟怎么教出你这么个欺师灭祖的东西？待今日事了，我要修书一封，让梅师弟将你逐出师门，免得将来贻羞了上阳先生这四个字。”

虎蛮有些看不下去，愤愤道：“老头儿，你让郑大哥帮你砍人，说话还这么难听，有你这么请人的吗？”

“对啊，对啊！”万年凑上来，又恢复了桀骜不驯之态，“徐老头儿，不是我说你，你这可不是请人办事的态度。有人请老瞎子杀我，还给了红叶楼一千金呢。你让郑军侯替你杀人，没有千金，几百坛好酒总该有吧？”

几百坛桑儿落？跛子徐眼皮直跳，他有些后悔，就不该这么早从铺子里出来，让吴茱萸先用铁绰板将这个小王八羔子拍扁了再说。

吴茱萸脸色难看：“老瞎子与徐长卿不死不休，其他人不要插手！”

郑吉问道：“我不插手，你能放过他吗？”

“杀妻毁目，此仇不共戴天。老瞎子恨不能生啖其肉！”

“江湖争斗，生死无常，你杀得别人，别人也能杀你。你是红叶楼甲字杀手，血债无数，该有多少人向你索命？”

“郑军侯，今日任你舌灿莲花，也休想让我放过姓徐的。你若插手，生死自负！”

郑吉叹了一口气：“我发现二殿下的道理有时候更管用！”

万年立刻来了精神。

老跛子嗤笑道：“道理谁都有，拳头不够大，谁听你的？”

郑吉走向吴氏祖孙：“那今天咱们就比比谁的拳头更大！”

吴茱萸神情惨厉：“老瞎子初来赤谷城，郑军侯大名如雷贯耳。搏神熊诛水怪，西行万里如入无人之境。如此英雄了得，异日必定前程远大。郑军侯非要蹚这个浑水，希望不要后悔。”

郑吉笑道：“后悔有什么用？你肯听我讲道理才行！”

吴半夏怒叱，身形疾飘，手抡铜琵琶朝郑吉当头砸下。

郑吉踏步直进，不悲不喜，如佛陀行走世间，一手指地，另一手攥拳迎上铜琵琶。

“当”，拳头与琵琶相撞，穿云裂石。小巷两边的土墙轰然坍塌，两人脚下的青石板密布蛛网似的裂纹。

吴半夏倒飞而回，手臂颤抖，铜琵琶上有一拳印，深达半指。

两人初次交手，以硬碰硬，吴半夏显然吃了亏。

万年咋舌，空手硬撼铜琵琶，郑军侯果然不讲道理啊。

“郑军侯好功夫！”老瞎子对刚才情形犹如目见，神情凝重，蹚地如龙，执铁绰板横空下击，霹雳炸响，霸道绝伦。

吴半夏反弹铜琵琶，一步一生莲，阴风凄厉，万鬼出笼。

天鼓鬼音，云屯席卷，夺魄断魂。

众人耳鸣如鼓，目眦欲裂。

郑吉长笑：“我有一刀，龙战于野——刀来！”

一柄刀飞掠而来，穿风破雨，如神龙天降。如此神迹匪夷所思，众人无不瞠目结舌。

郑吉接刀在手，大气绝伦。

刀长三尺，通体青紫，刀脊厚重，直锋如雪。刀柄环首铸睚眦之形，刀身有篆文“重渊”二字。

龙生九子，睚眦为九子之一，龙身豺首，刚烈好斗，主杀伐。

郑吉长笑：“好刀！”

一刀笔直斩落，龙战于野，其血玄黄。刀锋所向，神魔辟易。

“大汉祖刀！”吴茱萸脸色惨变，失声大叫。

刀气冲贯决荡，长驱直入，劈飞铁绰板，撞在老瞎子身上。

吴茱萸半边身子炸开，青竹杖寸寸崩碎。

铜琵琶断裂，吴半夏像断线的鹞子砸落在瓦砾中。

鬼音匿踪，青石板上刀痕逾丈，血水刺目。

万年瞪圆眼睛，难以置信，名震江湖的红叶楼甲字杀手……一刀就完了？

冯无疾浑身无力，他和郭信联手都打不过的老瞎子，却被郑吉一刀给剁了……十年未尝一败，得是多大的笑话！

“爷爷……”吴半夏爬起来，发疯般扑向血水中的老瞎子。

吴茱萸半个身子被斩断，惨不忍睹。

纵横天下的红叶楼甲字杀手，以身饲刀，难逃宿命。

老瞎子满脸血污，伸出仅剩的左手，艰难抚摸着孙女的脸庞，颤颤巍巍道：“瓦罐不离井上破，将军难免阵前亡。杀手死于刀下是最好的归宿，不必难过……从今日起，江湖上再没有铁绰板铜琵琶……”

吴半夏血泪交流：“爷爷，我要为你报仇！”

“不……不要报仇……郑军侯是对的，爷爷一生杀人无数，要说报仇，我再死一百次都不够……你还小，要好好活下去，离开红叶楼，隐姓埋名，不可再做杀手，更不得为我报仇……”

“爷爷，不……”

老瞎子奋力推开孙女，半边身子摔在泥水里，拼尽力气叫道：“人死灯灭，恩怨两消……老瞎子一人做事一人当，祸不及子孙，郑军侯刀下留情……”

余音未消，人已寂然。

5

“爷爷……”吴半夏抱住老瞎子的尸体，如狼长嗥。半晌，她抱起老瞎子残缺的尸体，看都没看众人一眼，在秋雨中踉跄远去。

跛子徐叹道："当断不断，反受其乱。她这一走，你再无宁日矣。"

郑吉没有说话，双手捧刀奉还给老跛子。他刚才一声"刀来"，便是老跛子将此刀掷来，助他杀了吴茱萸。

徐长卿没有接刀，脸有追忆之色："昔年先帝北征匈奴，采昆仑金精，命高手匠人烛庶子铸刀八柄，其名为镇狱、重渊、折竹、摧锋、垂裳、斩铁、含沙和割鹿，敕封为汉刀之祖。"

"大汉祖刀？"众人凝神，不敢出声。

"古人云，千金之珠，必在九重之渊，故此刀名为重渊。卫太子获赐重渊刀，不久又赠予徐某。殿下遁避泉鸠，身边只剩数人，衣食不继。其邑有太子旧识，与徐某乃是挚友，家私万贯。殿下命徐某前去求助……"

想起当年旧事，跛子徐乱发披拂，心如刀锉："不料那人在酒中动了手脚，徐某一时不察，误饮毒酒，失手被擒。那人挑断徐某脚筋，又将徐某抛下山崖。徐某侥幸不死，待爬出鬼门关时，才知太子殿下遇害数日。徐某武功半失，身残心灰，便远走大漠，发誓此生不履汉地……"他望着那把重渊刀，眼神极为复杂，"此刀是太子所赠，希望徐某匡扶社稷，卫吾汉邦。徐某愧对殿下重托，不配获此殊荣。今将重渊刀交付于你，望你能实现卫太子遗志，以身许国，扬我汉威！"

"弟子谨记师伯教诲！"郑吉拜了三拜，郑重接过重渊刀。

万年死里逃生，大喜过望，赶紧叫人救助伤者。

带来的侍卫死了两个，郭信和冯无疾受伤，半条巷子成了废墟，所幸消息封锁及时，几乎没有人知道这条小巷里发生过什么。

冯无疾毁了青蚨剑，一身锐气折了七分，苍老憔悴许多。

郭信惨得多，小腹给捅个窟窿，不是徐长卿及时救助，早就死透。

万年派人送郭信和冯无疾去自己府邸，好生将养。他本来想试试郑吉的身手，不料引来红叶楼甲字杀手，自己差点儿死掉不说，还连累了郭、冯两位大侠，他如何甘心？暗中派出大量人手查访幕后元凶，缉拿吴半夏，死活不论。

郑吉不杀那个女人，不代表他会放过她。一想到那个反弹铜琵琶冷若冰霜的少女，他牙疼胃疼脾疼肝疼……全身都疼。

第八章　大漠蓝胡子

1

终于到了嬛罗公主离开的日子，右夫人解忧亲率诸王子公主为嬛罗送行。嬛罗一一辞别，转身登上华丽的帷车，在大宛使团的簇拥下出了赤谷城，浩荡西去。

素光左右张望："嬛罗姐姐走了，怎么不见那个家伙来送行？"

大乐道："人言可畏，安国侯铁勒不希望在这里看到郑吉。"

素光愤愤道："这算什么？郑吉一路护送嬛罗姐姐，九死一生，大宛国这样对待他，真是忘恩负义！"

弟史低叱道："不要胡说！别国行事自有法度，不可妄论。"

素光撇撇小嘴，极是不服。

大乐埋怨："二王兄真不爽利，前日那场好戏为何不叫了我去？"

万年瞪他一眼："你想作死吗？"

大乐不怕他，笑道："红叶楼甲字杀手真那么厉害？"

万年拨马就走。那天他在鬼门关走了一遭，至今都觉得脖子冷飕飕，心有余悸。到现在还没有抓到那个女杀手，他气得要吐血，大乐当面问他，让他如何回答？

素光耳朵很尖，窜过来问道："二王兄又跟人打架了？"

大乐笑道："二王兄流年不利，不是郑吉出手，你就见不到他了。"

"咦，郑吉也在……那个家伙怎么不叫上我？"素光直跳脚。

"我也没赶上呢。听说那场架打得天崩地裂，死了很多人，白昼如冥，神惨鬼嚎。郑吉一声刀来，神刀从天而降，把天都劈开了。"

素光捂住小嘴，瞪圆了眸子，满脸骇然。

元贵靡笑道："胡说八道！那刀是跛子徐的，哪来的从天而降？"

大乐满脸向往："不管怎么说，郑吉劈了红叶楼甲字杀手救了二王兄都是真的，可惜我不在场……那一声刀来的风姿，除了郑吉，天下还有何人？"

素光脑海里无端出现一个伟岸身影，振衣千仞岗，一刀破苍冥。小脸不由得通红，呼吸急促，满眼都是小星星。

"我要去找郑吉！"她心如雀跃，拨马就走。

元贵靡阻止道："你找不到郑吉，他和虎蛮出城了。"

"去了哪里？"

"不知道！"

"不知道？这是什么话？"素光恨得牙根痒，一鞭下去把心爱的小红马打得唏溜溜暴跳。

豆蔻不消心上恨，丁香空结雨中愁。

元贵靡等人个个心惊肉跳。

郑吉和虎蛮一早就出了赤谷城，来到十里之外的归雁亭。亭子建在高岗上，嫚罗公主回国，车队必从岗下经过。

日上三竿，车马辚辚而来。居中是公主的车仗，帷幔低垂。

郑吉遥望车队，微眯凤眸，如出岫之云，似临崖之松。

虎蛮牵两匹马站在身后。紫皃马不停用前蹄刨着山石，显得烦躁不安。鞍后横卧两口刀，一名吞雪，一名重渊。

深秋大漠，北雁南飞，衰草连天，关山万里，凭增无限苍凉。

车队行至岗下，紫皃忽然奋鬣扬颈，长嘶如龙。

“紫皃……”嫚罗公主突然坐起。万里西归，步步惊心。往日种种掠上心头，她猛地拉开帷幔，就要跳下车去。

一个高大的身影挡在车前，她抬起头，正好看到叔叔责备的眼神。

铁勒道：“你和他是两个世界的人，见了又有何用？有些人有些事终究无法改变，见与不见都一样，何必自寻烦恼？”

嫚罗颓然坐回车里，泪如泉涌。

铁勒挥挥手，命令车队继续前行。

郑吉取出鱼荻，临风吹送，箫声幽然而起，低回婉转如人絮语，正是胡杨树下那首无名野曲。江南雨落空庭，大漠长风万里。萨日湖边青荻犹在，白马城里芳踪已渺。借问梅花何处落，风吹一夜满关山。人生自是有情痴，此恨无关风与月。前路漫漫，请君珍重！

车队渐行渐远，箫声缈不可闻。

2

万年去长安，除了二十余亲卫，身边就只有郑吉、虎蛮和冯无疾。

郭信伤重，行动不便，暂时留在赤谷城里养伤。

出城之后，队伍里多了两个人——黄鹄楼仙子苏子和婢女蝉衣。

苏子要将师父的骨灰安葬故土，正好与郑吉等人结伴而行。

本来乌就屠要派人护送她，被她婉言谢绝。

素光哭闹了几天，两眼红肿，解忧公主也没答应让她去长安。

乌孙多美女，走马轻风雪。

苏子头戴帷帽，骑胭脂马，白衣如雪，飘飘如仙。颜若舜华，眸若秋水，清冷幽远，风韵独具，宛如深谷中的水仙花，有一种超凡脱俗的美丽。

婢女蝉衣骑马跟随，英姿不让须眉。

万年二话没说便将自己的亲卫分了一半照顾苏子。不说苏子有仙子之名，也不说她是乌就屠的师妹，一个女孩子携带师父骨灰，万里归葬，这份勇气和情义就值得钦佩。

万年喜欢江湖，与乌就屠相比，少了几许城府和阴狠，多了几分率真和野性。他的亲卫都是江湖武夫，骑大马，背长剑，煞是威风。

一行人除了苏子和蝉衣，余者都是惯走大漠之人，吃苦不算什么，所要担心的只有马贼，当然还有那个女杀手。

蝉衣年龄还小，第一次出远门，骑在马上大呼小叫，极是开心。

苏子只是微笑，并不阻止她。

万年望着蝉衣的背影，没来由叹了一口气。

冯无疾心中了然，问道：“殿下还在为那个女杀手烦心？”

万年大为沮丧：“自那天之后，她又刺杀我三次，阴魂不散。我偏偏还杀不了她，你说气不气人？”

冯无疾大笑。

“你笑什么？”

“殿下当局者迷，不肯想明白罢了。”

“这话怎么说？”

“殿下不是杀不了吴半夏，而是不肯杀了她。”

“……”

“吴半夏身手固然不错，但老瞎子一死，铜琵琶又被郑吉毁掉，她还能厉害到哪儿去？殿下真有心杀她，别说刺杀三次，恐怕第一次她就走不脱。不提殿下身边这些江湖好手，光是府邸那些乌孙神弩就能把她射成刺猬。殿下不是每次都放她平安离去？”

“这个……”万年揉揉鼻子，这是向郑吉学的，他不知不觉也成了习惯。一遇到尴尬事儿，就把鼻子揉得通红。

冯无疾的话无疑是对的，对于杀手吴半夏，他初始的念头是死活不论，斩草除根。不想几次下来，他有些下不去手，每到最后关头，总让手下人网开一面，放吴半夏离去。至于原因，他自己都说不清楚。

冯无疾忽然笑道：“殿下，你该不会是喜欢上那个女杀手了吧？”

“我？喜欢她？”万年瞪大眼睛，嘴巴半天都合不拢，“她拿刀杀我，我不杀她，反而喜欢上她，我有病吗？”

冯无疾伸手指指万年的胸口：“也许殿下真的有病，就在这里。”

“你……”万年哭笑不得。

苏子与郑吉走在队伍后面，别的马都不敢靠近紫皂，偏偏苏子骑的这匹小母马不惧。

苏子好奇道：“郑公子，紫皂真是天马王？”

“嗯，它的家在白马城那边的大山里，那里有个湖，很美……”不知想到了什么，郑吉的神情有些恍惚。

苏子眨眨大眼睛：“看来郑公子很喜欢那里，此行我们若是能经过那里就好了。”

郑吉笑道：“我们不从那里走，经过那里得横渡一片瀚海，很危险！我们此次沿北道行走，沿途经过不少小国和城池，虽然远了一些，但相对安全多了。”

“郑公子，听说南北两道都有马贼肆虐，是不是真的？”

“嗯，马贼早就有，这几年格外猖獗，闹得人心惶惶。毕竟万里求财，最重的还是平安二字，命都没了，再多的钱又有何用？这南北两道的确比以前荒疏了不少。”

“沿途这么多国家，为何不把马贼给剿了？”

“不是没剿过，只是效果甚微。”

“为什么？”

“要说原因，这里面的情况可多了去了。不说其他，光是那些马贼很多都是一些小国王侯之家的私兵，你说能剿得清吗？”

苏子难以置信：“那些小国王侯竟然纵兵劫掠，太可恨了，他们怎么可以这样？”

“人为财死，鸟为食亡，为了钱还有什么不敢做的？”

“难道就没人管管？”

“茫茫大漠，沿途大小邦国数十个，彼此攻伐不断，跟一盘散沙差不多，要想管的确不容易。”

“郑公子，大汉国力强盛，兵马百万，难道也奈何不得马贼？”

“这不是奈何不奈何的问题，西域戈壁千里，瀚海无边，不利于大军长途跋涉。那些马贼行踪不定，倏忽来去，散而复聚，滑得像泥鳅一样，抓不着，逮不住，大军征讨耗费粮饷难以持久，除了震慑之外，收效甚微。”

“难道就没有办法了吗？”

“办法不是没有，要慢慢来，急不得的。”

“郑公子，你智勇双全，若能守护南北两道，谅那些马贼再不敢猖獗，岂不是各国子民和商旅之福？”

郑吉眯起凤眸，微笑不语。

苏子姑娘心地善良，但守护南北两道岂是说说而已？那要牵涉到朝廷的方略和大汉的国策，他眼下只是一个小军侯，在这上面还没有置喙的权力。

3

十多天后，他们遇上了一伙马贼。

马贼在黄昏时摸上来，黑云滚滚，蹄声震天。

郑吉让众人护住万年、苏子和蝉衣。

马贼之所以无往而不利，靠的有两样东西：快马和轻刀。只要防住他们的冲撞劈杀，接下来的事情就好办得多。万年的亲卫都携带有乌孙大名鼎鼎的破甲弩，不说杀敌，防守还是很有威力的。

苏子脸色苍白，手足冰凉。蝉衣浑身发抖，都要哭出声来。

万年抽出长剑，要去和马贼拼杀，被亲卫们拦住。

这伙马贼人数不多，三十骑左右。

郑吉一人一马立在马贼来路上，凤眸微眯。

虎蛮迎着马贼冲过去，与敌相距两百步左右，取下野牛大弓，搭箭就射，一名马贼中箭落马。

马贼大怒，扬刀嗷呜，奔驰如风，要剁了虎蛮。

这个时候就显出虎蛮的不凡，身为天雅族射雕手，箭术之精令人目瞪口呆。只听得弓弦嘣嘣直响，每一箭都有一个马贼应声落马。须臾之间便有三个马贼血染大漠。

马贼气疯了，二十多匹马卷起黑色云团杀过来，誓杀虎蛮。在野外遭遇，像虎蛮这样的射雕手简直就是他们的噩梦。

虎蛮不待马贼接近，回马便走。边跑边抽冷子回头射箭，不时有马贼惨叫着坠马。

郑吉让过虎蛮，缓缓抽刀，吞雪刀寸寸出鞘。

暮色中，紫凫像一道红色闪电划过大漠，张扬而霸道。

郑吉马快，冲入马贼之中，一刀劈翻当面的马贼，一掠而过，左拳神人擂天鼓，将又一个马贼砸得倒飞出去，骨断筋折，五脏皆碎。

一个照面便有两个同伴被杀。那些马贼汗毛直竖，知道碰上了高手，立刻改变战术，舍却虎蛮，合力围杀郑吉。

郑吉长笑，一刀一马，风驰电掣如入无人之境。吞雪刀左劈右砍，血水四溅，鬼哭狼嚎。

虎蛮在外围兜杀，箭无虚发，不时有马贼应弦毙命。

为首的马贼知道这次踢到了铁板，呼哨一声，舍了郑吉和虎蛮，像狼群一样扑向万年等人，企图冲乱阵脚，令郑吉无暇顾及。

那些亲卫将万年和苏子护在当中，并不出击，只管用破甲弩攒射，马贼不等靠近便被射成了刺猬。

马贼见势不妙，丢下十几具尸体狼奔豕突。

郑吉抖落吞雪刀上的血水，单骑追杀，势若奔雷。

为首的马贼见郑吉追来，吓得魂飞天外，拼命打马狂奔。可惜他的坐骑在紫鬼面前远远不够看，须臾之间就被追个马头碰马尾。

幸存的马贼早被吓破胆，眼睁睁看着郑吉像老鹰抓小鸡一样擒获他们老大，兔死狐悲，一哄而散。

郑吉将那个马贼丢在沙地上。两个亲卫抢上来，将那人绑得跟粽子似的。

一场危机化解，众人都松了一口气。

最高兴的就是蝉衣，小手不停地拍着初具规模的胸脯，一个劲儿叫道："谢天谢地……谢天谢地……"

苏子笑道："你应该谢的不是天和地，而是郑公子和虎蛮。"说到这里，她望向人群中那个修长伟岸的身影，贝齿轻咬朱唇，眸光迷离，如江南涣涣的春水。

"对哦……是郑公子和虎蛮救了我们，我谢天谢地做什么？"蝉衣醒悟过来，娇笑不已，连蹦带跳跑到虎蛮身边，摇着他的手叫道，"虎蛮，你教我射箭好不好？"

虎蛮长这么大，还是第一次被女孩子这么拉手，又是这么好看的女子，一张脸红得要滴下血来，嗫嚅道："在我们族里……女子是不能学射箭的……"

蝉衣噘起小嘴："我又不是你们族里的人，为什么不能学射箭？"

虎蛮张口结舌，不知道该怎么回答。

郑吉将刀插回鞘里，看向马贼头目。这人身材壮硕，燕颌短须，断发垂颈。头戴狐皮帽，身穿翻领长袍，折襟窄袖。左耳垂上吊着一颗狼牙，二十多岁，极是雄壮。

郑吉问道："你是蓝胡子的人？"

众人闻言，皆有惊恐之色。

蓝胡子是北道有名的马贼，嗜杀成性，手段残忍，曾经一天之内活埋行商五十二人。每次抢劫杀人时，都将胡须染成靛蓝色，形似鬼蜮，北道之人呼为"蓝胡子"。而此处正是蓝胡子经常活动的区域。

马贼吼道："汉狗，你杀我兄弟。大当家的一到，你们全都得死。"

冯无疾最听不得"汉狗"二字，抡起剑鞘把那个马贼抽个大跟斗，气道："郑军侯，跟这种杀人越货的马贼废什么话？一刀杀了省事儿！"

郑吉拦住冯无疾，派人将马贼带到一旁，他亲自审问。

冯无疾不解道："郑军侯真是麻烦，和马贼有什么好谈的？"

万年道："郑军侯这么做，一定有道理，咱们还是听他的。"

过了一会儿，郑吉回来，脸色凝重："我们得准备一下，马贼也许很快就到！"

"什么？"众人大为不解，"马贼刚被杀散，他们还敢再来？"

郑吉说道："刚才那些人是蓝胡子的手下。蓝胡子报复心很强，这里又是他的地盘，无论如何他都不会让我们安然东去的。"

"那怎么办？"众人好像再次掉进冰窟窿，声音都有点儿发抖。

冯无疾急道："蓝胡子要来，咱们还在这里磨蹭什么？赶紧走啊！"

亲卫徐虎道："从此往东九百里直到高墨城，山高路险，戈壁如海，是马贼出没之地。我们很难逃出蓝胡子的追杀。"

众人心头再紧，这么说岂不是死定了？

蝉衣抓住苏子的衣襟，又要垂泪。

苏子拍拍她的小手，安慰道：“不要担心！有郑公子在，我们一定会没事的。”

蝉衣几乎要哭出声：“可那是连活人都吃的蓝胡子啊。”

在北道上，蓝胡子是吃人的魔鬼，不可战胜。

郑吉笑道：“蓝胡子也是人，没有三头六臂。要说他长得丑，咱们杀过狼，宰过熊，那些东西哪个比他漂亮？我不信咱们的刀砍不掉他的脑袋。”

众人被郑吉感染，气氛一下子轻松许多。

徐虎叫道：“大家都听郑军侯的，蓝胡子不来便罢，来了咱们就杀他个落花流水！”

大家都笑起来，然后分头行动，积极准备。

苏子走到郑吉身边，仔细打量他半晌，柔声道：“郑公子，你……刚才没有伤到吧？”

郑吉摇摇头：“谢谢苏子姑娘关心，我很好。倒是苏子姑娘，希望那些马贼刚才没有吓到你。”

苏子戴着帷帽，看不清她的脸色：“怕倒是怕的，不过想到有郑公子在，就……”声音突然低下去，似羞似喜，几不可闻。

郑吉有些感动：“苏子姑娘请放心，只要郑某还有一口气，就不会让人伤害你们。”

苏子“哦”了一声，又幽幽叹一口气。

4

见苏子离开，万年凑过来道：“郑军侯，打打杀杀这种事儿，有时候你不能一个人做……我好歹也是个男人吧？”

“哦？”郑吉斜了他一眼，反问道，“殿下想试一试身手？”

“你也看出来了？”

“我没算错的话，吴半夏这两天就会出现。到时候把机会让给殿下如何？”

万年立刻泄了气，悻悻道：“得，算我没说……那娘们儿就是个疯子，我怕了她好不好？”转身要走，又忍不住唠叨起来，“唉，我就想不明白了，你杀了老瞎子，她不找你报仇，反撵着我不死不休，这算什么道理？吃柿子非得拣软的捏？”

冯无疾笑道：“这叫情有独钟嘛！也许吴半夏就看上了殿下呢？”

“去去去！”万年愤愤道，“老冯，连你也看我笑话，非得让那娘们儿杀了我你们才开心？她看上的不是我，是红叶楼的酬劳。”

郑吉和冯无疾大笑。

万年看看左右，正色道：“郑军侯，那个蓝胡子真的会来？”

“殿下希望他来？”

“我当然盼着他来啊，要是此行斩了蓝胡子，本王子岂不是威震诸国？”万年话音刚落，突然脸色大变，闷雷似响声从天边滚滚而来。

“蓝胡子来了！”有人大叫，恐慌像风一样传遍整个营地，众人的心一下子掉进冰窖里。

万年狠狠给了自己一个大嘴巴，懊悔得直想撞地：“我这张乌鸦嘴真是哪壶不开提哪壶……”

郑吉道：“蓝胡子早晚都会来的，不关你的事！殿下，你带过兵，眼下这种情形该怎么做？”

万年立时会意，拔出长剑大喝道：“兵来将挡，水来土掩，全力迎战！胆怯者死！后退者斩！”

一众亲卫全都安静下来，上马列阵，剑出鞘，弓上弦。

郑吉看向冯无疾：“冯大侠，请你保护苏子姑娘和蝉衣，不要让任何人靠近她们！”

冯无疾点头：“请郑军侯放心，马贼想碰她们，除非从冯某的尸体上踩过去！”

郑吉点头，又将万年拉到身边，耳语一阵。

万年惊异道：“这样能行？是不是太危险了？”

郑吉唇角微挑：“要不殿下想个法子？蓝胡子此来定是倾巢而出，就咱们这几个人硬拼的话你有几成胜算？”

万年老老实实道：“我没法子，可是……”

“没什么可是！狭路相逢勇者胜，殿下刚才还要大显身手呢，这就怕了？”

万年涨红了脸：“我怕什么？脑袋掉了碗大的疤。本王子闯荡江湖好几年，杀过人，也被人追杀过，不照样活蹦乱跳？”

郑吉大笑。

一大片乌云从天际滚滚而至，马蹄踏破大漠的荒寂，像千百面大鼓一起擂响，震得脚下的沙石都跳起来。

一百多骑转瞬即至，呈长蛇状缓缓围上来。

两百步之外，那些马贼齐刷刷停住，不再前进一步，显然他们已经知道这里有个神箭手，膂力惊人，两百步以内箭无虚发。

万年挥挥手，徐虎押着一脸血污的马贼头目走出队伍，将刀架在那人脖子上。

万年催马出列，大声喝道："来人可是蓝胡子？"

一匹黑马从对面缓缓而出，马上之人身形魁伟，面相凶恶，靛蓝胡须，形如鬼魅。腰悬弯刀，臂挂银盾，手指上镶满十几颗宝石。

马贼头目仿佛看到救星一般，大叫道："大当家的救我……"

蓝须人看看万年，眸子阴寒："你是乌孙人？听说二王子万年东去长安，敢情就是阁下？"

"咦，没想到本王子这么出名，连蓝胡子都知道。"

"有人出钱买殿下项上人头，我接了生意，自然不能让人失望。"

"又有人要杀我，这次出多少钱？"

蓝胡子伸出一个指头。

万年眼角一跳："万金？"

蓝胡子摇头。

"千金？"

蓝胡子再摇头。

万年大失所望："不会是一百金吧？"

蓝胡子淡淡道："殿下想多了，只有一个铜钱。"

万年勃然大怒："谁他娘的狗眼看人低，老子的命就值一个铜钱？上次红叶楼还收了一千金呢，行情咋崩这么快？蓝胡子，我出一万金，你给本王子杀了他。"

"好，我答应你。殿下付了定金，那人的命就是你的。不过之前殿下还是要洗干净脖子，国有国法，行有行规，我收了人家的钱，就不能坏规矩。再说了，你们既知我蓝胡子大名，还敢杀我的人，不算清这笔账，我蓝胡子以后何以立足？”

“蓝胡子，你不仗义，这是要里外通吃啊！”万年翻翻白眼，忽又嬉笑道，“事前不知那些人是蓝胡子手下，不过既然杀了也没什么可怕的，大不了一死而已。”将剑指向那个马贼头目，“他叫扶虓是吧？听说他是蓝胡子最得力的手下，阁下想不想看他脑袋搬家？”

蓝胡子冷笑：“你想跟我谈条件？”

“聪明！”万年跷起大拇指，“放我们离开，我自然会放了他。”

“杀了我十几个人，你们就这么离开？”蓝胡子嘲弄道，“其实还有一个消息，你虽然不值钱，但你们这里有个人，他的命值一万金。”

“谁值多少钱我不管，你敢动手我就让这家伙陪葬！”

“你真看得起自己！”蓝胡子桀桀狂笑，“敢在我蓝胡子面前杀人，我保证你们都不得好死。男的背毛挂甲，女的赏给崽子们，玩过了再五马分尸！”

背毛和挂甲都是马贼杀人的手段。背毛是将细绳勒在人脖子上，用棍子慢慢绞绳，直到将脖颈齐刷刷勒断；挂甲更残忍，把人全身脱光，绑在外面，不停往身上浇水。大漠夜晚气温降到零下几十度，一会儿工夫，那人身上就披挂一层厚厚的冰甲。

万年脸孔一白，后颈直冒冷气。马贼的手段他是听说过的，抽筋剥皮无所不用其极。不过到了这一步，怕也没用。他将马一带，怒道：“话不投机，咱们也不用谈了。蓝胡子，你的人我先宰了，等会儿送你一份大礼！”

徐虎闻言，拖着扶虓往回走。

扶旄疾呼道：“大当家的救我……”

蓝胡子刚要动手，十几个背剑亲卫手执破甲弩抢上前，护住万年。

蓝胡子眼神阴冷，退回队伍中，准备下令进攻。

正在这时，万年这边的队列突然大乱，有人大叫道：“马贼跑了，快拦住他……”

队伍散开，一匹马从后面撞出来，马上人正是扶旄。头戴狐皮帽，身穿翻领长袍，满脸血污，仓皇逃窜。

万年大叫：“杀了他！”

几个亲卫策马追杀，手执破甲弩，朝扶旄疾射。

嗖嗖嗖……弩矢破空，如雨而落，神鬼皆惊。

扶旄忽然从马背上消失，一足钩马背，藏身马腹，弩箭纷纷落空。那马四蹄生风，闪电般冲向对面的马贼。

暮色中尘烟滚滚，蓝胡子大叫：“是扶旄……快救人。”

十几个马贼一齐冲出去，放过扶旄，拦住追杀的持弩亲卫。

扶旄那匹马长驱直入，宛似奔雷紫电，直奔蓝胡子。

蓝胡子没来由心生警兆，脸色一变大叫道：“不好……”来不及拔刀，仓促将左臂横在头前，企图以臂盾挡过必杀一击。

一抹刀芒垂天而落，如彗星袭月白虹贯日直直斩下来，将他连盾带人砍成两段。

“他不是扶旄！”左右马贼见状，立刻红了眼，拔刀杀过来。

一柄环首刀如蛟龙出海，六合岳崩，九洲海沸。凡是靠近的马贼无一合之敌，肢残骨飞，纷纷倒撞马下。

郑吉甩掉狐皮帽，用刀尖挑起蓝胡子的脑袋，大喝道：“蓝胡子人头在此，谁来受死？”

声如炸雷，响彻大漠。

所有人都呆住，望向暮色中那柄高高扬起的吞雪刀。刀尖上那颗人头靛蓝胡须，形如鬼魅。

万年见状，喜从天降，大叫道："蓝胡子死了！给我杀！"

二十余亲卫策马冲出去，破甲弩机簧雷动，矢如飞蝗。

马贼人仰马翻，鬼哭狼嚎。

虎蛮纵马疾驰，箭不虚发。

5

马贼原本是乌合之众，蓝胡子一死，马贼群龙无首，乱作一团。加上万年等人气势如虹，破甲弩噬骨穿心，一百多人马顷刻土崩瓦解抱头鼠窜。

众人无不狂喜，原本以为此次死定了，没想到峰回路转，赢了马贼，还斩了大名鼎鼎的蓝胡子。

苏子望着那个挑着蓝胡子人头的身影，美目流盼，心如鹿撞。

大漠鹰飞，一骑绝尘。长刀所向，舍我其谁？

这是一个铁血如火的画面，相信世上任何一个女孩子看到，心都会融化。

冯无疾感慨道："原来这就是郑军侯的法子，一人陷阵，取贼酋之首，这份勇气和魄力当真罕见。除了他，我真想不出还有谁敢这么做——蓝胡子死得并不冤枉！"

苏子心有余悸："这样做很危险，深入敌阵行刺蓝胡子，万一被对方识破，他可能就……”

冯无疾点头：“郑军侯能想出这个法子，不唯勇气绝伦，智谋亦是出众。这种天时，这种手段，把握得极好，由不得蓝胡子不上当。”

众人打扫战场，掩埋马贼尸体，又将扶虓押过来。

扶虓完全想不到郑吉会假扮他杀死蓝胡子，这会儿面如土色，脑袋耷拉下来像霜打的茄子。

徐虎叫道：“郑军侯，这个家伙还留着何用？宰了他吧！”

郑吉打量扶虓几眼，说道：“将蓝胡子的人头给他，让他走吧。”

“让他走？”大家都以为耳朵出了毛病，惊讶地望向郑吉。

郑吉笑道：“咱们杀了蓝胡子也有扶虓的功劳，再杀他就是恩将仇报，放他走吧！”

郑吉开了口，大家虽然不解，也没人反对。

望着扶虓上马离去的身影，万年笑道：“这是借刀杀人吧？”

“你怎会这么想？”

“你以假乱真刺杀了蓝胡子，马贼们可都看着呢。要说扶虓和这事没有一点儿关系，那帮家伙肯定打死都不信。扶虓这么一走就是丧家之犬，马贼们必定杀之而后快。再说北道马贼势力交错，彼此明争暗斗，不知有多少人惦记蓝胡子这份家产呢。蓝胡子一死，谁想吃下他这份好处，还不得先杀了扶虓闹个堂而皇之的名分？”

“你猜扶虓会怎么做？”

“还能怎样？除了当缩头乌龟，少不得像野狗一样被人追杀。”

郑吉眯起眼睛：“其实扶虓是个难得的人才，外貌粗豪，内心缜密，对北道一带的地舆邦国和马贼动向了如指掌，他若死了，真是可惜。”说到这里，他忽然笑起来，星眸明亮，“我猜扶虓还会回来，你信吗？”

“怎么可能？”不只万年，其他人也匪夷所思。

郑吉笑而不语。

万年觉得郑吉故弄玄虚，那个马贼巴不得逃命，除非脑子坏掉了才跑回来送死。他想了想笑眯眯道：“郑军侯，咱们要不要打个赌？”

“怎么赌？”

万年从腰间解下一柄短剑，尺许长短，乌木剑柄，绿鲨皮鞘。锋出半寸，青芒如电，显然是一柄稀世名刃。

“此剑名为沉鸦，乃乌孙七大名器之一，破札如纸，锋不可御。扶虓被你言中，沉鸦归你；否则，算我赢。我也不要你那把重渊刀，你离了边军，在长安城陪我三年，如何？”

“你确定？”

万年大笑：“本王子闯荡江湖，不能说一言九鼎，一口唾沫一颗钉还是做得到的。只怕郑军侯你这次失算，要老老实实在长安陪我三年……”话没说完，笑声戛然而止，两个眼珠子瞪得溜圆，仿佛见了鬼一般。

星光之下，一人一骑踽踽而来，正是刚离去不久的马贼扶虓。

万年气道：“该死的家伙，放了你走，为何又回来送死？”

扶虓下马说道：“你们杀了大当家的，我回去也是个死……背毛挂甲看山活埋，哪一样都能让我后悔生到这个世上来。想来想去，还不如你们一刀杀了我呢。”

万年直跳脚：“那你跑啊，有多远跑多远，回来干吗？”

“我倒是想跑，九百里沙海都是蓝胡子的地盘，往哪儿跑？不等我跑出去就会被人抓住，五马分尸都是轻的。既然这样，还是省事一些，你们要么一刀捅了我，要么让我跟着你们，好歹保住一条命。”

众人都笑起来，这个马贼有意思，反倒讹上他们了。

万年像吃了个死耗子，一脸晦气，乖乖把沉鸦剑交给郑吉。

不是他输不起，只是就这么莫名其妙地输了，实在憋屈不是!

扶搋那个王八蛋真是可恶，都放你走了，天大地大死到哪里不行，非得回到这里来，让自己拐骗郑吉的如意算盘落了空……妈的，不说了，说多了都是泪。

众人见万年郁闷得要疯，都忍不住偷偷乐。

西域第一都护

［下册］

天地飘鸥／著

新世界出版社
NEW WORLD PRESS

第九章　醉卧铜马驿

1

“乌孙王子斩杀悍匪蓝胡子！”消息传得比风还快，当万年等人风尘仆仆出现在高墨城时，全城人都已经听说那个横行大漠、小儿止啼的蓝胡子死了。

有人拍手称快，有人觉得惊悚欲绝。

蓝胡子不是北道马贼实力最强的，却是杀人最狠的。多年来，只要听到“蓝胡子”之名，北道之上谁不心惊胆寒？如今蓝胡子被乌孙王子斩杀，诸国震动，九百里沙海，无不奔走相告。

万年看看郑吉，见他一副事不关己的模样，悻悻道：“是我杀了蓝胡子吗？我怎么不知道？”

苏子善解人意：“王子殿下临危不惧，指挥若定，以少胜多。蓝胡子虽不是直接死于殿下之手，也是殿下谋算之功。说蓝胡子为殿下所杀，其实也不算错。”

万年揉揉鼻子认真想了一会儿，突然一挥大手，豪爽道：“听苏子姑娘这么说，颇有几分道理。斩杀蓝胡子是大快人心之事，名扬诸国，这么露脸儿的机会可不好找。你们不要，本王子当仁不让……笑纳了。”

众人大笑。

扶蜣地头儿熟，领大家去了城里最有名的“铜马驿”。

铜马驿不是官驿，而是私人旅邸。门前立一铜马，高可及人，扬鬃奋蹄，气势无与伦比。

高墨城隶属焉耆国。

焉耆又称乌夷，西邻龟兹，东边危须，北接乌孙，南至尉犁。土田良沃，物产丰饶。气序和畅，风俗质直。泉流交带，驼马如织。员渠城为其国都，东距长安七千三百里。

高墨城不大，夯沙土为墙，论规模都比不得长安的皇宫。用扶蜣的话讲，在城南放个屁，城北的人都能听见雷响。

扶蜣透露，铜马驿是焉耆王子汲鸠的产业之一。

郑吉哑然失笑，立刻打定主意入住铜马驿。

万年东行，迭遭追杀，敌暗我明，隐藏形迹已经没有必要。铜马驿有焉耆王室背景，无论如何都不能让万年在这里出事。就算汲鸠那个家伙一百个不乐意，捏着鼻子也得叫人护住万年。

有护卫可用，还不用付银子，当然不能客气。

万年的话更糙：有便宜不占是王八蛋。

果然，一夜之间连续两拨刺客，都被悄然出现的黑衣人杀散，丢下十几具尸体，郑吉等人都没机会出手。

天亮时，一队人马出现在高墨城，郑吉打开窗子，看到汲鸠那张比苦瓜还苦的脸。

2

汲鸠最近新得一美婢，春风得意马蹄疾。听说乌孙王子万年进了高墨城，好死不死又入住了铜马驿，他再也坐不住了，舍了心肝似的美婢，带数十亲卫跑了一夜才赶到高墨城。

不提他和元贵靡的交情，铜马驿保不住是小事儿，万年在高墨城出了意外，他这个焉耆王子吃不了兜着走。

看到十几具被射成刺猬似的尸体，汲鸠头大如斗。他开了铜马驿，三教九流都是客，谁都不能得罪。这下可好，十几个人死在这里，不管背后是哪方势力，从此就算和铜马驿结了仇。这些年为了明哲保身，一直小心翼翼，有时候不惜装孙子，就是不想蹚浑水，结果还是被郑吉那个王八蛋一脚给踹进了泥塘里。

万年放着四平八稳的官驿不住，一头扎进铜马驿，汲鸠用脚指头都能猜到是那个蔫儿坏不要脸的汉人出的主意……被郑吉阴了一把，汲鸠真是欲哭无泪。你大爷的，非拉我下水，人家秋后算账，我找谁说理去?

还是老话讲得好，不怕贼偷就怕贼惦记，自从白马城里见到那个浑蛋，自己好像就没过几天舒心日子。

见了郑吉和万年，汲鸠一个劲儿唉声叹气，婉转而又明确地告诉他们两个，要么麻溜儿收拾东西搬到官驿里，要么赶紧离开高墨城……有多远滚多远，爷还不侍候了。

不是不想侍候，就他这个焉耆国四王子打酱油的身份，还真的罩不住。搞不好没护住万年，连自己都得扔到狼嘴里。

老焉耆王当年龙精虎猛，后宫充实，不提女儿，光是儿子就生了十二个。早夭三个，还剩下九位王子，这种“丰功伟绩”在周边诸国有口皆碑。

龙生九子是不错，可王位只有一个，狼多肉少也是个大麻烦。老焉耆王还没龙驭上宾，几个王子就斗得你死我活，跟乌眼鸡似的，你见不得我，我见不得你，恨不得吃了对方。

老五和老七为争一个女人，闹得不可开交。老五乘老焉耆王病重，将醉酒的老七罩到铜缸下面，周围架上木柴，生生把老七变成“焖炉烤鸭”，连眼睛都挖出来浸到蜂蜜里，美其名曰“鬼目粽”。

老二闻讯，觉得师出有名，就带人攻破老五的府邸，将老五从女人肚皮上拎起来。亲自动手，用弓弦套住老五的脖子，将老五的脑袋生生绞下来，取名“呼鸾夹”。

老焉耆王听说噩耗目眦欲裂，将老二五马分尸，连老二的孩子都不放过，掼在石头上活活摔死。

经此变故，九子余其六，确确实实消停了一阵子。可好景不长，以太子汲鹍为首的“太子帮”和以老八汲鹓为首的“八子党”又起了冲突，明争暗斗，互相倾轧。其他几个王子推波助澜，愈演愈烈。

在诸王子中，汲鸠是个闲人，保持中立，谁也不帮。要么龟缩在府邸里当孙子，要么利用王子身份和各路人马做生意。还别说，这个外表懦弱的家伙的确是个经商天才，不几年便聚得铜山金穴，富可敌国。不说贯朽粟陈，眼下花钱比挣钱难倒是真的。

万年有些看不上汲鸠的窝囊样儿，要了一盘大白瓜子，有一搭没一搭地嗑着，根本没有和汲鸠搭讪的意思。

汲鸠心里那个腻歪啊，老子马不停蹄跑了一夜，又干了一回天大的亏本买卖，就来看你的臭脸？可对方是乌孙王子，乌孙国比焉耆国大了十倍不止，控弦之士十余万，别说他惹不起，乌孙大昆弥打个喷嚏，整个焉耆国都得感冒……得，老子惹不起还躲不起吗？

郑吉笑道："古人都说有朋自远方来，不亦乐乎？九头鸟，好歹高墨城也是你的地头儿，你不尽地主之谊也就罢了，还把我们往外撵，这就是你们焉耆国的待客之道？"

"九头鸟？"万年停了动作，不解地看向郑吉……谁是九头鸟？

万年熟读汉典，马上明白过来，捧腹大笑，大白瓜子撒了一地。

鸠字拆开即为"九鸟"。民间有谚：九首之鸟，浮头滑脑。汲鸠明面上是个生意人，趋利避害，比泥鳅还滑，岂不正是一只九头鸟？

汲鸠哭笑不得，这个浑蛋当日在白马城送他这个绰号，还真叫顺了口啊。老子好意帮你们，你们就是这样报答的？想了想又释然，九头鸟就九头鸟吧，只要这两个瘟神肯离开铜马驿，十头鸟又何妨？

万年那个混世魔王不提也罢，郑吉这货他是知道的。别看这个家伙笑眯眯人畜无害的小模样儿，杀起人来毫不手软，他一样惹不起。

当然，他对郑吉的印象还不错。一个小军侯单枪匹马护送大宛公主西归，不提勇气和本事，单单一个不辱使命就令人肃然起敬。

汲鸠叹道："不是我撵你们，昨晚的情形你们也知道，如今高墨城里不知道有多少人对万年殿下不利……当然，还有郑吉，据我所知，有人出了万金买你的命。你们在铜马驿出了事，我是万万担不起的。"

郑吉笑道："你不是有钱吗？有钱能使鬼推磨，还有你摆不平的事儿？"

汲鸠干笑："钱是有几个，可有时候钱多也未必有用。比如当初在白马城，相虺要你舍了大宛公主，以凤凰胆相赠，你可曾答应？"

郑吉正色道："汉军二十四骑护送公主西归，军令如山，不顾其利，不惜其命，赴汤蹈火，岂独郑某一人而已？"

"所以呢，我还是那句话，有钱未必有用，有命才有本钱。外面有多少人想杀你们不好说，你们杀了蓝胡子，起码北道上有点儿想法的马贼不会少。单是蓝胡子的手下，如今为了一个老大的位置都要吵翻天。至于谁能得手，最后还得着落到二位身上。你们待在这里，那些家伙就像嗅到血腥味的饿狼，哪里肯消停？我能护住你们一时，护不住你们一世。你们有个三长两短，别的不敢说，父王那里肯定会扒了我的皮……说到底，还是希望二位体谅我的难处，你们走了，我才好回去睡个安稳觉。"

郑吉看他一眼："你睡得着，别人未必睡得着。"

汲鸠脸色一变："什么意思？"

郑吉未答，懒洋洋道："九头鸟，古人有为富不仁之语，你这家伙便是逐客也该有个规矩，出门前连个饯行酒都没有吗？"

汲鸠见郑吉答应离开，顿时眉开眼笑："有有有，咱们焉耆别的不好说，美酒还是不缺的。铜马驿就有一种野酒，取名枣儿红。名字俗了些，味道还是极好的。当然比不上跛子徐的桑儿落，你们将就些？"

万年将大白瓜子一丢，大大咧咧道："人死卵朝天，不死万万年。枣儿红就枣儿红吧，这些天忙着杀人赶路，嘴里淡出鸟来。九头鸟，我们遂了你的意，你也别小气，搬个几百坛过来，本王子喝爽了再走。"

汲鸠目瞪口呆，几百坛？铜马驿一年酿的酒也没这个数儿啊……你大爷的，只要你们肯滚蛋，老子认了，喝不死也撑死你们！

3

汲鸠引领二人来到铜马驿一处幽深的院子。从外面看，院子与别处并无不同，打开门，两人全傻了眼。

房间大得吓人，顶饰黄金，地上铺着来自大夏的毡毯；四壁镶嵌于阗美玉，雕琢山川禽兽，形神皆备；屋柱通透，嵌明月之珠，晦明如昼；屋内锦绣绮罗，琳琅满目。又以琥珀、水晶雕琢日月，分列左右；半人高的仙鹤铜炉昼夜焚着南海沉香……

万年走过大山大水，自诩是个见过大世面的人，也被唬得一愣一愣的。不得不说，这个王八蛋不只有钱，还真的很会享受。

郑吉忽然说道："相彪当初白白放你走，肯定悔青了肠子。"

汲鸠大笑，吩咐下去，侍卫很快捧来两坛酒，都是蜂蜡封好的。又取了十几只杯子，大小不一，形制各异，皆为玉制，白若羊脂，莹如初雪。不消说，光是这套玉杯就称得上价值连城。

万年叫道："九头鸟，汉人有句话叫有雪无酒不雅，有酒无乐俗人。咱们三个虽说不是雅人，这个喝法也忒无趣了不是？"

汲鸠恍然大悟，拍手叫来数名美婢，无一不是极品。或纤瘦或丰腴或怯雨或羞云，或莺歌或燕舞或琵琶或桴鼓，像是神女踏雪而来，又似仙子从天而降。

万年觉得耳眼完全不够用，筋软骨麻，未饮先醉。

一婢丰盈窈窕，汲鸠呼来斟酒。

女子细腰款款，烟视媚行，玉手执杯，呈于郑吉三人。

酒色深红，如赤霞流珠，胭脂扬波，令人迷醉。

万年大呼好酒，酒不醉人人自醉，花不迷人人自迷。

汲鸠大笑，双手执杯让道："万年殿下，郑军侯，请！"

"干！"万年两眼放光，恨不能连杯子一齐吞下去。

郑吉举杯欲饮，星眸一凝，蓦然喝道："等等！"

万年和汲鸠面面相觑，好好的酒不让喝，这家伙又发什么疯？

郑吉凤眸微眯，看向那个女子。

那女子跪坐，双手平放在膝上，指尖相对，风情万种我见犹怜。见郑吉望来，花容突变，力贯脚趾，身子如箭矢般弹起，凌空反拧九十度，手中多出半截森寒刀锋。

汲鸠猝不及防，眼睁睁看着那柄刀刺向他的喉咙。

郑吉手中玉杯突然飞出，撞在女子持刀的手腕上。

女子筋骨齐断，如遭雷击，整个人横飞出去，将一株通红如血的大珊瑚砸得粉碎。侍卫一拥而上，把她死死按在地上。

郑吉奋袂而起，将玉杯稳稳抄在手中，枣儿红半点儿都没有洒出。

变故陡生，那些美婢吓得尖声乱叫，纷纷逃匿。

几条身影趁乱冲出，刀芒如电，朝汲鸠和万年狠狠刺下。显然行刺的不只斟酒的女子，这些婢女中还有她的同伙。

侍卫们团团护住汲鸠，短暂的交手之后，那几个女子全部被拿下。

汲鸠气得脸色铁青，居然有人要杀他，还是在他的地盘上，这些婢女不是铜马驿精心调教出来的吗？

万年如梦方醒，问道："郑军侯，你怎么看出那女子是个杀手？"

郑吉摇头道："我没看出她是杀手，却知道这酒有问题！"

汲鸠气道："酒是铜马驿自酿的，我喝了很多年都没事儿，难不成你想说我要杀你们？"

郑吉淡淡说道："九头鸟，你似乎忘了刚才那个女子要杀的是谁！"

"呃……"汲鸠脸孔涨紫，张口结舌。

也许心有不甘，他气急败坏道："你倒说说看，酒有什么问题？"

"酒在你手里，你自己有眼睛，不会看吗？"

汲鸠将玉杯放下，万年立刻凑上去，杯如雪，酒如血，哪里有问题？不，等等……酒里似乎有一抹极淡的影子，长如指甲，细如发丝，游曳如飞……难道是虫子？

万年再看自己和郑吉的杯子，什么都没有，不禁愕然，难道这次刺杀不是冲他们而来？

汲鸠咬牙切齿，恶狠狠看向斟酒女子。

那个女子惨然笑道："殿下，你别指望从我们嘴里问出什么……自从进了这间屋子，我们都已经是死人……"

下一刻，有东西从杯子里飞出，通体赤红，顷刻涨大数倍，长寸许，粟米粗细，鳞翅皆备，须眉宛然，令人恶寒。

万年眼疾手快，一剑斩去。那东西毫发无伤，嗖的一下飞回斟酒女子身上，不见了。

万年一脸骇然，像是活见了鬼。那东西莫非刀枪不入？

那女子忽然全身颤抖，狰狞如鬼，嗬嗬怪叫。

汲鸠和万年脊背生寒，侍卫们不敢上前，毛骨悚然。

工夫不大，女子寂然不动，七窍出血，面目全非。

"死了？"万年等人围上去，仔细察看。

“咦，她肚子里好像有东西……”有侍卫惊呼，众人看去，见那女子胸腹鼓起鸡蛋大一团，不断移动，像是一只盲目乱窜的老鼠。

众人不明就里，赶紧退开。

一会儿，有虫子从女子口鼻耳窍间爬出，女子肌骨迅速干瘪下去，像是身体被掏空了一样。

“呕……”汲鸠再也忍不住，连胆汁都吐了出来。

嗖，一道红光破体而出，又是那东西，比刚才又大了许多，拇指粗细，疾飞如电，朝汲鸠射过去。

“郑吉救我……”汲鸠魂飞天外，这鬼东西就认准他了，不死不休啊。

郑吉疾探两指，将那东西牢牢钳住。

汲鸠抹了一把冷汗，叫道：“把那些虫子全部弄出去，赶紧烧了！”

侍卫们七手八脚，用毡毯卷起女子尸体，连虫子一起丢到外面，一把火烧得干干净净。

汲鸠心有余悸，吼道：“我一定要查出谁想杀我，绝不会放过他！”

话音刚落，几个被擒的婢女纷纷倒下，七窍流血，状极凄惨。

汲鸠目瞪口呆，毛发直竖。

郑吉察看了她们的情况，说道：“她们来时都服下了一种奇毒，看样子没打算活着出去。”

汲鸠无奈，让人将死去的婢女全部拖出去掩埋，像困兽一般在屋子里走来走去。突然，他冲到郑吉身边，盯着还在挣扎的怪虫，两眼血红道：“这个到底是什么玩意儿？”

“如果我没有看错，它应该是蛮岭罕见的金蚕蛊。”

“金蚕蛊？那是什么鬼东西？”

“大汉之南有蛮岭，其地多巫蛊之术，养蛊便是其中之一。每年五月五日，乘阳气极盛时，聚百种剧毒之虫，大者至蛇，小者至虱，合置瓮缸中密封，令其相互吞噬。经年取出，百虫余其一，蛇则为蛇蛊，虱则为虱蛊。蛊者用以杀人，入腹内，食五脏，血尽而亡。”

万年和汲鸠相顾骇然，面如土色。

“蛮岭十三蛊，最厉害的就是金蚕蛊，不惧刀剑，不畏水火，极难灭杀，除非……”郑吉没说完，突然微咦一声。

“除非什么？”汲鸠的心再次提起来，在他心里，这种东西比虎狼还可怕，简直防不胜防。

“蛮岭之术，养蛊人与蛊虫生死一体。那女子已死，照理说金蚕蛊也该毙命才对，而它依然生机活跃……莫非下蛊者另有其人？”

“不是那女子还会是谁？难不成这只金蚕蛊是自己飞来的？”汲鸠刚说完，恨不得给自己一个大嘴巴，刚才那东西不还在飞吗？

郑吉手指一松，金蚕蛊破空飞去，杳无踪影。

汲鸠大叫道：“此等邪物不即刻杀掉，你怎么放了？”

“金蚕蛊不是谁都能杀死的。除非找到养蛊人，杀了他，金蚕蛊到时候自然会死。”

汲鸠揉着脑袋，几乎发疯。人海茫茫，到哪里找那个养蛊人？

万年幸灾乐祸：“你是九头之身，被人杀一回又死不了，怕什么？”

汲鸠气不过：“老子是被你牵连的好不好？”

“咦，这话过了啊……人家刚才要杀的明明是你，而不是本王子。要不等金蚕蛊下次飞回来，看它找谁？”

汲鸠大为恶寒，远远跳开。

他知道万年所言非虚。有人用金蚕蛊对付他，既然出了手，一次不成还会有第二次、第三次……除非找出养蛊人，不然早晚是个死。

“郑吉，你得帮我，不找出幕后黑手，杀了他，我死不瞑目。”汲鸠这时候觉得除了郑吉能够救他，简直没有一点儿活路。

万年叫道：“九头鸟，你搞错了吧？郑军侯还得送我去长安呢，老待在这里算咋回事儿？”

“要不……我跟你们一起去长安？”想想外面有一只杀人无形的金蚕蛊，汲鸠都要哭出来了。他是有钱，可钱多也砸不死那个鬼东西啊。

郑吉道：“逃避没有用，你想救自己，就得知道谁要杀你。”

“谁要杀我？我也想知道啊……”

“你真不知道？雀鹰房的谍子都是找草吃的？”

“……”

万年不解道：“这是怎么回事儿？”

郑吉抿了一口酒：“没什么新鲜的——君子无罪，怀璧其罪！”

汲鸠叹道：“钱多，再加上一个王子身份，够我死上一百回了。”

万年恍然大悟：“你那几个兄弟要杀你？”

“我做梦都不希望是他们！”

“那你还等什么？干死他们啊！”

“把他们全都杀了吗？真要那样，父王肯定第一个灭了我！”

万年乐道：“那你就等死吧，大不了和那女子一个下场！”

汲鸠不寒而栗，那种死法实在太惨，连鬼都做不成：“郑吉，咱们好歹朋友一场，你不能见死不救，无论如何得替我想个法子。”

万年翻白眼，狗日的，这会儿才想起郑吉是朋友，早干吗去了？

郑吉沉默，历代王子争储最是凶险，有几个不是人头滚滚血流成河？一不小心踏进去，生死便由不得自己。

郑吉想了想，直截了当地问道：“你的雀鹰房到底有多大？”

雀鹰房是汲鸠私下里一手打造的谍子机构，专事刺探和窃密，是他手里的秘密武器，遍布诸国，这也是他生意做这么大又一直顺风顺水的保证。

汲鸠眼珠一转："不多……也就几十号人。"

郑吉吐出三个字："王八蛋！"

万年大笑，嘴里的酒喷了汲鸠一脸。

汲鸠擦擦脸，豪气干云道："你也许知道，我的生意遍及诸国，消息就是金钱，有时候抢先一步就能决定成败，没有大批人手打听消息肯定不行。那种谍子说多了不敢，五千人是绰绰有余的。"

万年吓一跳，杯子差点儿掉在地上。

郑吉眯起凤眸："你可以去死了！"

汲鸠挠挠头，像是下了决心，正色道："你是我的救命恩人，若要害我，方才袖手旁观便是，不必多此一举。"他伸出一个指头，"五千有些虚妄，一千上下总是有的。"

郑吉脸色稍缓，其实他刚才是有意试探汲鸠，这种事情几乎是核心机密，汲鸠不肯说，那就没有往下谈的必要；如今汲鸠肯坦言相告，说明心里真不拿他当外人。

谈不上士为知己者死，连最起码的"信任"二字都做不到，浪费口水干什么？

郑吉笑道："凡事预则立，不预则废。谋定而后动，无往而不胜。此事你早有谋划，何须我多嘴？"

汲鸠急道："我把裤子都脱给你看了，你还有什么不放心？再说此地就咱们三个，没有外人，你姑妄言之，我姑妄听之，有什么不好？"

郑吉点头："记得以前读书，有句话叫君子藏器，待时而动，何不利之有？说穿了，无非守拙二字。"

“此话怎讲？”

“焉耆王子争储之事，原本不是什么大秘密。太子汲鹋和八王子汲鹓势大，广植党羽，闹得如火如荼。你超然事外，保持中立，看似无意染指王位，其实恰将自己陷于不利之境。你也是老焉耆王的儿子，有资格问鼎王位，关键你有钱，落在有心人眼里，你这种做法就不是与世无争，而是坐山观虎斗，有坐收渔利之嫌。有人这时候找上你，无非两点，一是贪图你的钱，二是抱着宁杀错不放过的想法，避免出现意外。不论养蛊人是谁指使的，你死了，汲鹋和汲鹓都乐见其成。”

汲鸠默然无语，大为信服。

万年撇嘴道：“郑军侯，我真是服了你。屁大一点儿事都能给你说出道道儿来。照我说，九头鸟有的是钱，大肆招兵买马，直接杀进员渠城，将汲鹋和汲鹓一刀剁了，自己做焉耆王，何必那么麻烦？”

汲鸠一脸黑线：“你懂个屁？钱多有用的话，老子何止做个焉耆王，做个西域王都绰绰有余。照你的话做，不等我屁股坐上那把金狮椅，脑袋就先被人砍下来当酒器。别的不讲，匈奴人那一关就不好过，日逐王那个老梆子不得让天狼骑把员渠城踏个稀巴烂？”

万年大笑：“说到日逐王，我倒想起一桩事儿。郑吉在赤谷城杀了不少匈奴铁鹰卫，日逐王恨不得将他抽筋剥皮。你和郑吉搅到一起，日逐王听到风声，非将你这只九头鸟拔毛活煮了不可。”

“煮就煮吧，以后的事儿谁也说不准，老子还是先顾眼前。郑吉，你说我下一步如何做才好？”

“还是守拙二字。想办法取得汲鹋和汲鹓的信任，在情势未明之前，不做出头鸟，不火中取栗，更不能成为汲鹋和汲鹓二人联手打击的对象。至于下一步，方略上有上、中、下三策！”

“何为三策？”汲鸠眉飞色舞，不觉把身子向前移了又移。

约莫半个时辰，郑吉才讲完。汲鸠拍手大笑：“听君一席话，胜读十年书。好，老子决定就这么干了，不为那把金狮椅，也得为你今天这番话不是？只是……”他的脸色又阴沉下来：“那个养蛊人还在，不杀了他，心里终究不踏实。”

万年半晌无语，他实在想不出一个小军侯哪来这么多谋略，汉人心思若个个如此，岂不是真的太可怕？

汲鸠高兴之余，忽然感叹道：“郑吉，你智勇兼具，文武双全，放之诸国都是难得之才，何不留下来助我以成大事？依你大才只做了个汉军小军侯，实在是委屈。”

郑吉笑道：“九头鸟，老子是看在半个朋友的分上才多了几句嘴，你又扯到哪儿去了？当我和万年还是朋友的话，就多上几坛枣儿红，光他娘的上干的，没一点儿诚意。”

万年拍腿大笑。

汲鸠揉揉鼻子，嘿嘿傻笑。才半天工夫，他也染上了郑吉的毛病。

4

黄昏时分，一队马贼围住了高墨城，扬言要乌孙王子交出扶虓，否则午夜之前血洗全城。

这帮马贼是蓝胡子手下，他们内讧了一阵儿，始终无法找出一个足以服众的人物。最后各方决定，谁杀了扶虓，谁坐蓝胡子那把椅子。于是纠集另外几股马贼围住高墨城，来碰碰运气。

汲鸠经营多年，眼线众多，蓝胡子那里自然也少不了他的人。几乎是马贼刚到高墨城下，汲鸠就把事情的来龙去脉摸了个门儿清。

汲鸠说完了情况，看向对面的郑吉："这股马贼势力不小，真拧成一股绳也不可小觑，要不把扶虓交出去？一个马贼而已，就让他们窝里斗去。"

万年嚷嚷："不管咋说，扶虓如今投靠了我，就是我的人。本王子行走江湖，当得起一个义字，把他交出去，别人怎么想？老子还真干不出这种事儿！"

汲鸠皱眉："这不是义不义气的事儿，你得会权衡利弊。真让马贼杀进来，将会生灵涂炭，满城老幼妇孺得死多少人？他们都是无辜的，不能给一个马贼陪葬。"

万年还要说，被郑吉阻止。他看向汲鸠："你们说的都有道理，扶虓不能交，也不能让马贼屠城。你刚才说这股马贼里有你的人，他的实力如何？"

"只是一般头目，没有话事权。"

"他没有话事权，你不会给他吗？"

汲鸠一怔："你想让我扶植一股马贼？"

"不是扶植，是你自己的。北道马贼众多，你能插手进去，站得稳，坐得大，那会是你手中最可怕的一把刀。你很会做生意，其中利弊得失自然比别人想得更清楚。我不相信汲鹍和汲鹓没有打过马贼的主意，成不成很难说。历来强者相争，比的不只是桌面上的东西，还要看谁手里的底牌更多。"

汲鸠如醍醐灌顶，以拳击掌道："着啊，我怎么没想到这个？咱们得好好谋划一番，送到嘴边的肉不把它吃下去，本王子还真是对不起九头鸟这三个字。"

入夜，马贼们正准备用饭，城头上忽然响起号角和鼓声。马贼以为城里守军要出击，纷纷丢掉酒肉，七手八脚爬上马，准备迎战。

结果等了好大一会儿，城门那里毫无动静，根本没人出城。马贼这才明白被骗了，骂骂咧咧下马，准备填饱肚子。

哪知道还没吃一半，城头又响起鼓角之声。

马贼们再次匆匆上马，严阵以待。

城里还是没有动静。马贼们气得直骂娘，扬言要屠了全城，连三岁孩子都不放过。

不到二更时分，城中鼓角响了四五次。马贼们饭没吃好，又累又饿，疲惫不堪。到了最后，任城里鼓角响了一次又一次，他们躺在地上，马匹扔到一边，再没有一个人肯起来。

二更时分，鼓角大震，城门突然大开，数十铁骑如旋风般杀出来。

马贼们措手不及，被焉耆骑兵冲个七零八落。人找不到马，马寻不到人，两百多马贼像没头的苍蝇乱跑乱撞。

马贼头目试图组织人手顽抗，却被突然出现的黑衣人砍落马下，成为无头鬼。有的则被“自己人”偷袭，做了糊涂鬼。

黑衣人身手利落，一击得手，飘然而去，像是不曾出现过一样。

马贼们被焉耆骑兵兜着屁股追杀了一阵，似惊弓之鸟，跑出去几十里才有人出面收拢。点检之后发现，这次行动有话事权的马贼全都留在了高墨城下，连同他们的亲信也没能逃出来。

汲鸠在城头上放声大笑，这次出击用时不到半炷香，宰了十几个马贼头目，己方仅有两人轻伤，堪称完美收官。更重要的是从此北道马贼有了他的一把刀，至于这把刀最终会砍到谁的头上，那得看他的心情。

回到铜马驿，汲鸠没有找到郑吉。

问了万年才知道郑吉坐在房顶上陪着苏子姑娘，喝酒看星星。

汲鸠大为佩服，又让人送去几坛好酒。没说的，能想得出这种妙计的人的确有资格陪苏仙子看星星。

5

听说马贼围城，很多人都惊慌失措。苏子反倒最清闲，有郑吉在身边，她就会有一种莫名的心安。

大漠的星光特别明亮，整个星空倒扣在头顶，每一颗星星似乎都触手可及。天幕蓝得醉人，那种浩瀚无垠和神秘幽邃，就像面对最深不可测的大海，让人感到极度渺小，又莫名生出几分豪气。

苏子纤手执箫，呜呜吹奏。

大漠风起，衣袂飘摇如雪飞，像是传说中的昆仑神女御风而降。

郑吉坐在屋顶上，看着广袤星空，有一搭没一搭地喝着酒，不知想些什么。

不知过了多久，苏子停箫转身，柔声道："郑公子……"

"叫我郑吉就行，我们认识时间也不短了，算得上朋友，公子二字实在疏远。"

"那我以后就不客气了……叫你郑大哥？"

"你高兴叫什么都行！我直呼你苏子，你不也没觉得唐突吗？"

苏子又笑，坐到郑吉身边，望着无边的星空："长这么大，我还是第一次走这么远的路，以前真是不敢想呢。不是和郑大哥一起，恐怕我这辈子都不敢踏出赤谷城半步，更遑论送师父的骨灰归葬江南！不管怎么说，苏子心里都是感激郑大哥的。”

“我也没做什么，不过陪你走一段路罢了。我家也在江南，这次回长安若是有机会，一定和你一起回去看看。江南啊，草长莺飞梅子雨肥，一眨眼都离开好几年了呢……”想起江南老家，郑吉眸子里泛起点点星光。

“真的？”苏子大喜过望。万里赴江南，人生地不熟，身边只有一个比她更小的蝉衣，背地里不知忐忑了多少回。有郑吉一路同行就好了，这个想法在心里千回百转，却开不了口。如今郑吉自己提出来，她怎能不欣喜欲狂？

“当然……”郑吉突然想到什么，眸子一下黯淡下去，仰起头，狠狠灌了两口酒，结果给呛得咳嗽起来。

他率二十四骑西出玉门，奉命护送大宛公主回国。如今孑然一身东归，昔日袍泽却悉数埋骨大漠。于军法，一个失军当斩是跑不掉的。于他，戎马驱驰，身不由己，答应苏子的事情能做到吗？

他不怕死，只是不忍让苏子失望。

“郑大哥，你怎么啦？”

“我没事……哦，对了，苏子，有个东西送你！”郑吉从怀里取出沉鸦剑，笑道，“这把剑不错，好不容易从万年王子那里骗过来，你拿着吧。一个女孩子行走在外，没个东西防身是万万不行的。”

“我……”苏子原想推辞，心思一转爽快接过来，欢天喜地道，“谢谢郑大哥！以后我天天带着它，谁惹了我，就毫不犹豫捅他一剑。有了这把沉鸦剑，就跟郑大哥在我身边一样，谁也不怕！”

郑吉大笑：“真是孩子话！兵者凶器也，岂能乱用？壮个胆儿以防万一罢了，我倒是希望你一辈子都不会用到它。”

“嗯，我听你的，不到万一绝不拿它出来。”苏子乖巧点头，将沉鸦剑紧紧拿在手里，视若珍宝。这是郑吉送她的第一个礼物，意义非凡，能不珍惜？

“郑大哥，你的家乡……江南很美吗？”

“嗯！”郑吉微微眯起眼睛，眸光闪亮，“那里水很多，风是绿的，雨也是绿的。雨打江南树，一夜花无数。雨一落，便如水墨洇湿，烟岚漫野。杨柳依依，叶底黄鹂，风起香细细，不知谁家梅花又飞入了笛声里……”

似乎喝醉了，郑吉用家乡俚语哼起了小曲儿。苏子听不懂，但她以为这是她此生听过的最美的曲子，就像江南的雨，一直淋湿到心底。

郑吉忽然笑起来：“到了江南，苏子你千万不能错过我们那儿的梅子酒，喝一口，保证你一辈子都走不出江南烟雨……比起它，这铜马驿的枣儿红真不能叫酒，比马尿还不如。”

苏子捂住小嘴，细眉如月，花枝乱颤。

“咳咳……”郑吉意识到刚才的话不妥，老脸一红，赶紧转过头去，狠狠灌了一口酒。在仙子一样的苏子姑娘面前如此粗鄙不雅，真该从屋顶上跳下去啊。

还别说，真有人从房顶跳了下去，黑衣蒙面如一道幽灵，飘进万年的屋子。

郑吉似乎没看到那个纤瘦黑影，连姿势都没变，依旧慢慢喝酒。

苏子有些担心，轻声提醒：“郑大哥……”

“不用担心。这世间有很多东西都说不清楚，走着走着散了，看着看着厌了，打着打着好了。有些人有些事儿还真是管不了，不如继续看星星来得省心。”

苏子没说话，一双漂亮的大眼睛盯着郑吉。有一天我们也会这样吗？走着走着散了……不，郑大哥，如果真的走散，我会一直在原地等你，永远都不离开！

6

下面响起打斗声和女子的怒叱声，那个纤瘦黑影重新出现，被十几个亲卫团团围在当中，金铁交鸣，火星四溅，十分激烈。

万年从屋子里出来，捂着胳膊脸色铁青，显然吃了个小亏：“吴半夏，你这个疯婆子，屡次刺杀本王子，真以为我不会杀你吗？”

吴半夏也不说话，提刀发了疯似的劈砍，妄图杀出一条血路。

她如今的实力大大下降，比起当初驰名江湖的铜琵琶，不可同日而语。在十几个江湖好手的围攻下显得左支右绌，何况还有一个威震河朔的青蚨剑客冯大侠在旁边虎视眈眈？

见女子屡屡遇险生死一线，万年叹了一口气：“不要打了，放她走吧。”

亲卫们没有愕然，也没谁质疑，纷纷撤剑让路。这事儿都干了三四回了，称得上轻车熟路。

这次吴半夏没有走，将刀一扔，冷冷道：“我杀不了你，也不需要你假惺惺的怜悯——杀了我吧！”

万年没有生气，反而笑道：“半夏姑娘，你得想清楚，是你一直要杀我，我没说过要杀你啊。”

吴半夏木然，然后捡起刀转身离开。

万年在后面叫道：“半夏姑娘，你去哪里？”

吴半夏连头都不回："要你管？"

"呃……我是说外面冷，你衣衫单薄身上有伤，不如暂且留下取个暖，吃些东西……明天伤好一些，再来杀我如何？"

众人大跌眼镜，冯无疾嘴角连连抽搐。

吴半夏脚步踉跄一下，咬咬牙继续走。到了门前却又转过身来，冷着脸问道："给我一间屋子，我要喝最好的酒，吃最好的牛肉！"

万年大笑："悉听尊便！半夏姑娘愿意的话，本王子把整个铜马驿送给你又如何？"

汲鸠正好赶到，大怒道："老子管你白吃白住，你还惦记老子的铜马驿，有没有天理？你个见色忘义吃相难看的王八羔子！"

万年揉揉鼻子，讪讪道："九头鸟，兄弟如手足妻子如衣服，咱们是好兄弟，分什么你我？这么说就过了啊。"

汲鸠瞪视他半晌，吐出三个字："你大爷！"

第二天天亮，众人整装出发，吴半夏也从屋里走出来。

万年走到郑吉面前，踌躇半晌："有个小事儿想和你说一下。"

郑吉连头都没回："小事儿？"

"小……小事儿！"

"关于那个女子的？"

"我和她谈了，她如今无处可去，爷爷死了，又没办法回红叶楼复命。我想让她跟咱们一起走，也许能避过红叶楼的追杀。"

郑吉转身看向有些手足无措的万年："真的想好了？"

万年挠挠头，又点点头。

郑吉笑道："一个女杀手而已，屁大点事儿！你要留便留，要杀便杀，有什么难为情的？"

万年愕然："你真的同意？似乎和想象中的情形不太一样啊。"

"有什么不一样？抛开乌孙王子的身份不谈，你也是一个男人，龙精虎猛，血气方刚，有喜欢的姑娘很正常。喜欢她就要好好呵护，不用管她是杀手还是别的什么人。我负责把你送到长安，不会阻止你做一个男人该做的事儿。”

万年眸子闪亮，第一次没了平日的玩世不恭：“郑吉，谢谢你！”

郑吉笑着说：“我不会和你讲道理，有些事你未必比我懂得少。想了想，其实还是有句话要说，不是所有的酒都是桑儿落，也不是每坛桑儿落都是你想要的那个味道。凡事往好处想，择宽处行，但也要有最坏的准备。被人抹了脖子，再好的酒都是枉然。”

“这个我晓得，一定会小心的……”万年没把郑吉的话往深处想，兴冲冲跑向吴半夏那边。

吴半夏收回目光，一张俏脸藏在兜帽的阴影里，看不清表情。

冯无疾牵马过来，无奈道：“殿下非要带上那个女子，我不觉得这是个好主意。”

郑吉看他一眼：“子非鱼，安知鱼之乐？”

冯无疾一怔：“子非我，安知我不知鱼之乐？”

郑吉大笑，这两句话是《庄子·秋水》中庄子和惠子的对答，被两人随手拈来，倒也切合眼前情境。

万年喜不自胜，等吴半夏上了马，又指派几个亲卫照顾她，格外上心。

郑吉收回目光：“世间事如人饮水，冷暖自知。殿下觉得好便好，我们只要把他平安送往长安，有些事无须多言。”

冯无疾苦笑：“只好如此了！但愿不要有什么事情才好。”

汲鸠兴冲冲跑过来：“郑吉，我想好了，你得跟我一起走。”

“为何？”

“由此往东要经过焉耆二城，出了焉耆就是日逐王的金帐王庭。

你和万年王子的行踪早已不是什么秘密，匈奴人恐怕不会放过这个好机会。在焉耆之外我也许护不住你们，但只要你们还在焉耆的土地上，我这张老脸总还有几分用处。最不济也能让你们少些麻烦不是？”

万年策马过来，嗤笑道：“九头鸟，你说得慷慨激昂，其实是怕了那只金蚕蛊，故意黏着我们吧？再说了，有人敢在铜马驿里杀你，你这张脸恐怕不好使。”

汲鸠大怒：“万年你个王八蛋屡屡跟我作对，信不信我做了你？”

“哎哟喂！”万年跳下马，拍拍汲鸠的脑袋，“九头鸟，长本事啦？这小体格儿也敢撂狠话，我都服了你。要不要我把你九个鸟头一个一个都拧下来？”

“王八羔子！”汲鸠毕竟是一国王子，被万年这么羞辱也撑不住了，两眼通红，拔刀砍向万年，竟是不死不休的架势。

万年猝不及防，闪得慢了一点儿，胳膊被刀锋划开一条口子，鲜血长流，顿时勃然大怒：“九头鸟，你敢来真的。我剁了你的鸟头！”

一剑劈面斩下，风起云涌，杀气裂肤，众人全都傻了眼。

这俩货都是什么人哪？刚才还称兄道弟，转眼就是刀光剑影，做人做到这个份上，也真是没谁了。

汲鸠脑子好使，手上功夫差得可怜。和万年比，真是不够看。

万年这一剑下去，汲鸠想不死都难。可这里是高墨城，哪怕万年是乌孙王子，杀了汲鸠，插翅都飞不了。

幸亏冯无疾眼疾手快，格开了万年的长剑。饶是如此，剑刃还是将汲鸠的肩头砍开一条血口，几可见骨。

汲鸠疼得嗷嗷直叫，被扈从抢回去，一边大骂，一边逃之夭夭。

事情发展到这一步，众人都面面相觑。在高墨城里伤了汲鸠王子，算是咋回事儿？焉耆人报复下来，他们该怎么办？

万年虽然在气头上，脑子还算冷静，叫道：“都还愣着干什么？赶紧跑啊。被汲鸠那个王八羔子堵到城里，咱们不死也得扒层皮！”

众人无语，你这会儿才知道害怕，刚才抽什么羊角风呢？人家汲鸠王子好心好意和咱们同行，你不领情也就罢了，还差点儿剁了人家，什么玩意儿！

7

万年王子一行匆匆出城，铜马驿这档烂事儿很快传开。不是万年等人跑得快，真会给义愤填膺的高墨人撕个稀巴烂。

几只鸽子从城里飞起，很快消失在万里云天。

两个时辰后，一辆帷车驶出铜马驿，在三十多个扈从的簇拥下出了高墨城。毫无疑问，车里躺的是负伤的汲鸠王子。高墨人个个咬牙切齿，大骂那个忘恩负义猪狗不如的乌孙王子。

又有鸽子从城里飞起，飞向员渠城方向。

有伤在身，汲鸠王子一行走得不快，第二天日落时分才走到离高墨城不足二百里的野人沟。

野人沟里有没有野人不好说，反正这一带山高林密，的确是个剪径的好地方。历来行商走北道，哪怕人手众多也不敢在日落后穿过野人沟。

进出野人沟只有一条路。

一块半人多高的大石头挡在路中心，石头上坐着一个人，衣衫褴褛，像是萨满神师的法衣。头发蓬乱，一个青铜鬼脸遮住了大半个脸孔。手里拿了一只酒葫芦，不时仰头喝上一口。两条腿悬在半空，不停晃荡，完全不把三十多个焉耆侍卫放到眼里。

“什么人？”两名扈从策马挥刀冲上去。在野人沟敢用大石头挡路又这么古怪的家伙，用脚心也能猜出不是什么好鸟。

马如奔雷刀似闪电，两个扈从也是狠茬子，想一刀结果了对方。

未及冲到跟前，那两个扈从像是中了邪一般，忽然从马上滚落下来，声似鬼嚎，满地打滚，疼得死去活来。

一众侍卫全都傻了眼。

须臾之间，那两人寂然不动，有密密麻麻的黑色甲虫从他们口鼻中爬出，尸体迅速干瘪下去，只剩下空荡荡的青铜甲衣。

“蛊虫……你是那个养蛊人？”见识过铜马驿那一幕，这帮扈从哪里还不明白碰到了什么人？惊骇欲绝，纷纷后退。

他们不怕死，哪怕面前有千军万马也会毫不犹豫冲上去。可碰到这种比鬼魅还可怕的蛊虫，他们有一种极度的无力感，勇气就像竹筛里的水，很快漏得一干二净。

这时，一声哨音突兀响起，霎时，从野人沟两侧的山岩巨树后钻出数十个精壮汉子，张弓搭箭，显然要将汲鸠等人一网打尽。

“不好！有埋伏！”那些扈从赶紧从马背上滚下来，寻找藏身之处。对方居高临下，他们若还骑在马上，就会成为对方的活靶子。

“嗖嗖嗖”，箭如飞蝗落下。

几个躲避不及的扈从眨眼间变成人形刺猬，惨叫着倒下去。

剩下的人不甘束手待毙，逆着山坡攻上去，与对方搅杀在一起，两侧山坡上响起野兽般的嘶吼声。

扈从们全都跑光，道路中央只剩下那辆孤零零的帷车。

鬼面人又喝了一口酒，抛掉葫芦，拍拍手从大石头上跳下来。

“汲鸠殿下，我是蛮岭奉魄，万里迢迢来寻你，你都不肯出来见我一面吗？”

帷车里死一般寂静。

鬼面人走近帷车大笑道：“汲鸠殿下，你的人都快死光了，你打算在车里躲到什么时候？来来来，奉上你的头颅，让我的蚕儿好好饱餐一顿。它吃过公主，香嫩可口。至于王子，加上你正好十个呢。”

帷车里还是没有动静。

鬼面人疑窦顿生，刚要放出金蚕蛊试探一下，忽然从车下射出两道人影，两柄寒光闪闪的半月弯刀斩向鬼面人。

“萤火也敢与皓月争辉，不自量力！”鬼面人轻蔑一笑，右拳疾出，后发先至，如同熊罴捶大木，将一个扈从打得倒飞而回。

那人口吐鲜血，全身骨头爆裂如豆，竟是一拳毙命。

另一个扈从刀砍到中途，喉咙被一只大手攥住，再也动弹不得。然后他看到鬼面人半张脸露出诡异的笑容，五指慢慢收紧，令人牙酸的骨碎声响起，他的脖子生生被人扭断。

鬼面人不只是个蛊术高手，还是一位武技大宗师。

“殿下，你好大的架子，非得让我的金蚕儿请你下车吗？”鬼面人桀桀笑着，一道红光从手心里飞出，射进帷车。

帷幔无风自动，一抹银芒从帷后掠出，初细如线，继而像大星垂野，神岳崩摧九州陆沉，一柄环首刀劈在鬼面人身上。

刀名重渊，昆仑金精所铸，汉刀八祖之一。

半边身子被斩掉，青铜鬼面滚落，露出一张真正的鬼脸——半边白皙如玉，半边漆黑如墨。

鬼面人倒在血泊中，纵有一身骇世武功也枉然，瞪大双眼死死瞪着那个从车里钻出来的伟岸身影。

“你不是焉耆王子，你是那个汉人小军侯……原来铜马驿火并是你的诡计，我早该想到的……”鬼面人知道上了当，悲愤莫名。

郑吉收刀入鞘，双指捻动，将那只金蚕蛊生生捻碎：“雀鹰房的消息还是准确的。我等了你两天，你真沉得住气。身为南越十二巫祝之一，你奉魄本该有享不尽的荣华富贵，偏偏跑到西域大漠来搅风弄雨，真是死不足惜！”

“呯”，奉魄清晰听到了心脏的爆裂声。半边身子被斩掉，他犹可利用秘法苟延残喘。本命蛊一死，他再想活比登天都难。

奉魄完全绝望，双眸血红：“郑吉，我以祖巫的名义诅咒你……”

不等奉魄说完，郑吉一脚将他的脑袋踏得稀烂：“一只恶心的虫子而已，凭你也配说诅咒二字！”

山坡上的恶战接近尾声，对方被全歼，汲鸠的亲卫死了三分之二，还活着的人人带伤，算是惨胜。

此刻，万年一行被呼啸而来的匈奴天狼骑包围，带队的正是乌氏胤。

当初，乌氏胤被龟兹王子相飑抓住。相飑到底没敢杀了他，而是将他逐出了白马城。

乌氏胤看到人群里身穿汉人服装的汲鸠，知道中了计，用刀指着笑得像花骨朵儿似的汲鸠，气得直哆嗦，恨不得将他那张脸当场捶烂。

他此行奉令擒杀汉人郑吉，却不能奈何万年和汲鸠半分。

天狼骑来得快去得也快，烟尘滚滚骤然而逝。

汲鸠大笑，不小心牵动肩膀，疼得“哎哟”一声：“万年你个王八羔子，事先说好的苦肉计，你还真砍啊，老子差点儿死翘翘！”

万年看着汲鸠龇牙咧嘴的模样，再想想乌氏胤那张臭脸，双拳捶地，笑出两眼泪花子。

汲鸠大怒：“你还笑……乌氏胤扑了个空，绝不肯罢休，我们得赶紧想个法子才行。”

万年一边擦眼泪，一边摆手道：“哎哟喂，笑死我了……你让我再笑会儿，真的停不下来……哎哟喂，本王子笑死了……”

众人全都白眼，这个乌孙王子真是个……活宝。

万年好不容易笑够了，两手叉腰说道：“郑吉临走时交代过，让我们不用管他，直接赶去危须城，他到时在那里与咱们会合。”

众人心情沉重，郑吉以身诱敌，而对方是那个防不胜防的蛮岭养蛊人啊。

苏子攥紧沉鸦剑，眼望来路默默念叨：“郑大哥，你吉人天相，一定会平安归来的，对不对？”

一路之上，吴半夏始终将脸藏在兜帽里，有意无意与众人拉开一段距离，连半句话都不肯说。

万年倒是有足够的耐心，不时给她送水送吃的，还没话找话，大肆吹嘘闯荡江湖的经历，把自己塑造成仗剑大杀四方的无敌大侠。

几个跟随万年游历诸国的扈从都别过脸去，手扶额头，不忍卒听。

殿下哎，当年咱们在西夜国偷了兀朵儿公主一条裤子，被人家追杀八百里，差点儿尿崩，那种气吞山河的壮举咋不听你提呢？

吴半夏面无表情，不说信，也不说不信。

郑吉不在这里，可她知道背后还有一把剑虎视眈眈，虽不如青蚨剑可怕，依然能够要她的命——当初被郑吉一刀劈碎铜琵琶，她受伤太重，一身功夫剩下不足六成，否则依她的性子，岂会看姓冯的脸色？

以她如今的状态独自走出大漠根本就是奢望，只有暂时托庇于这个乌孙王子，走一步算一步了。

她不惧郑吉，不怕冯无疾，却担心不知道什么时候出现的红叶楼同行。一入红叶楼，终生是杀手，想离开这一行谈何容易？

郑吉收拢人员，掩埋了死去的同伴，安排剩下的扈从先回员渠城养伤，身边只留下一个伤势较轻、熟悉地形的亲卫。

此人名叫树下麃，是跟随汲鸠多年的心腹。

郑吉没有循原路去追万年等人，而是让树下麃带路，专拣人迹罕至的地方走。凭直觉，他知道匈奴人肯定在前方某个地方张网以待，好汉不吃眼前亏，他匹马单刀，目前还没有和天狼骑掰腕子的本钱。

多亏他们够机警，一路上避开好几处匈奴眼线，算是有惊无险。

当太阳第五次升起之时，他们进入了一条水草丰茂的河谷。极目远眺，河水如带，驼马如云。树下麃说，前面不远就是危须城。

第十章　危须狼烟起

1

危须城是危须国的都城，在焉耆国东北方向，南濒西海，万里碧波，鱼鸟无数。与焉耆国和东邻的车师国相比，危须国算是一个袖珍小国，全国仅七百户，人口不足五千人，夹在两个大国之间，战战兢兢如履薄冰。

危须河谷是进出北道的必经之地，有“西域咽喉”之称，鱼盐之利富甲诸国。源源不断的驼商给该国带来了滚滚财富，也将它推到了风口浪尖上。不只周边各国都垂涎这块肥肉，匈奴人更是早早盯住了这里，将童仆都尉府建在附近，日逐王亲自坐镇，天狼骑鹰视狼顾，震慑整个西域。

郑吉和树下麃乔装打扮成两个保镖，随同一支商队进了危须城。

危须国久慕汉风，城中建筑多仿汉地长安风格，或泥夯或木架，丹柱飞檐，云纹瓦当，穿斗井干，虽无恢宏之象，却有朴拙之美。

入了城，打听万年王子的去向，才知道万年等人成了危须太子的贵宾，住进了豪奢华丽的太子府。

危须太子名叫危佑，是危须国的击胡侯，权势仅在危须王之下。

太子没有住在王宫，而是开府治事，这一点近似汉制，和西域其他国家不同。汲鸠和危佑是莫逆之交，来到危须城，除了太子府，其他地方肯定不会考虑。

太子府很好找，满大街随便问一个人都能说出太子府门前那对石狮子有多大。

郑吉没有急着赶去太子府，而是和树下麃在城里漫无目的地闲逛，直到确定没人盯梢，才转往太子府方向。

太子府在东城，与王宫隔了数条街，这一带商铺林立，贵宦行商熙来攘往，结驷连骑，极是繁华。

贵芝坊是危须城赫赫有名的药行，门前的石狮子高大威猛。狮子下面蜷缩着一个四岁左右的小女孩，衣袍褴褛，小脸脏兮兮的，一双鹿皮小靴子不知道穿了多久，前面破了两个大洞，露出满是泥垢的小脚趾。头戴一顶小破帽，一双眼睛黑亮如宝石。

“小叫花子，你又来了，找死不成？”一个药行伙计从门里奔出来，凶神恶煞地吼道。

小女娃满脸惊惶地站起来蹒跚跑开，结果还是被那伙计踹了一脚，骨碌碌滚到了街心里。

没等小女孩从地上爬起来，一头半人高的凶猛獒犬闪电般扑上来，吼声如雷，张开血盆大口，露出半尺多长的惨白獠牙，朝小女孩的脖子咬过去。

街上的人看到这一幕全都吓傻了，这么大的獒犬他们还是第一次见到，很可能是来自于西羌大雪山的神獒。这种神獒虎面狮头，极为凶猛，能与虎豹熊罴搏斗而不落下风。一个三四岁的小女娃恐怕都不够它塞牙缝儿。

众人见惨剧不可避免，都大声惊呼。这时，一只拳头蓦然出现，山崩海沸，仿佛开天辟地它就等在那里，如神人擂天鼓，将神獒打得倒飞出去。

那头凶獒滚落到三丈开外，抽搐惨嚎几下就咽了气。

众人定睛看去，街心多了一个高大汉子，凤眸虬髯，神威自成。他弯腰将小女娃抱起来，唯恐粗手大脚弄疼了孩子。动作之温柔与刚才那一拳的霸道判若两人。

一拳打死神獒，这得多大的力气？众人都瞪圆了眼睛，咋舌不已。须知这种獒犬比野兽还凶猛，普通三五个汉子都近不了它的身。也有人把它用到战阵上，凶似虎狼奔跑如风，抵得上一支剽悍的骑兵。它以人尸为食，所向无敌，令敌人闻风丧胆。

直到这个时候，小女娃才想起害怕，小嘴一撇就要哭。

汉子柔声道："好孩子，别怕，没事儿了。"

小女孩很听话，搂紧汉子，生生忍住就要滚下来的泪珠儿。

十几个全副武装的扈从策马如旋风般奔来，一辆华丽的辇车和几头凶猛的獒犬紧随其后，根本无视大街上的行人，一路横冲直撞，吓得众人纷纷走避。不说被辇车撞上没命，就是被那几头獒犬扑倒，顷刻间也是尸骨无存。

"我的神獒！"不等车子停稳，一个服饰华丽的年轻人从车上冲下来，三步并作两步奔到死去的大獒跟前，凄厉长号如丧考妣。

十几个扈从下马，刀出鞘，弩上弦，团团围住那个汉子。只待主子一声令下，他们就将汉子与小女娃一起活活剁了喂狗。

华服青年放下獒尸，双眼血红，惨号如狼。他转身扑过来，从侍卫手中夺过一把刀，指着虬髯汉子咬牙切齿道："你个低贱的奴隶，竟敢杀我的神獒，本王子一刀杀了你都是轻的。我要把你熬成人油，做长明灯，让你在地下陪我的神獒一百年！”

听到华服男子恶毒的诅咒，大街两旁众人无不变色。

有人说：“可惜了一条好汉，偏碰上有小人屠之称的车师王子盘焱，恐怕难以幸免。”

有人恨恨道：“盘焱那个浑蛋以杀人为乐，听说光是每年被那几头猛獒生撕活吞的就不下两百人。这个浑蛋坐镇毗邻危须城的车师国兜毗城，手里有一支豺狼般的骑兵，一直对危须城虎视眈眈。经常以牧马为名，带兵剽掠危须河谷，抢劫财帛马驼。凡被他抓走的危须人要么做了奴隶，要么被他喂了獒犬，一个都别想活着出来。”

又有人愤愤道：“危须国也真是窝囊，任由盘焱放马城外，筑京观，猎人头，伤天害理，国王和太子连个屁都不敢放，咱们小百姓还有什么活头儿？最可恨的是盘焱这厮在城外祸害还不够，还敢大摇大摆闯进危须城作恶，真是不把危须国放在眼里啊。”

一老者叹道：“你们不懂！不是危须国窝囊，而是盘焱刻意要夺了危须城，苦于找不到借口。危须国上下一直忍辱负重，就是不想给他这个机会，以至于让整个危须城变成覆巢之卵。盘焱欲亡危须之心昭然若揭啊。”

“这样下去也不是办法啊，盘焱得寸进尺步步紧逼，早晚将危须城吞下去，连骨头都不会剩下一根。还不如现在和他拼个你死我活，哪怕闹个玉石俱焚也不能便宜了他！”

“玉石俱焚？你说得轻巧！且不说盘焱身后有车师国的千军万马，他这么明目张胆马踏危须河谷，肯定得到了匈奴人的默许。天狼骑就在附近，你觉得西域诸国谁敢跟日逐王叫板？”

众人不再说话，有匈奴人撑腰，盘焱还会忌惮谁？看来危须国被车师国吞并不可避免，只争来早与来迟。

2

虬髯汉子将小女娃交给街边脸色晦暗的同伴，看向盘猋："在你眼里，人命不如狗，看来道理是讲不通了，咱们要不要换个方式？"

盘猋杀人如麻，从来没见过在他面前还能这么镇定的人，气极反笑："你个不知死活的东西，还敢跟我这么说话。好，本王子就陪你好好玩一玩。"他后退几步，朝如狼似虎的扈从吼道，"别把他弄死，先砍了四肢挖掉双眼，做成人彘投到酒瓮里，让他尝一尝求生不得求死不能的骨醉之刑。"

"这个主意不错，我赞成！"虬髯汉子凤眸森冷，从马鞍上摘下一柄刀，环首直刃。刀鞘更简单，用布条裹了两根长木片。

刀名吞雪，沙场百战，饮血十斗。

"环首刀？"盘猋一怔，随即释然。环首刀为汉军制式武器，锋利无比。自南北两道通商以来，这种刀也流入西域，诸国武人佩此刀者并不鲜见。

"杀！"不待盘猋下令。扈从们邀功心切，齐齐持刀扑了上来。这样反倒让虬髯汉子轻松不少，若是扈从们弃刀用弩，一轮箭雨疾射下来，还真是麻烦。

虬髯汉子大笑，脊椎骨节节炸起，气机流转如大河，脚跟狠狠蹬出，坚硬地面陷落寸许深，一手倒拖吞雪刀，如一头人形暴龙直撞出去。沙石飞扬，地动山摇。

我有一刀，斩尽人间不平事，虽千万人吾往矣。

众人无不骇然。

一刀之下，当面两个扈从直接被劈飞，刀断人亡，血肉横飞。

几乎同时，虬髯汉子左手疾探，抓住一个扈从如风车般抡起，砸向场外暴跳如雷的盘焱。众扈从不敢硬接，乱刀斩下，将那个同伴剁成了肉泥。

须臾之间，手下被人宰了好几个。盘焱惊骇欲绝，别人不知道，他心里最清楚。这些手下都是他千挑万选出来的，不惜重金打造，随便哪一个都是勇冠三军的人物，结果给一个名不见经传的家伙杀得人仰马翻，他真是死的心都有。难道今早出门踩了狗屎？大声号叫道：“杀了他！他是恶魔，快用弩箭射死他！”

一语惊醒梦中人，剩下的扈从纷纷摘下弓弩，就要攒射。正在这时，一支长箭破空飞来，箭羽剧烈摩擦发出凄厉的尖啸，直奔盘焱的咽喉。

众扈从拼死来救，箭矢贯穿一人喉咙，余势不减又射进第二人的额头。两具尸体仆地而倒，盘焱面无人色，大腿一热，竟尿湿了裤子。

虎蛮出现在屋顶，奔跳如飞，弦声如雷，每一箭都不偏不倚贯穿一头獒犬的咽喉，将它们钉死在地上。

虎蛮深知神獒的可怕。这种来自西羌大雪山的獒犬比虎豹还凶猛，一旦见了血，绝不是三五个人能够对付的。所以先将清除的目标锁定到几头獒犬身上。

街道那头蹄声如雷，十几个背剑汉子策马狂奔而来，也不废话，朝着那帮扈从搂头就剁，肢残血飞，鬼哭狼嚎。

盘焱这边失了气势，又被背剑人冲杀一阵子，还活着的三成都不到。

万年骑马慢腾腾赶过来，看看被一众亲卫围住的盘猋，呵呵笑道：“这就是小人屠盘猋王子？在危须城里公然杀人，胆子不小嘛。”

万年出现在这里并非偶然，他早派了人在附近等着郑吉。只是郑吉和树下麃改了装扮，那些人一时没能认出来。这边争执一起，亲卫们想认不出郑吉都难。认不了人，还认不出紫皂马和那柄吞雪刀吗？

万年听说郑吉和盘猋起了冲突，二话没说，直接带人杀了过来。车师国再牛还能大得过乌孙？要说揍人的本事，放眼西域诸国，他万年自认第二，没人敢称第一。

盘猋虎死不倒架，指着万年的鼻子骂道：“狗东西，敢在太岁头上动土，信不信出不了危须城，本王子就让人活埋了你？”

万年一向跋扈惯了，何曾被人这样骂过？嘿嘿冷笑一阵，挥挥手，十几个亲卫一拥而上，将盘猋幸存的扈从嘁里咔嚓全都剁死，又把盘猋拖到万年跟前一顿乱踹。

万年用大脚板踩住盘猋肿成猪头的脸，笑道：“小人屠，你不是要活埋我吗？倒是埋一个让本王子看看！”

盘猋口鼻蹿血：“到底是谁？”

万年一剑拍在他脸上：“乌孙王子万年，这个名字你听说过吗？”

“万年王子？”盘猋的心一下凉了半截儿，且不说车师国与大乌孙相比有霄壤之别，单是这个乌孙王子万年就是个出了名的混世魔王，连人屠泥靡都敢射杀，胆子比天小多少？他这个小人屠在对方眼里什么都不是！

“既知吾名，死了也不算委屈你！”万年行走江湖，深知打虎不死反受其害的道理，一国王子落到这步田地，除非死了，否则肯定会疯狂报复。他当然不肯给盘猋这个机会，决定先宰了这个浑蛋再说。

“万年殿下，剑下留人！”危佑和汲鸠关键时刻赶到，救下盘猋。

危佑恨极了盘猋，又不得不出面相救。若是任由盘猋死在这里，恐怕不出旬日，车师国的马蹄就会踏平危须城。他和汲鸠在府里议事，闻讯赶来时场面已经无法收拾，所幸救了盘猋一命。

危佑将盘猋接进太子府，好生养息，又派人厚葬死去的车师扈从，连那几头獒犬都给予了高规格的安葬。

满城之人无不叹息。

3

进了府，盘猋一言不发，数次将危佑派去的御医打出门，当天夜里在一群神秘黑衣人的接应下悄然离去。危佑并未阻拦，一个烫手的山芋拿在手里，捂也不是扔也不是，真的很难啊。

依万年的性子，早宰了盘猋八回不止。他还是晓得危佑难处的，除了闷头喝酒，也不好说什么。只是悄悄派人闯到贵芝坊，将药行砸了个稀巴烂，又把那个肇事的药行伙计用鞭子抽得只剩一口气。

小女孩被郑吉带进了太子府，洗过澡，换了一身新衣服，虽瘦弱却精神许多。尤其那双黑溜溜的大眼睛好像会说话似的，分外机灵。

苏子将小女孩抱到膝上，柔声问道：“你叫什么名字？”

“乌珠儿！”

“名字很好听。你的家人呢？”

“都死了……一天夜里有人闯进来杀了姆卡（妈妈）和阿瓦（爸爸），阿牧将我藏在了柴草堆里。后来他也死了，就在草堆外，流了好多血。”

“阿牧是谁？”

“奶娘的儿子啊。”

“你为何总爱去药行？”

“我没地方去啊……那里是我以前的家。”

乌珠儿讲了好多，因为年纪太小，情节断断续续模糊不清，郑吉只能听出个大概。大约半年以前，有人将乌珠儿家灭了门，唯有乌珠儿侥幸活了下来。一个三四岁的孩子啊，无家可归才回到了以前的家门口偷偷躲在石狮子那里，结果差点儿被獒犬咬死。漫长的冬天就要来临，她怎么熬得过去啊？

苏子把乌珠儿紧紧搂在怀里，眼眶红红的。

乌珠儿乖巧道：“阿依拉（姐姐），不要难过。我已经为阿瓦和姆卡哭过了，也去神庙那里磕了头。守门的独眼巫师不让我进去，我趁他不注意在门外磕了几个头，保佑姆卡和阿瓦在天上快快乐乐。他们也会在天上看着乌珠儿的，这样的话我在夜里就不怕黑了。”

苏子止不住眼泪：“乌珠儿乖，阿依拉不哭……乌珠儿是个懂事的好孩子，姆卡和阿瓦一定会保佑你的。”

危佑扼腕叹息。这个灭门惨案就发生在他的眼皮子底下，到现在都过去了大半年，他都没查出幕后黑手，太子做到这个份儿上真是愧对满城黎庶啊。

汲鸠道：“不用查了，凶手就是车师国王子盘猋！”

危佑大惊：“不可能！怎么会是他？”

“这是我刚收到的消息。还有，你这座太子府门前的大街上至少有七家铺子是盘猋的眼线，你不会真的一无所知吧？”

危佑的脸色黑下来，他知道城里有盘猋的眼线，但数目如此之多，还敢明目张胆地钻到他眼皮子底下，的确令他意想不到。看来不只他，整个危须国的谍子都出了大问题。

危佑霎时出了一身冷汗。

汲鸠示意苏子和蝉衣将乌珠儿带下去，摸着髭须道："乌珠儿的母亲其实没有死。"

"没有死？她在哪里？"这次不只危佑，连万年都坐直了身子。

"你们猜猜看？"

万年端起酒杯随口道："不会被盘猋那个王八蛋抢走了吧？"

汲鸠伸出大拇指："万年王子果然一语中的。乌珠儿的母亲是危须城有名的美人，的确被盘猋抢去，如今就在兜眦城。"

"噗……"万年刚喝的一杯酒全喷了出去，顾不得擦拭，大怒道，"还真是那个王八羔子干的！我真该剁了他的狗头！"

众人沉默，危佑痛苦道："是我没用！我辜负了父王的期许，连近在咫尺的危须子民都保护不了，要我这个击胡侯有何用？"

汲鸠和危佑是朋友，劝道："如今不是难过的时候，最重要的是想办法补救。盘猋此去不会善罢甘休，危须国上下应该提前做好准备。"

"危须城弹丸之都，根本挡不住盘猋的虎狼之师，如何是好？"

"我已驰书父王，危须城也要加强戒备，上下齐心，不可侥幸自误。你要多派人监视兜眦城的动静，一旦盘猋有异动，立刻向诸国求援。只要危须城坚守旬日左右，诸国兵马就能赶到，危须城之围不战自解。"

"也只好如此了，但愿盘猋不会兵临城下，否则危须城真要生灵涂炭啊。"

"这种侥幸念头万万要不得，盘猋就是一头贪得无厌的饿狼，祈求他放下屠刀，你到底是真傻呢还是不知死活？"

危佑无言。

一连十余日，兜毗城毫无动静。危须城上下渐渐放下心来，只是虚惊一场而已，看来盘猋根本没有出兵报复的打算。

乌珠儿很懂事，也许是郑吉救了她的缘故，她对郑吉特别依赖。不管郑吉走到哪里，她都像个小尾巴一样蹒跚地跟在后面。

她不爱说话，高兴时会藏在郑吉身后，露出半个小脑袋，黑亮的大眼睛弯成了一双月牙儿。郑吉看书时，她就一个人坐在旁边，悄悄摆弄郑吉给她用草和苇叶编制的各种小动物，蚂蚱、螳螂、蛐蛐还有小蜻蜓。她喜欢得不得了，每晚睡觉之前都要细心地把这些东西收好，放在枕边，以便第二天醒来第一眼能够看到……

她最喜欢的就是听郑吉吹鱼荻箫。

箫声有时婉转如雁回，有时轻快如游鱼。乌珠儿安安静静地将小脑袋搁在郑吉腿上，有时用小手支着腮，一句话也不说，黑亮亮的大眼睛里有甜甜的梅雨、飞翔的白鹤、变幻的云朵……还有姆卡和阿瓦的笑颜。

苏子和蝉衣也很喜欢乌珠儿，把她打扮得像花儿一般。

乌珠儿渐渐开朗起来，笑容也多起来。话依然很少，一个人独坐的时候眼睛里会不由自主流露出恐惧、彷徨和无助……

苏子想带乌珠儿一起走，郑吉没有反对。只是告诉她，乌珠儿的母亲可能还活着，就在兜毗城，也许乌珠儿还有与母亲相聚的一日。

蝉衣听到了这个消息，兴冲冲跑去告诉了乌珠儿。

乌珠儿一阵风似的跑过来，大眼睛眨也不眨地望着郑吉，只问了一句话："姆卡……真的还活着吗？"

郑吉看着她，轻轻点头。

乌珠儿扑到郑吉怀里，这个几乎忘记眼泪为何物的小孩子哭得酣畅淋漓肝肠寸断，苏子和蝉衣在旁边也陪着哭得稀里哗啦。

过了好久，乌珠儿擦干眼泪："我会在这里一直等姆卡回来！"

苏子和郑吉相视一眼，眼睛里有失落，也有担忧。

终于到了离开的时候，乌珠儿拿着郑吉用苇叶给她编制的小鹤，紧紧依偎在郑吉怀里，泪珠儿在眼眶里滚来滚去，都被她使劲儿忍回去："郑吉哥哥，我还能见到你吗？"

郑吉揉揉她的小脑袋："一定会的。"

"你还会来这里看我吗？"

"只要乌珠儿还在这里，不管多远，我都会来的。"

乌珠儿破涕为笑，后来叹了一口气："郑吉哥哥，有一天你回来万一寻不到我，千万不要难过……我会变成小鹤，你只要看到小鹤在天上飞呀飞，那就是我……"

郑吉有种莫名的心痛。

乌珠儿又与苏子、蝉衣告别，小家伙没有哭，一直都很坚强。当郑吉等人的身影出了城再也看不见的时候，她一个人躲到药行门前的石狮子下面呜呜地哭，泪水打湿了手中的小苇鹤……

4

出了城，郑吉与汲鸠分手。

汲鸠的手下来了不少，护送他回国。

万年一行东去，苏子走了好远还在流泪。

万年安慰她道："不用担心乌珠儿，汲鸠仔细跟危佑太子交代过，他会好好照顾她的，一旦有机会就让她们母子相见。”说到这里，他突然狠狠骂道，“我从没有像现在这样恨过一个人。盘猋那个浑蛋成功激怒了我，有一天我非杀了他不可！”

郑吉回首望向危须城，眉头紧锁。

万年问道：“乌珠儿都安排好了，你还有什么不放心的？”

“兜眦城太平静了，这不像盘猋的风格。”

“你不用多心，也许咱们把他打怕了呢。再说了，危佑派了很多人在那里盯着，还有汲鸠雀鹰房的谍子，无论盘猋想干什么都逃不过他们的眼睛。”

“他真的想干什么，到时候就晚了。”

“什么意思？”

“危须国上下盲目乐观，毫无御敌之心，这也许正是盘猋的诡计。一旦车师国兵临城下，危须人措手不及，后果将不堪设想。”

万年呆滞半晌，喟然道：“你担心得有道理，危佑的性子太软，万一盘猋真发了疯，危须城除了陷落，不会有第二条路。”

“天要下雨，娘要嫁人，危须城的安危关咱们屁事？走吧，苏子姑娘要看西海，咱们绕道儿过去吧！”万年想了又想，觉得还是无能为力，干脆抛开不管了。

一行人穿过危须河谷，折而向南，奔向广袤无垠的西海。

西海是一个山间陷落湖，水域辽阔，烟波浩渺，天水一色，倒映雪山，毗邻瀚海。风起时白浪滔天，如沧海横流；风息时碧波万顷，细浪如鳞，芦花飘絮，野荷生香。数不尽的飞鸟起起落落，遮天蔽日。

苏子惊叹道：“久闻西海之名，今天终于见到真容，衔远山，吞星月，浩荡无涯，这等壮观景象实为生平仅见。”

万年大笑：“苏子姑娘没见过东海吧？涛如连山至，万里大鹏飞，那种景象才称得上壮观呢。比起来，这西海才是小巫见了大巫。”

苏子为之神往：“此行有机会的话，一定去东海看看。郑大哥，你也曾见过东海吗？”

郑吉点头：“昔年负笈游学，曾乘舟出海寻蓬莱仙山。水击三千里，浮天喷雪，海沸浪涌，那种景象的确人间无二。”

蝉衣惊呼道：“海里真有神仙啊？他们是不是长生不老可以在天上飞来飞去？”

郑吉笑道：“我运气不好，没有见到。”

“哦，真是可惜……”蝉衣大为失望。

郑吉指向西海：“我没见到长生仙人，却知道这西海里有一种长头鱼，味道极为鲜美，保证让你吃一口能把自己的舌头吞到肚子里。”

蝉衣立刻来了精神：“真的假的？郑大哥你是男子汉大丈夫，不能骗人哦。”

万年笑道：“郑军侯的确不骗你，据说西海长头鱼吃野荷长大，肉质白如初雪，入口即化，清香经久不散……”

没等万年说完，蝉衣跳下马，一阵风似的跑向海边，大叫道：“抓鱼喽！抓鱼喽！我要吃西海最好的长头鱼！”

苏子气笑道：“这丫头真是被我惯坏了，没大没小，连个规矩都不懂。”

郑吉笑道：“她还小，正是天真烂漫草长莺飞的年纪，不要太拘束了她。”

苏子笑出声：“就怕由着她的性子来，她要飞到天上呢。”

要说捉鱼，从小生活在江南水乡的郑吉的确是行家里手。工夫不大，他凭借精良的水性愣是在水里抓了十几条长头鱼。

万年看得眼热，仗着粗通水性也下到水中，结果忙碌半天一根鱼毛没碰到，反喝了一肚子冷水，把众人笑得直不起腰。

万年上岸，指挥扈从们下水捉鱼，非要和郑吉比个高低不可。

那些亲卫都苦了脸，要说动刀子杀人，他们绝不含糊。唯独这水他们不敢碰，因为除了冯无疾几人，其他都是连狗刨都不会的旱鸭子。

万年气得直翻白眼，碰上这帮手下，老子的脸真是丢大了。

好在郑吉捉了不少鱼，大家七手八脚忙活起来。

看到郑吉在水里游来游去，比鱼儿还惬意，蝉衣好生羡慕："等到了江南，我一定要学好水性，像郑大哥一样到海里捉好多的鱼。"

冯无疾打趣道："你先别想着捉鱼，只要不像殿下那样下到水里把肚子灌饱就行。"

万年黑了脸："老冯，你怎么说话呢？本王子口渴，刚才喝点儿水润润嗓子，至于像你说的那么不堪吗？"

众人大笑。

几个扈从又沿着海岸狩到不少野味，一顿丰盛的野外大餐吃得不亦乐乎。蝉衣两眼冒着绿光，恨不得把自己的小手指头吞下去。

一行人沿着西海岸迤逦东行。

5

第五日，两骑快马追上了郑吉等人，他们自称是雀鹰房的老谍子，奉了汲鸠王子的密信，务必亲手呈交郑军侯。

郑吉接信观看，脸上笼上一层阴云。

万年凑过来问道："被你猜中了？"

郑吉点头："盘森以车师骑兵一千人，又纠集上千马贼合力进犯危须城，仅仅一天危须城就陷落了，盘森那厮几乎屠了半个城！"

万年张大嘴巴满脸难以置信："这么快？九头鸟那家伙不是说危须城至少可以撑十天吗？"

一个谍子说道："危须城占得地利，真要死守的话坚持半个月应该没问题。关键是危须人太大意了，在盘森兵临城下之时，竟让车师国的谍子钻了空子，在城内制造混乱，并趁乱打开了城门。盘森几乎是兵不血刃占领了危须城，到后来危须人的抵抗都是象征性的。"

万年直捶大腿："这个危佑真是没用，临走时不是说过让他清除盘森安插在城里的眼线吗？这下可好，给人家里应外合连老巢都端了。盘森那厮睚眦必报，还不得把危须城杀个鸡犬不留？"

听说危须城陷落，苏子和蝉衣慌慌张张奔过来问道："听说危须城出事了……乌珠儿怎么样了？你们可曾见过她？"

"乌珠儿……"两个谍子相视一眼，不知道该怎么开口。

郑吉忽然有种不祥的预感："乌珠儿是不是出了事？"

一人说道："殿下让我们追赶郑军侯，除了亲手呈交信函外，还有就是当面向郑军侯禀告有关乌珠儿的事儿，她……"

苏子不由自主抓住了郑吉的手："乌珠儿……她也出事了吗？"

谍子不知道如何措辞，想了一会儿说道："她死了……被盘森亲手活埋的。"

"什么？"众人犹如晴天霹雳，那么一个可爱的小人啊，才刚刚分别了几日就再也见不到了吗？

万年目眦欲裂："到底是怎么回事儿？你快说啊！"

另外一个人说道："盘森攻陷了危须城，先是占了太子府，把危佑一家人全部抓起来，逼他交出乌珠儿。危佑太子无奈，将乌珠儿的真实身份说出来，希望盘猋看在抢走乌珠儿母亲的分上，放过乌珠儿。不想盘猋泯灭人性，将乌珠儿抓来，亲手活埋了她。”

苏子扑在郑吉怀里放声大哭。

一个谍子擦擦眼睛说道：“乌珠儿被盘猋踢到沙坑里，她很坚强，不哭也不闹，把盘猋摔坏的小苇鹤捡起来，紧紧捧在手心里，可怜兮兮央求盘猋……殿下，能不能把我埋得浅一些？等姆卡和郑吉哥哥回来好找到我……”说到最后，这个见惯生死的老谍子泣不成声。

众人心如刀绞。

万年长嗥：“老子不去长安了！我要回乌孙，带领大军踏平兜眦城，不将盘猋那厮活剐了誓不罢休！”

郑吉握紧刀柄，一双狭长的眸子出奇地冰冷：“殿下还是要去长安，不必耽搁！你们先走一步，我回去看看乌珠儿！”

“不！”万年斩钉截铁道，“为乌珠儿报仇不是你一个人的事儿，也有我万年一份。咱们谁也别说废话，一起杀回去。宰不了盘猋，我就将自己的脑袋砍下来挂到危须城上！”

苏子拭干眼泪，毅然道：“郑大哥，我也去，不见乌珠儿最后一面，我绝不离开危须城！”

冯无疾道：“郑军侯不用担心。我辈江湖之士快意恩仇，早将生死置之度外。何处青山不埋骨？只要活得坦荡，马革裹尸又何妨？”

郑吉拨转马头，淡淡说了一句：“我们回去吧！乌珠儿讲不出来的道理，我们替她讲！”

一个谍子道：“郑军侯，汲鸠殿下猜到你会回去，已经向焉耆王请了命，亲自率领一千焉耆精骑驰援危须城。雀鹰房刚刚传来消息，殿下已逼近危须城百里驻扎，等待与郑军侯会合。”

“好，我们走！”郑吉一挥手，十数匹乌孙甲等战马扬起滚滚黄尘，离开西海，直奔危须城。

一千多马贼进了城，如虎入羊群，奸淫烧杀无恶不作，大半个危须城变成了人间地狱。

盘焱占了危须城，将危须王从后宫里搜出来，当着他的面一口气摔死两个还在吃奶的危须小王子，又将危须公主据为己有。

盘焱犹不甘心，让危须王和王后坦露全身，披上羊皮在滚烫的沙子上跳舞。他则揽着危须王的女儿饮酒赏乐。

一时之间，盘焱以为人生得意莫过于此。

说心里话，这么顺利攻下危须城，盘焱自己都没有料到。按他的意思，一举灭了危须国，他取而代之。可恨的是太子军宿在父王面前屡进谮言，令他束手束脚。军宿是焉耆王的外孙，与汲鸠等人暗通款曲，岂能让他灭了危须立下不世之功从而威胁到太子之位？

根据探报，诸国兵马正在集结，他必须早早决断。否则等援兵一到，所有胜利的果实都将化为乌有。

他派去日逐王金帐王庭的人也没有带来好消息，先贤掸那厮贪得无厌却颇有城府，只想从他身上榨取更多的东西，却不希望他做下一个危须王。

盘焱气红了眼，喝得酩酊大醉，一连摔了十几个杯子，派人将危须太子妃抓来侍寝。

危佑求饶不得，肝胆欲裂，破口大骂。

盘焱狂笑，命人按住危佑的头，让危佑睁大眼睛看他淫辱太子妃。

危佑泪流满面，目眦俱裂，血涂于地。

6

天亮时分，探子来报，乌孙王子万年在城外骂战。

“万年！”盘猋跳起来，万年当街用大脚板踩着他脑袋那一幕又浮在眼前，犹如铜汁灌肠万蛇啮心，日夜不得安宁。听说万年又露了面，不顾宿醉未醒，咆哮道，“那厮还敢回来？我必将他亲手抓来，剖了心肝下酒，方消我心头之恨。”

车师骑兵与马贼开始集结。

有的马贼刚从女人肚皮上爬下来，走起路来摇摇晃晃，像软脚蟹一般。还有人喝了一夜酒，醉眼惺忪东倒西歪，骂骂咧咧爬上马背，连靴子都少了一只。反观车师骑兵，军容整肃，甲兵明亮，杀气腾腾。

盘猋从王宫里出来，看到马贼人喊马嘶乱哄哄的样子，脸都气绿了，不是考虑到此时正是用人之际，恐怕就要翻脸，将这帮乌合之众杀个人头滚滚。

三十多个马贼头目见盘猋脸色难看，赶紧各自约束部下。小人屠心狠手辣，真惹火了他，不仅吃不着到嘴的肥肉，搞不好连老本儿都得赔进去。毕竟与一千正规车师骑兵相比，马贼再多也是乌合之众，根本经不起敲打。

他们为求财而来，犯不着与小人屠撕破脸。

看到盘猋出现在城头，万年大笑：“盘猋殿下，几日不见甚是想念，本王子的大脚板味道如何？是不是一日不闻食不甘味啊？”

扈从们哄然大笑。

盘飧差点儿吐血，那天的糗事是他此生的奇耻大辱，如今被人拿来津津乐道，还当着几千人的面儿，他这张老脸还要不要？

马贼都听说了盘飧被揍成猪头又被万年的大脚板踩得灰头土脸的事儿，他们散漫惯了，不像车师骑兵那样惧怕盘飧，一时间哄笑声四起，原本生死对峙的场面变得乱糟糟的。

西域人尚武，一向敬畏强者而藐视弱者。像盘飧这样被人踩扁了脸孔的家伙，哪怕贵为一国王子也依然被人瞧不起。

“万年贼子，本侯不杀你誓不为人！”盘飧两眼冒火，恶狠狠盯着身后的马贼头目，“谁将那个该死的乌孙王子抓来，我把半个危须王宫赏给他，包括全部的宫女和嫔妃！”

马贼头目们顿时像打了鸡血一般，眼睛都红起来。那是半个危须王宫啊，得有多少好东西？西域诸国谁都知道危须国富得流油，别说半个王宫，随便搜刮一两个宫殿就足够花天酒地几辈子了，何况还有危须王宫里那些漂亮得让人脚软的细腰女人，再说了，乌孙王子也就带了一二十个人，都不够他们塞牙缝的。谁去都是捡死鸡，不捡白不捡。错过机会，别说对不起自个儿，搞不好兄弟们会背后捅刀子。

马贼头目们争得面红耳赤，差点儿要动刀子，最后还是盘飧点了一个名叫加拉赫的家伙。据说这家伙在北道上比蓝胡子还臭名昭著，手下有百十号人，杀人越货，横行无忌。

加拉赫嚣张无比，在一众马贼头目忌妒的眼神里扬长而去，点齐本部人马飞驰出城。手下马贼受到加拉赫的感染，大呼小叫，就像赶赴盛宴一般。

见城门大开，从城里撞出一彪人马，足有百十号人，万年凛然道：“盘飧那孙子躲在城里不出来，弄一帮马贼来恶心咱们，怎么办？”

郑吉抬头看看盘猋，淡淡道：“打了狗还怕主子不跳出来？”

“对方人手太多，咱们寡不敌众啊。”

郑吉歪过脑袋笑道：“听说乌孙人骁勇善战，向来只问敌人来自哪里，从不管敌人有多少，难道是我听错了？”

万年讪讪道：“得，算我没说。你也甭激我，等会儿打起来，我第一个冲上去如何？”

郑吉眯起狭长的眸子：“两军争锋，势强者胜。狭路相逢只管乱刀砍去，摧锋陷阵刀刀见红，不是敌死就是我亡，其他的不必多想！”

众人拔出大剑，热血沸腾。

见马贼漫山遍野杀来，郑吉抽出吞雪刀，喝道：“上弩！”

一干扈从纷纷取出破甲弩，装上弩箭。乌孙破甲弩取法汉弩，制作精良，弩力强劲，为五石弩，射程超过二百四十步。马贼装备除了青铜刀，就是一张硬弓，而弓力最强者止于八十步。这是一个需要用血骨和生命填补的巨大沟壑。

郑吉扬起吞雪刀：“冲锋！”两腿猛力一夹，紫皂马扬颈长嘶，一马当先冲了出去，犹如离弦之箭一般。

万年等人不甘落后，暴吼如雷，一匹匹乌孙甲等战马踏起滚滚沙石，好像蛟龙出海，声势惊人。

加拉赫没料到对方就这么一点儿人也敢反冲锋，狂笑道：“兄弟们，肥羊送到嘴边来了。狼多肉少，谁有本事吃是谁的，吃不到肉只能喝马尿。谁抓了乌孙王子，危须王宫里那些细腰女人尽管挑！”

马贼们嗷嗷大叫，用鞭子把马抽得疯了一般，唯恐慢一步被别人抢了功劳去，到时候别说细腰女人，恐怕连马毛都捞不到一根。

见马贼进入破甲弩射程，郑吉大吼道：“放箭！”

扈从们早等得心急，听到号令几乎同时动手。

嗖嗖嗖……二十多具破甲弩一齐发射，弩机如雷鸣，箭矢如疾雨，朝马贼们铺天盖地罩去，像是千百只蝗虫飞过，蔚为壮观。

马贼以轻装为主，来去如风，防护方面除了一部分人装备有简单的臂盾外，大多数人仅一刀一马一弓而已。顷刻便有多个马贼中箭，惨叫着坠下马去。

仅仅呼吸之间，有三成左右的马匹成了无主之骑，马贼大乱。

加拉赫大怒，他是北道赫赫有名的杀人王，如今以百十之众对付区区二十余人，愣是让对方杀了一个措手不及，这一鞋底抽在脸上还真是疼啊。两眼瞬间血红，扬起弯刀大声号叫道：“不要管那些弩箭，给我上！用你们的刀活劈了那帮羊羔子！”

不等马贼反应过来，郑吉刀锋前指，大吼道：“杀！”

二十余骑紧随郑吉像一支可怕的锋矢射向马贼，蹄声如雷，风沙飞扬，大地都在剧烈颤抖。

7

城头上的盘猋瞳孔骤缩，那匹紫色天马如一道紫色火焰，飞驰在一众乌孙人之前，刀如雪，马如龙，狠狠撞入马贼群中。

当面的马贼尚未扬起弯刀，头颅旋转着飞出去。第二个马贼只看见一道雪芒，身子便齐腰而断……紫凫马前完全没有一合之敌，如裂帛一般轻而易举将马贼阵营撕开一条大口子。

冯无疾不甘居后，一柄大剑抡圆了只管砍杀，挡者披靡，血水狂飙。乌孙精骑紧跟在后，疯魔了似的一路狂杀过去，直杀得人头滚滚，惨声四起。

马贼阵营像纸糊的风筝被捣烂，加拉赫暴跳如雷，企图组织人马再战，结果看到那匹紫皂马狂飙而来，一柄环首长刀在瞳孔中越来越大，斩破了虚空。

紫皂马从身旁风驰电掣而过，加拉赫端坐在马背上，忽然发现周围厮杀的动作慢了许多，原本野兽般的嘶嚎也像隔了几重山，缥缈而去。他下意识摸了一下脖子，一线血痕蓦然炸开，血水呈扇面喷射出去，宛如下了一场纷纷扬扬的桃花雨。

盘猋与众马贼看到加拉赫坠落马下，不禁手足冰冷，亡魂皆冒。不少马贼头目暗自庆幸万分，幸亏刚才盘猋挑中的是加拉赫，不然这会儿被环首刀割断喉咙的就是他们。

见加拉赫身亡，余下的马贼顿作鸟兽散，争先恐后逃进城里。

万年杀得兴起，待要追杀，却被城上一阵乱箭射回，只好勒住马，用鞭子指着城头上的盘猋破口大骂。

盘猋在数千人面前被万年指着鼻子骂，脸都绿了，他再派人出去，那些马贼都学乖了，无论盘猋如何威逼利诱，都装聋作哑不肯出战。

谁都知道钱和女人是好东西，前提是你得有命享受。没了命，再多的钱和女人都是人家的。加拉赫欢天喜地去捡死鸡，一百多号人马在不到一炷香的时间内给人砍瓜切菜一般差点儿剁干净，难道这个教训还不够血腥？何况论实力，他们还不如加拉赫呢。

见万年在城外叫骂不休，盘猋气红了眼，将那帮马贼头目轰下城头，亲自率领五百车师骑兵杀出城门，誓要抓住乌孙王子剖腹挖心，挫骨扬灰，令其永不超生。

万年远远看见，叫道："这孙子有些骨气，真追出来了。郑军侯，咱们怎么办？要不要再杀一阵子？"

众人都直翻白眼，蚂蚁多了也能咬死大象，何况是从血海里杀出来的五百车师铁骑。凭己方这么几个人想在平坦如砥的危须城外跟盘森掰手腕，就是人人有九条命也不够玩啊。敢情二殿下刚才赢了一阵，信心暴涨，真把自己当成了一条巨龙？

郑吉还刀入鞘："好，你留下！"

万年一怔："我留下，你们干什么？"

郑吉拨马就走，远远撂下一句话："我们走！"

"哎哟喂，这算什么？郑军侯，你的勇气呢？就这么灰溜溜逃了，本王子的老脸往哪儿搁？"

话是这么说，万年的动作一点儿都不慢，撒欢似的狂奔，完全没有决战到底的气概。

见万年等人跑得比兔子还快，盘森气歪了鼻子。这个乌孙王子简直毫无节操可言，你都在城下骂了半天，非要俺出来走两步，结果……他姥姥的，不带这么欺负人的。本王子既然出了城，还让煮熟的鸭子飞走，干脆买块豆腐直接撞死算了。

"追！"盘森没有任何犹豫，马鞭一指，五百铁骑如同席卷的黑色浪潮兜在后面追杀上去。

风吼，沙起，云落，马嘶，五百铁骑过处，烟尘滚滚，遮天蔽日。

万年大汗淋漓，望望逼近的追兵，不禁骇然："盘森那孙子莫不是被疯狗咬了？这么不依不饶的，真想摘了老子的六阳魁首？"

郑吉看他一眼："盘森好歹也是一国王子，你口口声声叫人家缩头乌龟，在城下足足骂了两个时辰，就不许人血气方刚一回？"

万年大笑。

眼看就要追上万年等人，盘飧却发现那个可恶的乌孙王子冲进了斜谷，气得几乎暴走：“该死的，你以为进了山谷就抓不到你吗？给我上！谁取了乌孙王子的项上人头，官升三级，赏千金！”

一个心腹小声提醒：“殿下，常言道逢谷莫入，乌孙王子逃进斜谷，小心有诈！”

盘飧略一踌躇：“无妨！此处斜谷咱们曾进出数次，地形熟悉，那几个人逃进山谷无疑是自投罗网。根据探报，离危须城最近的焉耆兵还在两百里外磨蹭，等汲鸠赶来，万年那厮早被咱们炖烂了。不须犹疑，赶紧追上去，本王子要给那帮王八蛋来个瓮中捉鳖！”

常言道重赏之下必有勇夫，何况五百铁骑追杀的是几只小虾米？一声令下，五百人马席卷谷口，争先恐后，谁都不想错过升官发财的机会。

五百车师铁兵几乎是兜着万年等人的屁股杀进斜谷。

这处斜谷不甚宽阔，两边峭壁对峙，一条大河从中间奔腾穿过，激浪拍击在两侧山岩上，卷起千堆雪，轰隆隆的声音犹如巨龙在咆哮，故而此谷名为“恶龙谷”。

五百铁骑蜂拥冲进恶龙谷，忽然杀声四起，山坡上箭如雨下。车师骑兵猝不及防，纷纷中箭坠马。

“不好！有埋伏！”车师骑兵惊恐欲绝，仓皇逃命，可这么多人马猬集在一起，几乎连转圜的余地都没有，生生成了对方弓箭的活靶子。眨眼之间有近半数的人被流矢贯穿，惨号声响彻山谷。

箭如飞蝗，血似骤雨，无数的滚石檑木从山上轰隆隆砸下来，声似巨雷，横冲直撞，一片又一片人马被生生抹平，山谷里血骨如泥。

车师骑兵乱成一团，人吼马嘶自相践踏，不少人死于非命。又有数十匹战马受惊，冲进了大河，人马俱没。

车师铁骑毕竟训练有素，遭到打击后迅速反应过来，一边抵御，一边组织人马向谷外强冲，结果被一支剽悍的骑兵给堵上。汲鸠骑白马，手抚刀柄，甲胄如鳞，立在阵前大旗下威风凛凛。

金色大旗猎猎飞舞，上面绣着一头张牙舞爪的白狮子。

“焉耆国的银狮军团……怎么可能？他们不是还在两百里外吗？”听到探报，盘焱两耳轰鸣，摇摇欲坠，几乎从马上栽下来。他知道完了，一个大意，落到了乌孙王子和焉耆人精心设计的陷阱里。

“杀！”汲鸠抽出弯刀，吼声如雷。

银狮军团一起扬起弯刀，寒光冲牛斗，刹那间，似乎天上的太阳也黯然失色。近千白衣骑兵驰进恶龙谷，宛似一场大雪崩，铺天盖地将残余的车师人马全部淹没。

万年勒住马，回望车师兵在箭雨滚石下崩溃如泥，抹了一把汗，心有余悸道：“盘焱那个王八羔子果然是个狠人，将本王子撵得跟野狗似的，只差一丁点儿，本王子就成了他的下酒菜。还是郑军侯棋高一着，将盘焱连同五百虎狼之兵全都装进了口袋里。说实话，之前我还一直担心盘焱不肯上钩，如今看来倒是高估了他。该做的我们都做了，至于结果如何，就看九头鸟的胃口了。”

冯无疾笑道：“郑军侯觑准了盘焱的弱点，不由他不上钩！”

郑吉没有说话，望着五百车师铁骑陷入灭顶之灾，面无表情。

一炷香之后，山谷里再也听不到厮杀声，五百车师兵大部战死，少数还活着的以及倒地的伤者被银狮军团毫不留情砍掉了脑袋。满地血骨塞满了山谷，奔腾的大河被血水染红，失去主人的战马不肯离去，阵阵悲鸣。

有人捉到盘焱，将他绑住双手拖在马后。

马奔如飞，盘焱鬼哭狼嚎。

万年叫住那人，跳下马踩住盘焱的脑袋，大笑道：“俗话说事可一而不可再，小人屠，本王子偏偏踩了你两次，你还有何话可说？”

盘焱自知必死，也不求饶，不顾满脸血水，破口大骂。

“呸！”万年狠狠啐了一口唾沫，冷笑道，“王八蛋，你有力气只管骂，本王子听着便是。我知道你想激怒我，让我一刀杀了你，我偏不让你爽利，杀你这种断了脊梁的癞皮狗只会脏我的手。小人屠，你在危须城里杀了多少人，自己心里有个数吧？好好等着，冤有头，债有主，回到危须城自会有人找你算账！”

盘焱的眼神终于恐惧起来，他知道自己造过多少孽，哪怕在这里被万年杀上十回，他都不想落到那些家破人亡的危须人手里。

兵贵神速，汲鸠留下少数人打扫战场，带着盘焱奔向危须城。

见盘焱被捉，留守危须城的五百车师骑兵群龙无首，军心大乱。马贼们知道大势已去，趁火打劫，危须城再次成了人间炼狱。

不等汲鸠下令攻城，危须人打开了城门，银狮军团长驱直入，与来不及逃走的车师铁骑短兵相接，危须城里杀声震天。

马贼们为利而来，利尽则退，毫无恋战之心，夺路逃窜。汲鸠也不想赶尽杀绝，网开一面放他们离去。

马贼在西域是特殊的存在，背景复杂，牵连极广。汲鸠不想成为各方仇视的对象，除了放他们走，别无他法。真要死磕起来，马贼人数不少，银狮军团就算能赢也无非是个惨胜，这绝不是汲鸠想要的。

汲鸠派人把危佑从牢里放了出来。

危佑披头散发，一只眼睛不见了，满脸是血，恍似行尸走肉。

当仅剩的一只眼睛看到盘焱，危佑喉咙里发出野兽般的嘶吼，扑上去抱住盘焱，生生从他脸颊上撕咬下一块肉来。

盘焱发出杀猪般的惨叫，满脸血水，痛不欲生。

有人上去扯开危佑，又将盘焱远远拖开。

危佑哈哈大笑，在众目睽睽之下，一点一点将那块滴着血水的肉嚼烂吞下肚子，咯吱咯吱的咀嚼声令人毛骨悚然。

郑吉掘开一座小沙丘，从里面捧出一具小小的尸体。乌珠儿蜷缩着小身子，把摔坏的小苇鹤紧紧抱在怀里，似乎生怕它再受到伤害。

苏子和蝉衣泣不成声。

郑吉跪在土坑里，把那具小小的身体贴在心口，模糊的双眼中似乎有一只小鹤缓缓飞起，在危须城上空留恋几匝，稚嫩地叫着，又慢慢远去……

万年拔剑长号："盘猋，你姥姥的，我要宰了你！"

冯无疾上前抱住万年，那帮扈从全红了眼睛，抡起大剑，一口气将抓获的车师俘虏砍了三十多个，人头滚滚，危须城里鸦雀无声。

从审讯中得知，乌珠儿的母亲早被盘猋投进了狮笼里。乌珠儿等待的团聚终究没能够实现。

郑吉亲手葬了乌珠儿，又在坟前为她点燃一盏灯。

苏子和蝉衣眼睛红肿，这两天她们流泪太多，身子都要垮下来了。

郑吉把盘猋拖到乌珠儿坟前，一连在他身上捅出九个血窟窿，一刀两洞，刀刀碎骨。

盘猋惨号如鬼。

自始至终，郑吉没有说过一句话。

苏子吓坏了，扑到郑吉怀里大哭。

诸国援军陆续赶到，盘猋被弃市，危须人不论长幼都一拥而上，你撕我咬，将盘猋分而食之。

盘猋倒行逆施，诸国共讨，匈奴天狼骑自始至终没敢妄动。

郑吉等人离开了危须城，过白龙堆，入玉门关，回到敦煌。

领军长史杜藜获悉事情经过，极力为郑吉开脱，又以身家性命为郑吉担保。万年持乌孙大昆弥和解忧公主的联名书信，上下奔走，积极斡旋，敦煌边军不追究郑吉的失军死罪，却将他削职，贬出边军。

苏子听到消息，喜极而泣。

郑吉做不做边军她不管，当不当那个小军侯她也不管，只要郑吉活着，比什么都好。

郑吉牵着紫皂马立在斜阳里，马鞍左右斜挂两柄环首刀，一名吞雪，一名重渊。虎蛮牵马站在旁边，身子挺直如枪。

看着那个飞奔而来的美丽少女，郑吉快走两步又不由自主停下来。自古英雄不惧死，最难消受美人恩，可他的心头有一个淡淡的影子挥之不去，是晨曦的轻云，还是薄暮的雾霭？

第十一章　喋血梅子坞

1

落雪时分，郑吉和万年一行终于来到了长安城。

长安城，西周时称为沣镐。汉初，高祖定都关中，五年置长安县，筑新城，名为长安。

长安城规模宏大，为当世之最。西依陇川，东扼崤函，南控巴蜀，北接胡天，龙骧虎视，鲸吞四海。有八条长街，十二城门。城内宫殿、宅第、官署、宗庙鳞次栉比，隔离天日，不知几千万落。烟柳画桥，朝歌夜弦，参差十万人家。

进城寻了一家客栈，名为虾捧坊。郑吉等人要了十几间上房，接下来又逛了大半个长安城。第三天，郑吉去杜府送信。

离开敦煌时，杜藜写了家书要郑吉回到长安交付叔父。

杜藜叔父名叫杜延年，封建平侯，官拜当朝太仆、右曹、给事中。

万年来长安求学，也要广交朝廷大员，自然不会错过这个机会。

天空阴云密布，有雪花零星飞舞。

听说乌孙王子来访，杜延年颇为诧异，亲自接待。

杜延年的小儿子杜熊引领万年和郑吉去松竹轩见了父亲。

郑吉奉上杜藜的书信。

杜熊接过书信，恭敬地奉送给父亲。

杜延年看过书信，目光落在郑吉身上，默然不语。郑吉则目不斜视，沉静如初。

杜延年问了西域近况和万年来长安的打算后，端茶送客。

送客归来，杜熊见父亲还在看信，眉头紧锁。

“父亲，堂兄家书可有不妥之处吗？”

杜延年收起书信，看向杜熊：“刚才那两个年轻人如何？”

“乌孙王子鹰顾狼视，有枭雄之姿。”

“另外那个呢？”

“那个小军侯？”杜熊认真想了想，苦笑道，“请恕孩儿眼拙，那人略显质拙，除了一双眼睛狭且亮，孩儿并无特别印象。”

杜延年叹了口气：“那孩子如渊如岳，异日必是国之重器。你看不透，并非眼力不行，还是心性不济啊。”说着，将书信递给了杜熊。

杜熊接信展开，杜藜在信里除了琐碎的家事及渴念之外，较大篇幅谈的竟是那个外表平凡无奇的小军侯，毫不掩饰举荐之意。

杜熊瞪大眼睛：“一刀西去，万里护送大宛公主，不辱使命；手搏神熊、刀劈水怪、长街格杀匈奴铁鹰卫；智杀匪首蓝胡子，手刃车师王子，解危须之围……父亲，郑吉如此英雄了得，敦煌边军却将他削职驱逐，莫不是眼瞎了心也瞎了要自毁长城？”

“胡说八道！军法无情，郑吉失军当斩，被贬为庶民已是法外开恩，你还想怎样？”杜延年停顿片刻，又说了一句，“其实在这件事上，你堂兄是存了私心的。”

“你是说堂兄将郑吉举荐给杜家之事？”

杜延年点头：“古人有训，宰相必起于州部，猛将必发于卒伍。郑吉英迈沉毅，勇悍绝伦，以卒伍从军，数出西域，异日必为国之栋梁。我们杜家何德何能敢国器私用？如今大将军霍光权倾朝野，一言九鼎，此事倘被大将军得知，恐生事端。不只害了杜家也误了郑吉，贻祸无穷。此二人初到长安，人地两生，又有你堂兄书信关照，我们也须多尽心力。你与他们相交，务要率真，不可刻意为之。”

杜熊拜而领诺。

出了杜府，万年见雪越下越大，说道：“这雪虽比不得咱们乌孙那儿暴烈，倒也下得热闹。仔细想想回去也没事可做，不如找个地儿喝两杯如何？”

郑吉左右看了看，见冯无疾也冻得缩手缩脚，唯独虎蛮丝毫不以为意，笑道：“听说长安九市有家梅子坞，里面的梅子酒极为正宗。恰好咱们离那儿不远，就去尝尝江南的味道吧。”

万年雀跃道：“此时天寒雪飞，若得红泥火炉，青梅煮酒，当为人生快事。哎哟喂，光是想想都受不了，走走走……今儿凭谁劝都不行，本王子不醉不归！”

众人大笑，策马奔向长安九市。

2

长安九市在长安城西北角，胡商海客，络绎不绝；北胆南珠，应有尽有。上至簪缨之族，下至贩夫皂隶，冠盖云集，项背相望。

梅子坞位于曲水之滨，算不上长安九市最好的酒楼，却是长安士子最喜欢的去处。这里与闹市一水之隔，清幽僻静，楼中时闻琴竹之声。众士子喜欢来这里，不只为了附庸风雅，更是冲着“梅子”二字。

梅子是酒也是人，以舟车从江南运来的梅子酒清冽酸柔，令喝惯了北地呛喉之酒的读书人欲罢不能。至于那位如画中仙子一般的梅子姑娘，玉喉一转天音俱至，无数士子为之骨软筋麻魂魄皆飞。

梅子坞占地颇大，隆冬飞雪之际院内也有花儿开，这在北地极为罕见，足见主人财力不凡。

郑吉等人来得晚，鸾鸣阁早被士子们挤满，只得在楼下寻个位置，仙子一般的梅子姑娘是见不着了，倘静下心来，飞雪之中还能听见若有若无的丝竹之音。

万年生性嗜武，不喜音律，听不听曲儿无所谓，没有瞧见传说中的梅子姑娘多少有一丝遗憾。好在伙计捧上了红泥小火炉，还有清碧欲滴的梅子酒，他很快把这点儿遗憾忘得一干二净，倾杯而尽，好不快活。

相比楼上，楼下其实算得上冷清，加上郑吉等人也不过三四拨客人而已。临窗坐着两个少年，一人佩剑，天质自然，不怒而威。一人执扇，白白胖胖，憨态可掬。

两人对雪而酌，颇有几分逍遥之意。

听到万年等人谈起西域见闻，他们放下酒杯，相视而笑。

听到热闹处，佩剑少年低声说了几句什么，执扇少年起身离去。

一会儿工夫，执扇少年去而复回，手里提了一坛梅子酒，走到万年等人跟前，笑道：“这坛酒是那位史公子送的，他说你们万里迢迢从西域来到长安，是真正见过江湖的人，理应敬诸位一杯酒！”

佩剑少年举杯致意。万年等人赶紧起身向少年致谢。

佩剑少年也起身，拱手回礼。

郑吉笑道：“在下等人初入长安，也不知道这里有什么规矩。常言道江湖路窄酒杯宽，相见便是有缘。公子若不嫌弃，同饮几杯如何？”

佩剑少年笑道：“论酒量，我是万万不行的。不过你这句江湖路窄酒杯宽说得极好，就冲这话我和杜公子也得叨扰两杯。”说着，从那边走过来。

万年吩咐伙计添设座儿，两个少年也不客气，与众人开怀畅饮。

史公子爽迈绝伦，颇有豪侠之气。执扇少年姓杜，得知万年等人刚从杜府出来，与史公子相视大笑。

3

原来这位杜公子名叫杜佗，正是太仆杜延年的次子。

听说郑吉是堂兄杜藜旧部，杜佗格外高兴。

万年素以江湖中人自居，好击剑，见史公子也佩剑，更觉欢喜。

得知万年是乌孙王子，史公子和杜佗再次揖礼。

万年回礼笑道：“史公子，你也是佩剑之人，且不说杜公子，咱俩好歹算是半个剑客，讲那些繁文缛节做什么？我心如冰剑如雪，决云冲斗开青天。依我的意思，提三尺剑饮马江湖，喑呜则山岳崩摧，叱咤则风云变色，才是我辈剑客风采。”

少年笑道："说得好！我这把剑名为黄鸟，瞧着华丽，可惜是一块凡铁，上不得阵，杀不得人，也就装装门面，剑术是半点都不会的，实在不敢称剑客二字。"

众人大笑，越说越投机，大有相见恨晚之意。

杜佗有了几分醉意，执意寻掌柜的索要好酒。不料回来时被几个人撞倒，滚了一身雪泥，一坛上好的梅子酒泼翻在雪地里，点滴不剩。

撞人的是个红脸汉子，一手提刀，凶悍异常。不等杜佗爬起来，一脚踏下去，将他半张脸都踩进泥地里："你这头不长眼的猪，泼了大爷一身酒水，怎么说？"

杜佗满脸雪泥，连眼睛都睁不开，拼命挣扎。

史公子大怒，冲出门外叫道："放开他！"

郑吉见杜佗被辱，也跟了出来。

"一个毛儿都没长齐的小崽子也来多管闲事！"那汉子大约是蛮横惯了，丢开杜佗骂道，"你说放开就放开，大爷我岂不是很没面子？"说着，挓开五指朝史公子脸上抽过来。

史公子眸射寒芒，右手按向剑柄。

郑吉闪电般捉住那人手腕："萍水相逢，何必如此？请自重！"

那人挣了一下，没能挣动。

红脸汉子大怒，另一手甩脱刀鞘，挥刀劈下："你是哪根葱？狗拿耗子多管闲事，活腻了吧？"

郑吉见红脸汉子出言不逊，动辄拔刀杀人，心下着恼。脚尖踹向那人膝盖，顺手一带，将八尺多高的昂藏汉子凌空扔出去，撞碎了栏杆，鼻青脸肿，鬼哭狼嚎。

余者大吃一惊，他们都清楚红脸汉子的身手，普通十几个人都近不得身，在长安九市也是打出来的威名，绰号赤面蛟。不料一个照面就给人放倒，难道碰上了传说中的过江龙？

这帮人也是出了名的滚刀肉，纷纷拔刀，作势要拼命，又惧于郑吉的身手，一时不敢上前。

万年是个不怕事的，一脚踢翻案几，冯无疾扛起长剑挡住那帮人。

“敢在长安打我的人，你们好肥的胆子呀。”一个身穿名贵狐裘的年轻公子从外面走过来，身后跟着几个恶奴，冷冷看向万年等人。

史公子看到狐裘公子，眸子微微一凝又平静下来：“是你的人不讲道理，先动手打了我的朋友。”

杜佗从地上爬起来，满脸雪泥，要宰了红脸汉子解恨。看到狐裘公子也是一怔，没敢造次。

狐裘公子懒洋洋道：“是吗？我明明看到我的人被打伤了，你的人可都好好站着呢。你们在长安城里明火执仗，又是打又是杀的，当巡城的缇骑死了还是眼睛全瞎了？”

郑吉叹气：“有人教我，世间万事都逃不过一个理字。如今我也算走过了大半个江湖，终究没见过几个肯好好讲道理的。比起生死大事，一个理字说出来就这么难吗？”

“你想讲道理吗？”狐裘公子向身后一个老者招招手，吩咐道，“老猿，你和这位大侠讲讲道理，记得别弄出人命，差不多就行了。”

老者相貌凶恶，不知修炼了何种功夫，大雪天只穿了一件薄衫，寒意不侵。

走到郑吉面前，老者阴恻恻道：“你都听见了，公子宅心仁厚，不想见血。我怕收不住手一拳打烂你的脑袋，反让公子生气。你最好自断手脚爬到外面去，这样公子高兴，我们也好做。”说着，左脚踏落，看似不经意，地面蓦然沉陷，脚下青砖四分五裂。

众人瞪大眼睛，无不骇然。

梅子坞极尽奢华，地面用特制巨砖铺就。砖为青灰色，精雕细琢，坚如金石，叩之有铜声。有“铅砖”之誉，寻常刀剑都无法伤及。

老者笑道：“老夫蜀山袁蔓子，公子叫我老猿，这就是我的道理！”

铜皮铁骨，踏石如泥，这种功夫前所未闻，还怎么讲道理？

冯无疾的心沉下去：“蜀山多侠士，前辈可是搬山猿袁大侠？”

老者嗤笑道：“大侠？一头上不了台面的老猿罢了，值得你送这么高的帽子？老夫前几年被人赶出了蜀山老林子，流落到长安，混得都不如一条野狗，哪里入得了青蚨剑客的法眼？”

冯无疾笑道：“袁大侠这话可是折煞我了，西南道上听得搬山猿三个字，谁不景仰万分？在下虽僻居北地，前辈大名也是如雷贯耳！”

“冯大侠，不是老猿不念江湖上那点儿香火情。公子发了话，我不能不做。这点儿小事都料理不好，那老猿真是不如一头丧家犬了。”袁蔓子转向郑吉，“小子，你觉得有人会救你？”

郑吉笑道：“袁蔓子是吧？看来青衣水上那一剑你都忘得干干净净，真想变成一头丧家犬？”

袁蔓子蓦然止步，神情大骇：“你……你是那女子的什么人？”

昔日青衣水上，袁蔓子与一神秘女子起了争执。女子白衣如雪，不染尘埃。袁蔓子自恃武功冠绝西南道，结果被那女子一剑贯颈而过。不是剑下留情，袁蔓子早成了青衣水中的鱼粪。

那一战之后，袁蔓子成了惊弓之鸟，不得不离开了巴山蜀水，远走长安成了狐裘公子的扈从。今日骤然听郑吉提起当年旧事，焉得不惊惧万分？

“我是谁不重要，重要的是做人要有记性，不然是活不久的。”

“你找死！”袁蔓子恼羞成怒。神秘女子那一剑是他一生的奇耻大辱，他不允许别人再提起。再说了，那女子和那把剑是他心头的坎儿，郑吉不是。一个没有根基的外乡人，他杀了也就杀了，和捏死一只蚂蚁有什么区别？袁蔓子沉肩缩颈，身形骤敛，状似一头老猿。蓦然间，身子高高跃起，一拳递出，拳意浩荡如大江横流，势若奔雷。

众人骇然后退。

袁蔓子绰号搬山猿，不只有天生神力，还在于他幼年曾有奇遇，和蜀山深处一头百岁老猿厮混数年，尽得猿形真谛。身法如鬼魅，拳意重如山，几乎横扫整个西南道。

袁蔓子含怒出手，天下有几人敢撄其锋？

郑吉没有后退，一手负后，一手化掌轻飘飘按在袁蔓子的拳头上。

看似轻描淡写一按，袁蔓子的万钧之拳再也递不出去。袁蔓子变招极快，人在空中，身形如长尾猿倒挂，一记鞭腿砸向郑吉的脑袋。

郑吉身后之手倏出，再次挡住袁蔓子的杀招，身子借势后飘，毫发无伤落在雪地上。

袁蔓子两次出手无功，看向郑吉时，目光里多了几分忌惮。

狐裘公子大怒，他身边高手如云，连一个不知从哪里蹦出来的野小子都料理不了，让他的老脸往哪儿搁？“小貂，你们都是死人吗？将那小子给我宰了，出了事有少爷我扛着。”

小貂是一个貌不惊人的青年，正倚在院中一株老梅树下独酌。这边打生打死，他看一眼的兴趣都没有，好像全天下的事情加在一起都比不过手中一壶梅子酒。听到霍大公子发话，将酒壶藏好，懒洋洋走过来，笑道：“一剑的事儿，老猿非要这么麻烦，公子不高兴了不是？”

袁蔓子没有吭声，似乎对那人颇为忌惮。

看到那个青年，冯无疾瞳孔猛地一缩：“东海观潮阁飞剑斩桃花的小貂？”

万年问道：“这家伙有两手？”

“江湖上传言，小貂酒后登寒山，飞剑斩尽满山桃花。天降大雪，春去冬又回。这种剑法神乎其神，岂止有两手而已？”

万年想了想问道：“他有几把剑？”

“不知道！”

“他的剑在哪里？”

“这个……没人见过！”

“怎么可能没人见过他的剑？”

“也许有人见过，不过他们都死了。”

“肏！”万年忍不住爆了句粗口，“这岂不是说郑吉必死无疑？”

冯无疾没有说话。

万年低声道：“我们要不要一起上去剁了那个小王八羔子？”

冯无疾扶额，反问道：“殿下觉得我们几个人比得上满山桃花？”

小貂走来，飞雪绕青衣，步步生莲花。双手笼在袖子里，笑容越发灿烂。

万年不由自主攥紧剑柄，徐虎等人心头如落重槌。

史姓少年皱眉：“霍公子，你如此行事，大将军知道吗？”

众人一怔，霍公子？大将军？

狐裘公子微讶，上下打量少年几眼：“你认得我？”

“霍山公子名满京都，有耳朵有眼睛的人想不认识都难！”

郑吉等人目光一凛，他们再孤陋寡闻，到了长安也听说过霍大公子的名讳。霍山是大将军霍光的侄孙，据说这位霍大公子跺跺脚半个长安城都会颤抖。他们的运气实在糟糕，喝杯梅子酒都会撞到人人避之不及的大煞星。

“你威胁我？”

“霍公子言重了，我只是讲一个事实。你的人行凶在先，而你不问是非曲直便要打杀我的朋友，有悖于大将军恕己及人慈心于物的训导。大将军风闻今日之事，霍公子将何以对？”

霍山眯起眼睛：“你可知外面这场风雪有多大？”

少年与郑吉都是聪明之人，自然听出霍山的弦外之音。杀人不留痕，雪大好埋人——霍大公子果然够狠。

万年大怒，要说嚣张不讲理，你到西域各国打听打听，轮得到你个小崽子？他将酒碗狠狠掷到地上，叫道：“有句老话说得好，与讲理之人饮酒，和不讲理之人拼命。老子管你姓霍还是姓狗，有种就抄家伙，别婆婆妈妈的！”

姓狗？众人全都石化。

霍山脸孔青赤：“来人，将这帮蛮子拖到外面活活捶死！”

老猿和小貂没动，一帮侍卫扑上来，如狼似虎。万年这边也不甘示弱，徐虎和几个亲卫拔出背上大剑，就要厮杀。

万年看向小貂，那个家伙笑得很讨厌，真想一拳打烂他的脸。

旁边酒客原本还想看热闹，见要动家伙，一哄而散。

杜佗实在气不过，叫道：“霍公子，你真要动手吗？”

“杜佗？”霍山看了他两眼，认出是杜家二公子，“是又如何？”

“那好，这事是因我而起，与他们无关。你有种就冲我来，咱们两个单挑，各凭本事，生死自负！”杜佗也是个狠人，从万年扈从手里抢过一把大剑，奔向霍山。

郑吉一把将他拉住。

4

这时，几个人从外面进来，中间那人面如三秋之月，一团和气。

那人先看到霍山，刚要说什么，又看到郑吉身后的史姓少年，蓦然一惊，问道：“你们这是干什么？”

霍山看到中年人，神情收敛许多：“原来是邴长史！几个蛮子在这里闹事，还伤了我的手下，我让人教教他们规矩。”

中年人名叫邴吉，是大将军霍光的长史，拜光禄大夫，给事中，宽厚仁慈，有长者风范，颇受大将军霍光信任。别看霍山在人前飞扬跋扈，见了邴吉也得老老实实。

霍山是什么人，邴吉最清楚，对他的话不置可否。转头看向史姓少年：“公子什么时候来的？”

“刚到不久，与几位新结识的朋友饮酒，不想惊扰了霍公子。”

史公子没有在是非问题上与霍山纠缠，反而把责任揽到自己身上。邴吉是何种人？年少时研习律令，初任鲁国狱史，后又担任过廷尉监，明察秋毫，断讼如神，仅凭寥寥数语就能猜出个大概情形。

邴吉看向霍山：“近日长安多有不法之事发生，大将军颇为苦恼。执金吾马大人饬令中垒令韩不疑率缇骑日夜巡查。这个时候你们争执起来，万一闹大了，韩大人肯定是要严办的。倘被大将军知晓，岂不是又要他心烦？听我一句劝，凡事不妨忍三分，莫为意气伤心神。孰轻孰重，你们是不是应该掂量一下？”

邴吉这话貌似劝说两方，实则是对霍大公子讲的。

当初，骠骑将军霍去病年少从军，屡次大破匈奴。浮西河，袭王庭，饮马瀚海，封狼居胥，立下不世战功。匈奴闻风而逃，漠南无王庭，冠军侯之名四海传扬，匈奴人为之悲歌：“失我祁连山，使我六畜不蕃息；失我焉支山，使我嫁妇无颜色。”

冠军侯至情至性，忠孝两全。出征时路过平阳，找到抛弃他母子的生父霍仲孺，跪拜相认，并为父亲置办大量田宅奴婢，令其安享晚年，并将同父异母弟霍光带到长安悉心栽培。

天妒英才，冠军侯二十四岁病逝，武帝悲恸欲绝，爱屋及乌，对其弟霍光多眷顾提携。

霍光虽无其兄之才，但心思缜密，做事恭谨勤勉，出入宫禁二十多年，未曾犯过一次错误，深得武帝信任。

征和二年，武帝令宫中画师画了《周公辅成王朝诸侯图》赐给霍光，有托孤之意。后元二年，武帝临终之时，指定霍光、上官桀、金日磾和桑弘羊为辅政大臣，辅佐时年八岁的幼子刘弗陵为帝。

霍光深谙权术之道，上官桀的儿子上官安和金日磾的儿子金赏分别娶了霍家女儿，亲党连体，盘根错节，霍氏家族渐渐势大。

其后，霍家与上官家渐生龃龉，以致最后彼此结怨，势同水火。再后来，盖长公主、燕王刘旦、上官桀和桑弘羊组成反霍光同盟，企图发动政变，一举擒杀霍光，废黜当今天子，立燕王刘旦为帝。结果谋事不密，被霍光以迅雷不及掩耳之势拿下。上官家和桑家遭到族灭，盖长公主和刘旦自杀。

至此，大将军霍光独揽朝政，霍氏家族有多人出任朝中要职，内外一体，根深叶茂，在整个帝国中荣宠无二。

孟子曰：君子之泽，五世而斩。霍山生于绮罗豪奢之家，自小沾染诸多纨绔之气，钩鹰逐兔、挈狗捉獾、斗鸡走马无所不能。兼之习得一身好枪棒，精通骑射，熟知兵法，颇不把诸多长安少年放在眼里。

其实，霍氏家族的规矩还是很严的。霍山从小天不怕地不怕，独独最怕叔祖霍光。他以往那些斑斑劣迹少不得传到大将军耳中，为此，霍大公子领受了几次家法，据说有一次被鞭笞得几乎丢了半条命。提起叔祖霍光，霍山真是不寒而栗。

霍山也是伶俐之人，他知道邴吉深获叔祖信任，倘若邴长史“不小心”在叔祖面前说出今日之事，无论怎么辩解他都逃不过一顿皮肉之苦。好汉不吃眼前亏，立刻满脸堆笑道：“邴大人，刚才的事是个误会，没什么大不了的。咱们大汉龙骧虎视，囊括四海，作为大汉子民，要有胸怀天下之志。我再不济也是霍氏子孙，纵不能替叔祖分忧，也不能和几个化外蛮子过不去吧？”

听到“化外蛮子”几个字，万年勃然大怒，刚要反驳，被郑吉以眼神止住。

邴吉笑道：“这就好！古人说恭则不侮，宽则得众。你有这个心胸，大将军知道了一定很高兴。听说你最喜欢听梅子姑娘唱曲儿，她还没出来吗？”

“哎呀，只顾和几个蛮子纠缠，差点儿忘了正事。”霍山一拍脑袋，转身走时又停下来看向郑吉，“小子，眼生得很，初来乍到吧？”

“在下刚到长安，人地两疏，霍公子明察秋毫，还请多指教！”

“长安米贵，居之大不易，没有真本事会饿死人的。看你身手不错，本公子有爱才之心，就破例给你指条明路。”

“霍公子有何高见？”

“做我霍氏铜狻猊，本公子许你一世荣华！”

众人尽皆变色。

霍氏权倾朝野，府中扈从无数，尤以铜狻猊地位最高。脸覆青铜狻猊面具，无一不是江湖上的好手。霍氏铜狻猊比大内侍卫还要威风，天下谁不羡慕？

霍山以铜狻猊招揽郑吉，足以证明他对郑吉的重视。

“霍公子好意，在下心领了。郑某志不在此，抱歉！”

“不识抬举！”霍山大为不悦，拂袖而去。

见主人离开，那帮霍氏恶奴也乱哄哄跟上去。

邴吉笑道：“霍大公子眼高于顶，很少有看得上的人。今天他主动相邀郑小友，还以霍氏铜狻猊相许，这是天大的机缘，放到江湖上，不知有多少人争得头破血流。小友为何拒而不受？”

“大人想听真话还是假话？”

“假话怎讲？”

“道不同不相为谋。”

“真话呢？”

“将相本无种，男儿当自强！”

“好个将相本无种！”邴吉拊掌大笑，“少年当有拏云志，丈夫岂能坐呜呃？听此一言，邴某不虚今日梅子坞之行，当浮一大白！”

众人大笑。

史公子看向郑吉，眼神明亮。

独独万年很是不忿，在西域都是别人看他脸色，哪知道刚到长安便被霍家公子踩了一脚，一股火在心里憋得难受：“吓唬谁啊？长安米贵又如何？老子有的是钱，天天喝酒吃肉，一粒米都不碰，还住不得长安城？”

5

史公子将万年引见给邴吉。

听说万年是乌孙国王子，邴吉大为意外。他今天约了几个朋友到梅子坞饮酒，正好碰上这档子烂事儿。也就是他面子够大，换成别人，霍家大公子肯定不买账。那样的话，后果真是很难预料。

见事情解决，人群外一个胖子松了口气，悄悄挪动脚步，准备开溜。

邴吉早看到了他，笑骂道："胡胖子，你看够了热闹就想跑，天底下哪有这等便宜事？还不给老子滚出来！"

胡胖子名叫胡貊，是梅子坞大掌柜。听到邴吉叫他，不敢再跑，像个大肉球似的滚过来。脸是圆的，身子也是圆的，笑起来见牙不见眼："小人给邴大人请安！"

"这个时候才想起请安？梅子坞出了事，老子给你擦屁股，你躲在旁边看热闹。王八蛋，你说说谁才是梅子坞主人？"

众人又笑，谁都看得出来这个胡胖子与邴长史的关系不一般。

胡貊笑嘻嘻道："看您误会了不是？邴大人出面还有搞不定的事儿？我怕抢了您老的风头，只好默默地在一边吃瓜……呃，喝茶……"

邴吉一脚踹过去："你狗日的倒是解渴了，我们怎么办？"

胡貊滚到一边儿，笑道："邴大人仗义出手，梅子坞逃过一劫，这事儿必须是要庆祝的。老规矩，一坛窖藏梅子酒怎么样？”

“五坛！”

“两坛！”

“四坛！”

“三坛！”

“一言为定，就三坛！”郦吉大笑。

胡貊这才明白上了当，小眼睛溜圆，一张脸苦得跟橘子皮似的。

郦吉见胡貊离去，向史公子笑道：“公子尽兴否？今儿是个赏雪的好日子，又巧遇乌孙王子，再饮几杯如何？这梅子坞别的好处不说，窖藏的梅子酒绝对是人间一绝。喝一口醺醺然唇齿留芳，不觉便有了几分叶间梅子青如豆的疏狂……可惜这酒酿之不易，又被胡貊那个王八蛋藏得严实，我寻了几次都没有得手，今日算是沾了公子和万年王子的光。”

少年大笑，然后看向万年：“殿下以为如何？”

万年叫道：“这个何须问？有好酒不喝是傻子！”

众人一怔，捧腹大笑。

郦吉莞尔：“早听说乌孙人豪迈天然，旷达不羁，今日一见果然如此。万年王子真性情中人也！”

万年摸摸下巴，煞有其事道：“郦大人，我读书少，听不懂你这文绉绉的话。您是奉承我呢还是绕着弯儿骂我呢？不过呢，既然是您郦大人说的，我都当好话收起来，您可不要骗我。”

郦吉气乐：“得得得，我收回刚才的话！从此后千万别说乌孙人憨直。论心眼儿，万年王子上可与星斗争辉，下可与牛毛竞雄——人间奇才也！”

万年瞪大眼睛：“郦大人，这也是好话吗？”

“呃……”郦吉无语，直喘粗气。

众人笑得肚子疼。

胡貊另外安排了一处清净院落让诸人饮酒赏雪。

邴吉亲自为史姓少年斟酒，极尽恭肃。

郑吉心下狐疑。与杜家公子同行，又得邴吉如此敬重，这位史公子到底是何方神圣？

万年喝多了，一高兴拔剑冲到外面大雪中舞了一通。雪花飘飘不沾身，在青色剑刃一尺外凝成雪珠，簌簌溅落。

众人纷纷叫好。

史公子拊掌叫好："示之以虚，开之以利，后之以发，先之以至。好剑法！"

杜佗笑道："我听说天下剑有三种，分为天子剑、诸侯剑和庶民剑。万年殿下剑如雷霆之震，上法圆天，下法方地，锋芒所向摧枯拉朽，难道就是传说中的诸侯剑？"

众人会意而笑。

西域诸国崇奉武力，王位没有立嫡立长的说法，谁的拳头大谁说了算。万年身为乌孙王子，为人豪侠，剑术高明，实力够强的话极有可能成为一国之主，岂不就是一方诸侯？

万年疑惑道："何为天子剑？"

史公子道："道家庄祖说，天子剑制以五行，论以刑德，开以阴阳，持以春夏，行以秋冬。直之无前，举之无上，案之无下，运之无旁，上决浮云，下绝地纪。此剑一用，匡诸侯，天下服。"

"庶民剑又是什么？"

"上斩颈领，下决肠肺。宁向直中取，不向曲中求。"

"这三种剑优劣如何？"

"天子剑顺天之义，仁而威，惠而信，修身而天下服；诸侯剑以术取胜，庶民剑以勇称雄。三者不可同日而语，无优劣之分。"

万年笑道："不怕你们笑话。我这个人从小的梦想是做个青衫仗剑行的游侠，江湖夜雨，桃李春风，十步杀一人，千里不留行，岂不是比狗屁诸侯剑强得多？"

史公子击节大笑。

万年奉上佩剑，豪气干云："史公子，你们汉人有句话叫宝剑赠英雄，红粉送佳人。我这把剑名叫绿蛟，得之于潜渊古地，极为锋锐。咱们两个一见如故，又都是使剑的人。今日听你一番论剑，受益良多，我以此剑相赠，万勿推辞！至于杜公子，他是个不懂剑的胖子，我也就不说了。"

这话实在直白，杜佗一脸黑线。

众人大笑。

史公子刚要拒绝，郦吉笑道："绿蛟？好名字！常言道，绿为尊，紫为贵。蛟乃未腾之龙，潜之极渊。此剑既是万年王子相赠，公子不妨收下，纵不能杀敌于边野，也能震慑宵小不是？"

史公子不再推辞，收下绿蛟剑，想了想，解下佩剑黄鸟赠予万年。

万年大喜，黄鸟籍籍无名，远比不上绿蛟，却是史公子所赠。在乌孙，互换信物之后就是兄弟，从此生在一起，死在一起，血也要流在一起。

郦吉对郑吉的印象不错，正想问问情况，外面突然大乱起来。

众人大惊，不约而起，胡胖子一头撞了进来。

"郦大人，出大事了……"

郦吉沉声道："有何事发生？不要慌，慢慢说！"

"中垒令韩大人带领缇骑包围了梅子坞，说是捉拿江洋大盗……几个盗贼劫持了霍少爷，正和韩大人对峙……"

郦吉大惊："盗贼怎么混进了梅子坞？"

胡貊叫苦不迭："我哪儿知道啊？邴大人，霍公子落在盗贼手里，若是他少了半根毫毛，我有九颗脑袋也不够砍呀，您得救救我！"

"你别急，我去见韩大人，先把霍公子救下来再说。"邴吉匆匆而去。

万年喝多了酒有些迷糊，向杜佗打听："哪个霍少爷？"

杜佗翻了个白眼道："除了那个要杀人的霍大公子，还能有哪个？"

万年张了张嘴，忽然大笑起来："老天真是有眼啊，那个小王八蛋……他不是挺横的吗？落到强盗手里可是要吃苦头的。看来老话说得不错，恶人自有恶人磨啊。"

郑吉提醒："这里是长安，殿下慎言！"

万年笑道："我也就过过嘴瘾，绝没有幸灾乐祸的意思。"

众人白眼，瞎子都看出你在幸灾乐祸，还好意思撇清自己？

整个长安九市都乱了套，人喊马嘶，狼奔豕突。

鸾鸣阁外放着几具尸体，一刀断喉，血水染红了半尺厚的积雪。

邴吉见了韩不疑才弄清事情原委。

韩不疑收到密报，有人在梅子坞发现了河西大盗关一刀的行踪。

关一刀是河西刀客，心狠手辣，作案十数起，手上有百余条人命。官府缉捕多年都抓不到他，此贼越发嚣张。

韩不疑唯恐关一刀走脱，调集精锐缇骑直扑梅子坞。不料关一刀极为机警，抢先下手制住霍山，与缇骑对峙。

缇骑丢下几具尸体，不敢再强攻。

关一刀以霍大公子为人质，要求韩不疑送他们出城。

邴吉难以置信："有多少贼子？"

"关一刀和两个扈从，共有三人！"

“三个？”邴吉大为瞠目。

不提霍山那些扈从，单说长安缇骑都是百里挑一的虎狼之士，半炷香不到被人家宰了五六个，说不过去啊……莫非这些盗匪都是三头六臂的怪物？

韩不疑不悦道：“邴大人，你且莫小看了这几个贼人。关一刀是河西有名的刀客，原名关十，天生神力，武艺超群，善使左手刀。据说与人对敌向来只出一刀，故名关一刀。之前官府多次剿捕，都被他强力杀出，溃围而去。他有两个扈从，都是用刀的好手。一个叫洪一，另一个叫孔原，皆有万夫不当之勇。韩某正是因为轻敌才吃了大亏。”

“贼人如此凶暴，不可轻举妄动，须禀报大将军定夺才是。”

“执金吾马大人已向大将军禀报过。霍公子被关一刀所执，我等投鼠忌器很难作为。除非能将贼人一击而杀，否则就是个死局。”

“不如假意答应，暗中伏下弓弩手，等贼人一现身就射杀他们。”

韩不疑苦笑，且不说缇骑弓弩手能否百步穿杨，即便能够做到，能不能将关一刀一击毙命也是未知数。万一出了纰漏，霍山的小命就完了。那可是大将军的孙子啊，借他一百个脑袋也不敢冒这个险。

6

这时，孔原在鸾鸣阁现身，手里提着一个浑身血水的人。那人被一刀贯胸而过，身体蜷缩如猴子，目眦迸裂，惨不忍睹。

孔原大叫道："姓韩的，你和老子玩缓兵之计吗？那好，孔爷就给你们开开眼界。古人杀鸡骇猴，孔爷今天反其道而行之，先杀一头老猴子给你们过过瘾！"手中刀用力一拉，将那人的头颅割下来。血水匹练般冲到空中，纷纷扬扬宛如下了一场血雨。

韩不疑目眦欲裂。缇骑手足冰冷。众人无不骇然。

万年突然瞪大眼睛，像是活见了鬼："我没看错吧？蜀山老猿被姓孔的家伙摘了脑袋，他不是蜀山三十年不败的神话吗？"

众人毛发皆竖："真是袁蔓子！一刀贯胸，孔原那厮太可怕了吧？"

冯无疾道："要杀老猿，姓孔的还不够分量！"

"谁动的手？"

"关一刀！"

"那头老猿铜皮铁骨，刀枪不入，关一刀怎么做到的？"

"一把刀便是一座三十年不改的江湖，有比这更好的理由吗？"

众人不再说话，身上越发冷得厉害。

袁蔓子如此收场，东海观潮阁的小貂又会如何？没人敢想下去。

孔原扬起袁蔓子的脑袋，狂笑道："老猴子一死，江湖从此再无搬山猿之名。姓韩的，这笔账得记到你头上。想想看蜀山袁蔓子的徒子徒孙将来找到你，会是何种光景？"

韩不疑大怒："人是你杀的，关本官何事？"

孔原大笑："这都是你们逼的。从此刻开始，我每炷香杀一人，一直到你肯答应孔爷的条件为止。你们就等着收尸吧。"

众人大惊。

邴吉道："韩大人，先把缇骑撤下来吧，一切从长计议！"

韩不疑大惊："邴大人……"

"你也看到了，这帮贼子丧心病狂，什么事都做得出来，僵持下去不知还要死多少人。我们不能拿无辜黎庶的性命来做赌注，照他们说的去做吧！陛下和大将军怪罪下来，一切后果由邴某承担。”

韩不疑没办法，只好下令撤兵。

鸾鸣阁正门打开，一个刀疤汉子出现在门口。身材魁梧，虬髯鸟喙，双手负后，气雄万夫，根本不把数百长安缇骑放在眼里。

毫无疑问，此人就是河西无双刀客——关一刀。

万年远远看见，惊诧道：“那人就是关一刀？”

史公子点点头，眸冷如雪：“此人刀法出众，杀人无数，被官府缉拿多年。敢在梅子坞现身，真没把铜墙铁壁的长安城放在眼里啊。”

冯无疾皱眉：“关一刀抓了霍大公子，缇骑投鼠忌器，这是个死局，很难化解。”

万年促狭笑道：“照我的意思，直接冲上去一阵乱刀把他们剁了完事儿。”

几个人面面相觑，这种话也就万年敢讲，估计长安城里没谁敢这样做。霍大公子死了那是比天还大的事儿，别说韩不疑头上的乌纱帽，搞不好诛九族都有可能。

史公子叹气：“时无英雄，遂使贼子猖獗。倘若徐无敌活着，关一刀不过土鸡瓦犬罢了，怎敢狺狺狂吠？”

万年歪过脑袋：“哪个徐无敌？”

“世间有几个徐无敌？当然是昔年御前第一行走徐长卿，撼山摧岳，威震九州。他活着的时候，一柄刀压得整个江湖喘不过气来。宵小股栗，群丑雌伏。试问天下武林，谁敢拿脑袋轻撄重渊之锋？”

万年想了想说道：“就算徐无敌今天在这里，恐怕也无能为力。”

史公子黯然：“你说得对，最是人间留不住，美人迟暮花辞树。

这么多年过去，徐无敌即便还活着也是将军白头，垂垂老矣，恐怕连重渊刀都不一定提得起来。倒是我一厢情愿了。”

万年忍不住笑道：“徐无敌倒没你说的那么不济，打打杀杀的确不如从前，要说连把刀都提不起来，他真会把自己淹死在酒缸里。”

“你见过徐无敌？他还活着？”

“这个……”万年揉揉鼻子，关于徐长卿的行踪，他不敢轻易透露。毕竟事涉当年旧案，不知深浅，少说为妙。再者徐长卿当年锋芒太盛，仇家肯定不少，若有几个像老瞎子那样的高手找上门，跛子徐真不一定能应付得了。他倒是有急智，反问道：“史公子，你对徐无敌念念不忘，和他很熟？见过那把重渊刀？”

史公子苦笑：“我在襁褓之中时，徐无敌已不知所终，如何得见？至于那把汉刀八祖之一的重渊刀，典籍上倒有记载，可惜无缘一睹。”

万年看向虎蛮。蛮族少年怀抱双刀，悍若幼虎。

两把刀都用布帛缠裹得严严实实，外人自然难睹真容。

史公子若是知道重渊刀就在咫尺之外，眼珠子会不会蹦出来？

万年嘴角一扯，差点儿笑出声来。

邴吉问道：“前面之人可是河西关十？”

关一刀冷冷道：“邴大人有何见教？”

“你认识本官？”

“大将军长史邴吉，宽厚仁爱，天下无怨，长安谁人不知？”

“天下无怨不敢当，邴某所求唯无愧二字而已。关十，本官看你相貌不凡，也是一条响当当的汉子，有句话不吐不快——卿本佳人，奈何作贼？以你之身手，投军从戎为国效力，不说青史留名，博个封妻荫子应该不是难事，为何非要走此绝路？”

“邴大人此言差矣。古人云窃钩者诛，窃国者侯。大人视我为贼，无非关某杀了几个人抢了几件东西。这世上有很多人为了一己之私，动辄抄人家产夷人九族，他们的行径比关某更十恶不赦。想活下去，干什么不重要，重要的是手里有刀。杀人放火金腰带，掘坟盗墓做公卿，自古皆然。与关某相比，巍巍庙堂里又有几个干净人？”

韩不疑怒道：“妖言惑众，有辱圣道，当真该死！”

关一刀冷笑：“姓韩的，你当初以所谓圣道骗取绣衣御史范昆赏识，捞到一个北海郡丞。转脸便诬蔑郡国豪杰为盗，勾结都尉杨侃将他们全部捕杀。三千头颅因你而齐刷刷落地，一个双手沾满鲜血的人屠也有脸跟我谈圣道？”

韩不疑大怒：“北海逆贼聚而为盗，信而有征，本官何曾半点儿冤枉他们？你在河西倒行逆施，人神共愤，可惜一直未能将你捉拿归案。今不思悔改，反为盗贼招魂，真真是死有余辜！”

万年笑道：“这人不该叫关一刀，改为关二刀才对！”

冯无疾摸不着头脑：“殿下何出此言？”

“手中刀杀人不眨眼，口中刀杀人不见血，岂不是关二刀？”

众人大笑。

邴吉道：“关十，鸾鸣阁里那些人是无辜的。不管你想要什么都可以慢慢谈。听本官一句劝，放了他们，弃刀自首。相信廷尉量刑时会有所考虑的。”

“邴大人，不怕你笑话，关某还有些自知之明。这辈子做过的事杀十次头都不为过，哪敢再奢望朝廷的赦免？再说这座长安城，包括庙堂在内，里里外外就没有一个干净人。你让我相信廷尉府那帮酷吏，和蕉鹿自欺没什么区别。我们最好不要浪费口舌，要么你们答应我的条件，要么我杀光了人质，你们再来杀我，如何？”

“关十，我可以答应你的条件，韩大人也可以撤下缇骑，不过，你要先放了霍公子，我保证送你们平安离开长安城。”

“不是关某信不过邴大人，而是在长安城里邴大人的话还不够分量。有霍大公子在手里，关某也算多了个护身符。倘把霍大公子交出去，关某真要死无葬身之地了。所以在出城之前，请恕关某难以从命。”

韩不疑低声道：“邴大人，此贼是王八吃秤砣——铁了心，多说无益。不如派高手暗中潜入鸾鸣阁，射人射马擒贼擒王。只要杀了关一刀，余下洪一和孔原两贼毫不足虑，可一鼓而下。”

邴吉动心：“你有人手？”

“近日京畿多有不法之事，缇骑昼夜巡查。为防不测，大将军向陛下禀明，派了两个大内侍卫坐镇。一为衔蛟剑客杨浪，一为袖中刀刘半寻，皆是铜鱼级高手。韩某原以为用不上他们，不料关一刀如此凶悍，看来必须请他们二人出马了。”

7

汉宫大内侍卫分为三等，一等神符，二等铜鱼，三等承露。神符侍卫功参造化，有御前行走的头衔，无一不是江湖中的神话。除非天子有召，否则他们不会露面。到了他们那个层次，值得出手的事情已经不多。不说铜鱼，便是末等的承露都是江湖上的一方霸主。

见邴吉默许，韩不疑立刻派人召来了杨浪和刘半寻。

二人皆身着玄色铜鱼服，气度不凡。

杨浪身材高瘦，相貌清奇，背了一把名为衔蛟的古剑。那剑看起来毫不出奇，但凡走近三尺之内，似有龙吟隐隐响起，令人不寒而栗。

刘半寻其貌不扬，双手笼在袖子里，身上看不到任何兵刃，倒像是一个老实巴交的庄稼汉子。但半个江湖的人都知道他那双手的可怕，一旦脱袖而出，必定会追魂夺命。

韩不疑只说了一句话："提关一刀的人头来见我。"

杨浪和刘半寻点点头，悄然隐去。

万年远远望见，惊讶道："那两个人什么来路？"

冯无疾道："大内铜鱼！"

"传说中的大内高手？"万年顿时来了兴趣，笑道，"听说汉宫大内侍卫有三等，铜鱼居其次，每一个都是打穿半个江湖的狠角色。关一刀这人很有面子嘛，为了抓他，两个铜鱼高手一起出马，他不死真是没有天理啊。"

冯无疾摇摇头，吐出两个字："未必！"

万年瞪圆了眼睛，满脸难以置信。

那可是两个大内铜鱼级高手啊，还搞不定几个江湖蟊贼？

关一刀脑袋后仰靠在椅背上，微闭双眼，桌子上放着一把刀。

刀名瘦龙，奇崛如凶蛟，比寻常刀剑还要宽大几分。

刀边几只犀角杯，杯中有酒，澄碧如玉，正是名盖京华的梅子酒。

霍山满脸是血，被人捆得跟粽子似的，扔在关一刀的脚边。

一个绝色女子坐于左侧，身后站着两个侍女，身前的案几上放着一张琴。十指纤纤，琴音泠泠，正是长安城最风靡的曲子《凤求凰》。

洪一斜靠在柱子上，一边用三尺多长的鬼头刀修剪指甲，一边笑嘻嘻道："梅子姑娘，我听不懂你弹什么，不过好歹还是知道的。你人长得又好，不如离开梅子坞跟我们大当家的走吧。别的不敢说，到了河西之地，你就是一人之下，万人之上，比宫里那些嫔妃都不差半点儿，岂不远胜在梅子坞卖唱？”

梅子不说话。

孔原笑道：“洪一，你是真敢想啊。梅子姑娘才艺双绝，只会喜欢霍大公子那样的小白脸，怎会委身咱们这种打家劫舍的强盗？”

洪一不服：“强盗怎么啦？老子一把鬼头刀杀穿半个河西，身上留下七十二道刀疤，吃的喝的都是拿命换来的，这个只会跪舔女人脚指头的小崽子拿什么跟我比？冠军侯英雄了得，当年马踏匈奴功盖天下，咱打心眼儿里佩服。他这帮后人算什么东西？除了欺男霸女斗鸡走马，屁都不是。我都懒得杀他们，怕脏了手。”

霍山披头散发，目眦欲裂，狠狠啐了一口血痰：“呸！几个虫豸也配提冠军侯三个字？狗日的，你们有种就杀了我，不然有一天本少必诛了你们九族！”

“哎哟喂，霍大少爷，你吓到我了。”洪一收起鬼头刀，一脚将霍山踢得滚出去，狠狠撞在柱子上。

“真他娘的够劲儿，有种再来一下。”霍山死鸭子嘴硬，疼得直冒汗，还不忘破口大骂。

“别的都稀松平常，就这点儿还像冠军侯的种。你要觉得爽，洪爷今天就侍候个够！”洪一狞笑着上前，就要踹下去。

“够了！留着他还有用，别弄死了。”关一刀阻止了洪一，又让孔原将梅子等人带到隔壁关起来。至于霍山带来的人，还能喘气的只剩一个小貂，余者全都一刀割喉。

到了这个时候，霍山也没了惧怕。使劲睁开被血水糊住的眼睛，骂道：“关十你个王八蛋，本少诚心诚意和你做买卖，你黑吃黑不说，还掀桌子杀人，这就是你的江湖道义？少爷若是不死，非活剐了你不可！”

关一刀冷冷道：“你霍家不义在前，休怪我翻脸无情。你倒是说说，关某前脚才来梅子坞，缇骑后脚就到。不是姓霍的阴我，又是谁的神来之笔？说来也是，关某吃多猪油蒙了心，竟和你这种狼心狗肺的东西做买卖。既然你们想要我的命，关某临死之前要点儿利息也不算贪心吧？”

“浑蛋，你休要胡说八道！本少何时阴过你？”

“不是你做的，缇骑为何这么巧出现在梅子坞，还口口声声要缉拿关某？据我所知，清楚关某行踪的除了霍家人，好像没有谁吧？”

“我怎么知道？本少费尽九牛二虎之力请你来长安城，原本说好了的，你帮本少杀了金建，抢夺凤凰胆。结果呢？凤凰胆倒是抢了，金建还活得好好的。本少还没兴师问罪呢，你反给老子来这么一出，真以为我们霍家奈何不了你？”

“拿到凤凰胆，杀不杀金建却是关某说了算。关某混迹江湖三十年，过河拆桥的龌龊事儿见得多了，就不担心被你霍家算计？没想到临了还是百密一疏，在梅子坞栽了个大跟头，不得不说你们霍家够狠。关某赔上三条命和三十年的声名，你们霍家得了凤凰胆又除掉心腹之患，只损失了一个纨绔少爷，怎么算都是稳赚不赔的买卖。”

8

当初，郑吉离开白马城，依旧约定，嫘罗公主交还了凤凰胆。但凤凰胆没有还给相虺，而是落到了太子绛宾手里。绛宾担心凤凰胆留在龟兹再生事端，正好龟兹欲与大汉暗修关系，便托使者带凤凰胆去了长安。

当今天子与顾命大臣金日磾的两个儿子金赏、金建年龄相仿，年少读书时，与金氏兄弟卧则同榻，出则同车，关系莫逆。天子承袭大位后，封金建为驸马都尉。金赏则袭了父爵，封为奉车都尉，成了大将军霍光的女婿。金氏兄弟是天子最亲近之人，权势煊赫，如日中天。

龟兹使者到了长安，找到金氏兄弟，希望他们为重修两国关系多行方便。龟兹一向亲近匈奴，本是大汉心腹之患。如今龟兹愿意改弦易辙，大汉求之不得，金氏兄弟自然乐见其成。作为答谢，龟兹使者临走时留下了凤凰胆。

金赏性情淡泊，不喜金石之器，凤凰胆就落入了弟弟金建手里。

金建将凤凰胆视如至宝，爱不释手。不料在一次酒宴上被霍大将军的儿子中郎将霍禹瞧见，霍禹贪心大炽，一门心思要弄到手。

霍禹的姐姐嫁给了金赏，他不便向金建强索，就派侄儿霍山当说客，愿意用重金交换凤凰胆。金建死活不同意，才惹恼了霍禹。

之前，金建从江南搜罗到一名绝色女子，霍禹垂涎欲滴，执意一睹芳容，被金屋藏娇的金建一口拒绝。

霍禹气坏了，他是霍大将军的儿子，年纪轻轻就官至中郎将，掌管皇宫禁卫，要风得风要雨得雨，除了天上的日月和汉帝的龙椅，他想要什么不是一句话的事儿？偏偏金建依仗天子宠信，不把他放在眼里，屡屡让他折了面子，怎不令他恶向胆边生？

两桩事加在一起，霍禹动了杀心。然而杀金建是天大的事儿，霍禹不敢让霍家铜狻猊出手，暗中指派霍山从江湖中物色刺客。

红叶楼臭名昭著，目标又太大，霍山怕落了把柄，便千方百计找上了关一刀。

关一刀混入长安城，不出所料拿到凤凰胆。今天和霍山在梅子坞会晤，本是银货两讫好合好散的场面，不料出了缇骑这档子事儿。关一刀疑心霍山过河拆桥，一不做二不休，宰了老猿，将霍山当场拿下。

霍山叫屈："不论你关十在外面如何嚣张，进了长安城就是笼中之雀，本少有一百种手段可以要你的命，却不会在梅子坞这种地方动手。本少可以拿项上人头担保绝不是我这里出了纰漏，真有问题，也是你关十屁股不干净。想想看除了我，谁还知道你关十进了长安城？"

关一刀双目精芒暴射。霍山的话提醒了他，他的确见过一个人。

洪一不耐烦地骂道："姓霍的，你死到临头还胡说八道，老子先帮你把嘴闭上！"说着就要动手，这时一抹虬影乍现，又狠又疾刺向他的喉咙。

"大内铜鱼？"关一刀蓦然睁眼，瘦龙刀跳起来，如天外白虹直撞出去。几乎同时，一个淡淡的影子凭空出现，一双白皙修长的手从袖中弹出，各执一柄尺许长的小刀刺向关一刀的要害。

"无耻鼠辈！"孔原双眸赤红，飞身来救。只是事起仓促，等他的刀砍过来，关一刀恐怕早变成一具冰凉的尸体。

这次攻击是杨浪和刘半寻的完美配合，先以衔蛟剑刺杀洪一，引关一刀出手救援。而刘半寻的袖中刀才是主角，半路截杀关一刀，务必一击即中。

瘦龙刀掷出去，关一刀手中无刀，面对刘半寻的双刀几乎是必死之局。

刘半寻微露讥嘲，名震河西的无双刀客不过尔尔。

蓦然，一线银芒割裂虚空，直刺刘半寻的咽喉。

那道银芒速度极快，仿佛开天辟地就等在那里。刘半寻不收手，双刀落下之前，他的喉咙肯定会先被刺穿。

刘半寻毫不犹豫暴退。双刀齐齐坠落，每柄刀都连着一只断手。

刘半寻如狼长嗥，双手齐腕而断，血如喷泉。

再看关一刀，手中不知何时多了一把小刀，刀细如蛇，幽冷刺骨。一刀就削断了刘半寻的双手。

洪一挥刀劈向杨浪的脑袋，竟是两败俱伤的打法。他不是不想躲开那一剑，面对大内铜鱼高手的刺杀，他根本躲不开。既然躲不掉，何须躲？你刺我一剑，我还你一刀，这才是天底下最公平的事情。

在刀头打滚了半辈子，洪一对别人狠，对自己更狠。

这种蛮不讲理的打法反倒救了他，杨浪当然不肯和他一命换一命。略为迟疑，瘦龙刀飞撞过来，衔蛟剑偏移二分有余，将洪一的耳朵削下来。

洪一满脸是血，依旧持刀猛劈下去。

杨浪不得不退，身形却蓦然僵硬，惨声嘶吼。

孔原声东击西偷袭杨浪，一刀从后腰扎进去，刀尖从小腹探出，血如泉涌。

孔原的刀与众不同，短而锋锐，分明就是一把杀猪刀。

洪一一刀下去，将杨浪连肩带背砍为两半。

刘半寻死死盯住关一刀："你有两把刀……这怎么可能？"

关一刀缓缓道："世人多半误解，关某名为一刀，其实并非只有一把刀。此刀名为半垂，昔年棠溪老人所铸八珍之一，削铁如泥。十年来你是第二个逼我用这把刀的人，可以死而无憾了。"

"刘某认栽，杀了我吧！"刘半寻脸色惨白，就这么败了，他不甘心。江湖搏杀就是这么残酷，生死一线，输了就不会有第二次机会。

关一刀收起半垂刀，看都不看刘半寻："关某杀人向来只出一刀，你不死是你的本事，我不会再出手。你走吧！”

刘半寻血如泉涌，摇摇欲坠，深深看了关一刀一眼，连地上的断手和双刀都未捡，转身就走。

孔原迎面走来。两人交错而过，杀猪刀上滚下两粒血珠，狰狞如恶魔的眼。

刘半寻扑倒在地上，喉中咕咕作响。颈项中一线红痕炸开，血雨飞扬。

孔原收刀：“大当家的不杀你，不代表你可以活着走出鸾鸣阁。身为大内铜鱼高手，连这种自知之明都没有，真是高看了你。”

霍山浑身冰冷，血液都要冻僵了。两个大内侍卫就这么被人宰了，跟杀鸡似的……妈的，那可是铜鱼级高手啊，横推半个江湖都不在话下，却窝窝囊囊死在了鸾鸣阁里。这是要变天吗？

霍山宁愿抠下自己的两个眼珠子，也不敢相信这一切都是真的。

鸾鸣阁上挂出一柄剑和两把刀，刀上还有两只断手——剑名衔蛟，刀为蝴蝶双刀。

韩不疑面色如土：“他们杀了杨浪和刘半寻！那是大内铜鱼啊，怎么可能失手？”

众人哗然，大内铜鱼都成了刀下鬼，还有何人能解梅子坞死局？

万年叫道：“这个关一刀果然够狠，两个铜鱼高手说宰就宰了。大内不是还有神符侍卫吗？调两个过来，直接灭了狗日的。”

众人苦笑，神符侍卫岂是说调就调的？那得汉天子降旨才行。

关一刀再次出现：“邴大人，这种蠢事最好不要再发生，否则，我不介意杀更多的人陪葬！”说完，右手向后扬起。

孔原拖着一个身形佝偻的男子走过来。

那人琵琶骨被拇指粗的铁索贯穿，青衣染血，一柄袖珍飞剑钉在脸颊上，连话都说不出来。

“小貂！”胡貊在下面看见，号叫道，“孔大侠，小貂是东海观潮阁弟子，杀不得啊。他死在这里，观潮阁一定会报复，还不得活剐了小人啊，求你们放过他吧。”

众人唏嘘不止。当初那人飞雪绕青衣，步步生莲花，何等风流写意？如今落到这般下场，怎不令人难过？

孔原狞笑：“胡掌柜，你真不想小貂死？”

“当然！”胡貊像小鸡啄米似的点头。

“那好，孔爷给你一个机会！”孔原打量胡貊几眼，提起铁索将小貂吊到窗外，大笑道，“江湖传言飞剑斩桃花的小貂轻功无双，步步生莲，我很想见识一回。还有，长安城里很多人都说你胡掌柜滚得快，我也不信。孔爷这就把小貂抛下去，你要是滚得快，正好接住他。这个法子好不好？”

胡貊料不到孔原是这个主意，一张脸黑如锅底。

孔原狂笑，铁索猛地一荡，将小貂狠狠抛到半空里。

小貂武功全失，从这么高的地方扔下来便是铜头铁臂也活不成。

胡貊脸都绿了：“姓孔的王八蛋，你不得好死啊！”

众人齐呼，很多人都把眼睛闭上，不忍看这幕惨剧。

郑吉眼疾手快，抢过缇骑手中一根长矛猛投出去，如神人掷月。

相传释迦掷象，一击而山崩。

铁矛撞开雪幕，疾飞十数丈，穿过小貂身上的铁索钉到楼柱里。

矛刃入柱尺余深，铮铮作响。

小貂被矛杆吊在半空中，颤颤欲坠，生生疼晕过去。

“好神力！”万年大声叫好，恨不得全世界都能听见。

“郑军侯威武！”冯无疾等人也大声喝彩，群情振奋。

史公子微笑，这个姓郑的朋友不只身手好，还有一腔侠义之气。尤其救人的手法令人大开眼界。换作旁人，恐怕想都不敢想。

他转向冯无疾等人："你们刚才叫他郑军侯？"

"郑公子原本是敦煌边军的军侯，刚被削职而已。"

"这是怎么回事儿？"

"这个说来话长，有时间的话您还是亲自问他吧。"

史公子点头不语。

邴吉见小貂被救下，长松了一口气。

韩不疑眼睛一亮："此子身手惊人，不输于大内铜鱼，不如……"

邴吉知道他要说什么，摆摆手道："一个刚到长安的外乡人，尚不清楚底细，还是不要把他卷进来为好。"

邴吉对郑吉的印象不错，不想让他冒险。

韩不疑赶忙派人将小貂从长矛上放下来。

孔原见郑吉坏了他的好事，气急败坏："小子，我记住你了！"

郑吉不为所动。

万年不忿："记住又怎么样？有种下来比画一下！牛皮谁都会吹，吹了白吹，还不如放个屁能听个响。"

冯无疾忍了又忍："殿下，你这话也忒俗了吧？"

"和这种半吊子讲雅言，那是对牛弹琴，他傻还是我傻？"

众人大笑。

胡貊过来拱手道："郑公子，胡某有个不情之请，不知当讲否？"

万年把手一挥："胡掌柜是吧？你想请郑吉去救梅子姑娘，傻子都猜得到。可你也看到了，大内铜鱼都不是关一刀之敌，你凭什么认为郑吉就能做到？"

胡貊颓然长叹，半晌无语。

万年笑道："我也就说说罢了，胡掌柜不必丧气。放心吧，梅子姑娘暂时不会有事。那些人质是关一刀的筹码，他要以此要挟官府。没了人质，他自己的脑袋还能长到脖子上？”

胡貊稍稍安心。

万年见郑吉凝望鸾鸣阁不语，问道：“有什么不对？”

“有件事没想明白。”

“什么事？”

郑吉看向胡貊：“胡掌柜，缇骑真是来捉拿关一刀的？”

“这还有假？我刚打听过，说是中垒令韩大人收到密报，关一刀在梅子坞见踪，所以才匆匆调集缇骑前来捉拿。”

郑吉紧锁双眉：“这就有些奇怪了！”

万年不解道：“哪里奇怪？”

“关一刀是河西有名的刀匪，沉着果断有谋略。行事极为谨慎，蛇行鳞潜，神出鬼没。哪怕亲近之人也很难见他一面。所以河西绿林中有狡兔易得一刀难寻的说法。即便来了梅子坞也没道理被人一眼认出来。”

史公子冰雪聪明：“依郑公子的说法，关一刀刚到梅子坞就泄露了行踪，若不是万中无一的意外，一定是有人故意为之。”

万年瞪大眼睛：“谁要置关一刀于死地？”

史公子笑道：“这个要问关一刀自己，他来长安做什么？”

杜佗想了想：“以关一刀的行事风格，除非有万全之策绝不会轻易到帝都来，就算来了也不会招摇过市。结果他不只来了梅子坞，还给缇骑当场堵住。事出反常必有妖，看来这里面的水很深。”

有人脑洞大开：“关十抓了霍大公子，难道要借机行刺大将军？”

史公子摇头：“这个可能性不大。大将军身边高手如云，别说区区关一刀，哪怕是号称飞剑取人头的大剑仙，想在帝都刺杀大将军都是一种奢望。”

万年笑道：“不为行刺大将军，难道关一刀看上了梅子姑娘？”

胡貊吓一跳：“绝无可能！梅子姿色不俗也没到惊为天人的地步，关一刀横行河西三十年，什么样的女子找不到，非要冒着杀头的风险来京城？”

众人纷纷点头。

关一刀是杀人如剪草的刀匪，不是见了女人就变成软脚蟹的浮浪子弟。别说梅子，换成当初一见倾人城再见倾人国的李夫人，想必关一刀也不会多看两眼。

万年笑起来：“依我看事情根本没这么复杂，是我们自己想多了。关一刀杀人太多，必遭天谴。这是天要亡他，让他自投罗网罢了。”

史公子神色凝重：“风起于青萍之末，浪成于微澜之间。抽丝剥茧，世间万事都有其源头。不管关一刀所为何来，我们都得未雨绸缪，免得事发仓促措不及手，反让贼人钻了空子。”

众人都觉得这是个好主意。防患于未然，捉矢于未发，凡事多留一个心眼，多做几手准备，终归是不错的。

9

长街上响起急骤的马蹄声，有人大喊：“太仆杜大人驾到！”

十数骑玄衣侍卫奔驰而来，马蹄将地上的落雪溅起，如箭矢飞射。

一辆四匹马拉的车子疾驰而来，车上坐着一位老人，不怒而威，恂恂如也，正是建平侯杜延年。

车子停下，杜熊和一众侍卫下马。

邴吉和韩不疑快步上前，迎接杜延年。

杜熊将父亲扶下车子，杜延年问道："情况怎么样？"

韩不疑不敢隐瞒，如实禀告："关贼凶暴，已致数人死伤，两名铜鱼侍卫也失手被杀。"

杜延年停下脚步："连大内铜鱼都出动了？"

韩不疑不知如何回答，以目光向邴吉求助。

邴吉只好出面解释："侍卫杨浪和刘半寻受陛下指派协助缇骑公干，我等本拟擒贼擒王批亢捣虚，不料关贼实在凶暴，两位铜鱼侍卫不幸殉职，实在令人痛心。"

杜延年默然不语，透过迷蒙的风雪望向鸾鸣阁，脸若刀刻。先是杜佗和霍山发生了冲突，再是关一刀骤现梅子坞，抓了霍大公子，斩杀缇骑，事情越闹越大，他便不能冷眼旁观了。因为这里不只有他的儿子，还有霍山和史公子，尤其最后那个身份特殊，真被伤到了可是天大的事儿，所以就匆忙赶了过来。

韩不疑大气都不敢出，这么冷的天居然汗透重衣。

太仆大人言语不多，很少发怒，真要杀起人来也是毫不手软的。当初益州蛮夷叛乱，杜延年以校尉之职率军平叛，杀得人头滚滚小儿止啼。这一点，韩不疑比别人更清楚。

韩不疑引领杜延年登上辨铜楼，此楼在鸾鸣阁正南方，两者隔一小湖。湖名不周池，宽逾五十丈，有亭台水榭，景致婉约。

杜延年落座，看看邴吉和韩不疑："关一刀何在？"

韩不疑小心道："就在对面的鸾鸣阁里。卑职原本想将他们一举擒下，不料关贼实在狡诈，以霍大公子和阁中诸多士子为人质，提出无理要求。卑职恐贼子伤了霍公子千金之体，是以不敢强攻。”

杜延年点头：“这是老成之举，凡事激则生变，关一刀没了顾忌，后果很难设想。这样吧，你告诉关一刀，他有话可以跟我讲！”

韩不疑吓一跳：“关贼暴逆，太仆大人万不可以身犯险！”

“怕什么？本侯当初受命平叛，面对上万蛮夷尚且不惧，还能被一个刀匪吓住？你只管按我的吩咐去做，有什么事自有本侯担当！”

韩不疑不敢再说什么，立刻派人通知关一刀。

杜延年望着迷蒙的风雪：“人都说京畿长安固若金汤，如今看来不过是一座八面漏风的破茅屋罢了。”

韩不疑汗流浃背：“关一刀极其狡猾，官府缉拿多年都寻不到他的踪迹。这次合该他出事，不只来了长安，还敢到梅子坞听曲儿，卑职接了密报才把他堵住。”

“密报？”杜延年皱眉，有人密报，说明事情不简单。

邴吉小心问道：“大人怀疑此事另有蹊跷？”

杜延年没说话，心里隐隐生出一种不祥之感。

韩不疑自信道：“这个不须理会，只要抓住关一刀，万事皆休。不是霍公子被执，卑职早将他拿下，岂容他嚣张到现在？”

邴吉反问：“你觉得霍公子被执是巧合吗？”

“这个……”韩不疑张大嘴巴，难不成霍大公子与关一刀有染？

侍卫戴九上前禀报：“太仆大人，关一刀求见！”

杜延年点头。

戴九打开窗子，不周池上风雪迷漫，隐约可见对面的鸾鸣阁。

关一刀的声音隔湖传来：“河西草民关十，见过太仆大人！”

杜延年冷笑道：“关十，都说你刀法无敌，河西称雄，连走到本侯面前的勇气都没有吗？”

关一刀笑道：“蝼蛄不可与巨龙争锋，关某一介山野草民，不敢比大人虎威。刀法无敌不过是江湖朋友吹捧，太仆大人不必当真。”

韩不疑气道：“此人真乃河西第一滚刀肉，刀客二字高估他了。”

杜延年古井无波：“关十，谈谈你的要价吧。”

“不敢！关某对太仆大人景仰已久，只恨无缘拜谒。今日得见尊颜，三生有幸，岂敢别有所图？不过既然太仆大人问了，关某倒有一事相求，还望大人成全！”

“说！”

“关某斗胆讨要一个人！”

“何人？”

“廷尉丞杨不悔！”

众人脸有异色，廷尉丞杨不悔主决讼狱，以清廉刚正铁面无私闻名于长安城。上至皇亲权贵，下至贩夫走卒，见到他无不心惊胆战，人称“矛隼”。

“给本侯一个理由！”

“当年河西关氏一门遭杨不悔灭族，这个理由够不够？”

“河西关氏藐视国法，勾结盗贼，与官府作对。杨不悔任河西太守，将关氏宗族首恶诛杀，正所谓在其位谋其政，何错之有？关氏横行不法，咎由自取，与杨不悔何干？”

“关某是否可以理解为大人拒绝了在下的要求？”

“矛隼杨不悔乃社稷之臣，国之爪牙，岂是尔等可以加害的？此事休提！关一刀，本侯愿意和你谈，是希望给你一条自新之路，你若异想天开，便是取死之道。”

“大人莫要生气，所谓漫天要价坐地还钱。此事你不许，关某也不强求，那么关某退而求其次，借大人的车驾一用如何？”

“你要本侯亲自送你们出城？”

“大人若肯见怜，关某感激不尽！”

杜延年沉吟道：“兹事体大，容本侯稍作斟酌！”

这时，戴九上前禀报：“大人，梅子坞掌柜有要事求见！”

杜延年问道：“是那只肥猫吗？”

邴吉笑道：“大人明鉴！梅子坞掌柜胡貊正是个大胖子，绰号人猫。在长安九市是出了名的滚刀肉，论手段仅次于鬼鲤。”

长安九市鱼龙混杂藏龙卧虎，以鬼鲤、人猫和媚猪三人最为出名。

杜延年点头：“带他过来！”

“是！”戴九匆匆而去。

工夫不大，胡貊几乎一路小跑滚过来。

韩不疑差点儿笑出声。

此人形貌猥琐，活像一头变了形的肥猪，哪里像人猫？

胡貊连滚带爬，向杜延年恭敬施礼：“小人胡貊见过太仆大人！”

杜延年笑道：“人猫胡貊长袖善舞，闾间号称白衣卿相……嗯，不错！”

胡貊脑门冒汗：“大人明鉴，小人好吃懒做脑满肠肥，坊间送了人猫二字，无非拿小人开心而已，当不起白衣卿相四个字。”

“是吗？本侯看来，你胡貊七窍玲珑貌柔机深，人猫二字倒也名副其实。本侯正要寻你，你便来了。说说吧，你见本侯有何事？”

胡貊躬身道：“有人说了一句话，小人斗胆转禀给大人。”

“哦，什么话？”

“小心捉刀人！”

众人脸色齐变。

韩不疑喝道：“胡貊，太仆大人面前怎可胡说八道？”

胡貊磕头：“小人句句实言，不敢胡说八道！”

邴吉问道：“此话可是出自鬼鲤之口？”

胡貊苦笑：“大人这么看好鬼鲤？”

“本官听说鬼鲤腹藏珠玑，有王佐之才，故有此问。”

“坊间传说天下才学一石，鬼鲤独占八斗，小人不知道是真是假。说到心机，鬼鲤称得上深不可测。与他相比，我和媚猪加在一起连个青蝇附骥都算不上。可惜此话并非鬼鲤所讲。”

邴吉愕然：“不是鬼鲤，又是何人？”

韩不疑有些摸不着头脑：“这话是什么意思？”

杜延年道：“这是有人提醒本侯，梅子坞这件事大有玄机！”

韩不疑试探道：“不会是有人故意危言耸听吧？关一刀被困在梅子坞，有天大的本事还能变出花样儿来？”

邴吉想起什么，把胡貊叫到一边：“鶌鶋坊那边有什么消息？”

鶌鶋坊是大将军霍光一手打造的谍子机构，胡貊正是鶌鶋坊在长安九市的谍子头目。邴吉身为大将军长史，对这点还是十分清楚的。

“一个时辰前，鬼鲤离开了老龙亭，不知所踪。”

“不知所踪是什么意思？”

“鶌鶋坊那边的谍子跟丢了。”

“跟丢了？你可知鬼鲤在这个时候离开老龙亭意味着什么？”

“卑职该死，请大人责罚！”

“还有什么？”

“媚猪也不见了。”

“连媚猪都不见了？”邴吉的心不由沉下去，怒道，“长安九市三条地头蛇，如今只剩下你一个，你知道这意味着什么吗？”

胡貊汗出如浆。

邴吉冷声道："做了梅子坞大掌柜，每天看着白花花的银子往里淌，做梦都要笑醒吧？一个见不得光的谍子，被人瞧出根脚都没死也算一种本事。等大将军问起，你最好真的有九条命。"

胡貊如雷轰顶。

"胡貊，鬼鲤和媚猪偏偏这个时候失踪，恐怕大有文章。梅子坞今日是生死大劫，熬过去，你还是风光无限的梅子坞大掌柜；熬不过去，这座不周池恐怕得用你胡氏九族的尸体填满。"

胡貊面如土色："小人一向对朝廷忠心耿耿，邴大人您是知道的，一定得救救我。"

"我且问你，刚才那句话是何人所讲？"

"与大人一起饮酒的郑公子。"

"是他？"邴吉大为意外，"胡貊，事不宜迟，你马上传讯鷐鶒坊，在京城内外搜访鬼鲤和媚猪。不管他们和梅子坞这件事有没有干系，都要以最快的速度找到他们，绝不能让他们离开京城半步！"

"大人放心，小人断不会误了朝廷大事！不管是谁，只要蹚了梅子坞的浑水，小人保证让他祖宗八代都后悔生到这个世上来。"

见胡貊转身要走，邴吉又叮嘱道："关一刀困兽犹斗，等会儿可能有些麻烦。你下去安排一些可靠人手，务必保护好史公子和杜公子。他们少半根毫毛，别怪老子和你秋后算账！"

胡貊拍胸脯保证："大人请放心，哪怕小人脑袋搬家也会拼了命护住两位公子爷。他俩少一颗美人痣，也不用您发话，小人就把自个儿切碎了给您下酒。"

邴吉欲呕："滚滚滚……老子不吃猫肉，看见你狗日的就反胃。"

胡貊当真听话，一路从辨铜楼上滚了下去。

杜延年站起来："宁可信其有，不可信其无。关一刀这事儿本就透着诡异，说不得真有人下了一盘天大的棋。韩不疑，即刻下令拿下关一刀，抓不到活的，死的也要！”

韩不疑犹疑道：“大人，霍公子还陷于关贼之手……”

杜延年大怒：“当断不断，反受其乱，这个时候岂容妇人之仁？”

韩不疑汗流浃背。

关一刀隔湖叫道：“太仆大人不打算和关某谈下去了吗？不谈没关系，有几句话关某不得不说。大人可以不在乎鸾鸣阁里七十余士子的性命，也可以不要千古神物凤凰胆，可有一桩秘闻，大人最好还是耐心听一听。”

杜延年怒道：“休听他妖言惑众！传令下去，斩杀关一刀者重赏！”

韩不疑吼道：“关一刀，你狼子野心自绝于天，还不滚过来受死？”

关一刀仰天大笑：“人间狗屠三十秋，匣中金刀血不干。为斩春风过剑阁，今日一刀叩长安！”

10

大风起，一袭白衣掠出鸾鸣阁。

人如鹰隼，掠湖分野。一刀恍如天外飞来，劈开不周池上空茫茫飞雪，直斩南岸辨铜楼。

韩不疑料不到关一刀如此凶悍，号叫道："神弩营何在？放箭！"

汉弩强度以石来计算，分为一、三、四、五、六、七、八、十石弩。十石弩最强，称为"大黄弩"，除非臂力超群如飞将军李广，一般人难以使用。

神弩营人手一具乙字弩，射程和威力虽不及大黄弩，但百步以内几乎无物可御。

一刀横空而来，如彗星袭月，沛然莫御。

神弩营摘下乙字弩，还没来得及发射，连人带弩被刀气搅碎，摧枯拉朽，红雪覆盖大半个不周池。

瘦龙刀锋长四尺脊如游龙，荡开风雪，摧城撼岳，斩向杜延年。

杜延年渊停岳峙，不为所动。

韩不疑魂飞天外："保护太仆大人！"

咔嚓嚓……辨铜楼承受不住暴烈的刀气，雕梁画栋纷纷炸裂。

一刀在手，身前无人。河西关一刀，果然盛名之下无虚士。

侍卫们拼了命，依然挡不住石破天惊的一刀。

数名侍卫被刀气撞翻出去，玄甲崩裂五脏皆碎，当场惨死。

蓦然间，一道银光穿楼而入，撞向必杀一击的瘦龙刀。

两条人影一触即分，辨铜楼上龙吟虎啸，乱雪如戟。

一人持刀挡在杜延年身前，身躯挺拔，眼神清澈。

刀名重渊，通体青紫，直锋如雪。

关一刀虎目圆睁："精气藏，神华隐，龙共虎，应声裂。阁下年纪轻轻修为不俗。关某纵横河西三十年，自问挡得下我一刀龙雀开天门者，绝不超过一手之数，你又是何人？"

郑吉收刀："江湖末学，难入关大侠法眼，不提也罢。"

关一刀的目光落到郑吉手中刀上，瞳孔狠狠一缩："重渊刀？"

"关大侠好眼力！"

"你是徐无敌什么人？"

"关大侠何有此问？"

"据关某所知，重渊刀当初为一代大侠徐长卿所有。他失踪后，这把刀也杳如黄鹤。我曾用三年时间搜寻此刀下落，一直未能如愿。当年徐长卿侠名满天下，关某极为景仰。你手持重渊刀，必定和徐大侠渊源极深。看在徐大侠的面子上，我不杀你，你走吧。"

"关大侠，你是江湖前辈，在下说句不敬的话，人贵有自知之明，有多大的手端多大的碗，野心一旦过了头，先撑破的是自己的肚子。"

"你想说什么？"

"我不知道谁下了这盘棋，也不知道这盘棋有多大，最起码能猜到你关大侠也是弈者之一。但世事无常，万一给人下成个棋中棋，你关大侠赔上的可不只是三十年的荣耀，还得加上你关氏一族的性命。"

关一刀脸色数变，死死盯住郑吉："古语说得好，察见渊鱼者不祥，智料隐匿者遭殃。小子，你这双眼睛太毒了。看在大汉祖刀的分上，我本想放你一马，奈何你不知死活，休怪我出手无情。"

"杀了我又如何？数百缇骑将梅子坞围得风雨不漏，你有机会翻盘吗？关大侠，心比苍天高，人力有穷时，收手吧！"

"关某手中之刀名为瘦龙，一刀即出，当摧锋陷阵一往无前，不是敌死便是我亡，何曾有过收手之说？"

关一刀左手横刀，杀气泱荡，寸寸生灭。一人一刀便是苍穹下最霸道的存在，纵铁骑如潮雄兵百万，谁与争锋？

郑吉不说话，狭眸如渊，里面隐现凶蛟之影，漠然俯视苍生。

见关一刀攻击辨铜楼，杜佗急坏了。他老爹带的侍卫不少，可在关一刀面前根本不够看啊。连袁蔓子和小貂都折在了关一刀手里，杜府里那些远不如杨浪的侍卫有个屁用？

他看向万年：“郑吉挡得住关一刀吗？”

万年摇头：“不知道！”

“能撑几个回合吧？”

“不知道！”

杜佗急得要哭：“你是他的朋友，总不能什么都不知道吧？”

万年眼神犀利：“我给不了你想要的答案，不过我这条命是郑吉救的，郑吉死了，我第一个冲上去，杀不了关一刀就陪郑吉去闯黄泉路。咱们乌孙汉子读书少，知道的道理不多，但有八个字记得清楚：以牙还牙，以血还血。谁砍我兄弟一刀，我就咬下他一块肉。我若不死，异日必血洗河西关氏满门！”

冯无疾赞道：“说得好，算我一个！”

史公子想了想说道：“郑吉阻拦关一刀，以死相搏。我们是他的朋友，总得做点儿什么才行。”

万年笑道：“我也是这个意思，不然咱们群殴关一刀？”

“关一刀称雄河西，刀法无敌，咱们上去也是送死。依我之见，不如趁机杀进鸾鸣阁抓住孔原和洪一。一则断了关一刀后路，二则也能乱关一刀之心。这是釜底抽薪之策，如能成功，关一刀失去人质作为倚仗，就是一头掉了牙的老虎。不用咱们动手，光是几百缇骑就能将他活活踩死。”

“办法是好，可那两个家伙刀法不俗，又以霍山的性命要挟，我们很难下手。”

“在我看来，情况恰好相反。关一刀攻击辨铜楼，刀指杜大人，等于打破了僵持。韩不疑很快会下令全力攻打鸾鸣阁，你们只需借势而为，给二贼致命一击，还怕拿不下他们吗？”

万年道："那还等什么？老冯，你和我先冲上去打贼人一个措手不及，免得那几个王八蛋狗急跳墙乱杀人。"

冯无疾摇头："殿下，我去，你不能去！"

万年大怒："老冯，你把我当成什么人？本王子单骑仗剑北上冰原五千里。斗过狐猎过狼差点儿成了熊瞎子的口粮，喝过血砍过人也曾被人撵得像疯狗一样。不说杀人如麻，好歹手里也有几十条人命吧，你以为本王子是一个见只蛤蟆都能吓尿的雏儿？"

徐虎等人还要劝阻，被万年全瞪回去。

冯无疾不再坚持，长剑出鞘，霎时消失在风雪里。

史公子叫道："小心！"

万年大笑，拔剑疾掠，翩如飞鸿。

徐虎等人也各自拔出大剑，紧跟万年冲向鸾鸣阁。

虎蛮没有跟上去，将吞雪刀插到背后，摘下牛角弓，身子一猫扑向辨铜楼。迅捷轻柔，无声无息，看在史公子和杜佗眼里，就像一头行走于阴影之中的野豹。

他是天雅族最好的猎手，自然知道什么时候给猎物致命一击。

郑吉挡住关一刀，众侍卫拼死抢出杜延年、邴吉和韩不疑。

韩不疑大叫道："保护杜大人！"

杜延年一摆手："不用管我，本侯还死不了。传令下去，全力攻打鸾鸣阁和辨铜楼，绝不能让关一刀他们逃出梅子坞！"

韩不疑不敢怠慢，立刻下令，缇骑像嗅到血腥味的饿狼冲上楼。

风狂雪骤，杀声四起。

孔原从鸾鸣阁里探出头来，把杀猪刀架在梅子雪白的脖颈上，号叫道："姓韩的，将你的人都撤下去，不然别怪孔爷不懂得怜香惜玉。"

梅子脸色苍白，如雪中梨花。

韩不疑冷笑，杜大人撂下了话，连霍大公子的死活都不顾，他还在乎其他蝼蚁？

孔原大怒，攥紧刀柄就要抹开梅子的颈子。

一抹青色剑芒从风雪中突然射出，以迅雷不及掩耳之势刺向孔原的咽喉，宛如竹叶青致命的獠牙。

孔原不相信世上有这么快的剑，眼睁睁看着那柄剑刺穿了他的脖颈，以及那个从风雪中走进鸾鸣阁的剑客。

孔原说不出话，死死盯住一脸漠然的冯无疾，满脸震惊，似乎不敢相信自己就这么死了。

冯无疾好像知道孔原想说什么，一手拿开梅子颈中的杀猪刀，缓缓从孔原喉中拔出剑刃："我叫冯无疾，来自邯郸，死在我剑下的河西刀客，你不是第一个！"

"青蚨剑客……"孔原终于可以开口说话，仅仅说了几个字，血沫冲口而出，一头栽倒下去。

"五哥——"洪一看到孔原被杀，瞳孔血红嘶声长号。

"杀！"缇骑看到这一幕精神大振，蜂拥而上。

洪一悍如凶兽，一手提起霍山，一手抡鬼头刀杀入缇骑之中，左冲右突，接连砍翻五六个人。不是缇骑杀不了他，而是怕伤了霍大公子不敢下死手。结果人越多越乱，一时反拿洪一没什么办法。

万年靠上去大叫道："洪一，我来帮你！"

洪一杀得兴起，闻言一愣，手中刀不由缓了缓。万年要的就是这个机会，黄鸟剑疾刺而出，正中洪一左腕。

洪一疼得大叫，手一松，霍山坠翻在地上。

徐虎等人持剑一拥而上，逼退洪一，把霍山抢了回来。

今天死了十几个袍泽，缇骑早对三个贼子恨之入骨。这会儿见霍大公子得救，都跟绿了眼的饿狼一样扑上去，几十把刀不分先后，泼风似的把洪一剁成一摊肉泥。

辨铜楼上响起冲天刀鸣，如虎啸苍穹。

关一刀左手执刀，以开天之势横击，刀锋所向，海沸山摇。

郑吉不得不退，这是关一刀最霸道的斫泥手，一刀出，天地变色，身前无人。他不想杀人，最起码初入帝都，在没有拎清楚事情真相的情况下，他不想贸然介入而使事情变得更糟糕。

老跛子说过一句话：长安的水太深，里面都是吃人不吐骨头的老甲鱼，不小心跌进去，死都不知道怎么死的。

关一刀铁了心要杀郑吉，出刀就是生死立判的斫泥手。

纵横河西三十年，这一式斫泥手也仅仅用过两次而已。

那两次都是背水一战。好在他赢了，一把刀压制河西三十年。

如今是第三次，汉刀八祖之一的重渊刀出现了，他必须全力出手，一击必杀。这样做除了对祖刀的敬畏，还有一个说不出口的原因——他不想死。

他有一种很不好的感觉。

不管眼前这个有狭长双眸的年轻人和徐长卿是什么关系，那把重渊刀总不会是假的。一个敢背着大汉祖刀到处跑的人，不是疯子就是狠人——比他关一刀更狠的人。

年轻人显然不是前者，所以他没有理由拿自己的小命开玩笑。

关一刀视刀如命，要说对重渊刀没有半点觊觎，鬼都不信。至于杀人夺宝的想法，一闪念罢了，他还真不敢相信这把大汉祖刀会轻而易举落到他手里。

三十年刀头舐血，白骨筑京观，瘦龙刀都快成了精魅，他岂会天真到如此地步?

郑吉倒掠而出，从辨铜楼一路退到沉雪亭，身形飘忽，疾如鹰鹘。

瘦龙刀如影随形，气机流转三千里，始终不离郑吉胸腹。

刹那人鬼，生死俄顷。

一根骨矢呼啸而来，穿风破雪，直奔关一刀的眉心，有断江之威。

关一刀不敢小觑，身体蓦然侧转，骨矢走空，狠狠扎进亭柱里，整个沉雪亭如遭重击，簌簌颤抖。

射出这一箭，虎蛮全身的气力似乎被掏空，双臂颓然垂下，右手拇指血肉模糊，隐见白骨。

瘦龙刀一滞，海潮般磅礴的气机被打断，如巍峨冰山裂开一道微不可查的细纹。

关一刀大为惋惜，此刀无功，再想杀这个年轻人可就难了。对于真正的高手而言，杀一人和破千军有时候并无两样，摧锋陷阵和一刀断喉要的都是一鼓作气。那股气一旦散了再凝聚，便是生死两重天。不是做不到，而是别人根本不会给你这个机会。

郑吉单手负后，以刀拄地，衣袂飘飞：“杀人不旋踵，一刀断人头，关大侠果然好刀法！”

“刀法再好，杀不了人又有何用？”

“一把瘦龙刀，多少断头人？承蒙关大侠看得起，在下也有一刀，请不吝赐教！”郑吉双手拖刀，身形拔起，重渊刀直直朝前劈下来，一刀分风雪，比起关一刀方才的斫泥手，声势何止差了千百倍？

关一刀瞳孔骤缩，这一刀……根本就是刀法中最基本的劈砍术，凡是用刀之人，哪个不是千锤百炼？这朴拙至极的一刀看在关十眼里，却是世间最可怕的杀人术。

白虎晨鸣，雷震四野。大道至简，直指本心。

杀人的法子有千万种，归根结底不过杀人二字。

渴了饿了，一箪食一瓢饮就能解决问题，何须山珍海味琼浆玉液？世事原本简单，而人心太过复杂。

11

元平元年，长安城降下一场罕见的暴雪。

大风起，摧城折木，雪飞如龙卷。

金建是个很会享受的人，虽然自已名下有座驸马都尉府，可他一年中有大半时间会住在半桃小筑里。

半桃小筑是金建倾注无数心血建造的，他这个人最喜欢江南的婉约妩媚，可又不能常年住在江南，就在长安城里亲手打造出一座江南园林，中有虎溪之水穿过。白墙黛瓦，小桥流水，半湖烟雨，野鹭惊起，令人流连忘返。

半桃小筑最有名的还是占了一半宅子的桃林，桃之夭夭，灼灼其华。桃林里有一座小楼，青萝袅袅，白鹇处处。

金建此刻没了往日的倜傥潇洒，案几上一封留书看了十几遍，身上的汗水干了又湿，湿了又干。

所谓留书，不过有人撕了半幅衣襟，在上面信手涂鸦而已，寥寥两句话，让金建冷到骨子里：自是桃花贪结子，错教人恨金侍中。落款四个字：河西关十。

金建被封为驸马都尉，因得天子恩宠，仍任侍中之职，经常出入禁中，与闻朝政，所以长安城里多以金侍中相称。

关十抢走了凤凰胆，又差点儿要他的命，金建当然生气。可再生气也不能与那两句话相比，真要传到有心人的耳朵里，长安城里不知又要有多少人头落地。

这事儿还得从大将军霍光身上说起。当初左将军上官桀之子上官安娶霍光的女儿为妻，生下一女，取名上官云霓。幼帝即位，上官桀父子找到霍光，想把上官云霓送进宫做皇后，被霍光拒绝。上官桀父子不死心，通过鄂邑长公主将年仅六岁的上官云霓送进了宫。后来上官桀父子勾结鄂邑长公主和燕王谋反被诛，那一年上官皇后才八岁，未被株连。

上官家被灭族，上官皇后还是个孩子，唯一的依仗只剩下外祖父霍光。天子年幼，霍光身为帝师，权柄一时无两。大将军吸取当年七国之乱和诸王夺嫡的教训，对宫闱控制极严。除了上官皇后，不容许天子宠幸其他女人。凡宫中女官及侍奉天子的宫女，一律穿着穷绔。

所谓穷绔，就是一种有前后裆且系了很多带子的裤子。试想少年天子身处三千佳丽之中，纵然一时心血来潮，天雷勾起了地火，等把系满了死结的穷绔解开，满腔热血多半也成了一堆冷灰。不得不说，霍大将军这招实在够狠。

金建对霍大将军的“欺主”行径深恶痛绝。想想看，汉帝过了及冠之年，上官小皇后才刚满十四岁。一个正常男人每天对着一个比自己小了六岁的丫头片子能有多少风花雪月的心思？明明有弱水三千，非逼着喝一瓢冷水，完全是强人所难嘛。说句诛心的话，天子只有一个女人，你霍大将军却有三妻四妾，是不是有僭越之嫌？话又说回来，即使春从春游夜专夜，一生一世一双人，也没见小皇后的肚子大起来不是？

金建建造了半桃小筑，又从江南得一绝色女子。据说其母梦桃花而生，其时正值隆冬，桃花一夜开满枝头，取名桃姬。桃姬能歌善舞，有倾城之貌，如花解语。金建将之视若珍宝，藏于半桃小筑。

元平元年春天，汉帝驾幸半桃小筑，于虎溪上“无意”邂逅桃姬。那时桃花开得正艳，春水红英，摇荡女萝。桃姬立于小楼之上，赤足如雪，衣袂飘摇，凭栏远眺，桃花逐衣而舞……

少年天子再也舍不得移开目光。

细腰宫里露桃新，春风一度暗结子。自从一见桃花后，直至如今更不疑。

桃姬有了身孕，而且是天子血脉，这事极为机密，金建连自己的哥哥都未曾告诉，那个抢了凤凰胆又差点儿杀了他的家伙如何知道的?

自是桃花贪结子，错教人恨金侍中，这是挑衅还是对他的警告?

金建攥紧半幅衣襟，脸色狰狞。不管是谁派了关十，也不管关十是何种用意，他都必须以最快的速度将那个刀匪找出来，顺藤摸瓜查出元凶，然后以铁血手段灭口。一旦消息走漏，不说乾纲震荡，长安城里肯定逃不掉一场腥风血雨。天子可以宽恕他，霍大将军那一关绝对过不了。到时候随便安个罪名，不只他死，整个金氏家族都得陪葬，到时候又是一幕人头滚滚的惨剧。

他可以死，金家可以陪葬，但天子圣誉不能有瑕。

这时，有心腹侍卫匆匆奔入禀报，关一刀出现在了梅子坞。

“关一刀！”金建低低吼了一声，神情极度可怕。

重渊刀直直劈落，刀气奔腾如江河。风敛雪息，天门洞开，一抹刀光接天连地，如鲲鹏水击三千里，神威煌煌，沛然莫御。

天地再大，也不过一刀之事。世事再深，也险不过万重之渊。

关一刀如遭飓风，身上衣袍无风自裂。他不甘束手待毙，脊椎骨扭转如孽龙翻腾，收刀于袖弓身狂奔，似巨象摧城，狠狠撞向郑吉。

有人说，琴以不鼓为妙，棋以不着为高，示朴藏拙，古之至人。

在关一刀看来，最好的刀不是出鞘的刀，而是藏在袖中的刀。

重渊刀决云荡日而下，一抹刀光从关一刀袖里飞出，正是他的成名绝技——袖里青蛇。

一刀席卷千重雪。

“当啷”，不愧是大汉祖刀，当者披靡。重渊刀丝毫无损，瘦龙刀当场崩断，半截刀身飞越不周池钉在辨铜楼上。

大风呼啸，满天飞雪，平地风起如龙卷，不周池白浪滔天。

关一刀倒飞出去，如陨石般砸进四面漏风的辨铜楼里，巍巍高楼轰然坍塌。神仙打架，凡人遭殃。几名缇骑被刀气波及，惨死者有之，坠池者有之。其他人见状，狼奔豕突。

郑吉伸开左手，掌中多了一把刀，寒芒流转，正是诡异如蛇的半垂刀。不是早有防备，被它刺中了心脏，哪里还有命在？一袖双杀，明暗两把刀，躲得了瘦龙，躲不过半垂，好一招袖里青蛇！好一个无双刀客！

风狂雪骤，郑吉转身离去，看都没看关一刀消失的地方。

他知道关一刀死不了，刚才那一刀只能重伤关一刀而不至于要命。至于后面如何，不是他该操心的事情。

缇骑冲向辨铜楼，将关一刀从废墟里拖出来。

关一刀身受重伤，几近垂死。

几个缇骑大约为了抢功，冲上去要砍掉关一刀的脑袋。殊不知老虎没了牙还是老虎，再不济也有煌煌之威，绝不是几只虫豸能够侵犯的，结果几个人刚近身就被关一刀斩杀。

半截瘦龙刀轻而易举地割断了两个家伙的喉咙。

剩下的缇骑惊骇欲绝，人手一具神机乙字弩，一阵乱射，将关一刀钉在雪地里。韩不疑及时赶到，阻止了缇骑，将关一刀打入囚车，派重兵押解。

长安九市大乱，胡貊人手不够，向邴吉求援。

第十二章　又见长安乱

1

捉到关一刀，韩不疑大喜过望。虽说前后折损了三十余缇骑，能抓到通缉多年的河西巨匪，绝对是奇功一件。他怕煮熟的鸭子又飞了，不敢耽搁，向杜延年匆匆打过招呼，就带人押解关一刀回去。

杜延年没有阻拦，只要史公子和霍公子安然无恙，至于犯人该由谁送又送到哪里，他只是太仆，不管这些。

韩不疑没有高兴多久，离开梅子坞，穿过扶辇桥，他就被一彪人马给截住了。

来人正是金建。

论官职，韩不疑也许不惧金建这个驸马都尉，但金建是当今天子最宠信的人，加封侍中，出入禁中。只此一点，朝野上下除了霍大将军和他那个飞扬跋扈的儿子霍禹，哪个敢撄其锋芒？

韩不疑心中惴惴，笑着上前询问来意。

金建也不说废话，直接索要关一刀。

韩不疑如何肯答应！且不说他和关一刀之间的恩怨，如今死了三十多个缇骑，才好不容易逮条大鱼，金建闻到腥味就上来，爪子未免伸得有些长了吧？

“金侍中，抓捕盗贼本是中垒令的事情，韩某说句不中听的话，好像与驸马都尉无关吧？”

“关一刀抢了凤凰胆，又差点儿要金某的命，如何与本官无关？”

“就算如此，那也是廷尉府的事儿，金侍中真想横插一脚？”

“韩大人，今日抛开庙堂不谈，关一刀我是要定了。人敬我一尺，我敬人一丈。韩大人肯通融，金某必有后报。”

韩不疑冷笑：“韩某不通融，你就要硬抢，金侍中是这个意思吗？”

金建知道谈不下去，干脆向身后一招手，数十名身披玄甲的胡骑开始冲锋。这些侍卫是金建重金打造的，名为玄甲卫。来自乌孙的甲等战马，人马俱披重甲，戴铜面具，只露两只眼睛。每人一具神机甲字弩，弯刀如月，冲锋陷阵所向披靡。

别看不足百人，一旦发起冲锋绝不逊于千军万马的声势。况且这些侍卫是万里挑一的胡骑好手，都是从尸山血海里杀出来的，岂是捕盗的缇骑可比？

韩不疑脸色惨白，汗如雨下。

缇骑虽占数量上的优势，他也不敢玉石俱焚。打不打得过是一方面，主要是他惹不起这个姓金的小王八蛋。真要在扶辇桥头杀个血流成河，输赢不讲，到最后脑袋搬家的肯定是他。

“你赢了！”韩不疑退开，把关一刀拱手让给金建。

金建拱手道：“韩大人盛情，金某没齿难忘！”

韩不疑道：“韩某公私分明，此事定会向陛下如实禀报！”

金建冷笑两声，扬长而去。

折腾了大半天，折损了不少袍泽，却是个竹篮打水一场空的下场，缇骑们都有些垂头丧气。好不容易回营，又被人截住。

来人是霍禹。

听说梅子坞出了事儿，霍禹再也坐不住，他不知道关一刀为何与霍山闹翻，但有一点是确凿无疑的——关一刀绝不能活着落到缇骑手里，否则，光是买凶杀人这一项罪名就够他喝一壶的。若是别人还好说，金建那厮知道了真相，一定不会善罢甘休。

按说缉捕盗匪用不到羽林骑，霍禹以霍云被执和长安九市大乱为由向天子讨了一份旨意，率一百羽林骑直奔梅子坞。路上听说关一刀被缇骑擒拿，他又转去堵韩不疑。

听说金建抢走了关一刀，霍禹勃然大怒。

关一刀……桃姬……霍禹喃喃自语，脸色狰狞。

大将军权倾朝野，手中又有鸊鹈坊，真当半桃小筑那点儿破事逃得过霍家的耳目？不是霍家愿意隐忍，而是缺个契机罢了。

霍禹想想凤凰胆和那个自己觊觎许久的桃姬，再想想宫里的小皇后，顿时怒从心头起，恶向胆边生。抛开凤凰胆不提，金建这是要干什么？父亲连宫里的女人都不许天子碰，金建却在外面给天子养了个女人。关键是这个女人还怀了孕，一旦诞下龙种，他那个肚子不争气的外甥女上官云霓将置于何处？真让桃姬上了位，他们霍家没了皇后这个金字招牌，江河日下是一定的。父亲活着还好说，一旦山陵崩，偌大的霍家还不由着金建那厮揉扁搓圆？

古人说无毒不丈夫，姓金的，你做了初一，就别怪我做十五。

霍禹大手一挥，羽林骑冲风破雪驰向半桃小筑。

2

半日后，一个消息传遍长安城。羽林骑抄了半桃小筑，与驸马都尉府的玄甲卫大打出手，双方死伤数十人，血水染红了红楼外面的虎溪。金侍中重伤垂死，那个名叫桃姬的女子从楼上坠下，当场毙命。

至于关一刀，直接被霍中郎砍了头。霍禹拿到了凤凰胆，又一把火将半桃小筑烧得干干净净。

此事震惊朝野，当今天子闻讯，呕血三斗。

霍大将军亲自出面，将霍禹撤职查办，打入大牢候审。一干羽林骑和玄甲卫以及在半桃小筑侥幸活下来的人，全部被处死。

长安城再次见识到霍大将军的铁血手段。

郑吉和万年离开梅子坞回到虾捧坊，却不见了苏子和蝉衣。

吴半夏看向郑吉，冷冷道："你要找人的话，可以去西陂泽。"

万年叫道："西陂泽？她们去那里做什么？"

郑吉问道："谁劫走了她们？"

吴半夏没说话，指向外面。

廊外有一秦碑，历一百四十余年而不毁，上面的碑文据说出自前朝丞相李斯之手，挺遒清劲，随势生姿，如千钧强弩，万石洪钟，令人叹为观止。不过此时碑文被人用重手法生生抹去，又以指代刀画了一只鸡爪和几抹虾须，笔法拙劣如小儿涂鸦。

郑吉看向吴半夏："你和他们交过手？"

吴半夏冷哼一声，头也不回地离开。

万年笑道："这是什么破玩意儿？装神弄鬼吗？"

冯无疾叹道："指力通玄，如龙象蹴踏，天下无矩矣。"

万年骇然咋舌："不会吧？天底下真有这号牛人？"

"五十年前，江湖上突然出现一对夫妻，亦正亦邪，武功奇高，折在他们手里的江湖名宿不下双手之数。据说当年徐无敌和他们交过手，胜负未知。"

"敢和老跛子叫板，那是神仙级别的人物啊。说了半天，他们到底是什么人？"

"鸡公虾婆！"

"什么意思？"

"那对夫妻成名数十年，没人清楚他们的来历。男的善使一对鸡爪钺，女的身藏一双虾尾刀，江湖上有个响亮的绰号——鸡公虾婆。"

"鸡公虾婆？"万年忍不住大笑，"这名字真不含糊！"

"与名字相比，他们杀人的手段更不含糊！"

"苏子没来过长安，怎么会招惹到那两个老不死？"

"城门失火，殃及池鱼！"

"你说是咱们连累了苏子姑娘？"

"我只是猜测，否则事情说不通。"

"又是买凶杀人？"

"不然呢？"

"算了，我懒得去猜。不管鸡公虾婆还是鸡毛鸭血，总之都是兵来将挡水来土掩的老法子。江湖赌命，入了局由不得我也由不得他们！大家还是各凭本事挣命吧。"

大家都看向郑吉，不知不觉间将他当成了一锤定音的人。

郑吉笑了笑："天色还早，我带虎蛮去西陂泽看看，你们留在这里听我的消息。"

万年急道："这怎么行？你明知道鸡公虾婆手段不俗，还要单刀赴会。别人跟着也就罢了，一个小蛮子有什么用？再说了，你今天刚和关一刀打了一场，哪有余力再对付两个老妖怪？"

虎蛮瞪视万年，一副拼命的架势。

郑吉笑道："鸡公虾婆虽然可怕，也不是见了面就要吃人。我只是去瞧瞧，也许见面之后相谈甚欢，再来个瓦铫煮春雪的雅事，又是一段江湖佳话。"

万年扶额："让鸡公虾婆请你吃茶？他们不把你煮了算我没说。"

话是这么说，郑吉主意已定，众人也不再勉强，毕竟郑吉的身手他们都是见过的，不敢说打得过鸡公虾婆，逃命还是绰绰有余的。

两骑冒雪出了长安城，直奔数十里外的西陂泽。

西陂泽合终南山溪泉而成大泽，朝晖夕阴，气象万千，前人有"日出东沼，入乎西陂"之语。天色欲晚，飞雪如絮，时闻鸟雁之声。地冻天寒，陂上少行人，朔风嘶啸，白茅摧折。湖上风急浪高，一叶扁舟出没风浪之中。舟上一人，戴斗笠披蓑衣，执竿而钓，大袖飘摇。不管风吹浪打，胜似闲庭信步。

有歌声远远传来："鹏抟九万，身为下贱，半文钱难倒英雄汉。一朝权在手，巍巍高楼连霄汉。青，也是眼；白，也是眼。世间豪杰入吾彀中，喑哑叱咤，席卷天下如覆手。一夜楚歌起，身死乌江渡。兴，百姓苦；亡，百姓苦……"

郑吉策马行至湖边，遥遥抱拳道："舟上可是鸡公前辈？"

舟上人不答话，反手一抡，钓竿如瘦蛟跃波，一根白亮亮的银线从浪涛中飞出，穿越百丈宽的湖面朝郑吉疾射过来。

郑吉知道厉害，手按马背倒掠出去，如惊矢之鹰鹘。

鱼钩裂空而至，砉然如凤鸣，钩住了郑吉那匹栗色坐骑。

鱼线仿佛有万钧之力，那马奋力挣扎嘶声悲鸣，雪泥四溅如飞，却挣脱不掉一枚小小的鱼钩。那人大笑，执竿借力凌波掠起，大袖鼓荡如飞鸟。千百凫雁冲雪盘旋，不离左右，几疑天上仙人御风而行。

虎蛮几乎看呆了。

郑吉拱手揖礼：“鸡公前辈一手儿钓鲸术登峰造极，在下佩服！”

那人登岸收竿，笑骂道：“什么登峰造极？全是屁话！你真以为老夫不知道你小子在心里怎么骂我？”

虎蛮愕然，神仙也讲粗话？

郑吉笑道：“真是冤枉！借我一百个胆子也不敢骂您，顶多腹诽两句罢了。咦，您连这个都知道，岂不真成了积年的老妖？”

“小兔崽子，几年不见长本事了，连老夫都敢调侃，信不信我将那两个如花似玉的小女娃儿也喂了西陂鱼？”鸡公取下斗笠，面如三秋古月，肌肤滑嫩如婴儿。若不是满头白发，真让人以为是一个翩翩少年呢。此刻两手叉腰，朝郑吉吹胡子瞪眼。

虎蛮狠狠揉了几下眼睛，没来由叹了一口气。真是人比人气死个人，这哪里是什么高来高去的神仙？分明是一个千年老妖嘛。

“信！怎么敢不信呢？别说钓匹马，您老就是去西海里钓一头龙也没谁敢说什么。可那姑娘又没招惹您，何苦把人家抓过来遭罪？”

“我不抓她，你会乖乖地跑来见我？”

“古人说君子不妄动，动必有道；君子不虚行，行必有正。前辈此举似乎有些过了啊。”

鸡公翻了个白眼：“老夫何时说过自己是个君子？”

郑吉噎了个半死，揉揉鼻子笑道：“前辈叫我过来有何训示？”

“训示没有，不过两句提醒罢了。”

“请前辈明示！”

鸡公满意道：“这个态度还不错，不枉老夫当年在梅顾面前替你说过几句好话。对了，听说今天你在梅子坞拿下了河西关一刀？”

“您老连这个都知道？”

“真以为老夫孤陋寡闻？实话告诉你，关一刀之事牵连甚广，弄不好就是一个人头滚滚的下场。庙堂无小事，杀人于无形。你初来乍到不问轻重，不怕惹得一身臊？”

“适逢其会，不能袖手旁观罢了。”

“听说过鬼鲤这个人吗？”

“传闻长安有三异，人猫、媚猪和鬼鲤，而三者以鬼鲤为首。”

“你可知关一刀来长安见的第一个人是谁？”

“难不成是鬼鲤？”

“你小子倒是聪明！且不说人猫和媚猪，单讲这个鬼鲤，的确机心莫测。世人多闻鬼鲤之名，却不知他的底细。关一刀到长安为何要见鬼鲤？他们谈了什么？又有什么谋划？除了当事者，外人不得而知。不过有一点不用怀疑，关一刀被困梅子坞的确出自鬼鲤之手。”

“鬼鲤这是下了一招无理手？”

“也不算无理手，只能说关一刀识人不明。”

“听前辈之言，鬼鲤才是幕后操刀人。他为何要这么做？”

“你可知元凤元年那场公案？”

郑吉微微点头。

3

元凤元年九月，安阳侯上官桀与御史大夫桑弘羊谋划政变，由鄂邑长公主设宴邀请霍光，准备埋伏甲士杀死霍光，废黜天子刘弗陵，拥立燕王刘旦为帝。不料事情败露，长公主与刘旦自杀，上官家和桑家被灭族，京畿长安流血漂杵。

鸡公感慨道："眼见他起高楼，眼见他宴宾客，眼见他楼塌了。君子之泽五世而斩，何况权宦之家？朝荣暮落也是常事。想当年上官氏和桑氏两族鲜花着锦烈火烹油，到底逃不过一个人头滚滚的下场。自古封侯事，几人得善终？"

"前辈提起当年公案，莫非鬼鲤和那两家有不同寻常的关系？"

"孺子可教也！"鸡公得意道，"有个秘密老夫不告诉你，恐怕你一辈子都想不到。那个从老龙亭消失的鬼鲤真名叫桑鲤，是前御史大夫桑弘羊的私生子，寄养在渤海郡。桑家被灭族，他因身份隐秘而逃得一命。而立之年前往长安，成为大名鼎鼎的鬼鲤。"

郑吉大惊，若鸡公所言属实，鬼鲤实在太厉害了。孤身入长安栖居于霍大将军卧榻之旁，不说别的，光是这份胆量就非一般人可比。最危险的地方就是最安全的，不得不说，鬼鲤深悉灯下黑的道理，难怪连无孔不入的鹪鹩坊都看走了眼。

那么新的问题又来了，鬼鲤蛰伏数年，履险如夷，广交庙堂公卿与江湖异士，岂能没有图谋？都说金麟岂是池中物，一遇风云便化龙，谁又是鬼鲤的化龙池？倘若梅子坞血案与鬼鲤有关，那么其志非小，一定还有什么更可怕的后手。不过，这些显然与郑吉无关，他只是一个被削了职的边军小军侯，在王侯多如狗、公卿满地走的长安城实在没有置喙的资格。正所谓挟泰山以超北海，非不为，是不能也。

见郑吉沉吟不语，鸡公说道："庙堂翻云覆雨成王败寇，你方唱罢我登场，哪有正邪忠奸这种事？看在你小子还算知趣的分儿上，我好心提醒你两句。宁作壁上观，莫为局中人，不然死都不知道怎么死的。"

"前辈提点之恩，在下谨记在心。"

"记不记得是你的事，老夫叫你过来也不是听你感恩戴德，而是有事情交代你办。"

"前辈只管吩咐，但凡在下做到的，绝不推辞！"

"又要心眼儿不是？这件事老夫提出来，你做得到要做，做不到也得做，不然老夫肯饶你，那对鸡爪钺可要跟你讲讲道理。咦，怎么不说话？"

郑吉苦笑，您老都把话说到这个份儿上了，我还说个屁？

鸡公笑道："那个跟你从乌孙来的小女娃儿叫苏子对吧？"

郑吉点头。

"她师父白衣箫王叶无羡与老夫是旧识，拙荆偶遇苏子，颇觉有缘，想收她做个门生。不料那女娃儿死活不肯，非等你一句话不可，真是气死老夫了。鸡公虾婆的名号在江湖上响了五十年，临了收个弟子还得巴巴地看人家脸色。想起这个，老夫都恨不得把自个儿用鱼钩甩到西陂泽里。"

郑吉大喜，正如鸡公所说，这对夫妻成名江湖数十载，一向神龙见首不见尾，多少人想成为他们的亲传弟子而不可得。如今鸡公虾婆肯收苏子做关门弟子，说不得又是轰动江湖的大事。

“前辈放心，在下见了苏子姑娘，定会尽力相劝。”

“这就好，算老夫没有白疼你。瞧那个女娃儿的样子，对你颇有些念念不忘。要不你娶了那女娃儿一起嫁到我们家来？”

郑吉的脸当时就黑了。

鸡公大笑。

郑吉忽然问道：“长安有个史公子，前辈可否听说过？”

“长安城姓史的人家多了去，你说的是哪个史公子？”

郑吉将梅子坞之事托出，鸡公笑道：“与杜佗相善，又得杜延年和邴吉看重，长安史姓公子虽多，无一是你所遇之人。因为那人本不姓史，而是高祖后裔，刘氏宗室！”

“白龙鱼服？”

“当年那场巫蛊案，你可知详细情形？”

郑吉摇头。关于那场父子相残动摇国本的巫蛊之祸，天下众说纷纭，至今莫衷一是。

鸡公说道：“当初先帝宠臣江充与卫太子刘据有隙，以巫蛊之事陷害太子。卫太子不得自辩，恐惧之下起兵杀了江充。旋即兵败，身死泉鸠，长安城杀得人头滚滚。卫皇后自杀，卫太子三子一女皆遇难。唯有襁褓中的皇曾孙刘病已逃过一劫，被收系郡邸狱。征和二年，邴吉调到长安任廷尉监，奉诏治理巫蛊案于郡邸狱，知卫太子冤情，数救刘病已。后元二年，先帝大赦天下，邴吉将刘病已送交其祖母史良娣的娘家抚养。先帝驾崩时，遗诏将刘病已收养于掖庭，上报宗正并列入宗室属籍中。刘病已向东海人澓中翁学习《诗经》，高才好学，尚气任侠。大约感于鲁国史氏养育之恩，故以史姓自称。”

郑吉恍然：“原来是先帝曾孙！怪道如此不凡。”

“说到刘病已，其实与你也有渊源。当初徐长卿为御前第一行走，是卫太子刘据身边的红人，刘据将汉刀八祖之一的重渊刀赐给徐长卿。巫蛊之祸后徐长卿下落不明，有人说他匿身东海，有人说他远走大漠，也有人说他死于当年那场长安乱。小子，你倒是说说他如今是死还是活？”

“前辈无所不知，这种事儿还能瞒得过您？”

鸡公斜睨他一眼：“这个世上从来没有无所不知，如果有，都是用血换来的。”

郑吉不再说话，大风起龙卷，天地苍茫。

4

湖畔有竹林千亩，风过万竿摇空。林中有茅屋，有人结庐而居。

郑吉见到了苏子。两人很是默契，谁也没有提起鸡公虾婆收徒的事儿。苏子不提是因为郑吉来了，答案不言自明；郑吉不提，实在是不知道该怎么出口。

苏子身披白色斗篷，身材修长，肤如凝脂，宛如画中人。

鸡公虾婆名震大江南北，却膝下无子，颇为遗憾。不料在长安城偶遇苏子，一见如故，才起了收徒的心思。不得不说缘分这东西真是玄妙无比。

风起，万竿青竹摇荡，飞雪如粉蝶，落在苏子身上。

郑吉陪着苏子沿西陂泽走了很久，苏子很高兴，说了很多话。

雪不知什么时候停了，风也止息了，一轮明月挂在中天，映照着梦幻般的大地。远山、近树和莽苍的竹林都拥着厚厚的雪裘睡着了，唯有黑色的西陂泽还不肯安分，一浪逐一浪，不知疲倦地追逐着月光。

郑吉见苏子拉紧了斗篷，于是解下袍子披在她身上，笑道："天冷，要不早点儿回去？"

苏子不肯，在雪地里跑了十几步，弯腰捏了一把雪团回身掷向郑吉，娇笑道："郑大哥，你敢不敢来追我？"

郑吉一把抓到雪团吞下去："好啊，敢打我！信不信我一口吃了你？"

"啊？"这次轮到苏子大惊，见郑吉恶狠狠扑过来，吓得转身就跑，像一只不幸遇到大灰狼的小兔子，西陂泽畔响起银铃般的笑声。

郑吉追，苏子跑。雪厚尺余，蹒跚难行。苏子哪里是郑吉的对手？才跑了数十步，已是娇喘吁吁香汗淋漓。

郑吉大笑："苏子，看你还往哪儿跑？抓到你了。"

苏子吓坏了，脚下一滑被雪绊倒。

郑吉赶紧去拉，不料被苏子一扯，两个人全滚到雪窝里。

郑吉抱着苏子，但觉怀中玉人柔若无骨，异香扑鼻，心脏不由狠狠跳了几下，登时手忙脚乱起来。

苏子不出声，将小脑袋抵在郑吉胸前，犹如一头温驯的小鹿。

"苏子，你没事吧？"

苏子摇头不语，眸子迷离，吹气如兰。

郑吉不敢再动，任由苏子将小脑袋枕在他的胸前，抬头望天，月明星稀，千山暮雪。

过了很久，苏子问道："郑大哥，你会忘了我吗？"

郑吉没有说话，可以忘掉吗？那个秋日美丽的邂逅，黄鹄楼上一曲鱼获引，还有这双风雪中凝望的眼眸。人活着到底在追求什么？如果真的可以，也许终老江湖是个不错的抉择——青山向人，鱼鸟沉浮。竹杖芒鞋轻胜马，一蓑烟雨任平生。可是，真的好不甘心啊，那个白衣如雪一骑西归的女子呢？

苏子抬起头："郑大哥，你怎么啦？"

郑吉坐起来，笑着帮苏子扑去身上的雪："没什么……苏子，天晚了，受了寒可不好，还是早点儿回去吧。"

苏子垂下眼睑，嗯了一声，却没有动的意思。

"苏子……"

"郑大哥，我想再听一次鱼获引，可以吗？"

郑吉看着月光下苏子那双比西陂泽还要深邃明亮的眼睛，扑扑身上的雪，轻轻点了点头。

见郑吉珍而重之取出鱼获箫，苏子眸子里的柔情又浓了几分。

西陂泽畔，一曲箫音悠悠而起。初细如丝后如缕，一声两声落花雨。诉尽平生云水心，尽是春花秋月语。

苏子把额头倚在郑吉肩头，泪落如雨。

你是谁前世的回眸？
你是谁今生的初见？
你是谁江南烟雨中凝固的水墨画？
你是谁断桥上那片远去的油纸伞？
山盟枯萎，
海誓凋落，
请抱紧我，
如果有轮回，
在来世的人海中，
你一定要找到我
……

5

郑吉和虎蛮回到虾捧坊时，看到徐虎正在大门外东张西望。

见郑吉二人安然无恙，徐虎大喜：“殿下一夜没睡，嚷嚷着要出城寻你。你再不回来，我们可就要杀向西陂泽了。”

虎蛮想起鸡公那根鱼竿，笑道：“幸亏你们没去，不然西陂泽的鱼要大饱口福了。”

徐虎瞪眼：“小子，啥意思？徐爷也是见过世面的，还能给两个老不死的吓住？”

虎蛮撇嘴：“就你那把破剑，除了大点儿，有个屁用？”

徐虎大怒，给郑吉拉开问道：“还有事儿？”

徐虎立刻笑道：“杜佗公子一早就来了，等了您两个时辰。”

郑吉将马匹交给虎蛮，直奔上房。

徐虎一把拉住虎蛮，坏笑道：“郑公子昨晚有没有得手？”

“啥意思？”

“苏子姑娘那么个天仙似的美人儿，我不信郑公子不动心。说不得烈火遇干柴，天雷勾地火，生猛得一塌糊涂，你说是不是？”

“我怎么知道？”

“咦，昨个儿不是你一直跟着吗？咋会不知道？”

“知道又怎样？跟你这种人说话，简直污了小爷的清白。郑大哥和苏子姑娘是什么人？也是你这种脏心烂肺的家伙可以乱说的？滚滚滚，哪儿凉快待哪儿去，别误了小爷喂马。”

“小兔崽子，敢跟徐爷这么说话，反了你是不？信不信我一剑下去剁了你第三条腿？”

虎蛮拍拍背上的铁弓：“你最好不要试，不然我先让你尝尝做阉人的滋味。”

徐虎反被威胁一通，气急败坏。想想虎蛮恐怖的箭术，脖子一缩还是算了。没了子孙根，下半辈子还他娘的咋过？

万年一眼看见郑吉，大喜道：“兄弟，你可回来了。不然杜公子就要调兵抄了西陂泽呢。”

杜佗笑道：“调兵的话可不敢乱说，不过郑公子万一有个三长两短，霍大将军那里不好交差。”

万年愣道：“什么意思？”

杜佗道：“近日西域扜弥和于阗等国忽弃汉邦，与匈奴过从甚密，斩杀汉使，阻挠诸国行商，先后有光禄大夫周昆和期门郎傅也先等人身葬胡沙。这几国歃血为盟，倒行逆施，以致西域南道马贼猖獗，商旅不行。大将军很是恼火，决定遣使前去申斥诸国，拨乱反正，重修旧好。这个差事，一般人难以胜任，于是家父向大将军推荐了骏马监冯禹作为使者前往西域。考虑到此行凶险，又向大将军举荐了郑公子作为副使。遣我先给郑公子报个信儿，朝廷的旨意很快就会下来。”

万年说道：“蕞尔小国，汉家铁骑只消兵临城下，便能摧枯拉朽一举荡灭，何必如此麻烦？他们敢斩了天使，未必不敢为难冯禹，此行九死一生，断不可取！”

杜佗道：“兵者，凶器也，圣人不得已而为之。孙子曰，上兵伐谋，其次伐交，其次伐兵，其下攻城。当初先帝东并朝鲜、南吞百越、西征大宛、北破匈奴，攘夷拓土国威远扬，却也扰劳天下，使民生凋敝海内虚耗。当今天子继位以来，禁苛暴，止擅赋，力本农，与民休息，使百姓充实，四夷宾服，岂能再轻衅战端？话又说回来，若打弥等国将汉天子的仁慈之心当作软弱可欺，助纣为虐一意孤行，须知汉家十万铁骑也不是摆设。殿下不信的话，尽管拭目以待。”

“这个我自然是相信的！”万年笑道，“不提贰师将军李广利远征大宛，就说从骠侯赵破奴七百轻骑破楼兰，降姑师，都是兵锋所指一鼓而下，西域诸国哪个不怕？不过打弥和于阗等国如今倚仗匈奴，斩杀汉使，敢做了初一，就未必不敢做十五。这个时候出使，说句不中听的话，跟往虎口里探头差不多。要不杜公子回去跟太仆大人说说，让我和郑吉做个伴儿？别的不好说，本王子当初一剑一马游历西域诸国，不管是谁都还卖我几分薄面。若是能够成行，多少有些助益不是？”

郑吉笑道：“你来长安，求学才是根本，其他的莫要多管。况且出使西域是朝廷大事，岂能任人置喙？我知你的好意，可涉及军国大事，一旦旨意下来，当赴汤蹈火在所不辞。休说打弥和于阗这等蕞尔小国，便是龙潭虎穴也要闯上一闯。此行莫测，只恐误了朝廷大事，至于生死，倒还在其次。”

有句话郑吉没有说出来：愿将深心奉汉土，不予自身求利益。为国而死，死有何惧？大丈夫活在世上，当效张骞、傅介子立功异域，以取封侯。默默无闻老死于户牖之下，才是壮士的悲哀。

杜佗大笑：“史公子果然没有看错人，他说郑公子侠肝义胆，公忠体国，是可托大事之人。如今看来，此言诚非过誉。”

万年问道：“昨个儿那个史公子，我与他一见如故，正要寻他好好切磋一番，今日如何不见他前来？”

杜佗打趣道：“原本说要一起来的，后来又有事耽搁了。依我看，大约是被你昨个儿要的那套剑术给吓住了，一个人在家里苦修绝世剑术呢。”

众人大笑。

杜佗说了昨天半桃小筑发生的事情，扼腕叹息。

万年捶首顿足：“昨个儿郑吉不是提醒过吗？怎么还是不小心？”

杜佗苦笑：“有些事不是小心就不会发生，何况这种事情谁也说不准，怎么个小心法儿？倒是郑吉，你是如何猜出有个捉刀人的？”

“只是怀疑罢了。依关一刀之谨慎，绝不会自陷死局，除非有人下了一盘天大的棋，瞒天过海。这个人不可能是关一刀，显然他背后另有其人。这个人想要做什么？仅仅为了杀一个蒙父祖余荫的霍公子？如果不是，其人之志大约可以管窥几分。说实话，我也没料到此人环环相扣，算无遗策，终至于弄成这个结果。”

杜佗笑道：“虽然出了这种事情，父亲深疚于心，还是盛赞堂兄识人之能。郑公子静渊以有谋，疏通而知事，又有一身不俗的本事，实在是为将者不可或缺，异日必能成为我大汉的栋梁之材。”

万年也笑道：“我倒是不怀疑郑吉的前途。只是大汉军法太苛，郑吉明明是立了功的，却差点儿因此掉了脑袋。也就是郑吉不愿意，不然我非把他留在乌孙不可。依他的本事，只要不做大昆弥，其他的都是举手之劳。”

杜佗点了点万年：“你又胡说！这里是长安城，当心治你一个煽惑罪，连书都没的读。”

众人大笑。

这个时候，大家都心照不宣，没有谁再提起捉刀人，也没谁去追问捉刀人的身份。因为那个捉刀人必然已经走进朝廷的视野，再私下里讨论，反有妄议朝政之嫌。被有心人听到，又是一场不小的祸事。

正说着，朝廷有旨意下来，封郑吉为侍郎，择日与骏马监冯禹同赴西域。

郑吉领了旨，又选了日子再次拜谒了太仆杜延年。

杜延年好好勉励他一番，临行又殷殷嘱咐，郑吉心下十分感动。

杜延年笑着告诉郑吉，大将军本来想见他一面，只是最近宫里宫外的事情太多，实在脱不开身，所以就由他这个当朝太仆出面抚慰了。

安顿好之后，郑吉又去了一趟西陂泽。不料茅屋依旧，玉人已去，只剩下千亩竹林风声瑟瑟，万顷泽波寒烟漠漠，一时心下空落落的，独自披斜阳，郁郁而归。

这个时候，草原上的白灾闹得正凶。匈奴左谷蠡王蠢蠢欲动，敦煌边军与匈奴骑兵有过几次小规模的接触，双方互相忌惮，都没敢大打出手，派出斥候互相试探。这样一来，两方斥候都被置于棋盘的最前沿，你来我往，猎杀和反猎杀，使大漠蓑草多了一抹凄艳之色。日日杀戮不断，双方斥候损失的数字直线上升。敦煌边军几乎打光了斥候预备队，不得不抽出精锐骑兵加入斥候。

这是钝刀子割肉，双方都在忍耐，咬牙等对方的极限到来。

杜藜踢翻几张桌子，胡子拉碴，两眼通红，有几次喝醉了像野狼似的长嗥：“要是郑吉还在这儿，老子怕个毛啊？一柄吞雪刀能杀得匈奴人头滚滚！可惜我一手把他赶出了边军，自毁长城啊……”

第十三章　千里不留行

1

半月后，郑吉与万年等人分别，随冯禹出了长安，踏上重归西域之途。一路雁啼冰月，朔风凛冽，过敦煌，出阳关，涉盐泽，首先抵达鄯善国国都扞泥城。

过敦煌的时候，杜藜听说了消息，亲自带了老字营过来抢郑吉。冯禹也不是省油的灯，一捋袖子，抄条长凳堵在门口，连读书人的斯文也不要了，破口大骂。

杜藜是地头蛇，冯禹是死猪不怕开水烫。两人在长安是老相识，没少在一块儿吹水打屁。虽然如今杜藜官大了，冯禹也不怕他。都说宰相门前七品官，老子好歹也是个京官，怕你个锤子？

不得已，敦煌太守赵咸只好出面，好说歹说才将两个牵毛儿的家伙安抚住。郑吉奉了旨意出使，显然是不能留下来的。杜藜心知肚明，只是边军斥候损失过多，他心里一口气实在咽不下去。

最后还是郑吉和杜藜以及老字营的兄弟们喝了一场酒才算完事。

这顿酒喝到最后，以郑吉的酒量，竟然醉了一天一夜。至于杜藜，被手下搭在马背上，头朝下疯狂颠了七十里，才将胃里的酒和胆汁全部吐出来。

杜藜醒后笑骂了一句“狗日的郑吉”，就带着老字营乖乖滚蛋了。

鄯善国本名楼兰，东通敦煌，西通且末、精绝、扜弥、于阗，东北通车师，西北通焉耆，扼西域南北两道之要冲。国都为扜泥城，离阳关一千六百里，距长安六千一百里。人口有一万五千人。地沙卤，少田。国出玉，多葭苇、柽柳、胡桐、白草。民随畜牧逐水草。

鄯善国在西域三十六国中算是个小国，地处盐泽之畔，是进出西域的必由之路，为汉匈两国历来兵争之地。当初，楼兰国依附匈奴，攻劫汉使，武帝大怒。元封三年，从骠侯赵破奴破楼兰城，俘其王，楼兰降服。后来楼兰复叛，元凤四年，平乐监傅介子以赏赐为名持节出使楼兰，在酒宴间计斩楼兰王安归，大汉扶持在长安作为质子的尉屠耆做了楼兰王。尉屠耆改国名为鄯善，又将国都迁到如今的扜泥城。

郑吉与鄯善王子苏祇摩有一面之缘，当初在白马城，龟兹王子相虺居心叵测，多亏了苏祇摩等人仗义出手才使得相虺竹篮打水一场空。从这点儿上看，也算是结下了一点儿香火情。所以，郑吉对苏祇摩这个鄯善王子的观感还是不错的。

果然，鄯善王派了王子苏祇摩亲自迎接汉使。

尉屠耆无子，苏祇摩是他弟弟长于舒之子。苏祇摩聪以知远，明以察微，仁恕谦冲，尉屠耆视之如己出。

冯禹熟读春秋，素有大志，不拘小节。他知此次出使西域任重道远，成败极可能系于郑吉一身。梅子坞之事不再是秘密，冯禹对这个击败河西关一刀的年轻人大为佩服。临行前拜谒太仆大人，杜延年又向他透露了郑吉单骑护送大宛公主西归的壮举，再三叮嘱他，大事不决问郑吉，切不可擅做主张。所以哪怕郑吉只是一个小小的侍郎，冯禹依然将其当成座上宾，事无巨细，悉以咨之。

见到郑吉，苏祇摩大喜过望。当初在白马城，他对这个汉人印象特别深刻，别的不说，光是徒手搏杀神熊这件事，非罕世豪杰不能为也。可惜在白马城来去匆匆，没能与郑吉好好晤谈，这回郑吉来了打泥城，他如何肯再当面错过？

迎接汉使的宴会结束之后，苏祇摩便邀郑吉去了他的府邸。

2

打泥城四周各一百五十丈，东西有瓮城，南北有城门，一条大道分东西。东为贵族宅第，西为平民巷陌。王宫在北城，城中店肆林立，南珠北胆，无不麇集。

苏祇摩的府邸在东城，入了府，管家安排人奉上瓜果和最好的葡萄酒。一榼扶头酒，澄澈泻玉壶。酒名扶头，喝多了自然扶头难行。

苏祇摩先叫胡姬跳了两支舞，然后屏退左右，与郑吉开怀畅饮。

说实话，对于喝惯了北地烧刀子的郑吉而言，无论是江南的梅子酒还是西域的葡萄酒，都跟喝水一样。当然他不会说出来，不然万年和苏祇摩想死的心都有。苏祇摩还好说，而万年生平有两样东西最不肯服人：一是剑术，一是酒量。自从遇到郑吉，剑术就不提了，唯一嘚瑟的也就剩下酒量两个字。倘若连酒量都不行，还让不让人活啊？

苏祗摩讲了最近南道的一些情况，都是郑吉目前急需了解的。所谓知己知彼百战不殆，绝不是一句空话。如今他们一行人出使扜弥诸国，是明知山有虎，偏向虎山行。有勇气固然可嘉，没脑子才真是该死——未雨绸缪，看碟下菜，不外如是。

闲聊间，苏祗摩说了一件事，近段南道诸国出现不少沙门僧人。据说来自于身毒国，有种种不可思议的神迹，蹈火不烧，履刃不伤，一苇渡水如履平地，不沉不溺，轰动诸国。

这批身毒僧人受到了扜弥国王虞契的礼遇。最近要在扜弥城最大的望鹄台举行显圣法会，诸国王孙公子闻风而至，欲一睹神迹。

“显圣法会？”郑吉微微一怔，陷入沉思。他多次出入西域，对身毒僧人有所耳闻。尤其听嫘罗公主讲得比较多，因为大宛国都贵山城里就有不少来自于身毒国的沙门僧伽。据说他们是信奉佛陀教义、修行佛陀教法的出家之人。此时西域诸国多是信仰草原萨满教，对外来的佛陀并不认可，无非抱着看热闹的心态罢了。

这些身毒国沙门僧人来得太巧了，正好在大汉使团进入西域之际，他们就出现在了扜弥城，是纯属巧合还是故意为之？

面对郑吉的疑问，苏祗摩摇头道：“我没这方面的确切消息，不好判断。不过我这里有个人，你倒是可以见一见。”

“什么人？”

“听说过龟兹十二曲魁吗？”

“龟兹太子的心腹高手？”

“其中有个家伙胆大包天潜入扜泥城行刺，身手真是不错。伤了十几个侍卫才把他抓住，如今就关在府邸后面。”

“你确定真是十二曲魁之人？”

“那人是十二曲魁中的耶杀，这个不会弄错！”

“这就奇怪了。龟兹太子绛宾为人博雅方正，宽简有大量，怎么可能做出这种事？此事真要坐实的话，不只两国之间要大动干戈，他这个储君的位子也算是坐到头了。其中的利害关系，他不会不知道。对了，龟兹那边有什么动静？”

“风平浪静！”

“所以这就是一个阴谋。耶杀要么被人收买，要么被人胁迫，行刺鄯善王是一个幌子，成与不成不重要，关键是把事情闹大，将龟兹太子置于死地。这种手段说起来并不高明，胜在借刀杀人，一本万利，不得不说是个好谋算。”

“你以为是谁的手笔？”

“这个不须问，天下熙熙，皆为利来；天下攘攘，皆为利往。只要想想龟兹太子被废，谁才是真正的得利者，一切都不言自明。”

苏祇摩放下错金双鱼纹羽觞，笑道：“一语中的！真相正如你讲的那样，耶杀不知怎么泄露了根脚，女人和孩子落到了相乪手中。相乪以此要挟耶杀，要他到扜泥城行刺。”他摇了一下案头的铜铃，管家立刻进来，躬身道：“殿下有何吩咐？”

苏祇摩低低耳语几句，管家匆匆而去。

工夫不大，两名侍卫将一个五花大绑的汉子带了进来。

汉子虬髯虎目，身材魁梧，根本不把苏祇摩放在眼里。

苏祇摩也不介意，示意侍卫给汉子松绑，又挥手让侍卫退下去。

汉子活动两下手脚：“殿下不怕我跑了？”

苏祇摩嗤笑一声：“耶杀，我知道你身手好，是十二曲魁中最能打的人物。今天本王子给你一个机会，这个房间里就我们三个人，只要你有本事出了这个门，本王子就大开城门，礼送你出境。敢不敢赌一把？”

耶杀狐疑：“就凭你？”

苏祇摩也不理他，自顾饮酒，旁若无人。

耶杀翻翻眼皮看向郑吉：“一条汉狗也拦得住我？”话音刚落，身子倒掠而起，飞撞向门外。

只是他跑得快，回来得更快。门口霎时多了一个人，耶杀不愧是十二曲魁中的高手，人在空中，身体夭骄如龙，腰腹骤然发力，两脚如利刃般剪向对方的脖颈。这是龟兹搏击术中的杀招，名为“燕尾剪”，凌厉无匹。真要剪上了，不逊于巨蟒的绞杀之力，碗口粗的树干能当场折断，何况人的血肉之躯？

生死之际，那人竟是恍若未见，根本不理耶杀的攻击，抬手就是一记神人擂鼓式，拳如重槌，后发先至，狠狠砸中耶杀的腹部。

噗，耶杀的腰瞬间弓如虾米，整个人倒飞回去，砸碎两张檀木案儿，张口吐出一道血箭。

直到这时候，他才知道自己犯了一个天大的错误。

郑吉看看蜷曲如虾的耶杀，冷声道：“一声汉狗换一拳，值不值？”

耶杀说不出话，肠子都悔青了。

苏祇摩咽口酒，抿嘴笑道：“这一拳只是牛刀小试罢了，别觉得委屈。你耶杀放在龟兹也许是个人物，搁别的地方还真不算什么。别说你，那头昆仑山的神熊都给他摔得七零八落，难不成你耶杀觉得自个儿的身体比神熊还皮糙肉厚？”

这次轮到耶杀瞪大眼睛：“你……你是白马城中那个徒手搏杀神熊的汉人？”

苏祇摩一脸恨铁不成钢：“不是他，你以为又会是谁呢？不然我会和你打赌？唉，这世间的道理为何总是要靠拳头才能讲得通呢？”

耶杀瞪着苏祇摩，想咬死他。这犊子蔫儿坏，太招人恨了！

郑吉将一只盛酒的羊皮袋抛给他：“想通了没？”

耶杀接过来拔开塞子，咕咚咕咚喝了几大口，问道："什么？"

"为什么来打泥城？"

"苏祇摩殿下不是都已经知道了吗？"

"真是相虒王子让你刺杀鄯善王？"

"你不会以为我吃饱了撑的自个儿找死吧？"

"你还别说，没准儿真相就是如此！"

苏祇摩放下酒杯，若有所思。

耶杀看了看郑吉，见他不像开玩笑，气呼呼吐出两个字："疯子！"

郑吉看向苏祇摩："殿下，我能和他好好谈谈吗？"

苏祇摩一伸手，笑道："人是你的！杀剐自便！"

耶杀不明所以。

郑吉笑起来："怎么说呢？事情一开始很可能是龟兹太子与相虒王子的关系越来越糟糕。相虒那个人我是清楚的，眼高于顶，跋扈残忍，野心极大。龟兹太子包括太子身边的人都清楚相虒王子想要什么，以及暗地里正在做什么。关于这个话题，想必太子殿下身边的人无数次商讨过。这不只是谁上谁下的问题，还关系到很多人的生死。太子的身份摆在那里，先下手为强肯定不行，龟兹王那一关就未必过得去。若是相虒先动手，情况则另当别论。问题是相虒什么时候动手，怎么才能动手呢？首先要有一把刀，还得能把刀柄攥到手里。别说相虒豺狼成性，就是一个手无缚鸡之力的家伙有了刀也会铤而走险。所谓身怀利刃杀心自起，就是这个意思。问题来了，谁是这把刀呢？当然就是你耶杀啊！"

耶杀张口结舌："你……你胡说……"

"我没猜错的话，此事根本就是十二曲魁的合谋，或者是藏钩一个人的主意。她心思玲珑，想出这个法子应该不难。在你们周密谋划下，你的妻儿不出意外落到了相飑手里。相飑当然不会放过这个机会，于是逼迫你来到了打泥城。这件事从头到尾其实就是个圈套，换句话说，你们故意给相飑放了一张梯子，引诱他上楼，然后再把梯子抽去。兵法上说，假之以便，唆之使前，断其援应，陷之死地，就是这个道理吧？相飑自以为玩了一手漂亮的借刀杀人，殊不知最后掉进坑里的是他。”

苏祇摩皱眉道：“龟兹太子知道这个事情吗？”

郑吉反问道：“知道不知道有什么区别吗？”

耶杀见郑吉说得历历分明，几乎与事实不差丝毫，差点儿崩溃：“这些都是你乱猜的，你……没有证据！”

郑吉笑道：“你说得对，我没有证据，你不承认也没有关系！”

耶杀极为沮丧，良久叹道：“你是一个可怕的魔鬼！”

郑吉淡淡道：“人心似水多涟漪，这世上可怕的不是魔鬼，而是人心。只要肯在人心二字上下功夫，再千头万绪的事儿，其实都有脉络可循。好吧，你的事情说清楚了，咱们来谈谈我的事情。”

“你有什么事儿？”

“我想知道打弥国那批沙门僧人的情况。”

“这个……我知道他们在白马城停留过，与相飑殿下相谈甚欢……在白马城之前，他们曾经在日逐王的金帐王庭出现过。”耶杀看看郑吉那双狭长的眸子，心里没来由发毛，老老实实补充道，“我说的都是实话，绝没有给相飑王子泼污水的想法，天地可鉴！”

“有没有我心里清楚！”郑吉不再理耶杀，冷笑道，“俗话说，没有打虎艺不敢上山岗，没有擒龙术不敢下极渊。这帮沙门僧人果然是来者不善哪。”

苏祇摩惊讶道：“一帮沙门之人也敢跑这里蹚浑水？”

“这世上没有敢不敢的事儿，只要利益够大，浑水里的泥鳅也敢搏蛟龙。南北两道上马贼多如毛，为何还有诸国行商络绎不绝？说穿了，无非拿命求个利字。所谓富贵险中求，豪赌才能豪取！”

苏祇摩笑道：“有胆子赌是一回事，运气好不好是另外一回事，真要一脚踢到铁板上，可真应了那句老话——人生无处不青山，哪里黄沙都埋人。”

郑吉看向耶杀：“不管那哥俩儿怎么斗，你行刺鄯善王都是不容置疑的，按律当斩。就算苏祇摩王子肯放了你，回到龟兹也没有你的容身之地。说说吧，想死还是想活？”

耶杀也是个伶俐的人：“我知道你认识藏钩，也不藏着掖着。做了这件事，也没打算活着。可话又说回来，蝼蚁尚且贪生，为人何不惜命？能有机会活下去自然是最好的。只要不做背弃太子之事，悉听阁下吩咐！”

郑吉又抛给他一壶酒，笑道：“这就是聪明人的好处，识时务能屈伸是其一，和他说话还省力，不然真是浪费了这两壶扶头酒！”

耶杀不以为然：“好酒也得看跟谁喝，不是耶杀瞧得上的人，哪怕是天上神仙的长生酒，俺也不会沾一滴。不管你们信不信，反正我自己是相信的——说到底，俺耶杀也是个有节操的人！”

郑吉揉脸道：“听你这么一说，我忽然觉得自己倍儿有面子！”

苏祇摩大笑。

郑吉和冯禹商议之后，决定挑几个人先行一步，去扜弥城里摸摸情况，冯禹率使团延后几日再出发，免得给人打个措手不及。

郑吉挑了十几个好手，包括虎蛮、司马熹和林染、林溪两兄弟，一共十八个人，都混在鄯善瞻圣团的队伍里。苏祇摩去扜弥城，是鄯善王受了扜弥王虞契的邀请。尉屠耆不便成行，就由苏祇摩王子代替前去观瞻显圣法会。

3

第二天，郑吉等人扮作鄯善武士随同苏祗摩一起出发。

一路黄沙茫茫，飞鸟难逾。还未被流沙掩埋的尸骨随处可见，肥硕的秃鹫围住人兽尸骸争抢，乱羽纷飞，叫声瘆得人心里发慌。

郑吉感叹万分，多少人来了，多少人去了，一寸黄沙一寸骨，这两条延伸在大漠里的古道是用人命铺出来的啊。他当初对苏魅儿说过的话，如今犹在耳际，可南北两道什么时候才能变通途呢？

旬日之后他们遇到一场罕见的大风暴。天地混沌如沉渊，只能扶马而行，对面但闻其声不见其人。沙墙林立滚滚而来，犹如垂天之云，上不见其首，下不见其尾。风吼沙啸，鲲鹏横击三千里。百里雷震，十万天鼓齐奋槌。

沙暴过后，大漠几乎完全改变了模样。原来巍峨的沙山不见了，眼前出现一道宽达百丈的沙湖。说是湖，其实没有一滴水，湖中间却是一座从未见过的古城堡。

城周不足二里，街衢巷道、官署民居、瓮楼兵堡截然分明，巨石建筑的宫殿在夕阳下拉出极长的影子，金光灿灿，宛若传说中的神国，美轮美奂又苍凉无比。

众人惊疑不定，将骆驼和马匹留在上面，安排一部分人照看。其他人则寻路而下，进入城堡。

这座城堡比之鄯善国都扜泥城要奢侈很多。宫殿、官署华美绝伦，不用黄土夯筑，多为巨石垒砌，鳞次栉比，巍峨壮观。廊柱、墙面和屋顶用黄金装饰。其余如象牙床、金狮椅、珊瑚树、夜明珠，几乎随处可见，不染尘埃。十几尊神像俱高约两丈，通体用黄金铸成，衣褶流动，眉眼如生，令人叹为观止。

这座城堡保存得极为完好，几乎没有一处损毁，就像在晨曦中刚刚醒来的样子。怪异的是城里没有一个人，也找不到一具尸骨。桌椅、骨笛、陶罐、饭甑，都摆放得井井有条，好像主人刚刚离开，而且随时都可能回来。

走在夕阳下的古城里，不知为什么，大家都有一种渗到骨子里的冷意。虎蛮悄悄靠近郑吉，提醒道："这里阴气很重，恐怕有不干净的东西，我们还是早些离开为好。"

郑吉点头，正在这时，一个鄯善侍卫见这么多奇珍异宝，不觉动了贪念，趁人不注意，将一个茶碗大小的夜明珠收了起来。没等他缩回手，一道鞭影便甩到他身上。

那人当场惨号，手中的夜明珠坠下，整个人摇摇晃晃，脸色变得乌黑，口吐白沫，宛似疯癫。

众人大惊，定睛看时，哪里有什么鞭影？分明是一条两尺长的蝎子尾刺到了他身上。

不等众人出手相救，那人狂号几声一命呜呼。

巨蝎杀了人，并不立刻潜去，而是扬起恐怖的长尾向众人示威。

有一个鄯善侍卫见同伴惨死，实在气不过，拔出弯刀将那只巨蝎剁个稀巴烂，腥臭的黑血流了一地。

下一刻，城堡中响起一阵奇异的啸声，如魔哭，如鬼嚎，凄厉至极。郑吉脸色大变，反手拔出吞雪刀，大吼道："快往城外跑！"

众人没有半分犹豫，发了疯似的往城门方向逃遁。这时，从城堡的地下钻出无数的巨蝎，不知几千几万只，像黑色海潮似的朝众人围杀过来。太阳瞬间失去了光彩，头顶苍穹如同泼了墨一般，有雷声隐隐响起。王宫殿顶上盘着一只通体血红的巨蝎，形体有普通巨蝎三倍大，长长的蝎尾粗逾手臂，在黯淡的余晖里闪烁着妖艳的血光。

“蝎子王！”苏祇摩惊呼一声，脸色刹那间雪白如纸。别人不知道，他可是清楚得很，大漠深处有一只千年蝎子王，腹背如铁，刀枪不入，每次出现都会杀戮无数生灵，简直是不死的传说啊。当年一支楼兰骑兵遭遇大风暴，不幸碰到了蝎子王，全军覆没。这件事在楼兰王室中代代相传，一直是梦魇般的秘闻。苏祇摩万万没想到自己有一天也会遇到蝎子王，当真是惊骇欲绝，几乎要抽筋了。

一只只巨蝎从两旁的街道涌出来，密密麻麻恐怖绝伦，朝众人疯狂围上来。苏祇摩等人无不头皮发麻，哪怕平日里以胆大包天著称的司马熹和林染等人也是骇然变色。蚂蚁多了能咬死大象，何况是大漠里罕见的巨蝎？真逃不出去的话，恐怕连尸骨都不会留下。直到这时大家才明白城堡中的人去了哪里。在如此浩荡的蝎潮攻击下，除了大罗金仙，谁又能幸免于难？

众人抽刀劈砍，试图杀出一条血路。巨蝎实在太多了，好不容易杀死一个，立刻有两个、三个甚至更多的巨蝎补上来，刹那间黑血四溅，肢体乱飞。别说巨蝎行动迅速，奔跑如飞，便是趴在地上任你砍，这么多毒蝎也得活活累死你。结果大家杀得手脚酸麻，不但没能冲出去，包围圈反倒步步缩小，眼看就要被包了饺子。最麻烦的是这么一会儿工夫，有几个人被蝎尾刺中倒地，又被成群的毒蝎用巨螯拖了去，眨眼间淹没在疯狂的蝎潮里。等再看时，已变成了几具精白的骷髅。

众人无不胆寒。

一只更大的巨蝎扑上来，林染挥刀就剁，不料刀背竟被毒蝎的巨螯给钳住。不等他甩脱，另一只巨蝎的蝎尾闪电般刺向他的脖颈。危急关头，一道银光飞至，将蝎尾凌空斩断。

林染回头看时，却是郑吉将吞雪刀掷出，救了他一命。大恩不言谢，林染反手抓住吞雪刀，把巨蝎拦腰斩断。

郑吉失了吞雪刀，立刻陷入巨蝎的围攻。他也不惧，接连踢飞几只巨蝎，又抓住两条刺向他的蝎尾，将两只巨蝎抡起来，砸向蝎群，血肉横飞。两只巨蝎很快变得残缺不全，被郑吉丢在地上，蝎群一拥而上，将同伴的残尸吞得连渣子都不剩。

看到这一幕，司马熹出了一头白毛汗："这帮浑蛋连同伴都吃，还有没有一点儿人性？"

有人想笑又笑不出来，妈的，巨蝎根本就是杀人不偿命的毒虫，有毛人性啊？

又有几只巨蝎扑向郑吉，林染将吞雪刀奋力掷过来，大叫道："郑大哥，接刀！"

郑吉也不回头，反手抓住吞雪刀，将扑到眼前的巨蝎劈飞。

虎蛮接连射死十几只巨蝎，羽箭已所剩不多。他抬头看到王宫殿顶上的蝎子王。蝎子王高高在上，冷漠地看着被围在垓心的众人，犹如千年神祇俯视凡间蝼蚁。虎蛮心下发狠，一不做二不休，从箭壶中抽出一支三棱铜矢，张弓搭箭，野牛筋弦崩如炸雷，铜矢脱弦而出，直奔蝎子王。

"当"，犹如铜钟大震，羽箭正中蝎子王的背甲，留下了一个白点。蝎子王铜皮铁骨毫发无损，只被箭镞震退两步而已。众人全都手脚冰凉，虎蛮的箭术和神力是有目其睹的。当初梅子坞一战大显神威，一箭射偏瘦龙刀。而今竟奈何不得蝎子王，岂不是说这只千年蝎子王真的是刀枪不入？

蝎子王扬起手臂粗的蝎尾，显然被激怒了。从宫殿顶上飞跃下来，扑向众人，蝎潮纷纷避让，血色的蝎子王一路飞奔过来。

众人几乎绝望，正在这时，一声嘹亮的凤鸣在头顶上空响起，众人看时，一只五色神鸡穿破黑雾，从天而降，直扑蝎子王。

“这是什么？传说中的凤凰？”众人大惑不解。

郑吉道：“不是凤凰，这是传说中的扶桑鸡，是阴秽毒虫的克星。”他看到扶桑鸡现身，除了蝎子王，所有巨蝎都趴在地上，战栗不止，不禁大喜道，“命不该绝也——我们快走！”

众人得到提醒，奋力向外冲杀。

蝎子王怒极，魔哭鬼嚎之音再起。满城巨蝎又疯狂起来，不要命似的阻拦郑吉等人。

郑吉接连劈翻数十只巨蝎，偶然抬头看到乌云缝隙里一线阳光，心头蓦然一动，大叫道：“快脱衣服！”

众人不解。郑吉三两下扯掉自己的外袍，用火折子点燃，挥舞着冲向蝎群。巨蝎惧怕火光不敢阻挡，纷纷后退，很快清出一条道路。

众人大喜，纷纷脱掉外衣点燃丢向蝎群，向外冲去。

扶桑鸡与蝎子王缠斗到一起，你来我往翻翻滚滚，几乎将半个城堡撞塌，尘土飞扬，声势骇人，被殃及而死的巨蝎何止万千之多？

蝎子王怒极，一对巨螯挥动如刀。腹背红得发亮，宛似滴血。尤其那条手臂粗细的蝎尾冷光幽幽锋利如钩，真要被刺中的话，估计一头大象都撑不住。

扶桑鸡目似鹰隼，蛇颈燕颌，尾如锦鸡而五色，双爪如钩。它上下翻飞，左右俯冲，专挑蝎子王身体中最柔软的地方下手，每一啄都血液横飞。不过自己也未能幸免，被蝎子王扯得金羽乱飞，狼狈不堪。

眼看冲到城门，众人手中衣物燃尽，火焰熄灭，蝎群复又围了上来。大伙儿相视苦笑，再继续脱下去的话，就算裸奔也未必逃得出去。可不脱的话，连眼前的坎儿都过不去。不少人干脆把希望落在了扶桑鸡身上。也许只有等扶桑鸡杀了蝎子王，他们才有机会逃出生天。

蓦然，扶桑鸡一声凄厉长鸣，被蝎尾抽中身子，接连撞断两根柱子，摔落到巨蝎群里。若不是它对毒蝎有天生的克制，恐怕顷刻就要毙命。没等它飞起来，蝎子王挥舞巨螯猛扑过去。所谓趁你病要你命，机不可失，时不再来——看来兵法不只人类会用，蝎子王也无师自通。

扶桑鸡危在旦夕，郑吉没有丝毫犹豫，再次掷出吞雪刀，如一道白虹贯空掠过，挡住了蝎子王志在必杀的一击。整个人如崩弓炸雷，高高跃起，反手拔出背上的重渊刀，回身杀向蝎子王。

苏祇摩大惊失色："郑吉，你疯了吗？"

司马熹冷静道："他没疯！杀不了蝎子王，谁也走不掉！"

林染大笑："那还等什么？我的命是郑大哥救的，他要杀回去，无论刀山火海，我自然都要陪着他。"

林溪笑道："上阵父子兵，打虎亲兄弟，你要去自然不能少了我！"

虎蛮更是连话都不说，拖刀跟在郑吉后面，奔跑如飞。

众人叹了口气，既然逃不掉，那就回去吧。无论如何都不能将郑吉一个人留给巨蝎群，要死大家一起上，黄泉路上也有个伴儿不是？

趁郑吉掷刀阻挡的瞬间，扶桑鸡又振翅飞上天空，凤鸣九皋，朝蝎子王狠狠啄去。与此同时，郑吉飞身扑至，重渊刀化作一道白色龙影，斩在蝎子王背上。

大汉祖刀霸道无比，蝎子王坚逾精铁的背甲竟被斩开，蓝汪汪的血液逆空飞溅，所及之处连香柏木都被灼出铜钱大小的孔洞，毒烟蒸腾。扶桑鸡趁火打劫，一击而中，将蝎子王的右眼给啄出个血窟窿。

蝎子王怒极，蝎尾化作道道残影，一意要置郑吉于死地。巨蝎群完全疯了，从四面八方猛扑过来。林染、林溪、虎蛮和司马熹等人恰好赶到，拼命挡住蝎潮，从苏祇摩王子以下，大家脱得只剩一件内衫，点燃抛向蝎群。全烧光了也好，如果注定死在这儿，索性一点儿家底都不给巨蝎留下。吃老子的血肉，还想谋划老子的浮财，天下没有这样的好事。有人说尘归尘，土归土。老子赤条条来，也赤条条归去吧。

趁这个机会，扶桑鸡和郑吉再次联手，又断了蝎子王一目一螯。蝎子王疼得到处打滚，压死了成千上百的巨蝎，将巍峨宫殿撞塌了一间又一间。郑吉觑准了机会，一刀将它的蝎尾斩断。扶桑鸡从空中俯冲而下，死死按住蝎子王，啄烂它的腹部，将一枚浑圆妖丹吞了下去。

扶桑鸡抖擞神羽，引颈长鸣，乌云之上有雷声响起，风沙大作。

蝎子王一死，黑色蝎潮霎时兵败如山倒，退得干干净净。

郑吉看看天空，脸色大变道："风暴又来了，快跑！"

众人再也顾不得其他，拖了受伤的同伴，拼命往外面跑。真被风沙埋到城堡里，即使做不了巨蝎的口粮，也逃不掉做干尸的下场，难不成等到千百年后再被人扒出来全世界展览？

4

众人一路狂奔，跌跌撞撞只恨爹娘少生了两条腿。好不容易逃出巨鳌，寻到骆驼和马匹，将脑袋埋到骆驼腹下。这个时候人力是渺小的，抗争是徒劳的，死活全得看老天的心情。道祖说，天地不仁，以万物为刍狗。既然是刍狗，就得有被抛弃的觉悟，不然又能如何？

不知过了多久，风停沙住，一弯月牙儿出现在天边，瘦如美人的眼。有人从骆驼腹下拔出脑袋，不等吐掉满嘴的沙子，赶紧手脚并用将同伴从沙丘下面拉出来。

司马熹抬头看天，长长出了一口气，感慨万端："今晚的月亮真美，老子第一次觉得这么好的月亮给一百个女人都不换！"

林染笑道："好个锤子哟！老子都没有见过这么瘦的月亮。"

司马熹直翻白眼："你个龟儿子懂个屁！我刚要诗兴大发，偏给你败得干干净净。你个棒槌哟，老子前世欠你的？"

众人大笑。

郑吉清点完行李，斜背双刀翻身上马。这时，空中响起嘹亮的凤鸣，那只扶桑鸡又飞回来，绕着众人飞了四五圈，轻盈落在郑吉身后的马背上。

苏祇摩大奇："郑吉，不打不相识，看来这只鸡是要跟你走了。"

扶桑鸡颇有人性地瞪了苏祇摩一眼，显然对他很不爽。

林染慌忙纠正："不是鸡，是神鸡！"

扶桑鸡白了他一眼，依旧不爽。

司马熹笑嘻嘻道："不是神鸡，是扶桑树上飞来的神凤啊！"

扶桑鸡频频点头，拍拍翅膀，引吭高歌，以示对司马熹的嘉奖。

众人全都像见了鬼，妈的，这样也行？林染吃了鸡瘪，颇不服气："明明就是一只鸡，你龟儿子还当面拍马屁……不，是拍鸡屁！"

话音刚落，扶桑鸡箭一般飞起来，在他手背上狠狠啄了一口，登时鲜血直流。

林染大声惨叫，众人几乎笑翻。

扶桑鸡飞了一圈又落到紫凫马背上，引颈向月，趾高气扬。

林染包扎好手，心情糟糕到极点："得得得，老子今儿真是放屁扭着腰——倒霉透顶。好死不死让一只鸡给上了，说出去谁信？关键拿了一血还他娘的没地儿说理去！"

虎蛮见林染嘟嘟囔囔落在后面，笑问道："不准备跟上？"

林染抹了把脸："上了贼船就得跟贼走，不然还能咋的？"

5

一行人顺利抵达精绝国。

精绝国在且末之西，国都为精绝城，位于尼雅河畔一块水草丰茂的绿洲上，东距长安城八千八百二十里。

精绝城方圆大约三四里，外面有广袤湖泽，是西域最为有名的"天鹅池"。湖水蓝若宝石，清澈见底，历历可见湖底白沙。一群群天鹅在湖中嬉戏游弋，优雅如仙子，直疑天上神国落在凡间。湖畔随处可见红柳、桑树、桃树和杏树，蔚然成林。最多的是沙枣树，在瀚海与湖泽之间，是当地人历尽艰辛栽培的沙枣树林，逶迤蜿蜒，直插云天。这种树又名银柳、七里香，不仅名字美，而且耐盐碱、抗干旱、防风沙，果实又可食用，是精绝人心目中不二的国树。花开时节，天鹅池畔宛如黄金云落，香飘瀚海。

浩荡的尼雅河给精绝人带来了丰沛的饮水，也带来了巨大的财富。不过四千人的弹丸小国，却是西域南道上的明珠，商贾云集，富庶繁华。

一行人在精绝城略作停顿，补充水和食物之后准备出发。这时，消失了一个多月的耶杀悄悄找到郑吉，说是有人要见他。

一座临水的小楼，绿树扶疏，清风习习，一个龟兹女子端坐楼上，背向楼窗，怀抱琵琶玉手挥送，天音袅袅。

耶杀停在楼下，郑吉一个人上了楼。看到那个女子的背影，怔了怔笑道："魅儿姑娘，别来无恙！"

女子转过身来，果然是十二曲魁之一的藏钩——苏魅儿。

"郑公子不只能闻香识女人，连眼力都这么好，是不是对每个女子都过目不忘？"

郑吉揉揉鼻子："并非每次都如此，只怪魅儿姑娘生得与别的女子不同，在下再瞧不出来，岂不是白瞎了一双眼睛？"

"有何不同？"

"有女姝妖，炜烨其华。鱼见鱼沉，花见花开。嫣然一笑，惑阳城，迷下蔡……"

"好啦，好啦，不要说了……真是贫嘴！"苏魅儿实在受不了，俏脸绯红，赶紧打断郑吉不着边际的"恭维"。这个汉家男子真是女人的克星，嘴巴像抹了蜜，蜜里调了油，尽说些让女子神魂颠倒的话，怪不得大宛公主会对他念念不忘。就如此时的她，明知道这个坏坯子是玩笑的话，还是忍不住喜上心头。因为郑吉不全是胡说，平心而论她就是一个货真价实的美女。虽不是"普天壤而无俪，旷千载而特生"，但倾城二字绝非妄语，不然一向眼高于顶的相凪王子何至于对她青睐有加？

苏魅儿放下琵琶，招呼郑吉进来，两人隔着一张天南黄花梨案几相对跪坐。苏魅儿纤手执一个舞马镏金酒壶，往几上两只翠玉荷叶羽觞里倾下红如玛瑙的酒液。

此酒异香馥郁，色如紫醴，透亮似琥珀，为郑吉所仅见。

郑吉两手执羽觞，微抿了一口："灯鸣坊的老龙涎？"

苏魅儿抿嘴笑道："舌头倒是刁滑，连这个都瞒不过你。天鹅池畔多沙枣，土人食之不尽，多拿来酿酒。遍数精绝国上下，大小酒坊近百家，唯有灯鸣坊酿制最佳。其味甘若醴，其状如龙涎，故名老龙涎。当初贰师将军李广利远征大宛归国，途经此地，酣醉后留下一句话——葡萄酒中无此匹，饮尽千钟不肯归。老龙涎由此名扬西域。可惜灯鸣坊每年的存量也不多，以至于一壶酒卖出百两雪花银的天价，就算如此也还是供不应求。说穿了，其实酒的好坏倒在其次，关键还是人心有高低。"

"好个人心有高低！魅儿姑娘蕙质兰心，看事看人果然与众不同。不知道这个时候找我来，又要我去杀什么人？"

"瞧你说的什么话？好歹我们以前合作过，至少算得上半个朋友。虽说当时是各取所需，这份香火情多少还是有的。如今你又救了耶杀一命，于情于理都该好好谢你。难道请你喝两杯酒都不行吗？"

"有酒喝当然好，何况还是一百两银子的老龙涎。问题是我怕有头喝酒没头回家，那才是大麻烦。"

苏魅儿气笑道："我的酒有毒吗？至于让你怕成这个样子？"

"你的酒没毒，可心里怎么想就不好说了。俗话说受人滴水之恩，当以涌泉相报。我喝了你一壶酒，还是一百银雪花银的老龙涎，你说我拿什么回报？除了帮你杀人，难不成真要以身相许？"

苏魅儿咯咯娇笑，花枝招展。用葱嫩的纤手提起舞马镏金酒壶，又给郑吉斟满，妩媚地白了他一眼："我就是要你帮我杀人……当然，你真肯以身相许，我是一点儿都不介意的。"

郑吉差点儿将嘴里的酒全喷出去，这个姑娘果然在这儿等着他呢，抹了一下嘴巴苦笑道："以身相许的事儿还是以后再说，喝了你的酒也不好意思赖皮，说说吧，你要杀谁？"

苏魅儿放下酒壶，一字一句道："白马城主相虺！"

"噗"，这次郑吉真把酒喷了出去，虽然早有所料，还是低估了苏魅儿的魄力。都说青竹蛇儿口，黄蜂尾上针。两般皆不毒，最毒女人心。这女子不是相虺的老相好吗？怎么反过来想要相虺死的人是她？

一抹悲伤从苏魅儿脸上一掠而过，身为死士，尤其是一个比大多数女人都要美丽的女子，有多少无法启齿的秘密都烂到了肚子里。可她是人，是一个活生生的人，有七情六欲，也有尊严和骄傲，所以她不可以有恨？不可以报复？

郑吉盯住她的眼睛："我知道你这么做不是为了自己，所以一定要三思。你只是一个女子，不要把太多太重的东西压在自己肩上。说到底，这个世界还是男人的，天塌了自然有高个子顶着，你犯不着把自己的命都拼上。既然你说我们是朋友，那么我也劝你两句。世上有很多事儿，终究不是你能够左右的。纵然拼了性命，也无非是个揽住了明月却挽不住清风的下场。多想想自己吧，你是一个美丽的女子，春风杨柳，陌上花开，不该为自己好好活一回吗？"

苏魅儿眸子里掠过一抹感动，凄然笑道："我大约是个劳碌命，没有春暖花开的福气。自从当年太子殿下将我从马贼的刀下救出来，我的命就是他的。不管谁挡了他的路，我都会将那块石头搬开。哪怕为此付出再大的代价也在所不惜！太子殿下视相虺如手足，可相虺狼子野心，一意要谋太子而代之。身为太子殿下的死士，我唯一能做的除了请相虺殿下去死，还能有什么？"

郑吉半晌说道："我知道你手里有个木衣坊，让那些谍子都动起来吧，我要知道相虺最近的一举一动。"

苏魅儿展颜笑道："这个不难。相飑殿下一向自负，近来尤好虐杀，多扮作马贼出入大漠，剽掠诸国，来去如风，留意的话，很快就会有消息。"

郑吉点头，突然问了一句："扜弥城那边有什么动静？"

"显圣法会于月前开始，极是隆重，吸引了诸国众多王室公卿前去观瞻。扜弥城人山人海，空前热闹。据说要守护和警戒的地方太多，巡城卫不够用，干脆把精锐的飞虎骑都拉去守城了。为此，左大将虎跷跟扜弥王大吵了一通。结果呢，非但没能阻止显圣法会，反被虞契骂了个狗血淋头，差点儿削了兵权。"

"咦，还有这种事？虎跷这个人我听说过，昔年单枪匹马入昆仑，赤手打死过两只山猫，一时传为佳话。据说他颇有勇力，走及奔马，手格熊罴。哎，对了，他和扜弥王的关系如何？"

"虎跷是虞契的同父异母弟，沉毅果决，崇义有勇力，深得国人之心。当年老扜弥王一度想把王位传给虎跷，因其年幼，只得作罢。虎跷为扜弥国立下不少汗马功劳，却在左大将之位上迁延日久，只给了一个靖远侯的封号。看来传言非虚，虞契对当年之事一直耿耿于怀，对虎跷颇为不喜。若非虎跷威望素著，他那个左大将的位子都不一定能够保住。"

郑吉手抚下巴："这倒是一件很有意思的事儿。"

苏魅儿不解："什么有意思？"

郑吉不答反问："有没有胆量跟我去扜弥城看一出好戏？"

苏魅儿笑道："有人说千古艰难唯一死，我连死都不怕，还怕去扜弥城里走一趟？不过我劝你还是多带上几壶老龙涎，不走运的话，怕是以后没机会喝到这么好的酒了。"

郑吉大笑。

第十四章　打弥龙象斗

1

数日后，苏祇摩和郑吉抵达打弥城，苏魅儿没有同来，她有她的事情要做。至于她什么时候出现，郑吉根本就懒得操心。

打弥国是西域南道上人口最多的国家，有三千三百余户，两万四千多人，拥有作战能力的男子近四千人。光是后者都抵得上精绝国全国的人口，实在是强弱悬殊。卧榻之旁有如许庞然大物酣睡，也怪不得精绝国上下都战战兢兢如履薄冰。

打弥城是南道诸国第一大城，森严恢宏，有泱泱之气，距离长安城有九千二百八十里。城墙高约两丈，为黄土夯筑而成。城内街巷纵横，店铺林立，商贾云集。汉地的丝绸、茶叶和瓷器经此源源不断被运往大夏、安息以及更远的埃及；西域的良马、香料和珠宝也由此输往汉地，繁华富庶，盛极一时。

望鹄台位于王宫前的广场上，亦为黄土夯筑而成，高约十丈。此台仿长安城的仙人承露台而建，台上作殿，以香柏为梁，满城皆香。台下凿池，泛舟于水，素手扬波，月入池中，故名“洗月池”。

广场方圆百丈，可容纳上千人，如此大手笔，南道诸国舍此无二。

日上三竿，广场上已是人满为患。即便如此，城中道路上也是冠盖相望，尘土飞扬。行人车马经常争道，扜弥国不得不出动军队维持秩序。飞虎骑扮演了救火队的角色，不停地在城中各处飞奔解围，左大将虎跷为此焦头烂额。

身毒国僧人一行约有二十人，为首者名叫乌叶，据说是来自身毒国摩诃菩提寺的上师，戒珠融朗，辩才无碍，具六功德十二殊胜，有大悲心，名震十方佛国。

郑吉和苏祇摩来得晚，广场上早没了位子。除了远远聆听望鹄台上乌叶上师说法之外，洗月池里的情景是丝毫看不到的。其实这么多人来扜弥国也不是听什么说法，无非是看身毒僧人的神迹而已。

苏祇摩叫人拿了他的帖子去寻扜弥国右大将昆代，当然私下里少不了送上一笔不菲的好处费。昆代是扜弥王虞契的亲信，负责显圣法会有关事宜，是炙手可热的实权人物。所谓阎王好见，小鬼难缠。任你是过江的猛龙，得罪了小鬼也只有折戟沉沙的下场。

得了好处，昆代亲自出面安排。苏祇摩如愿以偿，拿到了最靠近洗月池的位置。

司马熹与苏祇摩也混熟了，打趣道：“都道殿下恂恂如君子，不料也是长袖善舞之人。”

苏祇摩不以为忤：“君子也是人，一样食五谷，拉稀放屁，难不成真当自己是吃香火的泥塑？有句老话说得好，懂得低头，才能出头。出门在外，拿腔作势摆着个正人君子的臭脸孔，别人腻歪不说，自己又痛快到哪里去？”

众人纷纷跷大拇指，忍俊不禁。

见苏祇摩等人得了好位置，诸国贵戚不乏怒目者，可这里是扜弥国，面对明晃晃的刀枪，是虎得卧着，是龙得盘着，难不成还想和扜弥国几千兵马掰掰手腕子？

乌叶上师身材瘦削，肤色黝黑，盘膝坐于望鹄台上说法，声如铜钟，传之数里，洗月池无风而生波。

苏祇摩看了一会儿，笑道："此人其貌不扬，却也有些手段。"

郑吉点头，不说其他，光是这门儿讲经说法的功夫，看似平和却如煌煌雷音，涤心荡肺，诸邪不侵。没有数十年的苦修根本就是奢望。所谓无知才可怕，说心里话，郑吉对身毒人了解不太多，心里多少还是有些忌惮的。他之前碰到的迦婆离就是个不按常理出牌的家伙，而这个乌叶上师显然要比那个刈鹿楼五当家高明许多。

既然是显圣法会，说法便不是根本，归根结底还是要显露几手神迹的。于是便有人持素帛上了望鹄台，舍下半斗珠宝，恭请乌叶上师为众生请佛。

乌叶上师应了所请，在众目睽睽之下，沐浴焚香，口诵《金刚般若波罗蜜多经》。起身披了十珠木兰袈裟，再以铜盆取净水擦拭双手。以手示人，光洁如新，指掌纹路清晰可见，与常人无异。有弟子呈上朱砂泥，上师将十指探入泥中，须臾拔出，往素帛上轻轻按下，十指印痕粒粒圆满，殷红如血。

持帛之人虔诚跪下，热泪盈眶，双手合十，口诵佛陀之名。随即将素帛取下，下台绕场遍示观众。只见素帛上两个大手印宛似鸟爪，赫然分明。最奇的是十个手指印痕，不是寻常纹路，而是十尊佛陀之像，或立或卧，或冥想或顿悟，或拈花一笑或金刚怒目，无不各具其神，栩栩如生。

苏祇摩目瞪口呆："此人莫非真有大法力，请得下诸天佛陀？"

郑吉心下也颇为诧异，这种东西敢昭然于众，除非事先作了假，否则只能以“神迹”二字来解释，难道身毒沙门果真有大神通？

这时，有僧人出现在洗月池上。池宽十数丈，深两丈有余，可供舟船泛波赏月。僧人不着芒鞋，仅以白袜履地，身上白色僧衣，飘飘如雪。那人一跃而入洗月池，却不沉溺，宛若一叶飘羽浮于水面之上。大袖飘摇，踏浪而行，入水不濡，尘袜不湿，转眼便到了对岸。上千之众全都鸦雀无声，所谓外行看热闹，说到底这个场面比刚才请佛还要来得震撼。众人皆知洗月池水深而阔，不识水性者入池皆溺，而此僧人竟能凌波踏浪，难道传说中的一苇渡江是真的？话又说回来，一苇渡江好歹还有个苇秆，这个身毒僧人什么都不用，就这么施施然过了洗月池，除了“神迹”二字，还能怎么解释？

风起，池中细浪如鳞，郑吉凤眸微眯，亮如星辰。

苏祇摩满脸震惊，回头问道：“怎么说？”

郑吉笑而不语。

林染抹了把脸，笑骂道：“这帮妖僧真他娘的邪性！”

苏祇摩摇头道：“他们不是妖僧，而是真正的大神通者！”

林染愕然，才眨眼的工夫，这个番邦小王子不会脑壳坏掉，真成了他娘的沙门信徒吧？

郑吉笑道：“古人说聪以知远，明以察微。这个世上或许真的有神迹，我们要抱以敬畏之心，但这个敬畏肯定不包括此类身毒僧人。不要轻易相信你的眼睛，因为有些你亲眼看到的东西未必就是真的，所以一定要用心去看你们所看到的东西！”

众人面面相觑，不明所以。

诸国之观者尽被神迹征服，道路相望，莫不传颂上师之名。渐渐有人带头，摒弃已往信奉的神祇，转而拜入沙门。

显圣法会，震惊诸国。

2

这两日，不断有行商和驼队逃进扜弥城，有消息说马贼在扜弥城外大肆掠夺，不少商队被抢了货物，还死了人。扜弥城里顿时人心惶惶，如惊弓之鸟。

虎跷大怒，马贼胆敢如此猖狂，光天化日跑到扜弥城外抢劫，真把堂堂飞虎骑当成了病猫？

扜弥王不许虎跷出城剿灭马贼，说马贼只是癣疥之疾，不足为虑。反怪他治军不力，近日城中多有兵痞闹事，令扜弥国颜面受损，直接责问他是不是别有用心？

虎跷窝了一肚子火，离开王宫回到府邸，夫人双目红肿道："虎儿的病情又重了，眼见着一日不如一日，大宛和大夏来的国手名医都束手无策，这可如何是好？"

虎跷夫妇膝下有一子，取名扶岫，乳名叫虎痴儿，今年刚满十五岁。半年前扶岫出城狩猎，回来时就病倒了，有时茶饭不思，有时食量如牛。神思昏沉，夜不安眠，腹胀如鼓。半年下来，原本壮得跟小牛犊似的人都瘦成了芦柴棒。虎跷夫妇心如刀绞，不惜重金延揽诸国名医。可国手来了一拨又一拨，扶岫的病情丝毫不见好转，反而越来越重，眼看着撑不了多少时日了。

虎跷虎目含泪，仰天长叹道："天命如此，奈何？"

夫人不甘心，失声痛哭。

正在这时，下人禀报说鄯善国王子苏祇摩前来拜谒。

虎跷挥挥手，让夫人退下去。鄯善国是东西交通的必经之地，繁华富庶，有“西域锁钥，南北襟喉”之誉，且与大汉交好，有汉军在伊循城屯田，不容小觑。苏祇摩王子在南道诸国名声极好，亲自来访，他不好拒而不见。

苏祇摩不是一个人来的，同行的还有一个人。

大风起，衣袂飘摇，如仙人临风。

虎跷眯起眼睛：“汉人？”不久前，扜弥国还与大汉交好，他对汉人并无恶感，相比之下对大汉的富饶与强盛还颇为倾慕。只是近来扜弥王亲近匈奴，斩杀汉使，算是与大汉撕破了脸面。他私下里会晤汉人，被扜弥王得知又要另生事端。本来扜弥王就对他疑神疑鬼，这么一来更是黄泥巴掉到裤裆里——不是屎也是屎了。

竹本无心，何必节外生枝？

郑吉揖礼，不卑不亢道：“大汉国郑吉见过靖远侯阁下！”

郑吉？虎跷微微一愣，这个名字好像在哪里听过？他没有说话，将目光投向苏祇摩，等待一个合理的说法。

苏祇摩没有解释，而是问道：“听说府上小公子抱恙？”

虎跷猜不透他的意思，迟疑着点点头。扶岫抱病之事诸国皆知，本就不是什么秘密，苏祇摩知道也在情理之中。

苏祇摩指向郑吉：“我这位朋友略通岐黄之术，对疑难病症多有涉猎，不敢说药到病除，但见多识广还是有的，不知侯爷能否让郑吉为小公子瞧上一瞧？”

“这个……”虎跷很为难，儿子的病情不能再拖下去，哪怕有一根救命的稻草也是要抓住的。关键是郑吉的汉人身份太敏感，如果治不了病，再有其他图谋，他在扜弥王面前就是有一百张嘴也解释不清了。

夫人从屏风后面冲出来，哭道："侯爷，虎儿的病实在等不得了，那么多名医国手都无能为力。这位大汉来的郑先生自告奋勇，且不说仁心，医术必然有不凡之处。常言道病急乱投医，哪怕有一线生机，为了虎儿，我们也不能将人拒之门外啊。"

原来夫人刚才并未远离，就躲在屏风后面。苏祇摩等人又是用打弥语交谈，夫人自然听得懂。见虎跷犹豫，实在忍不住就跑了出来。

虎跷长叹一声，请苏祇摩和郑吉入内探视。

正如苏祇摩所言，郑吉的医术也就略通二字。不过见多识广并非妄语，当年郑吉负笈游学，不说万水千山走遍，大半个江湖真是一步一步丈量过的。其间所见所闻，各种怪力乱神，当真数都数不清。所以他的医术也许平平，眼力真是不俗，不然他敢毛遂自荐来靖远侯府？

说到公子扶岫的病情，郑吉在苏魅儿那里详细了解过。由此可见木衣坊的能力真不是盖的，或许称不上无孔不入，消息灵通四字真真是不错的。郑吉见到扶岫，其病情与木衣坊谍报上并无二致，或者说如今的情况更糟罢了。

扶岫面黄肌瘦，神志不清，腹胀如鼓，嘴角时有秽涎流出，哪怕金猊炉里焚了名贵的沉香，依然压不住强烈的腥臭之气。

郑吉伸手翻翻扶岫的眼皮，又以银针挑取少许秽涎滴入一个玉碗中。再探手入怀，取出一个寸许高的羊脂瓶，打开，倾倒一些绿色粉末于碗里。但见黑雾升腾，隐隐有虫影乍现。

虎跷夫妇不知何故，惊骇欲绝。

郑吉收起玉瓶，又详细问了虎跷延医诊治诸事。

虎跷夫妇一一述及，不敢有半分遗漏。

郑吉沉默不语。

苏祇摩小声问道："可有什么发现？"

郑吉反问道："你们可知岭南百越之地有个滇国？"

苏祇摩和虎跷点头，滇国自然是听说过的，是百越蛮夷中的一个小国，习俗与汉地不同，据说是三苗之民和九藜后裔，前后存世五百载，元丰二年被大汉灭国，但具体情况就不得而知了。

郑吉说道："滇国有血祭之俗，将俘虏割首以献祭神灵，主持者为祭司，多由大巫师担任，称为靡莫，擅长驱神术。靡莫为了增强自身神力，往往用活人之血饲养五毒之虫，名为神虫。与一般巫蛮所养蛊虫不同，它无形无色，能飞天入地，随意变化。与靡莫心意相通，千百里外取人性命如同探囊取物。只是此虫培育不易，若非必要，靡莫一般不会出手，所以世间人知道此虫者极少。"

虎跷颤声道："郑先生的意思……虎儿是被滇国神虫所害？"

夫人闻言，两眼一翻，直接晕了过去。

虎跷叫人送夫人回后院休息，忧心如焚道："先生可有解救之法？"

郑吉说道："驱神术不同于一般蛊术，极为厉害。历来解此术，一定要清楚神虫本体，再者要找到施术之人，最好由他收回神虫。倘以外力驱除神虫，万一失了手，小公子将遭到毒虫反噬，会有性命之虞。我刚才以小公子的秽涎验之，此神虫本体为银翅蜈蚣，体坚如金石，凶悍异常。找不到施术的靡莫，倒是棘手得很。"

虎跷关心则乱，没有听出郑吉话中的意思，脸色灰白："天大地大，人海茫茫，要找到那个靡莫岂不是大海捞针？就算此法可行，恐怕虎儿也等不到那一天了……难道老天真是要绝我虎跷之后？"

苏祇摩看着郑吉，笑问道："听你的意思，或许有些办法？"

"有倒是有，却并非万全之策，行险以求侥幸罢了。"

虎跷闻言，像溺水的人抓到了一根救命稻草，立刻恳求道："小儿沉疴不起，迁延至今，已有病入膏肓之虞。还请先生不弃，施以妙手。倘能起死回生，便是小儿的再生父母。虎跷虽一介莽夫，但凡先生所遣，必万死不辞！”

“侯爷言重了！郑某既来此，就决然不会袖手旁观。不过此虫凶悍狡狯，极难剪除，说不得还要侯爷好好配合一番才是。”

虎跷大喜：“先生无须客气，但凡需要，尽管吩咐便是！”

郑吉点头，与虎跷密议了一番，才和苏祗摩相偕而去。

3

三天后，冯禹率领大汉使团抵达扜弥城外。扜弥王拒绝汉使入城，传令虎跷，准备将大汉使团就地斩杀。

虎跷当场据理力争，请扜弥王收回成命，不要再自误误人。一旦激怒了大汉皇帝，便有十万铁骑越过瀚海，到那时，扜弥国便是一个灰飞烟灭的下场。想当初大宛国与大汉相隔万里，控弦之士十余万，虎视诸国，风头一时无二。贰师将军李广利两次西征，兵锋直指贵山城——铁骑如潮，投鞭断流，攻城略地，人头滚滚，诸国谁不震恐？大宛王毋寡自不量力，身死而国灭，为天下笑。如今扜弥国与大宛相比，百不及一，又如何抵挡挟怒而来的大汉铁骑？

被虎跷当众顶撞，扜弥王脸色铁青，幸亏有众臣相劝，才压下心头怒火。让人把大汉使团接入城内驿馆里，派兵看守，严禁出入。

郑吉没有去驿馆见冯禹，而是依照先前的约定，和苏祗摩等人去了靖远侯府。虎跷按郑吉的吩咐，早将府中上下人等全都悄悄撤了出去，除了他和儿子扶岫以及几个心腹侍卫，府中上下空荡荡的。

林染林溪等人接管了府中警卫，严禁闲杂人等进出侯府。

清洗过身子的扶岫被移到一间大屋子里，郑吉进了屋，将苏祇摩和虎蛮留在外面。虎跷不放心，也跟了进去。

郑吉先以帛带缚住扶岫四肢和身体，再以金针护住他的心脉，打开窗户，撮口一呼，门外空中响起清亮的凤鸣。转眼间，一只五色扶桑鸡越窗飞入，落在人高的青铜凫鹤灯座上。

虎跷满脸惊疑，却也不敢多问，屏息静气如老僧入定。

扶桑鸡一叫，扶岫全身抽搐，竟是痛不欲生的模样。显然体内有什么东西被扶桑鸡激怒，竟要破腹而出。

扶桑鸡怒睛如鹰，引颈长鸣，如扶桑迎日出，神音浩荡。

扶岫的身子剧烈颤抖起来，胸腹间有鸡蛋大小的凸起游走不停，显得极为暴躁。扶岫痛苦难当，肤下青筋暴突，身体频频抽搐。好在被郑吉提前绑缚了四肢，动弹不得。

眼见儿子受苦，虎跷数度不忍，最终咬紧牙关不敢乱动。

郑吉出手如电，以金针刺穴之术压制那物的凶戾，真气如龙，驱赶它向喉部移动。

突然，扶岫喉间响起一声怪叫，如厉鬼尖啸。郑吉猛地捏开扶岫的嘴巴，有一物飞射而出。初长寸余，迎风暴涨两尺，银翅如雪，金头燕尾，百足如刀，形容可怖，朝郑吉张牙舞爪扑过来。

郑吉反手一拳，将银翅蜈蚣狠狠砸了出去。

银翅蜈蚣一头撞在焚香的金猊炉上，竟将铜铸的金猊兽撞穿一个大洞。虎跷脸色惨白，呆若木鸡。

银翅蜈蚣被激怒，咝咝有声，身体倒飞而回，再次扑向郑吉。扶桑鸡拍翅飞起，鸣声如钟鼓，疾扑而下，一双利爪凌空抓向银翅蜈蚣。

银翅蜈蚣倒也刁滑，身子骤缩如蝼蚁，逃脱扶桑鸡的利爪，直往门外射去。真让它逃走，天大地大如鱼归大海，到何处去抓？听凭它祸害的话，不知有多少人要遭殃，这也是郑吉提前吩咐撤走靖远侯府众人的原因，实在是担心银翅蜈蚣伤及无辜。

郑吉弹指如飞，金针激射而出，不偏不倚正刺进银翅蜈蚣的眼睛。银翅蜈蚣周身如铁，刀枪不入，唯独眼睛最柔弱，被金针穿瞳而过。神虫吃疼，身形顿挫。扶桑鸡及时飞来，一口将它叼住。

银翅蜈蚣再次暴涨，扶桑鸡落到地上，用利爪将它死死按住，就要啄烂它的脑袋吞下去。

郑吉出手拦住："这只小蜈蚣还有用处，先把它给我。你放心，它早晚是你的！"

扶桑鸡有些不满，但还是松开了爪子。郑吉以金针刺入银翅蜈蚣脑部，它很快昏睡过去，身体缩小如一只秋蚕，被收到玉瓶里。

直到这时，虎跷才抹了一把头上的汗水，身体里的力气像是抽空了似的，差点儿一屁股瘫到地上。

苏祇摩和虎蛮跑进来时，郑吉已拔去了扶岫身上的金针，为他解开了手脚。

扶岫醒转，虽极虚弱，神志却清楚许多，看到虎跷和郑吉等人，有气无力问道："父亲……这是怎么回事儿？他们是谁？"

虎跷喜出望外，一把抱住儿子忍不住老泪纵横："好儿子，你总算是醒了……这是从长安来的郑先生，是他救了你的命！"

扶岫听说郑吉救了他的命，就要爬起来谢恩。不承想身上半分力气都没有，想动一根手指头都难。

郑吉笑道："你如今元气大伤，身子骨极弱，需要将养数月才能够复原，还是先忍耐一些时日吧。"他再次为扶岫做了全身检查，确认无碍后开了一张方子交给虎跷。

虎跷安顿好扶岫，对郑吉一揖到底：“这一拜是本侯替犬子所为，先生万勿辞让。先生救了小儿的性命，大恩不言谢。还是那句话，以后有用得着本侯的地方，尽管开口，本侯万死不辞！”

郑吉扶起虎跷，笑道：“侯爷勇武方正，礼贤下士，仁义布于四海。在下仰慕多时，否则也不敢贸然来靖远侯府献丑！”

儿子得救，虎跷心头去了一块大石头，舒畅至极，不觉恢复往日的豪气干云，大笑道：“先生手段好，口才更好。不管是实诚话还是马屁话，本侯听着舒服，都当好话收起来。今日咱们要一醉方休，你们千万不要替我省着。说句没出息的话，本侯这些年一事无成，倒是好酒收罗了不少。不把酒给本侯喝光了，你们谁也不能出这个门儿！”

苏祇摩笑道：“今天从头到尾都没我什么事儿，要是喝酒再不出把子力气，真让侯爷看轻了咱们鄯善国，所以我早有准备，是抱了必死之心来的。”

虎蛮斜睨，这厮真是王子？连这种不要脸皮的话都敢讲？

扶桑鸡扑翅飞起，在苏祇摩头上淋下一坨稀屎。

众人相顾失色，我嘞个去，这是个啥子情况？

林染进来刚好看到这幕奇景，脖子一缩，白毛汗直流，差点儿就要落荒而逃。

苏祇摩抹一把脸，五指淋漓，当场崩溃如雪……祖宗，你可是扶桑树上飞来的神鸡啊，能干这么丧心病狂的事儿？俺苏祇摩谦谦如玉，温润而泽，是多少女子梦中的白马王子啊？到头来被一只鸡污了清白……扎心了，老铁。

司马熹等人闻讯，但觉天雷滚滚，无不对扶桑鸡五体投地。

4

几天后，扜弥王突然改变了态度，派右大将昆代去驿馆请了汉使冯禹入宫，同时赴宴的还有乌叶上师。两名译长悉数陪侍。一番款待之后，虞契提出要求，希望汉使与身毒神僧比试高低，名字都想好了，就叫龙象斗法，扜弥国将择胜者而从之。

冯禹佛然，龙象斗法，国之大事岂可如此儿戏？正待要拒绝，扜弥王冷冷道："大汉挟北海而望南沙，幅员辽阔，雄师百万。不料堂堂汉使却畏战如鼠，大汉何敢僭称上国？"

冯禹不悦道："大汉人才济济，强于冯某者如过江之鲫，大王岂能一叶障目而不见泰山？圣人有训，君子不以其所能者病人，不以人之所不能者愧人。匹夫争锋，于国事何益？话又说回来，大王执意如此，冯某断没有不敢应的道理。只要乌叶上师下了战书，冯某横竖接着便是！"

虞契大笑："上使坦诚，小王佩服。那便请乌叶上师下了战书，小王对龙象斗法可是拭目以待呢。"

乌叶双手合十，提出与汉使比试三场，一场辩佛法，两场斗法力。

冯禹根本不知道佛法为何物，如何辩？他清楚今日之局是扜弥王的阴谋，多说无益，与乌叶约定了日子便出宫而去。

回到驿馆，问计郑吉，并将虞契的险恶用心详细告知。

郑吉冷笑："扜弥王之所以改变态度，是因为匈奴使团昨晚到来的缘故。如果我猜得不错，这个龙象斗法是扜弥、匈奴和沙门僧人早就谋划好了的，大约想给我们一个下马威，使大汉声誉扫地。大人无须为此忧心，自古兵来将挡水来土掩，无非一个战字而已。他们想折辱我大汉，也得有那个本事才行。"

冯禹眉头稍解，笑道："战倒是不怕，问题是我于佛法一无所知，如何与人辩论？总不能鸡同鸭讲吧？"

郑吉也笑道："佛法，无非因果二字。大人熟读春秋，自能明悟其旨。即便不解，不妨鸡同鸭讲，各说各理。说实话，这场辩经对方志在必得，咱们索性好人做到底，送他一场又如何。"

冯禹长松一口气："听你这么说，我心里也算有了底。那就战吧，我倒要看看那帮沙门妖僧能玩出什么花样儿来。"

到了约定比试的日子，扜弥城里车水马龙，人山人海。由于消息早放了出去，王宫前的广场上更是挤得水泄不通。昆代是个颇有眼光的人，早料到龙象斗法会引起轰动，提前制作了许多木牌。凡欲观看比试者，凭牌入场，按号入座。每个牌子开始只卖十个铜钱，不承想购者太多，最后竟闹到一牌百金难求的地步。

大把大把白花花的银子数到手软，扜弥王和昆代嘴都笑歪了。

望鹄台上，扜弥王早就落了座，辅国侯、左右大将和左右都尉位于左列，匈奴人、身毒僧人和大汉使者依次列于右侧，左右两侧各有一名译长。

匈奴使团为首者名为乌稷，是个矮壮汉子，凶悍如苍狼，一手按腰刀，望着冯禹冷笑，毫不掩饰杀意。冯禹淡然一笑，不以为意。

广场上，上千双眼睛盯着高台，等待即将上演的龙象斗法。

比试由辅国侯渠廋主持，渠廋是虞契和虎跷的亲叔叔，老成持重。请示扜弥王后，渠廋高声道："龙象斗法现在开始，有请身毒神僧乌叶上师与汉使冯禹大人！”

冯禹和乌叶上师相继出列，走到望鹄台的中央，面朝渠廋，相互施礼后坐在备好的蒲团上。渠廋也盘膝坐下，两名译长出列，分立冯禹与乌叶上师身后。

渠廋笑道：“本侯虽僻居西极之地，并非两耳塞豆不闻雷声。二位才望高雅，俱有高世之智。本侯早有所闻，心向往之。这次辩经也是龙象斗，想必会成为千古佳话，本侯便静候佳音。好了，话不多说，龙象斗法第一场——佛法之辩现在开始！”

乌叶上师略倾身子，一手执佛珠，一手前伸，示意冯禹先请。

冯禹笑道：“不瞒上师，冯某于佛法完全是门外汉。不过君子见微知著见端知末，以一物不知为耻。既然坐到了这里，冯某也斗胆讨教几句！”

乌叶上师点头微笑。

冯禹朗声问道：“何谓佛？”

乌叶上师双手合十：“佛者觉也，乃吾人本然天真之觉性。守一不移，明心见性。唯有径路修行，但念阿弥陀佛！”

“如何求佛？”

“心即佛，佛即心，即心即佛，欲求佛先求心！”

“因果何解？”

“果有因，因有果，有果有因，种甚因结甚果！”

冯禹静默半晌，说道：“我输了！”

渠廋傻眼：“冯大人才问了三个问题，并未辩论，如何便认输？”

冯禹笑道：“冯某不知佛，如何辩论佛法？古人说知不知，上矣；不知知，病也。人贵有自知之明，上师佛法高深，冯某甘拜下风。倘若不知而强为，巧言而诡辩，丢了大汉的脸面不说，天下间的读书种子还不得戮断冯某的脊梁骨？”

乌叶上师低头合掌，口念阿弥陀佛。

台下众人见冯禹这么早认输，都大失所望。不少人是花了重金来观战的，本以为一场龙争虎斗怎么也能大开眼界，结果却闹了这么一出幺蛾子——尼玛，真以为大家眼瞎心也瞎？有人大声鼓噪起来，一边大骂，一边嚷嚷着要退牌子。

见场面这么乱，虞契脸色黑如锅底。冯禹这是什么意思？白花花的银子还没焐热呢，就这么退回去，不比拿刀杀了他更要命？

鸟稷大笑："未战先言输，汉家小儿果然尽是无胆鼠辈。"

冯禹瞥了他一眼，沉声问道："鸟稷大人也知佛法精义？"

鸟稷傲然道："我族自有天神和祖先护佑，何必学佛法？"

冯禹厉声道："古人有训，井蛙不可语海，夏虫不可语冰。一条不知佛为何物的野犬也敢在这里狺狺狂吠？浑水里的泥鳅笑苍龙，好大的狗胆！"

一通骂字字如刀，鸟稷仿佛挨了一记重拳，脸孔霎时扭曲变形。他是堂堂的匈奴使节，在几千人面前被人骂了个狗血淋头，他可以不要脸，匈奴上下要不要脸？拔出弯刀指向冯禹，暴跳如雷："汉狗，真当本将不敢杀你？"

冯禹大笑："你最好睁大狗眼看清楚，这里是扜弥城，不是日逐王的金帐王庭，难不成你要替扜弥王发号施令？"

冯禹一张嘴真够毒的，三言两语惹毛了鸟稷，还将扜弥王扯了进来。虞契脸色阴沉，心里那个腻歪啊，有一万个草泥马狂奔，真希望鸟稷一刀砍了这个狡诈的汉使。可扜弥城是他的地盘，众目睽睽之下还真不能让鸟稷肆意妄为，不然他这个扜弥王的老脸往哪儿搁？"好了，第一场佛法之辩，汉使主动认输，乌叶上师获胜。时间也不早了，准备第二场比试吧。"

见打弥王发了话，乌稷不好再闹，还刀入鞘，恨恨道：“汉狗，且让你多活几日，我必杀你！”

冯禹冷笑，在他看来，乌稷就是一条毫无理性的疯狗。你被狗咬了，还能回头咬下一嘴狗毛来？

5

第二场比试水行术，双方各出一人横渡洗月池，用时最短者为上。

司马熹等人看到那个一身白衣如雪的年轻僧人，脸色都变了。那人名叫垂鸠，身如飘羽，入水不濡，怎么比？难道这一场还认输？

郑吉看向林染，笑道：“我知你身手敏捷，翻山跳涧疾似鹰猿，却不知水性如何？”

不等林染开口，司马熹笑道：“这个不须问，林染从小在江边长大，三岁就能下水捉鱼。不说水上飘，大浪里来去胜似闲庭信步。论水性的话，估计躲在水底三五天不露头都没有问题。”

郑吉笑道：“这就好！我起码不担心林染淹死在洗月池里。”

林染吓一跳：“你让我和那个妖僧掰腕子？”

“不然呢？”

“那个鸟人能在水上飘，我如何赢得？”

“这个无须担忧，我自有主张。”郑吉在林染耳边低语几句。

林染面露异色：“这样……也行？”

郑吉似笑非笑：“要不你脱光了游过去？”

众人大笑，林染脸孔涨红，上千双眼睛火辣辣盯着，光天化日之下他把自己扒成一只没毛的猴子，这像什么话？狗日的郑吉，真以为老子的口味这么重？

比试开始，林染和垂鸠双双站到洗月池边。众人屏息静气，鸦雀无声，偌大的广场几乎听得见心跳声。

渠廋一声令下，两人同时跃入池中。垂鸠衣袖飘摇，踏浪而行，袜不染尘，水不过脚，宛似谪仙人，观者纷纷叫好。

反观林染则莽撞许多，身子如老猿跳树高高跃起，远不及丈就坠落下去，眼看着就要砸入池水里。

上千人哄然大笑，这个汉人确定不是逗比吗？

正在这时，一块三寸长木牌电射而来，正好落在林染即将落水的左足底。林染狠狠一踏木牌，借机换气，身形再次腾空拔起。力尽下坠时，第二块木牌呼啸而至，不偏不斜又落在他的脚下。如此这番，七八个起落，林染如灵猿飞渡，稳稳落在对岸。回头再看垂鸠，十几丈宽的洗月池还没走过一半。

众人无不目瞪口呆，纷纷看向郑吉。刚才正是他将一块块木牌隔空掷送到林染脚下，不说时机把握之精准，光是这份眼力和腕劲都非常人所能及。而他所用木牌，正是昆代高价售出的入场券。

有身毒僧人不服，大叫汉人作弊。

渠廋质询，冯禹反问道：“身毒人哪只眼睛看到我们作弊？”

渠廋无言以对。

林染横渡洗月池，衣袜不湿，用时最少，的确赢得毫无悬念。至于借助外物，事先又没明令禁止，实在不好提作弊二字。再说了，十余丈宽的水面木叶不起，换作旁人，能借助几块小小的木牌飞渡过去？恐怕一头栽进水里淹个半死都是轻的，还谈何胜负？汉人的本事是实打实的，这一点不容置疑。

见渠廋迟疑不决，冯禹笑道："说到作弊，或许真的有。渠廋大人查过了我们，为了公平起见，要不要一并查查身毒人呢？"

"呃……"渠廋好生为难，汉使要求符合情理，不好拒绝。可身毒神僧是扜弥王的贵客，万一查出什么，怎么向主上交代？

虎跷笑道："神僧显圣，种种神迹震动诸国。大家的眼睛总不是瞎的，还看不出真假？查查也好，省得汉人输了不服气。"

虞契是相信神迹的，见虎跷也为身毒人说话，很是高兴："垂鸠大师的神迹我是亲眼见过的，绝不会有假。既然汉使有所怀疑，那就不得不查。乌叶上师，你说对不对？"

扜弥王开了口，乌叶不能反对，只好合十施礼，没人发现他脑门上渗出一层细密的汗珠。

一会儿工夫，有人回报，洗月池里发现一些不明事物。

渠廋亲自前往池边查看，在垂鸠入水的地方发现一根碗口粗的圆木桩没于水下。一根长索拴在桩顶，横跨洗月池两岸。长索匿于水面之下，清波澹澹，细浪粼粼，若非有心之人或者眼力极好，根本发现不了。

渠廋命人拆了木桩，把长索拉出水面。

观者恍然，大家都被垂鸠这个妖僧给骗了，他有个鬼的神迹！只不过事先在水里拉了长索，人在绳上走罢了。这个东西并不神秘，诸国不少江湖艺人都会。它有个名字叫"达瓦孜"，其实就是高空走索，无非垂鸠的手段更隐秘些罢了。论惊险程度，还不如玩杂耍的江湖艺人呢。

上千人骂声如潮，气得那个肝脾胃胆肠一起抽筋儿……尼玛，这不是把大家当猴儿耍吗？一直不语的乌叶上师叹了口气，说道："这一场我们输了！"

见上师主动认输，众人也不好再闹，只是骂声不止。

虞契的脸色很不好看，看向乌叶上师的眼神多了几分不善。他先前替身毒人说话，信誓旦旦保证神迹绝不会有假，这个结果岂不是狠狠打了自己的脸？

乌叶上师心中叹息，他此次率众来西域，本意想在诸国弘扬佛法，也许是贪痴之心作祟，卷入了这场纷争。一步错，步步错，走到这个地步，真的很难回头了。

6

第三场比试为登天术。

首先出场的是身毒僧人摩伽，身穿白色长袍，赤足走到望鹄台中央，单手立掌，向打弥王行礼，而后转身向上千观者致意。

大汉使团派出的是林溪，此刻正和司马熹立于冯禹身后。

乌黑的云团遮住了太阳，飘浮在望鹄台上空，天色暗下来。

摩伽将一盘绳子丢在望鹄台中央，绳长百尺，拇指粗细。上千双眼睛都盯住摩伽，有了水行术的教训，大家唯恐错过任何一个细节，都恨不得把眼珠子飞到摩伽身上，看清他每一个动作。

摩伽跏趺而坐，双手合十低诵咒语。但见绳子一端如蛇头探起，而后自行向天空升去。众人都把心提到了嗓子眼儿里，广场上除了风吹旗幡的声音，只有喉头滑动的声响。

那绳头越升越高，渐渐没入云端不见，而后面的绳子还在徐徐上升，看样子要直达九天而去。这一次众人看得真真切切，从头到尾都没有任何问题，再一次掌声雷动。哪怕是刚才骂得最厉害的人也都闭了嘴，毕竟神迹摆在那里，想反对也找不出理由啊。

虞契露出了笑脸。

林染使劲儿揉揉酸痛的双眼，满脸难以置信："是我眼瞎了还是活见了鬼——这世上真他娘的有神迹？"

郑吉笑而不语。

众人面面相觑，都不知如何回答。

摩伽停止诵经，起身抓住长绳。绳端一头垂地，另一头没入天空，真像是一条通天绳梯。他纵身跃上绳子，手脚并用，像灵猿一样往上爬，很快消失在空中不见。不仅如此，那条绳子也像被一双无形的手节节向上收起，最后消失在云团深处。

众人瞠目结舌，扜弥城里鸦雀无声，摩伽大师真的登天而去?

扜弥王大赞："摩伽大师真乃神人也！沙门登天术果然名不虚传！"

广场上下顿时掌声如雷。

郑吉把林染叫到身边，低声吩咐了几句。

林染一怔，什么也没问，带领几个人悄然离去。

轮到林溪，他解下刀剑，脱去甲胄，将头发用绳子系到脑后，只穿了贴身的衣服，然后赤足走到望鹄台中央。众人都不知道他要干什么，瞪大了眼睛鸦雀无声。

林溪伸展双臂，深吸两口气，小跑几步，猛然加速冲出望鹄台，身子如大鹄般腾空而起。台下就是洗月池，高度足有十几丈，跳下去淹不死也得活活摔死。大家以为林溪要寻死，都吓得面如土色，不少女子尖叫起来，胆小的人干脆闭了眼睛，几乎要昏过去。

扜弥王也惊得从狮子座上站了起来，虽然他很想杀了汉人，可在这样的场合，真有汉人死在了洗月池，于打弥国的颜面还是不好看的。

林溪没有直直坠下去，而是充分利用滞空时间，在高高的空中做出各种令人眼花缭乱的动作，凌空蹈步，夭矫如龙。众人无不目瞪口呆血脉沸腾。临近水面时，林溪忽然头下脚上，身体绷直如银针，直直扎了下去，如鸥鸟投渊，微澜无声，水花不起。

观者哄然叫好，且不说汉人是不是真的腾空术，这手高空入水却是上山滚石头——实打实，没有五六年的水磨功夫想都不要想，所以喝彩声也是此起彼伏。不过内行看门道，外行看热闹，不少人并不懂得这种名为“水秋千”的跳水术，再加上有摩伽珠玉在前，除了叫好声外，也有人大声哄笑，场面一时纷乱起来。

虞契笑了，汉人这是自取其辱吗？哪怕像冯禹一样直接认输也比把自己扔进洗月池里强得多啊。

渠廋笑歪了嘴巴：“冯禹大人，你们……这也算登天术吗？”

冯禹容色不变：“大人何有此说？”

渠廋笑道：“登天术，顾名思义就是要登天而去，总不能往下跳吧？你看看摩伽大师，沿绳登上云端，至今都没回来，岂不是神迹？”

“大人怎么知道他还在天上，说不定他也在水里呢？”冯禹见渠廋不相信，笑了笑说道，“这种把戏名为通天绳，或者叫神仙索，说穿了其实一文不值。不提那帮熟门熟路的身毒人，就算大人和我，只要胆量够大，苦练个几年，要做到摩伽那个样子也并不是太难。”

“怎么可能？”渠廋瞪大眼睛，难以置信。

“胡说八道！”一个身毒僧人挺身出列，怒斥冯禹，“汉人毫无敬畏之心，胆敢质疑摩伽神迹，不怕佛陀怪罪吗？”

冯禹看向那人，见他耳挂铜环，身材枯瘦，生得与其他身毒僧人殊为不同，形容更像蛮岭百越之人，问道："阁下如何称呼？"

那人冷哼一声，鼻孔朝天，竟不理睬冯禹。

乌叶上师笑道："白僰大师来自摩诃菩提寺，二十三年面壁苦修，一朝闻蝉声而顿悟，自谓佛门秋蝉。摩顶受戒成为摩诃菩提寺天下行走，正法护佛，不容许世间人亵渎佛陀！"

冯禹恍然道："原来是佛门秋蝉白僰大师！冯某说的是摩伽神迹，就事论事而已，与佛陀何涉？不知亵渎二字从何说起？"

白僰倨傲道："摩伽神迹乃佛陀无上法力神通所致，疑摩伽便是疑佛陀！你们汉人不敬佛陀，当永坠阿鼻地狱，受终极无间之苦。"

冯禹没有说话。倒不是他怕了这位摩诃菩提寺的天下行走，而是不愿和这个脑子拎不清楚的家伙纠缠。于是转向乌叶上师，沉声道："上师精研佛经，能说出欲求佛先求心、种甚因结甚果这种话，足见佛法高深，冯某深为佩服。可摩伽神迹的真相到底如何，上师慧眼如炬，想必比我更清楚。冯某听说佛家万事求个缘字，有些东西时机未到莫要强求。说句掏心窝子的话，西域这个地方龙争虎斗妖鬼横行，惦记的人不少，眼下还真不是上师能够插上手的。不是上师道行不够，而是天意如此。冯某言尽于此，何去何从，还请上师三思。"

乌叶上师沉默良久："上使明睿深识，宅心仁厚，乌叶受教了。佛说一切皆有定数，不能强求，是乌叶着相了。"他走到狮子座前，向扜弥王合十道，"汉使得天之助，顺天而行，我方甘拜下风。老衲不敢有欺心之举，今日就退出扜弥城，有生之年不再踏入西域一步！"

众人大惊失色，乌叶上师居然主动认输，这是他们万万没有料到的。扜弥王虞契一张脸阴沉到极点，气急败坏道："上师这是何意？明明是摩伽大师赢了汉人，上师却故意认输，是藐视本王吗？还是说上师根本没把扜弥国放在眼里？"

乌叶双手合十，默然不语。

打弥王恼羞成怒："上师认了输，本王就等摩伽大师从天上归来，好好问他到底是怎么个欺世盗名。你们都先退下吧。"

话音刚落，有人叫道："大王不用等了，我们已经替您把摩伽大师找回来了。"众人回头，看到林染等人正押着摩伽走过来。摩伽浑身上下湿漉漉的，像是刚从水里捞上来。袍子上面沾了不少泥沙，两眼乌青，嘴角有血迹，显然刚才和人交过手，还吃了不小的亏。

虞契大惊："这是怎么回事儿？摩伽大师不是登天走了吗？"

林染笑道："我们在洗月池里发现了摩伽大师，他有没有登天，还真说不准，所以就请他过来见见大王。"

摩伽双手合十，低头不语。

虞契明白了什么，脸都绿了，他不惜耗费巨资举办了这次显圣法会，不说私底下的谋划，单说这种种神迹，他一直是深信不疑的，万万没料到竟是江湖骗术——身毒人不只一巴掌拍到了他脸上，还糊了他一脸屎，如何不恼羞成怒？这个消息传出去，他虞契就是诸国的笑柄，被人戳断脊梁骨不说，打弥国颜面何在？他一国之主的威严又何在？

虞契死死盯住乌叶上师，怒极反笑："乌叶，打弥城虽小，你觉得可以任尔等来去自如吗？"

没等乌叶上师开口，白僰抢先说道："大王息怒，佛门神通如恒河沙数，每一种皆是摩诃无量。登天术乃是佛门大神通之一，有佛家大乘能飞天入地，朝暮间可观尽四座天下，绝非欺世盗名。实则是摩伽修为尚浅，又为心魔所乘，误入了旁门左道。话又说回来，即便乌叶上师承认此局摩伽输了，那么汉人其实也没有赢。刚才他们所示是粗鄙的投渊术，诡诈取巧，怎么可以与登天术相提并论？所以这一场算起来谁都没赢，无非是个和局罢了。"

乌稷笑道："白僰大师所言有理。双方各自一胜一平，龙象斗法的确是沙门未输汉人也没赢的结果。既然如此，斗法还是要有个定论的。不如再比一场，这次就让白僰大师出手如何？"

打弥王转嗔为喜："上使之言甚合本王之意，白僰大师有佛门秋蝉之称，佛法精湛，有无量之神通，倘能亲自出手，定然不负众望旗开得胜！"

白僰躬身合掌道："大王吩咐，敢不从命？事关佛门声誉，老僧定当尽力。"

乌叶上师喟然叹息。有些事错了，及时止损也许很痛。但一错再错，真的就是不死不休没有半分转圜的余地了。

白僰也不理睬乌叶，斜睨冯禹一眼，径直走到望鹄台前，下临洗月池，有风自天际而来，云团翻滚，僧袍猎猎鼓荡。

众人心如擂鼓，却屏息凝视，眼睛都不敢眨一下，唯恐错过石破天惊的一幕。

林染笑道："又要出什么幺蛾子？"

郑吉不语，自从这个古怪老僧临近渊池，玉瓶内一直昏睡的银翅蜈蚣就变得狂躁起来，封穴的金针颤颤巍巍，看样子要强自醒转。

一个白纱蒙面的长袍女子悄然靠近郑吉，小声说道："这个人就是摩诃菩提寺天下行走白僰，以前是滇国的大靡莫，法术高绝。滇国被大汉灭国之后，他一人独自西行寻圣。在摩诃菩提寺面壁二十三年，闻蝉声而悟道，被称为佛门秋蝉。他比乌叶早两年来到西域，一衣一钵行走于诸国之间，如云在天，飘忽难测。木衣坊秘字阁地字卷里有他的记录，寥寥数语而已。"

郑吉皱眉："佛门秋蝉要置一个孩子于死地，为此不惜动用银翅蜈蚣，听起来匪夷所思——理由呢？"在此之前，他通过银翅蜈蚣的感应，确定了白僰就是对扶岫下手的人。

苏魅儿轻笑一声：“扜弥王虞契膝下无子，这个理由够不够？”

郑吉叹道：“帝心难测，天家无亲，自古皆然。为一个权字杀得人头滚滚，天下缟素，这种事见得还少吗？虞契膝下无子，王位迟早还是要落到虎跷手里，这个理由已经很够了。说句不中听的话，扜弥王没有直接拿虎跷开刀，还是念了一点儿情分的。”

苏魅儿眼神古怪：“据我所知，你好像不是一个悲春伤秋的人。”

郑吉愕然，碰到这种狗屁倒灶的事儿，老子顺便替虎跷感慨一下罢了，与悲春伤秋有个毛的关系？这姑娘又想到哪儿去了？

7

望鹄台上突兀响起一声蝉鸣，如春雷萌动，风高野阔，直摄魂魄。

白奭大袖飘摇，一只手掌向洗月池狠狠抓下。但见池水激荡如沉渊，蓦然炸裂，白浪滔天。一条尺余长的龙鳅泼剌剌冲出水面，被白奭隔空抓在手里。乌云翻滚，蝉声如雷。那龙鳅体白如雪，须臾暴涨两丈有余，头生两角，腹多四爪，身披鳞甲，脱手化为一头白蛟，扶摇直上飞入云中。刹那间，扜弥城电闪雷鸣，风雨大作。把众人唬得战战兢兢魂魄俱散，一个个匍匐在地上口念神僧保佑。

云团越压越低，暴雨倾盆。那白蛟高高扬起头颅，漠然看向冯禹，宛似神祇俯视尘世蝼蚁。望鹄台上众人面如土色，纷纷离座准备抱头鼠窜。冯禹始料未及，心神大震，身形摇摇欲坠。

蝉声又起，白蛟仿佛受到召唤，庞大的身躯飞出云团，摇头摆尾，巨爪朝冯禹当头抓下来。这一爪抓实了，冯禹哪里还有命在？

冯禹自知必死，也不再逃，正襟危坐，怒目圆睁。

说时迟那时快，一支巨矢破空飞来，巴掌宽的扁平箭头凿穿层层雨幕，雷影如蛇，狠狠撞进白蛟的瞳孔，血雨漫天洒落。

箭名杀矢，长三尺一寸，非扛鼎之力者不可操之，中者立死。

白蛟哀嚎嘶吼，身子剧烈翻滚，巨大的蛟尾劈开云层抽下来，半个望鹄台崩塌如雨。不少人被殃及了池鱼，呼啦啦坠入洗月池内，一时鬼哭狼嚎。

虎蛮收起野牛弓，神情淡然，仿佛做了一件微不足道的事情。

苏魅儿睁大一双妙目，死死盯住虎蛮，难以掩饰心中的震惊。木衣坊秘字阁关于这个少年只有寥寥四个字：讷口善射。如今看来，这个貌不惊人的异族少年挽狂澜于既倒，一箭诛蛟龙，心性之沉稳，箭法之高绝，岂止是讷口善射四个字可以评价的？

神仙打架，凡人遭殃，这话真是一点儿都不错。

且不说掉进洗月池的倒霉蛋能活下来多少，留在望鹄台上的人也是死伤惨重。扜弥左都尉和几个身毒僧人被白蛟尾巴扫中，当场崩成血泥，死得不能再死。渠廋运气不够好，被倒塌的殿柱压断了腿，幸亏虎跷眼疾手快，拼死将他拖了出来，不然又多了一个冤魂。扜弥王从狮子座上滚跌下来，半边脸血流如注，形如厉鬼，嘶声惨号。

望鹄台上鸡飞狗跳，王宫前也乱了套。白蛟突然逞凶，众人无不魂飞魄散，拼了命往外逃，只恨爹娘少生了两条腿。有人为了活命，干脆拔刀将挡在前面的人砍倒。这像是导火索，霎时引爆了整个广场。上千人疯了，相互大打出手。到后来杀红了眼，逢人就砍，见人就剁，完全忘了为何而战，惨号声此起彼伏，广场上血流成河。

白蛟受创，冯禹知道机不可失，和司马熹等人转身就跑。结果冤家路窄，迎面正撞上那帮匈奴人。乌稷也是个不怕事大的，况且又恨透了冯禹，必欲杀之而后快。连招呼都不打，拔刀就砍。

司马熹等人早得了郑吉的嘱咐，也不恋战，护着冯禹夺路而逃。

冯禹跑远，不忘回头撂下一句："尔乃蛮夷，吾不与尔等计较！"

乌稷气坏了，这姓冯的忒不是个东西，一张小嘴嘚啵嘚啵，让他忍得一直好辛苦。老子好不容易逮着个机会，结果一刀下去连根毛都没砍着，反让那个浑蛋奚落一顿……乌稷红了眼，拎一把弯刀在后面撒丫子狂追。不杀了这个嘚啵汉人，他觉得生无可恋。

匈奴人自然不能让乌稷一个人追杀，呼啦啦全跟了上去。

见冯禹在他眼皮子底下逃走，白奭几乎气炸了肺。他一手驱神术举世无敌，结果没杀了那个汉使，反伤了扜弥王，这事儿没个交代，他就是跳进洗月池里也洗不清了……心生愤怒，蝉声大作，如天鼓雷鸣，佛陀诵偈，声震四野。

白蛟嘶吼着，翻腾着，摇摇晃晃再度飞起，朝冯禹等人追过去。

这时，乌云之上响起一声嘹亮的凤鸣，风止雨收，一只扶桑鸡破开云雾飞来。白蛟像遇到了克星一般，身形急剧缩小，化作一条尺余长的龙鳅，带着染血的杀矢向洗月池里蹿去。

扶桑鸡岂容它逃脱？双翅展开，如大鹏临尘，一个俯冲将龙鳅牢牢攫住，活活吞入腹中。

"孽畜安敢伤我神虫——找死！"白奭大怒，正要击杀扶桑鸡，却听得扜弥城里军兵大叫："白奭行刺大王，不要让他走脱了！"

白奭大惊，不等他辩驳，却见飞虎骑团团围住了望鹄台，人喊马嘶，刀枪如林。不断有军兵冲向望鹄台，试图将他生擒活捉。白奭心一横，干脆从望鹊台上飞身跃下去，一头扎进了洗月池，借水遁而逃。沙门有一种神通，名为“龟息功”，可蛰藏水底数月不死。白奭精通此术，自然有办法活着离开扜弥城。

见白奭落水，飞虎骑追之不及，只好乱箭攒射。但见万矢横空，密密麻麻扎进洗月池里。十余丈宽的水面像是煮沸了一般，雪浪翻滚。碰到这种情况，哪怕功力通神都难逃一死。所幸白奭及时入水，岸上的人看不见他，盲目乱射。虽挨了十几箭，好歹捡了一条命。

白奭那个气啊，一口老血堵在喉咙里，差点儿把自己活活憋死在水底。今天能逃出去，那是最好。留得青山在，不怕没柴烧。真要被困在扜弥城里，他这只佛门秋蝉恐怕不会有再叫的机会。

白奭忽然有种可怕的想法，今天不只他，连扜弥王都给人算计了。这是有人挖好的大坑，他和虞契等人自以为稳操胜券，却一头栽了进去。那帮匈奴人呢？白奭用脚指头都能想到乌稷会有什么下场。

到底是谁做下了这个局？白奭百思不得其解。难不成是那个汉使冯禹？可怎么瞧着也不像啊。

冯禹和司马熹等人跑下望鹊台，慌不择路，结果没多大工夫就被匈奴人堵到了一条死巷里。

见冯禹等人上天无路入地无门，乌稷哈哈大笑，命人扎紧巷口，亲自带人追杀了进去。照他的意思，这叫瓮中捉鳖，他要一刀一个，活剐了那帮可恶的汉人。

既然逃不掉，冯禹反而不慌张，负手而立，望着持刀逼近的乌稷：“你这是要赶尽杀绝的意思？”

那帮匈奴人几乎笑岔气，这个汉使有点儿意思。老子追了十几条街，累得跟撵山狗一样，难不成还要倒贴你俩钱儿花花？

乌稷横刀，左手两指轻轻抹过刀锋，脸上浮起一抹残忍：“汉狗，你当记得我说过的话——必杀你而后快！”

冯禹用手指掸掸袍服，好整以暇：“你说过的话……你算什么东西？口含天宪还是言出法随？屁话再多也还是个屁，除了恶心一下耳朵，还能做什么？”

“汉狗！”乌稷怒极反笑，“你放心，我会最后一个杀你。先拔你的毒舌，再剐了你这张狗嘴！三百六十刀，少一刀都算我输。”

冯禹啧啧道：“三百六十刀，真是可惜了。”

乌稷以为他怕了，得意道：“可惜什么？你不是刀数最多的那个，当初有个汉人女子怀了我的孩子又偷跑，被我剐了一千二百刀，那才叫一个惨呢。”

冯禹死死盯住乌稷：“好，我都记下了，一定不会让你失望！”

乌稷大笑，冯禹拍拍手，巷子两边房顶和高墙上出现数十弓箭手，一声令下，上百支飞凫箭一时雨落，顷刻便有十数匈奴人惨号着倒下去，浑身上下插满了三棱铁镞，箭箭及骨，仿佛刺猬一般。

“撤！”乌稷挥刀拨打箭矢，嘶声号叫。而来路早被人堵死，七八个留在巷子口接应的匈奴人被环首刀抹断了脖子，死不瞑目。

又一波箭雨落下，乌稷身边的人剩下的不到三成。第三波箭雨过后，能站着的只剩下乌稷一个人。血水汇成小溪，小巷里除了风声，就是血水流淌的哗哗声。

乌稷一手提刀，看着缓缓走来的冯禹，怒发如戟：“汉狗，你们敢阴我？卑鄙无耻！”

冯禹答非所问：“你之所以还没死，是因为我不想就这么轻易杀了你。说好了的一千二百刀，绝对不会打一点儿折扣。你放心，我们汉人向来言出必践，童叟无欺。”

乌稷脸色苍白：“我是日逐王钦定的南道巡察使，杀了我，扞弥王会放过你们？”

“哪个扜弥王？”冯禹微眯眼睛笑了起来，春暖花开。

乌稷刚要说什么，忽然间毛骨悚然手脚冰凉，身形止不住颤抖：“你们……你们……”

冯禹淡淡道：“我们什么都没做！反倒是你们从开始到现在一直步步紧逼，非要将我们置于死地才罢休。你看看事情都闹成了什么样子？白奭杀了扜弥王，你们又死于乱军之中。其实死了也好，一了百了。不然诸国死了那么多人，会善罢甘休？到时候连累了日逐王，你们以死谢罪都是轻的。”

乌稷汗流浃背，汉人心思真是可怕！不由狰狞了面孔，号叫道：“汉狗，我要杀了你！”

一个声音在乌稷身后响起：“你的对手在这里，别找错了人！冯大人是读书人，打打杀杀成什么样子？我陪你玩玩儿如何？”

乌稷回头，正好看到林溪——左手反握一柄环首刀，猱身而至，煌煌刀锋，杀气如潮。

刀名垂珠，长约三尺，婉约如蛾眉，却是不折不扣的百杀之刃。

乌稷是日逐王手下的一名千长，又被先贤掸钦定为南道巡察使，全靠一把刀杀出来的泼天功劳，手底下的功夫岂能弱了去？一刀格开林溪的短刀，顺势斜削，如虎行山野，霸道绝伦。

林溪一击不成，飘然而走。看似向后倒掠如飞，却忽然出现在乌稷身前，一点幽芒刺向乌稷的咽喉。

这种身法实在诡异，瞻之在前，忽焉在后，攻守变换之快，防不胜防。乌稷骇出一身冷汗，来不及躲避，心一横，像一头野象迎面撞上去。

沙场争锋，从来没有无敌的刀法。真正的无敌，是一颗敢死之心。这个道理，乌稷十二岁时就懂得。不是他不怕死，而是他知道怕死只会死得更快。鸟稷一人一刀，如同千百铁骑凿阵冲锋，锐不可当。

林溪不闪不避，右脚蹬地，如野马狂奔，与鸟稷轰然相撞。地面登时沉陷数寸，房屋坍塌，滚滚烟尘冲天而起。两人各自抹去嘴角的血迹，不约而同暴起。林溪一肘击中鸟稷面门，眉开骨碎。鸟稷一拳砸中林溪腹部，神力万钧。林溪如纸鸢般倒飞，鸟稷也退出两丈多远，差点儿一屁股蹲坐在地上。

林溪吐出一口血，向鸟稷招招手，笑道："小子有劲，再来！"

鸟稷抹去糊住眼睛的血水，咧嘴笑道："汉人有种，再来！"

两人再一次迎面狂奔，鸟稷一刀疾劈而下，力大势沉，星垂平野，月涌大江。林溪避过刀锋，反手握刀，仿佛大枪突刺，刀柄狠狠撞在鸟稷前胸，胸骨咔嚓碎裂，凹陷出拳头大的一片。鸟稷痛彻心扉，两眼血红，不顾伤势，双手握刀猛劈而落。

鸟稷双手握刀，刀尖下指，刀锋向内，用刀背猛力向外磕。弯刀斜崩出去，而林溪刀势未减，环首刀斜斜上扬，全力下劈，将鸟稷斜肩至腹华丽地劈开，顿时血水飞溅。

鸟稷自知必死，犹如骄傲的狼王，鬃毛扬起，面不改色走向冯禹，大笑道："汉狗，你要食言了。本将倒要看看你怎么砍我一千二百刀！"说完，反转刀锋，割开自己的喉咙，自戕而死。

冯禹叹道："这个人虽说残暴，倒也不失为一条汉子，厚葬了吧。"

白奭逃走，匈奴使团全军覆没，身毒人除了乌叶上师和两个僧人，其他都死在乱军之中。扜弥王和辅国侯双双重伤，不知生死，扜弥国这时候能发号施令的非左大将虎跷莫属。

扜弥王伤重，左大将虎跷带兵进宫护卫。当夜，有人遥见虞契寝宫里烛影纷乱。丑寅之交，扜弥王驾崩。

大乱起时，右大将昆代本想逃走，却被一个神秘女子所杀。

那个女子是昆代的侍妾，名字叫小蛮。她还有一个更好听的名字——婆伽。可惜这个名字除了她自己，世上知晓的不会超过三个人。

这一天，注定是扜弥国历史上最血腥的日子。

第十五章　胜负谈笑间

1

当晚，一支精锐骑兵悄悄出了扜弥城，一人两匹乌孙甲等战马，长短刀各一把，硬弓两张，配箭矢两百支。带队的名叫负熊，有万夫不当之勇，是虎跷的心腹爱将。这支骑兵急行二百里，在一个叫凶泽的地方，包围了一伙马贼。

凶泽比盐泽小得多，绿水萦回，水中多有食人鱼怪出没，行人畏之如蛇蝎，故称为“凶泽”。此水千年如一，遇旱不涸遇雨不溢。周围聚沙成山，沙分五色，为红、黄、绿、白、黑，风吹沙鸣，如九幽鬼音，令人毛骨悚然。方圆百里之内，除了仿佛横空出世的凶泽，既无水源也无城郭，商贾不得不到这里寻水。马贼闻风而至，多有抢劫杀戮之事发生。

稍事休息，手下禀报鄯善王子求见。负熊不敢怠慢，亲自前去见苏祗摩。

苏祇摩风尘仆仆，脸色也黑了不少，但精神还好，眼睛极其明亮。身后跟着一个人，脸覆青铜面具，所行之处，尘沙不起。

负熊与苏祇摩见了礼，苏祇摩也不寒暄，开门见山问道："扜弥城里情况如何？"

负熊如实禀告："龙象斗法，大汉使团获胜。身毒妖僧白奭以化蛟之术打烂了望鹄台，陛下和辅国侯双双重伤，匈奴使团自乌稷以下悉数死于乱军之中，白奭逃遁，至今下落不明。靖远侯控制了局势，正在张榜安民，抚恤死者。"

"这就好，我们可以安下心来啃这块硬骨头了。"苏祇摩心中钦佩不已，局势的发展果然和郑吉预料的一模一样。几天前，郑吉让他出城来"钓鱼"，他大不以为然。没想到领着一支驼队在大漠里闲逛了几天，还真钓到了一条大鱼——白马城主相飑殿下。

扜弥城举行显圣法会，相飑也没有闲着。一方面暗地里招募兵马，一方面想方设法搜刮钱财。显圣法会一结束，就是他起兵清君侧的时候。扜弥、于阗等南道多国包括匈奴天狼骑都是他的后盾，他只需登高一呼，便会应者云集。兵临延城之时，他那个哥哥绛宾还能坐稳太子的位子？当然，延城那张金狮椅也该换人了——相飑说不出"芳林新叶催陈叶，流水前波让后波"这种话，但知道老虎老了就该放下架子，占着茅坑不拉屎算咋回事儿？何况那个座位旁边还蹲着一个虎视眈眈的家伙，他不提前下手，早晚给人吞得连渣子都不剩。

话又说回来，打仗是要花钱的。虽然白马城富甲一国，真要打起仗来，白花花的银子像水一样往外流，没点儿像样的家底儿真是不行。这不，相飑又打起了显圣法会的主意。扜弥城法会长达两个多月，诸国商贾与公子王孙往来不绝，绝对是个下手的好机会，所以相飑又做起了老行当——亲自率领两百余百狩骑扮作马贼，在大漠上杀人越货，来去如风。也许是抢上了瘾，数日前他们一度逼近扜弥城，弄得人心惶惶。虞契心知是相虒那厮闹的幺蛾子，懒得理他，所以喝退了虎跷。

昨天，相虒得到消息，一支庞大的驼队出现在扜弥国境。他当然不肯放过这只大肥羊，亲自带人赶了过来，今晚终于将那支驼队围困在了凶泽，然后一口吃掉。

驼队里有两个家伙跑掉了，相虒未免感到有些美中不足。以前做这种事都是不留活口的。他并不担心，跑就跑了吧，也许是那两个小子命不该绝，总不能在大漠上来一场千里大追杀吧。就算有人知道是龟兹王子相虒做的，敢找上白马城与他理论?

相虒为人谨慎，扎营时接连放出几拨哨马，最远的足有三十里。一旦夜里有个风吹草动，他也有机会遁走，不至于被人打个措手不及。正因为如此，他在大漠上呼啸来去多时，还从未失过手。

白沙如雪，斜月西沉，有风从大漠北方吹来，凶泽之畔响起魔哭鬼嚎之音。一个哨马躲在沙山阴影里，缩缩脖子，毛骨悚然。

身后一阵马蹄声传来，哨马探出半个脑袋，看清来人，登时来了精神，大叫道：“苏尔班大人，怎么是你？”

苏尔班跳下马：“我来这里看看。乃桐兄弟，有什么情况吗？”

乃桐笑道：“这里除了风和沙，连他娘的一个鬼影子都没有，能有啥情况？就是天冷得厉害，还有那声音……你听听，跟鬼嚎似的。不怕苏尔班大人笑话，我都尿了两回裤子呢。”

“你不是白马城里出了名的胆大包天吗？瞧那点儿出息！”苏尔班大笑，乃桐迎上前，身子却突然僵直，低头看看透腹而入的弯刀，瞪大眼睛看向苏尔班，难以置信道：“苏尔班大人，这是为……为什么？”

“兄弟，对不起，一路走好！”苏尔班拔刀，一道血箭激射而出。

乃桐晃了晃，一头栽倒下去。

这个夜晚，相虺做梦都想不到，在他纵酒狂欢之时，他的心腹哨马一个个倒在黄沙里，变成了冰冷的尸体。

苏祇摩得到消息，仰天大笑："有个汉人曾经笑言，相虺王子夜路走多了，有一天总会碰到人！"

负熊不解："不是碰到鬼么？"

苏祇摩白了他一眼："相虺是人么？"

负熊恍然，相虺那厮假扮马贼，可不就是个见不得人的恶鬼？

2

拂晓前，打弥骑兵换了战马，开始冲锋。几百匹乌孙甲等战马越过沙山，直逼凶泽湖畔。马蹄声踏碎了大漠的沉寂，如大潮奔涌，天鼓雷鸣。数百柄长刀映月生寒，恰似沧浪鼎沸，惊涛拍空，卷起千堆雪。

相虺冲出帐篷，正看到数百打弥骑兵分三个方向潮水般冲来，身后就是凶泽，退无可退。马作的卢飞快，弓如霹雳弦惊，箭雨黑压压倾泻而下，遮蔽星月。百狩骑措手不及，一个又一个中箭倒地，连同坐骑都被射成了刺猬。

箭雨过后，打弥骑兵已经冲到跟前，扬起长刀狠狠劈下去。马快刀沉，杀伤力惊人，一刀下去能将当面的百狩骑劈成两半。百狩骑乱作一团，结果成了打弥骑兵劈杀的活靶子，一颗又一颗脑袋飞上半空，又远远砸进白沙中。

百狩骑战力强悍，经过短暂的慌乱之后，开始了绝地反击。如两线浪潮撞在一起，不闻雷声，只有血雨狂飙。

两个骑兵擦身而过，同时出刀捅进对方的腹部。又有两骑冲杀，连人带马撞在一起，人马俱碎。一个扜弥骑兵砍下敌人的脑袋，不料马失前蹄，人马轰然倒地，不等爬起，竟被纷乱的马蹄踏成血泥。

负熊力大无穷，一刀一马以近乎蛮横的架势疯狂凿阵，刀锋所向血肉横飞。两个百狩骑拼死阻挡，一个被负熊连肩带背劈成两半。剩下那个想要逃走，被负熊飞马赶上，一刀砸中后脑，登时万朵桃花开。数十个扜弥骑兵跟在负熊身后，像一柄利刃剖开了百狩骑的铁桶阵。百狩骑被分开，左右不能兼顾，再次混乱，十余骑退避不及冲进了凶泽。平静的凶泽霎时白浪翻滚，如同煮沸了一般。那十几骑连人带马都被血浪吞没，变成了一具具浮动的白骨。

见凶泽食人鱼如此可怕，交战双方都不寒而栗。

相𫐄红了眼，砍翻两个扜弥骑兵，带领手下亲兵夺路而逃。负熊大怒，一马当先衔尾追杀。剩余的百狩骑见相𫐄王子逃走，更没了斗志，要么弃刀投降，要么被驱进凶泽，活活喂了食人鱼。

相𫐄逃出重围，回顾身边只剩下了五名亲信，恨得咬牙切齿。两百余百狩骑啊，每一个都是用白花花的银子砸出来的，就这么折在了凶泽，怎能不让他痛彻心扉？

相𫐄没敢沿凶泽向大道逃遁，这条路离龟兹国最近，他担心有伏兵，出人意料折向西北，走了人迹罕至的羊肠谷。

羊肠谷，谷中道路狭隘如羊肠，最窄处仅容一人牵马而行。若是有人将两头一堵，铁定是个瓮中捉鳖的下场。正因为如此，兵家绝不敢走羊肠谷。而相𫐄反其道而行之，料定负熊不会在这里伏兵，所以才敢冲进了羊肠谷。

劫后余生，相虒望着羊肠谷上方那一线天空，不禁长长松了一口气。他不知道打弥国发生了什么事，不然打弥王吃错了药拿他开刀？相虒从来没有吃过这么大的亏，心里那个恨啊。有仇不报非君子，不能就这么算了，等老子回到白马城，就算打个天崩地裂也要和虞契那狗日的掰扯清楚今天这笔账。

一行人好不容易走出羊肠谷，相虒勒马停下，面如死灰。

数十名飞虎骑呈半环形围住了谷口，个个张弓搭箭，只要一声令下，顷刻就会把相虒等人变成六只人形刺猬。

马蹄声响起，一匹白马夭矫如龙，缓缓走到打弥骑兵前列，马上青年白袍貂裘，满面春风："白马城一别数月，每次念及殿下当初厚谊，本王子都是辗转反侧切切于心啊。"

相虒冷冷道："苏祇摩，你带人堵在这里就是为了恶心我吗？"

苏祇摩大笑："本王子在这里守了一夜，凉风大饱，要说只为恶心你两句，未免不够诚意。殿下也是聪明人，咱们索性打开天窗说亮话。看在我辛苦跑了一趟的分上，你最好痛快一点儿束手就擒。这样我好回去交差，殿下也免了性命之忧不是？"

"苏祇摩，不管你信不信，本王子从小到大杀人放火刨坟掘墓的事儿没少干，就是还没学会束手就擒。要不你给我做个样子看看？不是我小瞧你，凭你还料不到我会退走羊肠谷。本王子甚为好奇，到底是哪位高人在背后神机妙算，断了我的归路？"

"你所指的高人自然是有的。几天前乌叶上师讲过一句话，凡事皆有因果，种甚因结甚果，本王子深以为然。当初大宛公主流落白马城，你百般觊觎不择手段，这算是种下了因；如今身陷羊肠谷，惶惶如丧家之犬，才是自食其果。"

"大宛公主？这么说本王子今日之败和郑吉有关？还有，那支驼队也是假的吧？高飞之鸟死于美食，深泉之鱼死于芳饵，我相虒岂不正应了这句老话？”

“郑吉深悉你心性，亲手挖了这个大坑，你好死不死地一头撞了进来！为了钓你这条大鱼，虎跷差点儿把他的靖远侯府掏空了才弄出一支驼队，而我领着驼队在扜弥城外足足逛荡了四五天。真是应了一句老话啊——舍不得孩子套不着狼。这几天真把我累坏了，你要再不过来抢，我都没脸回去见郑吉和虎跷呢。话又说回来，你今日也并非全是败于郑吉之手。都说千金之子坐不垂堂，你身为一国王子，坐拥雄城，却干起了杀人越货的马贼勾当，老天都容不下你。当然，最主要的还是你动了不该动的心思，放着一手遮天的白马城主不做，非要盯着那个金狮椅，不是找死又是什么？”

相虒脸色数变：“说到底，还是那位太子殿下不肯放过我啊。罢了，家丑不可外扬，不说他了。苏祇摩殿下，汉人有句话讲得好，叫得饶人处且饶人。我如今被困在羊肠谷，身边只剩下了五个亲兵，已是走投无路，还谈什么谋逆不轨？再说我们两个一向无冤无仇，你何必非要置我于死地？今日只要你肯抬抬手放我过去，我相虒今生今世必念你的大恩！”说完，相虒竟翻身下了马，双手捧起自己的宝刀，在众目睽睽之下向苏祇摩跪了下去。

众人面面相觑，尽皆变色。相虒的骄横和跋扈在诸国出了名的，从来只有他杀人，谁曾见过他低头？都说男儿膝下有黄金，相虒这一跪，等于将他的尊严和名声全都抛开了——只要能够活下去，哪怕像只狗一样摇尾乞怜，一切都还会有机会。

苏祇摩笑道：“相虒，要说我最佩服的人，除了郑吉，你也算一个。大丈夫能屈能伸，这话说起来容易做起来难。你能连膝盖都不揉揉就当众跪下来，这份心性和勇气可不是谁都有的。放在以前，我也许就真放了你，可郑吉偏偏就料到了你会这么做，所以临走时特意嘱咐了我一句话。我原以为他想多了，你堂堂龟兹王子怎么可能弯得下尊贵的腰？事实证明，郑吉的确料事如神，而你相虺殿下，还真是让人刮目相看啊。”

“那个汉人说了什么话？”相虺攥紧刀柄，望向苏祇摩。

“虎卑其势，将有击也；狸缩其身，将有取也。”

相虺眼中掠过狠厉之色，腰杆一挺站了起来：“苏祇摩，做人留一线，日后好相见。本王子连脸面都不要了，如此求饶，你都不肯放过我，真要赶尽杀绝吗？好，本王子就站在这里，有本事你过来杀我！”

苏祇摩大笑：“相虺，这才是你的真心话吧？不是我不肯留一线，而是我今天真放了你，依你的性子，日后你第一个要杀的就是我。本王子虽不如你聪明，但缚虎容易纵虎难的道理还是知道的。”说完，抬手向后面一招，一个脸覆青铜面具的人走上前，反手握刀：“相虺殿下，你的人头还是我来摘下吧！”

“敢要我的脑袋，你又是谁？”相虺瞧了他两眼，声音冷硬如铁。

那人大笑两声，伸手摘下青铜面具，却是十二曲魁之一的耶杀。

相虺阴冷道：“王兄终究不肯让我死在别人手里，还是派你们来动手吗？耶杀，你没死在扜泥城，反成了人家的走狗，还有脸回来？看来十二曲魁也不像外面传说的都是矢忠不二的死士嘛。”

耶杀不说话，刀锋寸寸出鞘。

“殿下，杀鸡焉用宰牛刀？让我杀了这厮！”一个亲信从后面大踏步走上来，反手拔刀，刀锋如雪。

相虺点头，掉了牙的老虎犹能伤人，他还有五名身手不俗的亲信，无论如何也要崩掉苏祇摩几颗大牙。

那人慢慢从相虺身旁走过，突然反手一刀捅进了相虺的小腹，刀尖从后腰透出，血水激射。

相虺一拳将那人打飞，双瞳血红：“苏尔班，你作死吗？”

苏尔班吐了一口血，从地上慢慢爬起来：“殿下可能不知道，其实我还有另外一个名字——行觞！”

“行觞？”相虺怔了怔，仰天大笑，“原来那个温柔敦厚的王兄早就磨好了刀，可笑我这条砧板上的鱼还一再蹦跶着要跳龙门，真是该死啊。好！好！好！”相虺反手拔刀，气绝而死。

“苏尔班，你敢刺杀殿下，忘恩负义的狗东西，我要杀了你！”嘎鲁嘶嗥如狼。

苏祇摩挥手，箭矢如雨疾落，将嘎鲁和三名亲信活活钉死在地上。

3

显圣法会落幕之时，有消息从长安传来。元平元年四月十七日，汉帝刘弗陵驾崩于未央宫，年仅二十一岁。无子嗣。葬于平陵，谥号为孝昭皇帝。

大将军霍光请上官皇后征召昌邑王刘贺入长安主持丧礼。

刘贺的父亲名叫刘髆，是武帝刘彻的第五个儿子。刘髆的母亲正是大名鼎鼎的李夫人——贰师将军李广利和协律都尉李延年的妹妹。

武帝有六子：卫皇后生太子刘据，王夫人生齐怀王刘闳，李姬生燕剌王刘旦、广陵王刘胥，李夫人生昌邑王刘髆，赵婕妤生刘弗陵。

天汉四年，刘髆被封为昌邑王。征和三年，贰师将军李广利征匈奴，因与左丞相刘屈牦谋立刘髆为帝的事情泄露，刘屈牦被腰斩。李广利投降匈奴，李氏被灭族。失去舅家的支持，刘髆于后元元年郁郁而终。始元元年，年仅五岁的刘贺嗣位，成为第二位昌邑王。

刘弗陵病死，武帝诸子中只剩下了广陵王刘胥。刘胥身材魁梧，力能扛鼎，可徒手搏熊虎，震惊朝野。只是性子太野，霍大将军对他极不放心。

元平元年六月丙寅，刘贺受皇帝玺绶，尊上官皇后为皇太后。

刘贺在位二十七日，凡事乾纲独断，一意孤行。服斩缞，无悲哀之心；废礼谊，居丧不素食。击鼓歌吹，弄彘斗虎，游戏掖庭，秽乱宫人。五辟之属，莫大不孝。使者往来不绝，持节向各官署征调和索取物资，共一千一百二十七次。

大将军霍光见刘贺荒淫无行，失帝王礼谊，乱汉制度，忧心如焚。这时，鹣鹣坊有密报传来，鬼鲤和媚猪曾现身于昌邑王府，与刘贺过从甚密。种种迹象表明，梅子坞之乱的幕后黑手就是鬼鲤，那么鬼鲤的目的也就不言而喻。至于鬼鲤真实的身份，大将军至少在七十二份谍报中看到过。

向来以制怒和慎独闻名的霍大将军第一次发了火，将谍报撕得粉碎。梅子坞的棋局堪称先手无敌，直接引发后来半桃小筑的血案，差点儿将整个霍家都送到断头台上。霍禹至今还被关押在天牢之中。当然，这件事最严重的后果就是导致汉帝刘弗陵在三个月后病死。大汉中兴的进程被打断，而孝昭无子，皇帝的位子还真是毫无意外地落到了刘贺手里。不得不说，鬼鲤之谋还真当得起“惊世骇俗”四个字。

霍光联系丞相杨敞等人，上奏皇太后，于六月癸巳废去刘贺的皇位。又将刘贺带到长安的昌邑从官驺宰官奴二百余人全部诛杀。

国不可一日无主，霍光接受光禄大夫邴吉建言，欲立“史公子”

刘病已为帝，于是再与杨敞等人上书皇太后：“《礼》曰：‘人道亲亲故尊祖，尊祖故敬宗。’大宗亡嗣，择支子孙贤者为嗣。孝武皇帝曾孙病已，武帝时有诏掖庭养视，至今年十八，师受《诗》《论语》《孝经》，躬行节俭，慈仁爱人，可以嗣孝昭皇帝后，奉承祖宗庙，子万姓。臣昧死以闻。”

皇太后下诏称可，大将军派遣宗正刘德到史公子在尚冠里的家，洗沐赐御衣，太仆杜延年以轸猎车迎接刘病已，就斋宗正府。庚申，入未央宫见皇太后，封为阳武侯。元平元年七月，刘病已受皇帝玺绶，谒于高庙，即天子位。

4

与长安的风起云涌相比，万里之外的扜弥城一点儿也不逊色。匈奴使团全军覆没，日逐王先贤掸勃然大怒，挑动诸国共伐扜弥。这个时候，老龟兹王因为相虺惨死，不听太子绛宾的劝说，执意与于阗、姑墨、莎车和皮山等国结盟，兵发扜弥城，要替儿子相虺报仇。刚坐上扜弥王位子的虎跷收到消息，三万兵马正向扜弥城进发，此外，还有两千匈奴天狼骑随同作战。一时之间，整个西域的神经都紧绷起来，没有人看好扜弥国，更没人相信扜弥国能够逃过这次大劫。因为三万余虎狼之师就算是踩也能把扜弥国活活踩死。

虎跷紧急召见了冯禹、郑吉、苏祇摩和负熊，共商对策。

冯禹笑言不通兵事，一切听郑吉的。

苏祇摩直言有郑吉在这里，动脑子的事儿最好别找我。负熊领教过郑吉用兵的神奇，不说话，笑着把目光投向郑吉。

郑吉笑道：“此事无非战降两端，关键要看大王如何定夺。”

“此话何意？”

“降的话很简单，大王只消量扜弥之物力，结诸国之欢心，再大开城门箪食壶浆以迎之，这个仗也就打不起来。”

虎骁怫然而起：“先生可是小看虎骁吗？与大汉相比，扜弥虽是蕞尔小国，也不乏铮铮男儿。先祖遗训犹在，宁可站着死也不跪着生。虎骁哪怕还有三寸气在，绝不会将族人与土地拱手奉敌！”

扶岫的身子好转之后，虎骁经过慎重考虑，让他拜了郑吉为师。扶岫早就对师父崇拜无比，自然欢天喜地。而虎骁也一直没改口，坚持尊称郑吉为先生。

郑吉敛容道：“天子守国门，君王死社稷，大王临危不挠愿与族人共存亡，扜弥国上下必定会同仇敌忾，当有一战之力。”

“如此说来，这一仗还有得打？”

郑吉笑道：“刚才我只是略试一下大王罢了。说起进犯的诸国之兵，他们虽然对外号称三万，不过是壮个声势罢了。诸国各怀鬼胎，龟兹王老眼昏花，报仇心切，想在短短时日内纠集到三万人马，根本是不可能的事。据我估计，即使加上那两千匈奴天狼骑兵，对方也不会超过两万人马。”然后，他将各国所能动用的兵力随口说出，如数家珍一般。

虎骁苦笑道：“就算是两万人马也能把扜弥国活活撑死啊，难不成真要鱼死网破？”

“打仗的事儿，不是人多就一定能赢。古人说天时不如地利，地利不如人和。不说天时，诸国进犯扜弥国，除较近的于阗、西夜和皮山外，其他都要远涉千里，其间又有大漠流沙阻隔，必然失了地利与人和。扞弥兵力虽弱，众志成城以逸待劳，未必一定会输。如今西域各国纷争不断，看似弱肉强食，说句不中听的话，无非就是大汉与匈奴在棋盘上的博弈而已。此次扞弥国之变，大汉先前是做了详细推演的，现在的情况其实算不得最坏。匈奴天狼骑一旦有异动，敦煌边军断然不会袖手旁观！”

虎跷大喜。

苏祇摩忽然问道：“听说匈奴左谷蠡王先前与敦煌汉军对峙了好几个月，他们抽得出来人马？”

冯禹笑道：“这个无须担心！左谷蠡王和日逐王是两只出了名的乌眼鸡。有让先贤掸糟心的事儿，想必左谷蠡王乐见其成。退一步讲，就算左谷蠡王想插手，也得大汉边军铁骑答应才行。”

虎跷脸上有了笑容：“只要能牵制住天狼骑，咱们这里就算少了一个心腹大患。”

郑吉笑道：“先贤掸是个枭雄，一定不会放过这个落井下石的机会。哪怕有汉军牵制，至少一千天狼骑他还是要拿出来的。当然再多的话，他就要考虑自己的金帐王庭要不要挪窝的问题。”

冯禹说道：“西域使者校尉韩汤大人正在集结南北两道九国兵马，月余之间必定能够赶来。在此之前，扞弥城必须守住，不能陷入敌手。”

虎跷忧心忡忡道：“一座孤城加上三千人马，想挡住两万虎狼之师月余之久，恐怕很难。不知先生有何良策？”

郑吉不答反问：“大王觉得扞弥与于阗孰强孰弱？”

虎跷自信道：“不是本王夸下海口，若是两国单独交锋，本王必斩尉迟婆罗那斯的狗头！”

“那么龟兹呢？”

虎跷迟疑道：“龟兹兵强马壮，扞弥有所不及。但他想要一口吃掉我这三千轻骑，却也不易。”

郑吉又问道：“马贼肆虐大漠多年，为何剿而不灭？”

众人面面相觑，虎跷想了想说道：“马贼消息灵通，闻风而逃，诸国连人都找不到，怎么剿灭？”

苏祇摩插言：“马贼在诸国广布眼线，或市井或官府，处处都有他们的谍子。但凡有个风吹草动，他们很快就能得到传讯，所以想抓他们实比登天还难。”

郑吉赞道：“殿下所言极是。有时候一个不起眼的消息能救很多人的命。但是反过来，它也能杀人。这就是自古军争必用间的缘故。古人说，动而胜人，先知也。两军交锋，谁能做到先知，谁就掌握了主动，胜负没有太多的悬念。”

虎跷恍然，怪不得他刚接手扜弥王权，郑吉就迫不及待让他将扜弥谍子组织玄鸟牢牢握在手里，全力向诸国渗透，并不惜重金向各种谍子收买密报。不谋全局者，不足以谋一隅；不谋大势者，不足以谋一时。原来郑吉早在当初龙象斗法之时就料到了扜弥今日之困境，其深谋远虑，实在是令人叹服。

大家都看向郑吉。

郑吉手按刀柄说道：“此仗有上、下两策。死守孤城，坐而待援，为下策；主动出击，反守为攻，为上策！”

“反守为攻？”众人都被郑吉大胆的想法惊呆了。以扜弥区区三千轻骑，死守待援已是力所不逮，哪还有余力反守为攻？即要守城，又要分兵出击，别说三千兵马，就算有一万雄师也捉襟见肘啊。

“此次诸国大兵压境，无非就是个恃力取胜的念头儿。我们坐守孤城，正中对方下怀，他们可以从容部署，以巨石压卵的架势将扜弥城生生摧垮。一旦陷入这种牛抵角的境地，除了青石板摔王八——硬碰硬，没有第二种选择。想想看，三千兵马加上举国妇孺又能撑得了几天？孙子说，兵无常势，水无常形，能因敌而取胜者，谓之神。故善战者，形人而我无形，致人而不致于人。我们反其道而行之，跳出孤城，主动攻击，一则可以对敌方形成牵制，使之不能全力攻城；二则可以各个击破，趁机吃掉他们一部或几部兵力。这样一来，敌方攻势必然大减，到时候别说守上月余，再久一些都有可能！”

冯禹显然事前与郑吉沟通过：“敌方来势汹汹，不提匈奴人，还有龟兹、姑墨、温宿、莎车、西夜、皮山、于阗和焉耆八国之兵。算来算去，真想对抒弥动刀子的也就于阗和龟兹。余者如姑墨、温宿和莎车等国，无非趁火打劫，顺手捡个死鸡罢了，真到了死磕的时候，未必派得上用场。我们那里有句老话叫杀鸡儆猴，倘若先吃了于阗那两千人马，再返过身来狠狠捅龟兹一刀，余者会怎么想？不说望风而降，吓破了胆的事儿是肯定有的。到时候我们还担心守不住抒弥城吗？”

众人的眼睛亮起来。

郑吉见火候已到，说道：“根据密报，诸国之兵到达抒弥城的时日前后相差了五天左右。于阗王尉迟婆罗早有吞并抒弥国之意，此次又贪功心切，所以他那两千兵马来得最快，按照行程五日后可抵达抒弥城下。龟兹等国相对较远，又途经大漠，虽出兵早一些，实则要晚上两三天才能赶到。而这，就是我们的机会。”

苏祗摩问道：“若依此策，将如何行事？”

“剪枝、断喉、刺心，三术并举！”

“何为剪枝？”

“以重金利诱姑墨等国，分而化之。”

“何为断喉？”

“集中优势兵力，给于阗人断喉一击！”

“刺心又有什么说法？”

“你猜！”

“我要能猜出来，还用问你？”

众人大笑。

负熊瓮声瓮气道：“姑墨和温宿得了好处不肯退兵怎么办？”

冯禹笑道：“这个不打紧。适当的时候，乌孙大昆弥会去温宿、姑墨和龟兹边境举行一场秋狝活动，想必一定很热闹。”

众人猛地瞪大眼睛，这个消息太刺激了。乌孙大昆弥到边境打猎，真为了射几只兔子？想想看，十万乌孙铁骑陈兵边境，老龟兹王非吓尿不可。至于姑墨王和温宿王，估计夹起尾巴当狗的心思都有了。还到扜弥去捡死鸡？想都不要想！

虎跷腾地站起，右拳狠狠砸下：“先生，就这么干了！与其坐而待毙，不如拼死一搏。输了，无非就是个身死国灭的下场。三千轻骑你全都带走，城中尚有五百军兵，加上全城老弱，我虎跷不相信挡不住那帮杂种！”

负熊也跳起来，把胸脯擂得震山响：“陛下，上回俺没杀痛快，这次一定得让俺去。不把于阗那帮阉货的脑袋全砍下来，俺负熊绝不回扜弥城见陛下！”

“还有我！”扶岫从外面冲进来，小脸红扑扑的，大叫道，“生死存亡在此一举，身为扜弥男儿，孩儿愿与三千轻骑用弯刀为我扜弥杀出一条血路来！请父王允许孩儿出战！”

“好！”虎跷将大手重重落在扶岫肩膀上，大笑道，“不愧是我虎跷的儿子，有种！扜弥男人还不会走路就学会拿刀，你和先生一块儿出城，用刀好好和那帮狗日的讲一讲道理——记住，狼行千里吃肉，马走千里吃草，扜弥男儿没有一个是孬种！”

“请父王放心！孩儿就是死也要从那帮杂种身上撕下一块肉来！我要让全天下的人都知道，扜弥人从来都不是好欺负的！”

“说得好！”众人大声喝彩。

第十六章　挽弓射天狼

1

有风从野狼河上吹来，呜呜咽咽如鬼歌。

野狼河宽约百丈，从上游咆哮而来，又卷着血浪滚滚而去。刚刚这里经历了一场惨烈大战，两千于阗骑兵全军覆没。破碎的狮子旗在风中抖动，到处都是倒毙的人和马匹，连夕阳都不忍见这一幕人间惨象，悄悄躲进了云层里。

于阗左大将象夜跪在死去的马匹旁。

这匹名叫紫骝的大宛汗血马陪了他整整十年，如今浑身上下插满了白羽，跟刺猬一般。象夜抹了一把脸，手上全是血，有他自己的，也有打弥人的。刚刚他一连砍翻了五个打弥骑兵，却被一支杀矢贯穿胸膛，从马上栽下来。

见有人向他奔来，象夜双手拄刀，强撑着站起来。

一个眸子狭长的汉人和一个打弥少年纵马而来。

象夜双瞳血红，他很清楚，两千于阗人马就是败在了这个汉人手里。他亲眼看到这个汉人率领五百骁骑从中央突破，硬生生将他的阵势凿开。三千扜弥骑兵野狼般滚滚而来，于阗骑兵如同被一条被打烂了七寸的蛇，演变成雪崩般的大溃败。

紫马、狭眸、环首刀……象夜忽然想起了这个人是谁！乌勒王子曾经说过，有个汉人在白马城里徒手摔死了相虒王子的神熊，那个汉人的名字叫郑吉，一把吞雪刀，匹马万里行，所向披靡。

扶岫勒住马，看了看满脸血污的象夜，回头问道："师父，这就是于阗国赫赫有名的虎王象夜？"

郑吉笑道："当年的象夜力分双牛，一对拳头打遍南道诸国无敌手，的确当得起虎王二字。于阗国昔日第一勇士桑纥就是出自他的门下。不过老虎总有老的时候，纵雄心犹在，爪牙已不复当年之利。"

象夜按刀，眼神犀利如瘦虎："你就是那个汉人郑吉？"

郑吉点头："以阁下之武勇，原本可以安享晚年。于阗王为了一己之私，不只葬送了两千于阗儿郎，还毁了你一世英名。今日之战，非你之过。真是可惜了！"

"食君之禄，忠君之事，有什么可惜的？你们汉人说过一句话，叫瓦罐不离井上破，将军难免阵前亡。我辈身为武人，埋骨沙场乃是本分，只恨不能杀了这帮扜弥贼子，为吾王分忧！"象夜看向扶岫，"这是虎跷的儿子吧？来来来，拔出你的刀，让我看看你是不是虎跷的种！"

扶岫下马拔刀，双眸烈焰腾腾，毫无畏惧地走向象夜。

象夜站起来，挺直了身子，缓缓提刀，笑容蔑视。

郑吉没有阻拦，身为一代虎王，象夜有属于自己的骄傲。正像他自己说的，战死沙场是最好的归宿。郑吉尊重他，无关朋友还是敌人，因为他是真正的英雄。

“杀！”扶岫暴喝，似虎啸山林，身随刀走，朝象夜冲过去。

象夜举刀，两人交错而过，一颗好大的头颅旋飞而起。

郑吉叹气，扶岫是初生牛犊，象夜是垂死的虎王，油尽灯枯，怎么可能是扶岫的对手？所谓求仁得仁，这是他自己的选择，别人无权干涉。

一代虎王就此陨落。

2

这一天是尉迟婆罗一生中最黑暗的日子，两千兵马在野狼河遭遇伏击，全军覆没。消息传来，举国震恐。正在饮酒作乐的尉迟婆罗两眼一黑，当场昏死过去。两千骑兵啊，几乎是于阗全部的本钱。他本以为豪赌才能豪取，万万没想到扜弥敢在这个时候主动出击，狠狠捅了于阗一刀。这一仗打得太惨了，两千人马居然没有一个逃出来，左大将象夜壮烈殉国，头颅被扜弥小王子扶岫悬挂在马背上。百丈宽的野狼河里漂满人和马的尸体，血浪滔滔……当然，这还不是最主要的。象夜及两千骑兵战死的直接后果是他手中再无兵可用。没了兵的于阗王就像掉了牙的老虎，连狗崽子都敢冲他狂吠几声。王宫不再是安全的地方，杀机四伏。那帮心怀叵测的贵族蠢蠢欲动起来，而他只能眼睁睁看着……

龟兹击胡侯高挚看完谍报，眉头紧皱，半晌无语。在他的印象中，扜弥人无非是一群土鸡瓦犬，奈何一夜之间变成了猛虎。野狼河一战，全歼于阗骑兵，虎王象夜身殒，实在骇人听闻。即使他这七千龟兹铁骑要彻底斩杀于阗骑兵，也不会比扞弥人做得更好，难不成于阗人像鸡鸭一样伸长了脖子等着挨刀？没道理啊！

大帐两边站着五六个赳赳武夫，都是他的心腹将领。有个比旁人高出一头的大汉，虎背熊腰，虬髯如枪，满不在乎道："侯爷愁个啥？等咱们攻下了扞弥城，女的分了，男的全杀光。怕他个鸟？"

高挚气道："狗嘴里吐不出象牙，丕豹，你把老子当成什么了？"

丕豹不敢多嘴，乖乖退到一旁。

帐门掀开，一个苗条的身影幽灵般一闪而入，头戴幂篱，白纱低垂，看不清面容，声音如海妖般充满了诱惑："侯爷有事情想不通？"

高挚似乎与这个女子很熟悉，说道："无论是谁，看到一只羊突然变成了一头狼，都难免有些困惑。"

"这没什么奇怪的。我们汉人有句话，叫蛇无头不走，鸟无头不飞。因为那群羊里突然来了一头猛虎，强将手下无弱兵，所以羊也就变成了狼！"

"那个人是谁？"

"郑吉！"

"咝——"高挚倒吸了一口冷气，他听过这个名字，而且不止一次。当初那个汉人在白马城徒手搏杀了神熊，据说和相虺王子闹得不愉快，一把火烧了花陀楼。如今两千于阗人也是死在他手里？

"侯爷没有第一个碰上他，真是值得庆幸！"

"这话是什么意思？"高挚有些恼火，完全是因为那女子的口气。他高挚一生南征北战，杀过多少人自己都数不清楚，什么大风大浪没见过？真以为这个击胡侯是天上掉下来的？

仿佛看穿了高挚的心思，那女子嗤笑一声："侯爷听说过河西关一刀吗？"

高挚点头，他并非孤陋寡闻之人，对各国江湖多有耳闻。早听说大汉河西郡有个豪杰名叫关十，刀法无敌，杀人从不出第二刀。高挚最喜结交江湖游侠，对关一刀神往已久，可惜一直无缘相见。

女子淡淡道："他被人杀了，一刀而已！"

"一刀杀了？不可能！"高挚猛地从虎皮椅中跳起来，失声叫道，"是谁杀了他？"

"郑吉！"

"……"

"侯爷可知车师王子盘猋怎么死的？"

"不是乌孙王子万年和焉耆王子汲鸠合谋杀了他吗？"

"不！真正杀他的人是郑吉！"

"又是郑吉……"高挚颓然坐下，忽然头疼欲裂。此去扜弥城，如果没有意外，一定会碰上那个汉人的，这可不是什么好消息。

"侯爷最好心里有个准备，这也是桑公子要妾身过来的原因。"

桑公子？那个不知从哪里冒出来的汉人如今是金帐王庭的座上宾，日逐王对他言听计从，据说这次诸国合兵共伐扜弥城就是那个汉人的策划。就算如此，难道他就觉得有资格对龟兹国颐指气使？高挚心里恼火，冷冷道："本侯有七千铁骑，还怕了一介匹夫？桑公子未免有些杞人忧天吧。"

女子冷笑："七千兵马？侯爷也许觉得不少，但在郑吉看来其实和于阗那两千骑兵没什么分别，无非是多杀几个人而已。真被他盯上了，就是七千龟兹铁骑噩梦到来的时候。"

"大胆！"丕豹早看不惯这个藏头露尾的姑娘，拔刀吼道，"辱我龟兹雄师，又敢对侯爷不敬，信不信我一刀宰了你？"

话音刚落，一道白影凌空飞起，不等丕豹看清，一柄短刀抵住了他的喉咙——刀长一尺，纤细如蛇。

如果郑吉在这里，就会认出这把刀的来历。此刀名为半垂，原是关一刀秘不示人的杀手锏。刃如秋水，削铁如泥。梅子坞一战，关一刀身死，半垂刀被韩不疑带走，不知怎么落到了这个女子手里。

刀尖刺破皮肤，血珠滚落。丕豹脸孔涨成紫色，半分都不敢动。杀气入体，血液几乎寸寸成冰。

高挚起身惊呼："媚猪，手下留情！丕豹出言无状，还请看在本侯面子上，原谅一二！"

女子退后一步，半垂刀一闪而没，不知藏到了哪里，她冷冷看向丕豹："敢这么跟我说话，你是第一个活下来的。不是看在侯爷的面子上，你此刻至少死了十回。像你这种没脑子的货色，我在长安杀了没有一百，也有八十。"

丕豹双目喷火，脸孔如血，被一个女子当面斥骂，真比杀了他还难受。刚要暴起拼命，被高挚喝止，像斗败了的公鸡垂头丧气退到一旁。高挚几个手下都被媚猪鬼魅般的身手所惊呆，个个屏气敛声，眼观鼻，鼻观心。

媚猪仿佛忘了刚才的不快："妾身还有一事，侯爷可否容禀？"

高挚黑着一张脸没有说话，你在本侯大帐里耀武扬威了半天，何曾半点儿将本侯放在眼里？汉人就会惺惺作态，令人恶心。

媚猪丝毫不以为意，咯咯笑道："妾身听说侯爷救了一帮由安息国去往长安的行商，可是真的？"

"是又如何？"

"侯爷相信他们的说辞？"

"本侯将他们从马贼的刀下救出来，岂会不详加审问？袭击他们的马贼是昔日北道匪首蓝胡子的手下。蓝胡子死后，他们被一个名叫郁夷的悍匪收服。马贼的口供和安息人的说法是一致的，这个无须怀疑。那帮安息国人一直在丕豹的监管之下，安分守己，绝不会有问题。”

“但愿如此！再有一日，龟兹铁骑就要兵临扜弥城下，而郑吉和扜弥骑兵自从野狼河一战后，一直杳无音讯。妾身怀疑这帮安息人和他们暗通款曲或者干脆就是他们的细作，怕侯爷吃了大亏。”

高挚对媚猪的得寸进尺极为不满，强压火气道：“该怎么做本侯自有分寸，还不消阁下提醒！退一万步讲，他们就算是郑吉的人又能如何？七千轻骑铁桶般环伺，本侯随时都能将他们捏成齑粉！”

“妾身一心为侯爷着想，言语倘有冒犯之处，还望侯爷多加谅宥。扜弥在望，正是建功之时，妾身祝侯爷旗开得胜马到成功！”话不投机，媚猪知道再谈下去只会适得其反，侧身施了个礼，笑道，“妾身告退！”身形一晃，霎时不见了踪影。

丕豹抹去头上的汗水，暗自松了一口气。这个姑娘真是比天山上的妖巫还可怕，谈笑间杀人于无形，让他从骨子里感到畏惧。

高挚沉吟片刻，吩咐道：“丕豹，你把孟黔叫来，我有计较！”

孟黔是那帮安息行商的领头人，六十多岁，精明能干。据孟黔说，他在南北两道上跑过很多趟，这次是最后一次去长安，所以带上了孙子，以后这条路就交给孙子走了。他们原本经北道去长安，不幸途中遭遇黑沙暴迷了路，误入大漠，又被尾随而至的马贼劫杀。龟兹骑兵将他们救下后，为了安全起见，孟黔决定舍弃北道，从南道绕行。

孟黔的孙子才十五岁，长得虎头虎脑，很是招人喜爱。

为答谢龟兹骑兵的救命之恩，孟黔送给了高挚一颗龙珠作为报答。此珠出自一头千年鼍龙，大如鸡卵，价值连城。高挚见孟黔会来事儿，出手又阔绰，很是喜欢，让他们跟随大军前行，免受马贼骚扰。

孟黔来见了高挚，还带着孙子，行过礼，不等高挚开口，孟黔就开口说道："连日来幸赖侯爷和诸位将军庇护，小的感激不尽。看行程，大军后天就要抵达扜弥城。侯爷有军务在身，小的不好再搅扰下去。天下没有不散的筵席，小的想在明日与侯爷分手，前往精绝城。在这里先向侯爷禀告一声，还望恕罪！"

高挚心里一松，他找孟黔来就是想让他们提前离开。不是他相信了媚猪的话，认定孟黔等人有问题，而是小心驶得万年船，凡事多留个心眼儿总归是好的。再说前面就是扜弥城，一旦打起仗来，刀剑无眼，高挚也不想孟黔等人白白送了性命。毕竟拿了人家一颗千年龙珠，多少有点儿香火情不是？

说好了明日分手的事儿，孟黔又让孙子捧出一个紫檀匣子，打开来，里面有五六颗南珠。论珍稀当然比不上送给高挚的那颗龙珠，不过也都是价值不菲的宝贝，笑道："一路上承蒙侯爷和诸位将军照顾，不胜感激。临行之时，区区一点儿薄礼不成敬意，还望诸位笑纳。小的明日就会离开，侯爷和诸位将军军务繁忙，小的不前来打扰了，今日就算是个辞行。青山不改，绿水长流，说不定咱们以后还有会面之时。小的先在这里预祝侯爷与诸位将军大功告成，名扬四海！"

丕豹等人收下了礼物，个个眉开眼笑，嘴巴都咧到了耳根子上。孟黔这老头儿真是太会办事了，不是打仗，真舍不得放他走呢。别人不说，丕豹心里最清楚，这些天他和孟黔推杯换盏喝了多少好酒，得了孟黔多少好处。他也是个爽直的人，对孟黔和驼队处处照顾，称得上无微不至。不是两人年岁相差太大，又顾忌军中规矩多，他都要撮土为香和孟黔拜了把子。

3

子夜过后，大漠上霜色渐浓，除了呼啸的风，四野里一片死寂。一座座营帐矗立于白沙之上，星罗棋布。由于即将到达打弥城，为了保证体力，高挚下了命令，让士兵们早早安了歇。

一条条黑影从孟黔的帐篷里钻出来，向外扑去。

为首之人正是孟黔的孙子，此刻就像出了笼子的幼虎，浑身散发出一种噬血的欲望。他们避开巡逻队，奔到驼队那里，迅速打开一只只箱笼——原来里面装的不是安息国来的珠宝和香料，而是一把把锋利的刀剑和一捆捆包裹着油布的火矢。

众人将武器分发完毕，少年攥紧拳头，低沉有力道："为了扜弥，不成功便成仁！"

一众黑衣武士伸出拳头与少年狠狠碰在一起："不成功便成仁！"

"好！行动！"少年抽刀，声音有着莫名的兴奋。

黑衣人很快消失在夜色里，轻似狸猫，快如猎豹。

沉沉暗夜里突然响起令人心惊胆寒的弓弦声，一道道火流星划破天幕，纵横交错，纷纷落在龟兹铁骑的帐篷上。一条条火龙霎时腾空而起，浓烟滚滚，直冲苍穹。一座座帐篷淹没在火海里，到处是奔逃的火人，到处是凄厉的惨号声。七千人的龟兹大营全乱了套，将找不到兵，兵寻不到将。马匹受了惊，横冲直撞，不知踩死了多少人。

正在这时，大漠猛地震颤起来，石破天惊。三千骑兵呼啸而来，杀声震天，撞进火光熊熊的龟兹大营。犹如潮涌雪崩，百里闻雷震，沧海起峥嵘。

“是打弥人！”不知谁喊了一嗓子，一箭飞来正中咽喉，声音戛然而止。龟兹人更加慌乱，狼奔豕突。

刀起刀落，血水狂飙，一个又一个龟兹士兵惨号着倒下去。打击来得太过突然，龟兹人还没闹明白怎么回事儿，就成片惨死在刀锋之下。风助火势，火借风威，整个龟兹大营变成了一片火海。喊杀声、咆哮声、惨号声、撞击声、战马嘶鸣声和刀锋入骨声混到一起，令人毛骨悚然，绵延数里的龟兹大营活生生变成了一座人间炼狱。

火起之时，丕豹跌跌撞撞冲出帐篷，昨夜他给孟黔饯行，喝了不少酒，至今还觉得头重脚轻。一柄刀从身后向他劈过来，他将身一闪，抓住对方的弯刀，一拳将对方砸得倒飞出去。等看清刺客的面容，丕豹什么都明白了，仰天咆哮：“孟黔老匹夫，我要杀了你！”

两个打弥骑兵纵马挥刀奔过来。丕豹大吼一声，犹如惊雷落地，径直迎上前去。力从脚起，贯透指尖，提起醋钵大的拳头将一匹马的马头打得粉碎。又猛地探身，狠狠靠上去，犹如霸王扛鼎，把另一个打弥骑兵连人带马凌空撞翻出去。

丕豹大笑，正在这时，一匹大宛龙驹风驰电掣而来，马上之人豹头虎目，声若巨雷，挥动一柄比常人大了两倍的弯刀朝丕豹当头劈下来。丕豹闪避不及，斗大的人头凌空飞起。等战马冲出去很远，无头的尸体才轰然倒下去。

负熊啐了口唾沫：“犬豕之辈也敢效虎豹之吼？死不足惜！”

龟兹人毕竟人多势众，短暂的混乱后开始组织反击。三千打弥骑兵并不恋战，疯狂砍杀一阵子后如潮水一般退得干干净净，连那帮安息行商也走得一个不剩。

看着满地的尸体和化为灰烬的军营，高挚攥紧拳头，一张脸狰狞如鬼。七千龟兹铁骑一夜之间损失超过五成，扜弥人这一仗几乎打断了他们的脊梁，哀鸿遍野，士气荡然无存，就算强行赶到扜弥城下，也完全没了先前的声势和底气。更可恨的是扜弥人来去如风，他们连报复的机会都没有。

“郑——吉！”高挚从齿缝里迸出两个字，脊背凛凛生寒。什么安息国行商，什么马贼劫杀，原来都是一场戏而已。那个汉人真的够狠，当着他的面玩了一手漂亮的刺心术。可笑他身在彀中不自知，生生将七千龟兹铁骑带进了万丈深渊。

“师父！”扶岫策马奔到郑吉身边，脸上是掩饰不住的得意和骄傲。这次袭击龟兹铁骑，他立功不小，怎么着师父也得夸奖两句吧。

郑吉笑道：“干得不错，虎父无犬子，你父王知道了一定很高兴！孟黔呢？他没有受伤吧？”

“好着呢！我一早就让人把他送了出来，毫发无伤。师父稍等一下，我这就去找他。”扶岫打马而去，不大一会儿，和孟黔两人奔了过来。

孟黔与郑吉见了礼，郑吉拱手相谢：“这次多亏了您，不然还真没办法让龟兹人上钩。”

孟黔笑道：“此战全是大人与汲鸠殿下谋划得好，与老奴有何关系？当年殿下救老奴一家于水火之中，老奴一直无以为报，但得驱使，粉身碎骨在所不惜。这次略效绵薄之力，实在当不起大人一个谢字！”

孟黔是汲鸠的心腹，诸国出兵，郑吉早早将视线投向了北道，与汲鸠联手策划了一场好戏。那些马贼的确是蓝胡子的手下，而郁夷却是汲鸠的股肱。当初汲鸠听从郑吉的建议，派一批心腹乘乱混进了马贼，郁夷就在其中。经过一番残酷的清洗，郁夷终于坐上了蓝胡子昔日的位子，啸聚大漠，威名远扬。

孟黔和扶岫假充祖孙，和一批打弥武士扮成安息国行商，成功骗过了高挚，混进龟兹大营，才上演了今晚的刺心之战。至于郑吉和三千打弥骑兵，自野狼河一战后，他们藏匿于人迹罕至的彩云谷内，所以外面一直没有他们的消息。

郑吉笑笑，他之所以敢这么做，是因为他深悉高挚的性情和弱点，笃定高挚会吞下这个毒饵。当然，没有木衣坊暗中提供的资料，他不可能对高挚了如指掌。

接连重创了于阗和龟兹，消息传来，打弥举国欢腾。虽然诸国之兵还在朝打弥城继续开进，接下来的形势依然严峻，但打弥国上下抗击的信心空前高涨，之前悲观低迷的气氛一扫而空。以三千轻骑能打出这样的战绩，哪怕将来城池陷落，他们虽败犹荣。

打弥人不可侮，这就是每一个打弥子民要和天下讲的道理。

郑吉让负熊带领包括伤者在内的近两千人马回城，毕竟下一段守住打弥城才是重中之重。而他率领一千精锐骑兵在外面负责牵制。

4

数日后，诸国之兵陆续到达打弥城外，全都观望不前，没有一个贸然发起进攻。之前于阗和龟兹的惨败早已传遍各国，西域震动。如今莎车姑墨等国虽硬着头皮赶过来，早已没了当初捡死鸡的心思。

匈奴一千天狼骑赶到，果然和郑吉预料中一模一样。率队的是乌氏胤，在乌稷死后被提拔为千长。这是他升迁后第一仗，却要面对郑吉，乌氏胤心里五味杂陈。在白马城，他和郑吉有过一次联手，虽然各取所需，但他对那个汉人的印象格外深刻——不只武力值出类拔萃，而且诡计多端。无论谁碰上这样的对手，都是无比头疼。

在天狼骑的督促之下，诸国之兵开始了攻城。扜弥人在虎跷的带领下全力抵抗，坚守城池。滚木檑石，箭矢如雨，扜弥城下堆满了诸国士兵的尸体。更麻烦的是诸国军营后面出现了十数股扜弥骑兵，每股十人左右，并不靠近，而是远远地用火矢攻击诸国的辎重物资，致使诸国不得不分兵守护。

这些扜弥骑兵像麻雀一样不时骚扰诸国军营，等你组织人马去追杀时，他们立刻逃之夭夭。你这里刚刚退兵，他们旋即又杀了回来。周而复始，轮番袭扰。你不搭理他们吧，一波袭击下来可能会给你带来不小的损失。每股十骑的确是个非常尴尬的数字，派人追杀吧，人多了显然不行，那不成了杀鸡用牛刀，劳师动众？人少了吧，等你追上去不小心又陷入扜弥人的伏击。诸国被吃掉数百人马后，再也不敢派人追杀了，就地防守，任凭小股扜弥骑兵在周围像蚊子一样袭扰。

在这种情况下，诸国根本不能全力攻城，甚至要分出很大的心思应付身后扜弥人的骚扰，真是苦不堪言。一天天下来，损失还不是最主要的，可怕的是诸国的斗志与士气像水滴一样慢慢流逝，逐渐耗尽。而恐惧则像瘟疫一样在军营里蔓延，无声无息。

“郑吉！”诸国每一个人，上至将领下到士兵都记住了这个名字，畏如蛇蝎，每晚入睡前都祈祷自己今生今世千万不要碰上那个青面獠牙的汉人。扜弥人的袭扰夜以继日，从不间断。显然扜弥人用的是车轮战术，要将诸国生生拖垮。诸国之兵根本不敢睡觉，因为你不知道什么时候头上就会落下一片火矢，将你活活烧死。十几日下来，诸国将士困顿不堪，怨声载道。

城外不断袭扰，城内也不消停。晚上，诸国之兵突然发现有成千上百身穿黑衣的扜弥人正顺着绳子往城下爬，一时万箭齐发。等射了一夜，第二天才发现那些黑衣人全都是草人，被扜弥人从城上放下来，每一具上面都插了数十支箭。扜弥人用绳子把草人吊上去，白白得了几万支箭。这些箭在白天防守时，将诸国之兵射得鬼哭狼嚎。

第二晚，扜弥人故技重施，又得了五千支箭。

第三晚、第四晚，扜弥人继续玩这个花样，而且乐此不疲。诸国对扜弥人夜缒草人习以为常，不再理睬他，让扜弥人自个儿玩个痛快。

第五个夜晚，上千扜弥勇士缒城而下。诸国之兵以为吊下来的又是草人，根本毫无防备。上千扜弥兵乘机冲进诸国军营，疯狂砍杀。与此同时，外面那一千扜弥骑兵旋风般杀来，蹄声如雷，刀锋如雪。里应外合，将诸国杀得大乱。诸国人马不辨敌我，自相践踏，死伤无数。

等扜弥人退去，诸国死伤惨重，人心惶惶，有不少士兵失声恸哭。

5

天亮时分，莎车第一个选择退兵。西夜和皮山等国军心涣散，纷纷效仿，乌氏胤气得暴跳如雷，却无法制止。

这时，有消息传来，乌孙大昆弥发兵数万，到了温宿、姑墨和龟兹边境。三国人马犹如大难临头，惶惶不可终日。第二天，温宿不辞而别。紧接着姑墨也逃之夭夭。乌孙大昆弥出兵是一方面，另一方面是扜弥人的剪枝术见了成效。他们得了扜弥人的好处，自然见好就收，不再跟着匈奴人和龟兹人蹚浑水。

诸国陆续撤兵，扜弥城外日见萧瑟，最后剩下了一千匈奴天狼骑和三千风声鹤唳的龟兹兵。

见大势已去，乌氏胤和高挚也动了撤兵的心思。可是不等他们作出最后的决断，大汉西域使者校尉韩汤亲率一万援兵赶到，对天狼骑兵和龟兹人马完成了合围。

虎跷仰天大笑，亲率扜弥骑兵出城与郑吉合兵一处，兵锋直指匈奴天狼骑。郑吉见了韩汤，建议对匈奴人和龟兹人分而化之，区别对待。对于大汉而言，西域诸国打打杀杀，终究还是要做朋友，不能赶尽杀绝。而匈奴人是大汉的死敌，绝对不可以放过。把龟兹人择出来就能成功瓦解对手的力量，避免龟兹人与匈奴人联手作困兽之斗。真要闹到鱼死网破的地步，援军的损失也不会小。这是郑吉最不愿意看到的结果。

韩汤听从郑吉的建议，对龟兹三千兵马围而不杀。派人通知高挚，只要放下武器就可离去。高挚死里逃生，哪敢不从？乖乖放下武器，率领三千残兵败将狼狈而去。

乌氏胤率领一千天狼骑突围，冲了几次都被密密麻麻的箭雨射回去。他知道无法走脱，提出要见郑吉一面。

两个人两匹马，在城外大漠上相见。

乌氏胤首先开口：“早知今日，我真该在白马城里一刀杀了你。”

郑吉笑道：“你在危须城外安置那么多人手，不也没杀了我？”

“你确定要吃下我这一千人马而不惧日逐王报复？”

“到嘴的肥肉没有理由不吃下去，再说了，打蛇不死反被咬的事儿多了去了，我这个人有个好处，就是做事没有后悔的习惯。”

“我想与你堂堂正正打一场，还有，一千天狼骑没有投降之人，希望你在他们死后，不要让他们曝尸荒野。我们来自草原，是天神的子孙，不怕死，只希望死得有尊严！”

郑吉沉吟片刻，郑重点头。

听说了乌氏胤怪异的请求，司马熹不屑道：“狮子搏兔亦用全力，当下优势在我，和他们讲什么堂堂正正？一万大军全部压上去，碾也碾碎了那帮匈奴人！”

郑吉说了两个字：“尊重！”

众人不再出声，一个真正的战士不只是杀戮，还要持有对敌人和对手最起码的尊重——这是汉人的风骨，也是汉军的荣誉。

天狼骑名震西域，论战斗力，诸国之兵莫能抗手。郑吉当然不会以一千骑兵与志在必死的天狼骑单挑。他从援军和扜弥骑兵中挑选了五千精锐，以五比一的优势围歼天狼骑。

扶岫策马奔来：“师父，这一仗是复仇之战，不能没有我！”

郑吉回头看向虎跷。

虎跷点点头：“雏鹰不经历风雨永远不可能翱翔长空，让他去吧——扜弥人的刀锋是用敌人的血骨磨砺出来的！”

郑吉颔首。

两军遥遥相对。班声动而北风起，剑气冲而南斗平。喑呜则山岳崩颓，叱咤则风云变色。

郑吉和乌氏胤举刀，六千人马同时开始冲锋。大漠在马蹄下震颤不止，黄沙滚滚，雷声隆隆。两线骑兵大潮越过瀚海，以雪崩之势轰然相撞，霎时犬牙交错，入骨三分。

骨碎声、喊杀声、马蹄声、咆哮声、刀锋撞击声……千万个声音混杂到一起，天地崩摧神鬼皆惊。围观的援军无不脸色惨白战战兢兢。

郑吉一马当先，如刀锋般剖开天狼骑的阵势。当面的匈奴人根本无法阻挡那柄吞雪刀，刀锋所向，人马辟易。

扶岫和林氏兄弟紧随其后，穿插分割。另一个方向上，苏祇摩、司马熹和负熊等人如法炮制，犹如一柄柄利刃凿穿天狼骑的阵势，将之分割成互不相连的数段，四面开花，分而围歼。

几匹战马迎面相撞，马颈折断当场惨死，马背上的骑兵凌空抛掷出去，没等爬起来就被纷乱的马蹄踏成肉泥。一名天狼骑与一名扜弥骑兵互砍一刀，同时坠马。另一名天狼骑赶来相救，却被五六柄长刀同时砍中，连人带马惨遭分尸，血染黄沙。匈奴天狼骑虽然悍勇，被五倍于己的敌人包围，却是毫无胜算。几乎每个人都要同时面临五六把弯刀的劈砍，挡得了左边，挡不住右边。一个人倒下去，另一个人就要遭受多一倍的围杀。大漠风起，尘沙飞扬，昏天黑地，到处都是生命消亡前的嘶吼和悲鸣。

人马俱被血水染红，乌氏胤一刀指向郑吉：“敢与我一战否？”

林染和林溪跃跃欲试，扶岫道：“他是我师父的，你们不要争！”

郑吉甩落吞雪刀上的血珠，两腿一夹马肚，紫凫马奋鬣抖鬃，仰天长嘶，如龙吟大漠，众马齐喑。下一刻，一道紫色闪电平地掠起，朝乌氏胤飞射过去。

乌氏胤反转刀柄砸在马臀上，火龙驹人立而起，扬蹄怒嘶，犹如虎啸山林，忽而撒开四蹄腾跃而去，足不沾尘，堪比御风。

所有人都静下来，包括正在厮杀的骑兵也停住了手，目光不约而同被那两匹飞驰的骏马所吸引，还有马背上两道伟岸的身影。

两马交错而过，风驰电掣，尘沙滚滚。刀光华丽、诡异、灿烂，如一道流星划破苍穹。

没有人看清郑吉如何出刀，乌氏胤的长刀蓦然断裂。火龙驹冲出去十几丈，乌氏胤突然弃刀，双手使劲捂住喉咙，血水从指缝间暴射而出，纷纷扬扬宛如下了一场胭脂雨。

见主将被杀，剩下的天狼骑如丧考妣。虎蛮乘机发箭，箭无虚发，几个百长纷纷倒撞马下。这下天狼骑群龙无首，更是没了斗志，被五千铁骑围杀殆尽。

扜弥城大战落下帷幕，反汉同盟冰消瓦解，第二天，于阗王子乌勒借助诸多贵族的支持，将尉迟婆罗赶下了宝座，成为新一代于阗王。一个月后，老龟兹王内外交困，心力交瘁，最终一命呜呼。太子绛宾成功粉碎了姑翼等一批贵族的阴谋叛乱，在风雨飘摇之中登上了延城的金狮椅。

6

清风徐来，扜弥城靖远侯府里疏影横斜。月朦胧，鸟朦胧，一曲箫音悠悠而起，和晚风一起叩响帘栊。

郑吉独坐水榭之中，一溪碧水映着月光，潺潺如歌。

虎晓做了扜弥王，靖远侯府就成了小王子扶岫的府邸。郑吉是扶岫的师父，扶岫为了方便早晚聆听教诲，再三邀请，郑吉便搬离了驿馆，住进了靖远侯府里。

箫音袅袅而止，一个女子在身后幽幽低吟："野有蔓草，零露漙兮。有美一人，清扬婉兮。邂逅相遇，适我愿兮。野有蔓草，零露瀼瀼。有美一人，婉如清扬。邂逅相遇，与子偕臧……郑公子不愧是赢得鱼获之人，一曲箫音，断肠人忆断肠人，怎地不销魂？”

郑吉转身，正好看到苏魅儿那双比溪月更亮的眸子。

苏魅儿眼中有云影浮沉：“既然放不下，为何不去寻她？”

郑吉收起鱼获，没有说话。

“就因为她是大宛公主？”

郑吉看了看水榭外那轮荡漾的溪月，回头笑道：“魅儿姑娘，其实我刚才突然想起乌叶大师的一番话，他说人生有八苦——生、老、病、死，爱别离、怨憎会、求不得、放不下。人生在世，春来花自青，秋至叶飘零，放不下又能如何？”

“郑吉，这种话从你嘴里说出来，真的让我好惊讶。”

“不然？”

“在我心里，你是一个真正的男人，名扬天下，无所畏惧，天下事不过一刀之事。你如神龙翱翔天际，又有什么事情困得住你？”

“听人说过，世上有仙人高居山巅，一指可断江，一剑可开天。如今仔细思量，都是笑话罢了。世上事，千千结，剪不断，理还乱，谁又能一刀两断？”

“你在怕什么？”

郑吉微微眯起眸子，这个姑娘果然放肆啊，这是问心吗？

苏魅儿毫不示弱：“被人戳破心事，是不是很难堪？”

郑吉揉揉鼻子：“难堪是有，还不至于真怕。”

“你是大英雄，又怎会真的怕？”苏魅儿莞尔一笑，忽又敛色道，“我知道你心有顾忌，怕大宛公主受了委屈。她是一国公主，金枝玉叶不赀之躯，而你只是一个声名不显的汉家小军侯。她下嫁于你，便会遭到天下人耻笑，让大宛王室失了颜面，对不对？可你是谁？你是救了危须城和打弥城的大英雄！你是运筹帷幄决胜千里的真国士！一把吞雪刀，匹马万里行。放眼天下，又有几人能够做到？想想看，大宛公主真跟了你，又怎会觉得委屈？”

郑吉笑道：“子非她，安知她所想？”

苏魅儿白了他一眼：“子亦非她，又安知她非此想？”

郑吉大笑。

“驾——”十几匹乌孙甲等战马在大漠上飞驰，黄沙滚滚，夭矫如龙。远处，野云万里，雪峰耸峙，一座城郭隐约可见。

为首的少女骑一匹小红马，马名赤凤，色若胭脂，神骏异常。少女明眸皓齿，颜如舜华，红衫红裙，腰悬一柄镶嵌玉石的小巧弯刀，脚蹬小蛮靴，英姿飒爽。

一个身材高大的乌孙少年拍马赶上，提醒道：“殿下，前面就是疏勒城，咱们要小心行藏。昨天那帮马贼被咱们杀得抱头鼠窜，一定不会善罢甘休。这城里说不定就有他们的同伙，咱们得防备他们的暗算。有句老话说得好，鸟三顾而后飞，人三思而后行。以后咱们离乌孙越来越远，行走江湖，万事须得多个心眼才好。”

少女有些不高兴：“乌尔班，你是最有希望成为乌孙第一勇士的人，什么时候变得这么胆小如鼠？你看看人家郑吉，搏神熊诛水怪斩杀千年蝎王，在大漠上杀进又杀出，怕过谁来？二王兄说，饮马江湖，天大地大，青衫风流仗剑行。我们怕成这个样子，怎么走得了江湖？”

乌尔班眼神黯然：“殿下，我比不过郑吉！”

少女笑道：“我当然知道你比不过他，不然你想怎样？”

乌尔班想了想，攥紧刀柄：“我想和他打一场。”

少女用鞭子指着乌尔班，又气又想笑，不知道该怎么说他。

乌尔班眼神坚毅：“我会用心练刀的，总有一天会打败他！”

一个魁梧汉子策马跟上来，大笑道："乌尔班好样的！不过有件事你必须明白，在打败郑吉之前，你得先打败我，成为乌孙第一勇士。"

少女不满道："左姑梁，你再这么惯着，早晚非害了乌尔班不可！郑吉是什么人？他是天神下凡！振衣千仞岗，一刀破苍冥。要是成为乌孙第一勇士就能打败郑吉，你就能做到，可你打得过他吗？"

左姑梁讪讪笑道："郑吉那小子……不说了，我真打不过他。"

"这不就对了？"少女见乌尔班垂下了脑袋，心里忽然有些不忍，"乌尔班，我这样讲也不是说你完全没有机会。等你哪天成了西域第一刀客，兴许就能和郑吉掰掰手腕子，你做得到吗？"

乌尔班蓦然抬头，眼神犀利："请殿下等着吧，我一定要做到！一定能做得到！"

少女大笑："好，我就等着你成为西域第一刀客那一天！"

左姑梁大为欣慰，乌尔班是乌孙翕侯泥苍之子，与乌孙小公主素光从小一块儿长大，称得上青梅竹马。随着年龄越来越大，瞎子也能看出来乌尔班对素光的心思。可自从那个汉人郑吉来了赤谷城后，素光就很少再搭理乌尔班了，这让乌尔班颓丧了好久，发了狠练刀，一心要打败郑吉。可惜那个汉人又离开了赤谷城。

近日，匈奴兴兵进犯乌孙东北边境，扬言要乌孙献上解忧公主。大昆弥翁归靡勃然大怒，和匈奴打了几仗，结果战事不利，丢失了车延、恶师等地。

由于忙于战事，翁归靡和解忧公主无暇顾及小公主素光，于是她偷偷从赤谷城里溜了出来，带了两个贴身婢女，要学二王兄纵马江湖，不巧出城的时候被乌尔班撞上了。乌尔班劝不住她，就选了十几个好手随身保护，其中就有右大将昆邪手下的猛将苏赫。为这事儿，素光差点儿和他翻了脸。

元贵靡闻讯，也未阻拦。他对这个最小的妹妹宠溺惯了，不想拘束了她，便任由她闹，只是吩咐左姑梁跟了过来。相信有左姑梁伴随左右，只要不到山穷水尽之时，不遇穷凶极恶之事，素光的安全还是无虞的。

自从出了赤谷城，素光就像飞出了笼子的小鸟，一直叽喳个不休，非要做几件郑吉那样的壮举不可。可惜她的运气实在不够好，一路上除了撵过两只野兔抓到一条巴掌大的小鱼儿，狼群和水怪之类的都没有碰到。沙蝎子倒是见过一些，可是个头儿小得可怜，都不及手指头儿大。即便如此，素光也没打算放过它们。催马冲阵，拎着小弯刀大呼小叫，前前后后大战了三百回合，直累得手软脚麻腿抽筋。气人的是那些小蝎子忒鸡贼，一通乱刀砍下去，别说丢下几具尸首拱手而降，连个缺胳膊少腿儿的都没有，让素光蔫头蔫脑了好几天——江湖里的水太深，做个大侠真的不容易啊。

路上有两桩事倒是值得一提：一次是将一帮娶亲的姑墨国人当成了抢亲的马贼痛揍一顿，结果被人家叫了帮手追杀几十里，素光难得老实了一整天；一次就在昨天，真的遇到一群马贼抢劫行商。英雄终于有了用武之地，素光兴奋得小脸通红，也不问青红皂白，拔出小弯刀就纵马冲杀。左姑梁用尽浑身解数才把她拦了下来，好在乌尔班等人也不含糊，将一帮马贼杀得屁滚尿流。素光名副其实地当了一回江湖女侠，晚上做梦都笑出声来，寻思什么时候见了郑吉，一定得将这事儿好好吹嘘一番。

"吁——"正奔驰间，跑在前面的素光忽然勒住了马，前面天空中兀鹰盘旋，下面的沙窝里隐隐有个人躺在那里。

乌尔班带几个人过去，下了马，见那人一身武士打扮，身上有几处刀伤，一箭羽箭透背而入，已是奄奄一息。

乌尔班忙扶他坐起来，喂他喝了几口水。那人慢慢缓过气来，睁开眼打量乌尔班等人半晌，问道：“你……你们是什么人？”

素光大咧咧道：“我们是闯荡江湖的乌孙大侠……咦，对了，你又是什么人？”

听到“乌孙”二字，那人眼睛一亮，急切道：“乌孙国的元贵靡王子，你们可认识？”

素光笑道：“这还用问？他是我大王兄，自小便认得的。”

“你……你是？”

“我叫素光，有没有听说过？”

“原来是乌孙国小公主殿下……”那人翻身要行礼，怎奈伤势太重，根本动不了。素光摆摆手，要他免礼。

那人喘息两下说道：“在下白牙，是大宛公主嬛罗的十二飞鹘侍卫之一。”

“嬛罗姐姐？她如今在哪里？”

“她被人抓走了……”

素光大惊：“谁这么大胆子敢抓大宛公主？”

“大宛安国侯铁勒！”

“……”素光无语，她见过那个铁勒，惹不起的。再说铁勒抓走了大宛公主，她这个外人怎么好插手？“铁勒身为大宛安国侯，为何要抓嬛罗姐姐？”

“不久前，大夏、安息、大月氏和康居等九国王子相继向大宛国求亲。大宛王想出了比武招亲的法子，逼迫嬛罗公主应允。公主抵死不从，半个月前，她逃出了贵山城，要去长安寻找郑公子。大宛王勃然大怒，派了安国侯铁勒前来追杀。十一位飞鹘侍卫相继身死，嬛罗公主也被铁勒抓了回去，唯有我拼死逃到这里……”说到这里，白牙用手哆哆嗦嗦从怀里取出一枝早已枯萎多时的红玫瑰，“这是公主交给我的，她让我去长安亲手送给郑公子……我恐怕走不到长安了，能不能麻烦殿下把它转交给郑公子？”

“郑吉不在长安，你们不知道吗？”

“他在哪里？”

“扜弥城！”

“谢天谢地，公主有救啦……”白牙大喜，身子猛地一挺，手却重重垂了下去，那朵玫瑰也坠落到沙地上。

素光弯下腰，小心翼翼捡起染满血迹的红玫瑰，神情复杂无比。

冯禹和郑吉不辱使命，纵横捭阖，成功稳定了南道诸国的形势，使大汉影响力进一步深入西域诸国。汉威所至莫不宾服。

汉帝刘病已下旨褒奖冯禹和郑吉等人，要他们即日返回长安。并让传旨官员私下里给郑吉捎了一句话：“梅子青如许，能饮一杯否？”

大汉使团返国，扶岫也要跟着郑吉去长安长长见识。虎跷虽然有些舍不得，但想着好男儿志在四方浑水里的泥鳅成不了蛟龙，也就爽快答应了。并亲自将他们送出扜弥城，一直到三十里外才依依而别。

扶岫伫马遥望，但见黄沙千里直入天际，他心里充满了无限的好奇：“师父，长安城离这里很远么？”

“嗯，有九千二百里！”

“呀，这么远！师父，你常说读万卷书不如行万里路，我们此行去长安要走上九千二百里，是不是以后我就不用读书了？”

“人非生而知之者，一书不读何以知天下？你是将来要做扜弥王的人，胸无点墨，只认刀剑，如何造福你的子民？”

“师父，徒儿知错了。”扶岫低头片刻，忽又狡黠问道，“师父，大宛公主是不是真的很美？”

“为什么会这么问？”

“我听说过无数次师父在白马城的故事，一个值得师父以性命相护的女子岂能是个丑八怪？师父，你放心，等有一天我长大了，一定要打到大宛去，替师父将大宛公主抢过来。”

“真是孩子话！”郑吉笑着说了一句，微微眯起细长的眸子看向远天的流云……又是秋雁南飞时，那个白衣女子还好吗？

风起，紫凫仰天长嘶，有箫声婉转如歌……